BASTEI LÜBBE

Von Jonathan Kellerman erschienen bei BASTEI-LÜBBE:

11811 Jamey – Das Kind, das zuviel wußte
11910 Das Phantom von Jerusalem
12278 Sharon – Die Frau, die zweimal starb
12355 Säure
12605 Exit

Jonathan Kellerman

BÖSE LIEBE

Psycho-Thriller

Aus dem Englischen von
Bernd Seligmann

BASTEI
LÜBBE

BASTEI-LÜBBE-TASCHENBUCH
Band 12 782

Titel der amerikanischen Originalausgabe:
Bad Love

Einzig berechtigte Übersetzung aus dem Englischen von
Bernd Seligmann

Lizenzausgabe: Bastei Verlag Gustav H. Lübbe GmbH & Co.,
Bergisch Gladbach
Printed in Germany März 1998
Einbandgestaltung: Zembsch-Werkstatt, München
Satz: hanseatenSatz-bremen, Bremen
Druck und Bindung: Elsnerdruck, Berlin
ISBN 3-404-12782-x

Der Preis dieses Bandes versteht sich einschließlich
der gesetzlichen Mehrwertsteuer.

1

Es kam in einem gepolsterten braunen Umschlag. Vom Format her hätte es ein Buch sein können, ein wissenschaftlicher Text, den ich irgendwann einmal bestellt und dann vergessen hatte. Der Umschlag wanderte in die Ablage, zusammen mit der übrigen Montagspost, Rechnungen und Seminarankündigungen.

Ich ging in mein Arbeitszimmer und überlegte, wie ich mit Stefanie und Sandra Wallace, die in zehn Minuten für ihre zweite Sitzung erscheinen würden, verfahren sollte.

Vor einem Jahr hatte der Vater die Mutter umgebracht. Er stellte es als ein Verbrechen aus Leidenschaft dar, und vielleicht war es das auch, Leidenschaft der übelsten Sorte. Nach der Gerichtsakte zu urteilen hatte es daran nie gemangelt zwischen Annie und Donald Wallace. Sie war keine willensstarke Frau. Auch nach der häßlichen Scheidung »empfand« sie noch etwas für ihn. Es überraschte daher niemanden, daß er sie mit ein paar süßen Worten und der Aussicht auf ein Hummeressen und einen Joint zu einem abendlichen Ausflug in die Wälder überreden konnte.

Sie hielten auf einem Parkplatz, rauchten Gras, schliefen miteinander, redeten, stritten und prügelten sich. Irgendwann zückte Donald sein Fahrtenmesser, stach dreiunddreißigmal auf sie ein, rollte sie aus seinem Transporter und fuhr davon. Seine unverwechselbare silberne Geldtasche mitsamt seinem Mitgliedsausweis von einem Motorradclub ließ er am Tatort liegen.

In einem Handel zwischen Verteidigung und Staatsanwaltschaft einigte man sich auf Totschlag und fünf bis zehn Jahre Gefängnis. Dort hing er mit seinen Met brauenden Freunden von der Arischen Bruderschaft herum, nahm an einem Kurs für Automechanik teil, obwohl er der Ausbilder hätte sein können, und sammelte Punkte in guter Führung.

Nach dem Gesetz konnte er nach vier Monaten beantragen, seine Töchter zu sehen, und das hatte er prompt getan. Stephen Huff – einer der besseren Leute beim Familiengericht – hatte mich um ein Gutachten gebeten. Wir trafen uns in seiner Kanzlei, und er weihte mich in die Einzelheiten ein.

»Wie stellt er sich die Treffen denn vor, Steve?«

»Zweimal im Monat, im Gefängnis. Seine Freunde, ein idiotischer Verein namens ›Donald Wallace Verteidigungsfonds‹, wollen für die Fahrtkosten aufkommen.«

»Wer weiß, woher das Geld kommt. Wahrscheinlich vom Drogenhandel, wenn es seine Motorradkumpel sind.«

»Darum geht es jetzt nicht, Alex. Reden Sie mit den armen Würmern, schreiben Sie einen Bericht, daß die Besuche psychischen Schaden anrichten, und wir können die Sache begraben.«

»Und für wie lange?«

»Ich kann seinen Antrag für mindestens ein Jahr auf Eis legen.«

»Und dann, Steve? In einem Jahr sind die beiden gerade mal zehn und elf.«

Er zupfte an seiner Krawatte. »Was soll ich sagen, Alex? Ich will auch nicht, daß die Kinder versaut werden. Ich bitte Sie um das Gutachten, weil Sie kein Softie sind – für einen Psychologen.«

»Meinen Sie, jemand anders würde den Besuchen zustimmen?«

»Möglich. Sie wissen doch, was manche Ihrer Kollegen an Meinungen äußern. Neulich hatte ich einen hier, der mir erzählen wollte, es wäre gut für Kinder, wenn die Mutter depressiv ist, weil sie auf diese Weise wahre Emotionen schätzen lernten.«

»Okay, ich mache es, wenn Sie mir erlauben, die Sache vernünftig anzugehen. Das Gutachten soll schließlich den Kindern helfen. Ein Fetzen Papier für die Akten nützt ihnen wenig.«

»Sie meinen, Sie wollen sie in Therapie nehmen? Von mir aus. Sie sind hiermit offiziell eingesetzt. Schicken Sie die Rechnung direkt an mich. Ich sorge dafür, daß Sie innerhalb von drei Wochen bezahlt wird.«

»Von unseren Motorradrittern vielleicht?«

»Keine Sorge. Sie werden bezahlen, das garantiere ich.«

Die Mädchen kamen pünktlich, genau wie die Woche zuvor. Sie hingen wie Koffer an den Armen ihrer Großmutter.

»Hier wären wir also«, rief Evelyn Rodriguez. Sie blieb vor der Tür stehen und schob die beiden herein.

»Guten Morgen«, begrüßte ich sie, »hallo, Kinder.« Stefanie lächelte verlegen. Ihre ältere Schwester schaute weg.

Evelyn blickte beharrlich an mir vorbei. Der Name Rodriguez stammte von ihrer jetzigen, vierten Ehe. Sie selbst war eine untersetzte, älter wirkende Endfünfzigerin angelsächsischer Herkunft, mit Brille, nikotingegerbter Haut und Lippen so dünn und gerade wie mit dem Skalpell gezogen.

Sie tätschelte Sandras Kopf. Das Kind drückte sein Gesicht an ihren dicken, weichen Arm. Stefanie war ins Wohnzimmer gegangen und betrachtete eines der Bilder an der Wand.

»Also dann«, sagte Evelyn Rodriguez, »ich warte im Auto.« Sie schaute auf ihre winzige Armbanduhr. »Wie lange wird es diesmal dauern?«

»Ich denke, etwa eine Stunde, vielleicht ein paar Minuten mehr oder weniger.«

»Das letztemal waren es nur zwanzig Minuten.«

»Ich weiß, aber heute möchte ich es ein bißchen länger versuchen.«

Sie runzelte die Stirn. »Na gut. Also, benehmt euch, Kinder.«

Sie ging auf die Terrasse hinaus und schloß die Tür. Stefanie studierte noch immer das Bild. Sandra umklammerte mit ihrer Patschhand den Türknopf und kaute auf der Unterlippe. Mein Lächeln rief keine Reaktion hervor in ihrem Mopsgesicht. Entweder sie nahm es nicht wahr, oder sie nahm es mir nicht ab.

»Nun, wie geht's, Sandra?«

Sie zog die Schultern hoch und starrte auf den Fußboden. Obwohl sie zehn Monate älter war als ihre Schwester, war sie zwei Zentimeter kleiner und wirkte unreifer. In der ersten Sitzung hatte sie kein Wort gesagt. Sie saß nur da mit den Händen im Schoß und ließ Stefanie reden.

»Hast du diese Woche etwas Aufregendes erlebt?«

Sie schüttelte ihre weißblonden Zöpfe. Ich legte eine Hand auf ihre Schulter; sie wurde stocksteif, bis ich sie wieder losließ. Ich fragte mich, ob ihre Reaktion auf frühere Mißhandlung schließen ließ. Wie tief würde ich graben müssen?

»Zeichnest du gern, Sandra?« versuchte ich es noch einmal.

»Manchmal.«

»Vielleicht finden wir etwas für dich im Spielzimmer.«

Sie zuckte die Schultern und schaute auf den Teppich.

Stefanie betastete den Rahmen des Bildes; es war ein Druck mit einer Boxszene von George Bellows. Ihr schmaler Mund war voller unregelmäßiger, großer Zähne und stand immerzu offen, so daß sie stets ein wenig verwundert aussah. Ihre Fingernägel waren schmutzig und ihre braunen Augen eigentlich nichts Besonderes, doch dann lächelte sie, und in solchen Augenblicken hätte sie jeder Werbefilmer sofort engagiert.

»Das Bild ist cool.«

»Und was gefällt dir so daran?«

»Das Kämpfen. Dingeling, Gong, paff-paff, stirb, Kobra, stirb!«

Sie ballte die Fäuste und stolperte nach vorn wie Frankensteins Monster, grabschte Sandras Arm und kitzelte sie. Das pummelige Mädchen kicherte und kitzelte unbeholfen zurück. Stefanie riß sich los, drehte sich im Kreis und boxte in die Luft. Sandra kaute wieder auf ihrer Lippe.

»Also los«, sagte ich und führte sie in mein Arbeitszimmer. Sandra setzte sich sofort an den Spieltisch. Stefanie sprang grummelnd herum und verpaßte ihrem Schatten ein paar deftige Gerade.

Sandra beobachtete sie eine Weile, dann nahm sie ein Blatt Papier von einem Stapel und einen Wachsmalstift. Ich hoffte, sie würde anfangen zu zeichnen, doch sie legte den Stift wieder weg und sah ihrer Schwester zu.

»Schaut ihr euch die Ringkämpfe im Fernsehen an?«

»Roddy sieht sie sich manchmal an«, sagte Stefanie, ohne aus dem Tritt zu kommen.

»Das ist der Mann eurer Großmutter, nicht wahr?«

Sie nickte und ließ eine Links-rechts-Kombination los. »Er ist aber nicht unser Großvater. Er ist Mexikaner.«

»Und er mag Ringkämpfe?«

»O ja. – Paff-paff!« Sie drosch weiter auf ihre unsichtbaren Feinde ein.

»Was macht denn die Schule?« fragte ich Sandra.

Sie schüttelte den Kopf und schaute zur Seite.

»Wir gehen noch nicht hin«, sagte Stefanie.

»Warum nicht?«

»Oma sagt, wir müßten noch nicht.«

»Vermißt du denn deine Freunde nicht?«

Sie zögerte. »Kann sein.«

»Soll ich mit eurer Großmutter darüber reden?«

Stefanie nickte. Sie schaute Sandra an, die dabei war, die Papierhülle von dem Wachsstift zu zupfen. »Hör auf damit! Der gehört ihm!«

»Das macht doch nichts«, sagte ich.

»Man soll keine Sachen kaputtmachen, die anderen Leuten gehören.«

»Das ist richtig, aber manche Sachen sind dafür gedacht, daß sie aufgebraucht werden. Malstifte, zum Beispiel. Und diese Stifte hier sind für euch.«

»Zerstörung ist das Werk des Teufels!« deklamierte Stefanie und ließ die Arme kreisen.

»Hast du das in der Kirche gehört?« fragte ich.

Sie schien mich nicht zu hören und boxte in die Luft. »Er hat sich mit Satan eingelassen.«

»Wer?«

»Donald.«

Sandras Mund öffnete sich. »Hör auf«, sagte sie leise.

Stefanie ging zu ihr und faßte sie um die Schulter. »Ist schon gut. Er ist nicht mehr unser Papa, hast du das vergessen? Der Teufel hat ihn in einen bösen Geist verwandelt und all seine Sünden zu einem großen Paket verschnürt, und das muß er jetzt mit sich herumtragen.«

Sandra wandte sich ab.

»All seine Sünden?« fragte ich.

»Ja, der liebe Gott zählt alle guten Taten und alle bösen Taten und packt sie zusammen. Wenn du stirbst, dann kann er gleich sehen, ob du in den Himmel oder in die Hölle gehörst. *Er* kommt in die Hölle; dort schauen die Engel sich sein Paket an und sehen alles, was er getan hat, und dann wird er verbrannt. Das ist die Wahrheit.«

Sandras Augen hatten sich mit Tränen gefüllt. Sie versuchte Stefanies Arm abzuschütteln, doch die ließ nicht locker.

»Ist schon gut«, wiederholte sie. »Es ist die Wahrheit, und die muß man aussprechen.«

»War er jemals böse zu euch?«

Sandra schüttelte den Kopf. Stefanie sagte: »Er hat uns geschlagen.«

»Oft?«

»Manchmal, wenn wir ungezogen waren.«

»Ungezogen?«

»Wenn wir an seine Sachen gingen, an sein Motorrad – Mama

hat er öfter geschlagen, nicht wahr?« Sie stubste Sandra an. »Das hat er doch.«

Sandra nickte schwach, griff nach dem Malstift und knibbelte wieder an dem Papier.

»Deshalb sind wir von ihm weggegangen«, sagte Stefanie. »Er hat sie die ganze Zeit geschlagen. Und dann verfolgte er sie mit Lust und Sünde im Herzen und brachte sie um.«

Sandra fing an zu weinen. Ich holte eine Packung Papiertaschentücher. Stefanie nahm sie mir ab und wischte ihrer Schwester die Tränen ab. Sandra beruhigte sich, und Stefanie nahm ihren Boxkampf wieder auf.

»Laßt uns mal durchgehen, was ich euch letzte Woche erzählt habe. Ihr seid hier, weil euer Vater will, daß ihr ihn im Gefängnis besucht. Ich will herausfinden, was ihr darüber denkt, damit ich es dem Richter erzählen kann.«

»Warum fragt der Richter uns nicht selbst?«

»Das wird er noch. Er wird mit euch reden, doch erst will er, daß ich –«

»Warum?«

»Weil das mein Beruf ist – mit Kindern zu reden und herauszufinden, was sie wirklich denken.«

»Wir wollen ihn nicht sehen«, sagte Stefanie.

Sandra schlug die Hände vors Gesicht, schluchzte auf und rannte davon. Sie riß die Tür so schwungvoll auf, daß es sie fast umwarf.

Stefanie schaute ihr nach; sie wirkte winzig und hilflos.

»Es sieht aus, als ob du immer auf sie aufpaßt, obwohl sie die Ältere ist.«

Sie zuckte die Schultern.

»Manchmal ist es bestimmt nicht einfach.«

Sie stemmte die Hände in die Hüften und streckte das Kinn vor. Ich lächelte.

»Es geht schon«, sagte sie, »sie ist schließlich meine Schwester.«

Ich klopfte ihr auf die Schulter, und sie schniefte kurz.

»Die Wahrheit muß man aussprechen!«

»Ja, das muß man.«

Sie fing wieder an, in die Luft zu boxen. »Paff, pau ... Ich will jetzt nach Hause.« Dann rannte auch sie nach draußen.

Sandra war schon zu Evelyn ins Auto gestiegen. Stefanie ging zur Beifahrerseite, ohne mich aus den Augen zu lassen. Sie öffnete die Wagentür und kletterte auf den Rücksitz.

»Das ging ja schnell«, sagte Evelyn. »Müssen wir noch mal wiederkommen?«

»Wir wollen es morgen noch einmal versuchen. Um dieselbe Zeit. Geht das?«

»Eigentlich nicht. Ich habe was zu erledigen.«

»Was wäre denn eine gute Zeit für Sie?«

»Die gibt's nicht. Die guten Zeiten sind schon lange vorbei.«

Sie ließ den Wagen an. Ihre Lippen zitterten. Die Stoßstange schrammte am Bordstein, als sie davonfuhr.

Ich blieb eine Weile stehen und atmete die Auspuffgase ein, bevor ich ins Haus zurückging. Es war erst zehn Uhr morgens, doch ich war schon wieder müde.

Ich ging in die Küche, stellte die Kaffeemaschine an und begann, die Post durchzugehen. Werbung wanderte in den Papierkorb, Schecks wurden unterschrieben und Briefe abgeheftet, bevor ich zu dem braunen Umschlag kam, von dem ich annahm, daß er ein Buch enthielt. Ich öffnete ihn und griff hinein: nichts. Doch als ich ihn schüttelte, purzelte eine Tonbandkassette auf den Tisch.

Schwarz, kein Etikett, keine Beschriftung.

Ich sah mir den Umschlag genauer an. Meine Adresse stand auf einem weißen, getippten Aufkleber. Keine Postleitzahl, kein Absender. Abgestempelt vor vier Tagen am Hauptpostamt.

Seltsam. Ich nahm die Kassette mit ins Wohnzimmer, schob sie ins Kassettendeck und ließ mich auf meine alte Ledercouch sinken.

Zuerst war nichts zu hören, nur ein Klick und Knistern. Dann eine Stimme – Schreie, eine heisere Männerstimme, feuchtes Gurgeln voller Schmerz, unerträglicher Schmerz. Ohne Unterbrechung, zusammenhanglose, grauenhafte Laute. Ich saß auf meiner Couch, steif vor Verblüffung. Ich versuchte, Wörter auszumachen, doch ich hörte nur heulenden Schmerz. Lauter und lauter. Ich wollte gerade abschalten, da hörte es plötzlich auf. Knistern. Dann eine neue Stimme, eine weiche, hohe Kinderstimme:

»Böse Liebe. Böse Liebe. Ich will deine böse Liebe nicht.«

Eine Kinderstimme, doch kein Lallen, sondern unnatürlich tonlos – maschinenhaft.

»Böse Liebe. Böse Liebe. Ich will deine böse Liebe nicht.«

Drei- oder viermal, wie ein Gebet. Ein Gebet aus dem Jenseits.

2

Ich stellte den Kassettenrekorder ab. Meine Hände waren verkrampft, mein Herz pochte, und mein Mund war trocken.

Aus der Küche kam Kaffeeduft. Ich goß mir eine Tasse ein, ging ins Wohnzimmer zurück und spulte das Band zurück. Dann drehte ich die Lautstärke aufs Minimum zurück und drückte die Play-Taste.

Sogar ganz leise war es noch grauenhaft. Jemandem wurde Weh getan. Dann wieder der Kindergesang, noch schlimmer beim zweiten Hören. Was hatte man ihm angetan, daß diese Stimme so vollkommen leer klang?

Ich kannte solche Stimmen – aus Sterbesälen, Gummizellen und Asylen.

Böse Liebe ...

Der Ausdruck kam mir bekannt vor. Ich versuchte, mich zu erinnern. Mein Kaffee wurde kalt, ohne daß ich ihn anrührte. Schließlich stand ich auf, nahm die Kassette heraus und brachte sie ins Arbeitszimmer. Ich legte sie in die Schreibtischschublade neben Annies Akte.

Dr. Delawares Horrormuseum.

Mein Herz galoppierte. In meinem Kopf hallten die Schreie und der Singsang wider. – Das Haus war so öde. Ruth würde nicht vor Donnerstag von ihrem Instrumentenbauerkongreß in Oakland zurückkommen.

Wenigstens hatte sie es nicht gehört. Seit wir zusammenlebten, hatte ich mich stets bemüht, sie von den häßlichsten Seiten meiner Arbeit fernzuhalten. Schließlich wurde mir klar, daß ich die Mauer höher gezogen hatte als nötig, und ich versuchte, sie mehr einzubeziehen.

Doch nicht in diesem Fall. Das mußte sie sich nicht anhören.

Ich fragte mich, was die verfluchte Aufnahme bedeuten konnte. War es ein übler Scherz?

Die Kinderstimme ... Böse Liebe ... Ich sprach es laut aus, in der Hoffnung, es würde meinem Gedächtnis auf die Sprünge helfen.

War es ein Begriff aus der Psychologie? Ein Lehrbuchausdruck? Es klang nach Psychoanalyse. Melanie Klein zum Beispiel hatte über gute und schlechte Brüste geschrieben.

Ich schaute in einem Wörterbuch der Psychologie nach: nichts. Ich versuchte noch eine Menge anderer Bücher und ging die Stichwörter durch. Nichts zu finden.

War es ein früherer Patient, der mich für meine schlechten Dienste bestrafen wollte? Oder hatte es etwas mit meinem gegenwärtigen Fall zu tun? Vielleicht steckte Donald Wallace dahinter.

Sein Verteidiger, ein Schwachkopf, hatte mich mehrmals angerufen, bevor ich die Mädchen kennenlernte. Er wollte mir einreden, sein Klient sei ein gewissenhafter Vater. War diese verrückte Aufnahme ein Einschüchterungsversuch? Wollte er mich dazu bringen, den Fall aufzugeben und das Feld zu räumen für seine eigenen Experten?

Die hatte ich allerdings auch. Ich wählte die Nummer der Polizeizentrale und ließ mich mit der Abteilung Mord und Raub verbinden. Dort fragte ich nach Detective Sturgis.

Milo Sturgis war nicht in seinem Büro, was mich nicht überraschte. Er hatte eine Degradierung und sechs Monate unbezahlten Urlaub hinter sich, weil er einem homophoben Vorgesetzten, der ihn in einer lebensgefährlichen Situation hängenließ, den Kiefer gebrochen hatte. Danach hatte man ihn für ein schreckliches Jahr auf einen Computerjob im Rechenzentrum gesetzt, in der Hoffnung, er würde am Ende um vorzeitige Pensionierung bitten. Das Polizeipräsidium in Los Angeles leugnete immer noch, daß es schwule Polizisten gab. Milos pure Anwesenheit wurde als Anschlag auf diese Vogel-Strauß-Politik aufgefaßt. Aber er hielt durch und wurde schließlich wieder in den aktiven Dienst aufgenommen. Nun genoß er natürlich jeden Augenblick, den er auf der Straße verbringen konnte.

»Haben Sie eine Idee, wann er zurückkommt?« fragte ich den Kriminalbeamten am anderen Ende der Leitung.

»Nein.« Er schien sich belästigt zu fühlen. Ich hinterließ meinen Namen und legte auf.

Ich kam zu dem Schluß, daß es nichts brachte, sich weiter Sorgen zu machen, schlüpfte in T-Shirt, Shorts und Sportschuhe und trabte nach draußen, um für eine halbe Stunde zu laufen.

Ich joggte die Einfahrt hinunter, um die Hecke herum und wollte zu dem Schotterweg am Fluß entlang. Doch plötzlich stand etwas in meinem Weg und starrte mich an. Ein Hund. Ein Hund, allerdings, wie ich noch nie einen gesehen hatte. Nicht groß, vielleicht dreißig Zentimeter hoch und doppelt so lang, doch vollgepackt mit Muskeln. Er hatte stämmige Beine, einen Stiernacken, eine gewölbte Brust und einen straffen Bauch. Es war ein kastrierter Rüde. Kopf und Gesicht waren auffällig breit und flach, mit tiefen Falten und hängendem Kinn. Irgendwas zwischen Frosch, Gorilla und »Alien«.

Er sah mir direkt in die Augen, sabbernd, vorgebeugt, bereit zum Sprung. Ich starrte zurück. Er knurrte und gähnte und zeigte seine großen, weißen, scharfen Fänge. Seine Zunge war von der Größe einer Banane. Er leckte sich sein fleischiges Maul. Der weiße Fleck auf seiner dunklen Brust zitterte vor Aufregung. Um den Hals trug er ein nagelgespicktes Band, aber kein Namensschild, soweit ich sehen konnte.

»Hallo, alter Knabe.«

Seine Ohren bewegten sich nicht. Ich meinte eine Gutmütigkeit zu spüren, die nicht zu seiner Kämpferhaltung paßte. Er gähnte wieder und zeigte seinen violetten Rachen. Er rührte sich nicht von der Stelle. Seine Augen waren verkrustet, und er hechelte heftig. Die Spätsommerhitze schien ihm nicht gut zu bekommen. Sein Atem ging immer mehr in ein krank klingendes Röcheln über.

Ich ging in die Knie und tätschelte seinen Kopf. Er wandte mir sein trauriges Clowngesicht zu. Nicht nur seine Augen, auch die Falten in seinem Gesicht waren verkrustet.

Ich zeigte auf den Gartenschlauch in der Nähe meines Teiches.

»Na komm, Alter, ich glaube, eine kleine Wässerung wird dir guttun.«

Er atmete angestrengt und immer schneller, bewegte sich aber nicht vom Fleck, obwohl er den Kopf gehoben hatte und auf dem Sprung zu sein schien. Zitterten seine Vorderbeine, oder bildete ich mir das ein?

Als ich auf den Teich zuging, hörte ich samtige Schritte hinter mir. Ich schaute mich um. Er trottete in zwei Metern Abstand hinter mir her und hielt sich zu meiner Linken. Es sah eintrainiert aus. Und als ich das kleine Tor im Zaun öffnete, der den Teich umgab, blieb er zurück.

Das Wasser war grün – zuviel Sonne –, aber noch transparent. Meine japanischen Karpfen zogen träge ihre Kreise. Ein paar von ihnen bemerkten mich und kamen zum Rand geschwommen, um sich füttern zu lassen: die Überlebenden von meinem unerwarteten Zuchterfolg zwei Sommer zuvor. Die meisten waren jetzt fast einen halben Meter lang.

Der Hund stand still, starrte das Wasser an und litt.

»Na, komm schon, Alter.« Ich hob das Ende des Gartenschlauchs auf und öffnete den Wasserhahn. »Komm, hier gibt's was zu trinken.«

Er gaffte durchs Tor. Die Zunge hing ihm aus dem Maul, doch er blieb stehen, wenn auch ein wenig schwankend.

Ich zog den Schlauch hinter mir her und ging auf ihn zu. Der Hund stand wie angewurzelt, bis der tropfende Schlauch nur noch einen Zentimeter von seiner Schnauze entfernt war. Erst dann reckte er zaghaft den Kopf, leckte zuerst, soff und badete schließlich in dem ersehnten Wasser. Als er genug hatte, setzte er sich auf seine drallen Hinterbeine, und ich trug den Schlauch zurück.

»Und jetzt?«

Er kam zu mir getrottet und legte seinen Kopf an mein Bein. Ich kraulte ihn hinter den Ohren, und sein Körper lockerte sich. Er ließ es sich auch gefallen, daß ich ihm mit meinem Taschentuch die Krusten aus dem Gesicht wischte. Als ich fertig war, knurrte er zufrieden.

»Nichts zu danken.«

Er legte wieder seinen Kopf an mein Bein und atmete genußvoll aus, während ich ihn tätschelte.

Was für ein Morgen! Ich seufzte. Er knurrte.

»Wo kommst du her?«

Post von Verrückten und Gespräche mit einem Hund. So weit ist es mit dir gekommen, Alex Delaware.

Der Hund schaute zu mir auf. Seinen Blick faßte ich gern als freundschaftlich auf. Man nimmt, was man kriegen kann.

Mein neuer Freund schaute mir zu, wie ich den Seville aus der

Parkbucht fuhr. Als ich die Beifahrertür öffnete, sprang er ins Auto, als gehörte es ihm. Für die nächsten neunzig Minuten schaute er aus dem Fenster, während ich herumfuhr, nach HUND VERMISST-Anschlägen Ausschau hielt und Nachbarn ansprach, die ich nie zuvor gesehen hatte. Keiner wollte mit ihm zu tun haben, obwohl das Kassenmädel am Beverly-Glen-Supermarkt meinte, er sei hübsch, und eine Reihe von Kunden ihr beistimmten.

Wo ich einmal dort war, kaufte ich etwas zu essen für mich und eine Tüte Trockenfutter für meinen Kumpel. Wieder zu Hause, sprang er hinter mir die Treppe hinauf und schaute mir zu, wie ich meine Einkäufe ablud. Ich streute das Trockenfutter in eine Schale und stellte sie neben einer zweiten Schale mit Wasser auf den Küchenboden, ohne daß er davon Notiz nahm. Statt dessen ging er vor meinem Kühlschrank in Position. Als ich das Futter anfeuchtete, hatte das nur den Effekt, daß er mit seinem Stummelschwanz zu wedeln anfing, ohne sich sonst zu rühren.

Ich zeigte auf die Schale. Er stubste mit seiner Nase die Kühlschranktür an und sah mich an. Ich öffnete die Tür, und er versuchte den Kopf hineinzustecken. Ich zog ihn am Halsband zurück und fand nach einigem Wühlen ein übriggebliebenes Stück Hackbraten. Nun riß er sich los und sprang an mir hoch.

»Aha, ein Feinschmecker.«

Ich bröckelte etwas von dem Hackbraten in die Schale und mischte es unter das Trockenfutter. Er begann zu mampfen, bevor ich meine Hand zurückziehen konnte, und besabberte mich mit seinem schleimigen Speichel. Als er fertig war, reckte er seinen Kopf in die Höhe und schaute mich an. Dann machte er sich auf den Weg zur Hintertür und begann zu kratzen.

Ich schloß die Tür auf. Er fegte die Treppe hinunter und suchte sich einen schattigen Platz an einem Wacholderbusch, um sein Bein zu heben. Als er zurückkam, schaute er zufrieden und würdevoll drein.

Er nahm zu meinen Füßen Platz und hielt mir erwartungsvoll sein Froschgesicht entgegen. Ich kraulte ihn unter dem Kinn, er rollte sich prompt auf den Rücken, alle viere in die Luft gestreckt. Ich kratzte seinen Bauch, und er stöhnte genüßlich. Als ich aufhören wollte, legte er eine Tatze auf meine Hand und bettelte, daß ich weitermachte. Endlich drehte er sich wieder um und begann zu schnarchen.

»Irgend jemand muß dich einfach vermissen.«

Ich holte die Morgenzeitung. Jede Menge verlorengegangene Hunde in den Kleinanzeigen, aber keine der Beschreibungen paßte im entferntesten auf die Kreatur, die vor mir ausgestreckt lag.

Ich ließ mir von der Auskunft die Nummer des Tierheims geben und beschrieb der Frau, die sich dort meldete, meinen Fund.

»Hört sich süß an«, war ihre Reaktion.

»Und was könnte es sein?«

»Schwer zu sagen aus der Ferne. Eine Art Bulldogge, wenn ich raten soll. Vielleicht ein Mischling.«

»Was soll ich mit ihm machen?«

»Nach dem Gesetz müssen Sie versuchen, ihn seinem rechtmäßigen Besitzer zuzuführen. Sie können ihn auch herbringen und bei uns lassen, aber wir sind ziemlich voll. Mehr als das Allernötigste könnten wir ihm leider nicht bieten.«

»Und was passiert, wenn er bei Ihnen ist und keiner nach ihm fragt?«

»Tja ...«

»Was könnte ich sonst noch tun?«

»Sie könnten eine Anzeige in die Zeitung setzen. Die Gefunden-Rubrik ist oft kostenlos. Vielleicht sollten Sie ihn auch von einem Tierarzt untersuchen lassen, um sicherzugehen, daß er Ihnen keine Krankheiten ins Haus bringt.«

Ich dankte ihr, rief die Zeitung an und gab meine Anzeige auf. Als nächstes schlug ich die Gelben Seiten auf und schaute unter Tierärzten nach. Es gab eine Tierklinik in meiner Nähe.

Ich ließ den Hund noch eine Stunde schlafen, dann lud ich ihn wieder ins Auto.

Der Warteraum war leer bis auf einen alten Mann mit Golfkappe und einen riesigen weißen Schäferhund, der auf dem Boden kauerte und vor Angst wimmerte und zitterte. Der Mann versuchte, ihn zu beruhigen: »Schon gut, Rexie, keine Sorge, Rexie.«

Ich klopfte an eine Milchglasscheibe und meldete mich an. Ich gab meinen eigenen Namen an, den Namen des Hundes kannte ich schließlich nicht. Fünf Minuten später wurde Rex aufgerufen, und nach ein paar weiteren Minuten kam ein Mädchen im Schulalter herein und rief: »Alex?«

Die Bulldogge lag ausgestreckt und schnarchte. Ich hob ihn auf und trug ihn hinein, worauf er ein Auge öffnete. Ansonsten blieb er entspannt.

»Was fehlt denn unserem Alex?« fragte das Mädchen.

»Das ist eine lange Geschichte«, antwortete ich und folgte ihr in ein kleines Untersuchungszimmer. Bald darauf kam der Tierarzt, ein junger Asiat mit Igelfrisur.

»Tag, ich bin Dr. Uno. – Aha, ein Franzose. Die sieht man selten.«

»Ein was?«

»Eine französische Bulldogge – wußten Sie das nicht?«

»Ich habe ihn gefunden.«

»Ach so. Das ist ein sehr seltener Hund, den Sie da haben. Bestimmt wird ihn jemand zurückverlangen. Die kleinen Kerle sind ziemlich wertvoll, und dieser hier sieht mir nach einem erstklassigen Exemplar aus.« Er schaute ihm ins Maul. »Sehr gepflegt. Die Zähne sind kürzlich geschliffen worden, und seine Ohren sind sauber. Diese Stehohren fangen sich alles mögliche ein. – Haben Sie irgendwelche Schwierigkeiten mit ihm?«

»Nichts, abgesehen davon, daß er wasserscheu ist. Ich wollte ihn nur mal untersuchen lassen.«

»Wasserscheu? Wie kommen Sie darauf?«

Ich erzählte ihm, wie der Hund von meinem Teich Abstand gehalten hatte.

»Interessant«, sagte der Tierarzt. »Wahrscheinlich hat man ihn so trainiert, zu seiner eigenen Sicherheit. Kleine Bulldoggen ersaufen sehr leicht. Sie sind schwerknochig und sinken wie ein Stein. Außerdem haben sie kaum eine Nase, die sie über Wasser halten könnten. Einer meiner Patienten hat auf diese Weise zwei englische Bulldoggenbabys verloren. Unser Freund hier macht also keinen Fehler, wenn er sich von Gewässern fernhält.«

»Er ist auch stubenrein und geht bei Fuß.«

Der Arzt lächelte, als er den Anflug von Besitzerstolz in meiner Stimme hörte.

»Warum stellen wir ihn nicht einfach mal auf den Tisch hier und sehen, was er noch alles kann?«

Der Hund wurde untersucht und geimpft und erhielt ein einwandfreies Gesundheitszeugnis.

»Offenbar hat sich jemand sehr gut um ihn gekümmert«, sagte Dr. Uno. »Worauf Sie achten müssen, ist, daß er nicht zuviel Sonne bekommt, besonders um diese Jahreszeit. Rundschädel wie dieser sind sehr anfällig für Hitzschlag.«

Er überreichte mir Broschüren mit dem Wichtigsten über Hundehaltung und wiederholte seine Hitzewarnung. – »Das wäre auch schon alles. Viel Glück bei der Besitzersuche.«

»Können Sie mir da vielleicht einen Tip geben?«

»Setzen Sie eine Anzeige in die Zeitung, oder, wenn es hier einen Verein für diese Rasse gibt, versuchen Sie es bei denen.«

Er brachte mich zur Tür.

»Ist er gutmütig?« fragte ich. »Ich meine, werden diese Hunde schon mal aggressiv?«

Die französische Bulldogge schaute zu uns auf und wedelte mit ihrem Stummelschwanz.

»Aggressiv?« Dr. Uno lachte. »Schauen Sie ihn nur an. Vielleicht wird er versuchen, Sie zu beschützen, wenn er Sie mag, aber verlassen würde ich mich nicht darauf. Nein, außer als Freund ist er zu nichts zu gebrauchen.«

»Was will man mehr?«

3

Zu Hause rief ich meinen Antwortdienst an und erfuhr, daß Milo zurückgerufen hatte. Als ich diesmal das Morddezernat wählte, kam er selbst ans Telefon. Ich erzählte ihm von der Kassette und rechnete damit, daß er die Sache nicht ernst nehmen würde, doch er hakte ein: »Böse Liebe? Seltsam. Derselbe Spruch ist in einem Fall vor ein paar Monaten aufgetaucht. Erinnerst du dich an den Mord an der Sozialarbeiterin in der psychiatrischen Klinik? Rebecca Basille?«

»Es war in allen Nachrichten.« Ich dachte an die Schlagzeilen und Interviews, an das Lächeln der hübschen, dunkelhaarigen jungen Frau, die in einem schalldichten Therapieraum an Stichwunden verblutet war. »Du hast mir nie erzählt, daß du mit dem Fall zu tun hattest.«

»Ein Fall ist eigentlich nie daraus geworden. Der Wahnsinnige, der sie umgebracht hat, hat kurz darauf selbst ins Gras gebissen, als er versuchte, eine Geisel zu nehmen. Noch eine Sozialarbeiterin.«

»Ich erinnere mich.«

»Der Papierkram ist dann an mir hängengeblieben.«

»Und wo kommt der Ausdruck ›böse Liebe‹ ins Spiel?«

»Das hat der Psychopath geschrien, während er durch die Klinik rannte.«

»Es muß etwas mit Psychologie zu tun haben. Ein Fachausdruck, den er im Laufe einer Behandlung aufgeschnappt hat. Ich bin sicher, ich habe es schon einmal gehört. Wenn ich nur wüßte, wo.«

»Wahrscheinlich hast du recht. Und nun ist es Kindermund, sagst du?«

»Ja, ein Kind. Eine eigenartige, tonlose Litanei. Es könnte mit einem Fall zu tun haben, an dem ich arbeite. Weißt du noch, die Akte, die du mir besorgt hast? Der Typ, der seine Ehefrau abgestochen hat?«

»Der Motorradfahrer.«

»Er sitzt seit sechs Monaten im Gefängnis. Seit zwei Monaten versucht er, Besuchserlaubnis für seine Töchter zu bekommen. Ungefähr seitdem die Basille-Geschichte in den Zeitungen stand, wenn ich jetzt daran denke. Wenn es in den Zeitungen erwähnt wurde, daß Rebeccas Mörder ›böse Liebe‹ geschrien hat, dann könnte er sich das gemerkt haben, für spätere Verwendung.«

»Um den Psychofritzen daran zu erinnern, was passieren kann, wenn er sich danebenbenimmt, meinst du. Aber warum sollte er annehmen, daß du die Warnung verstehen würdest?«

»Ich weiß nicht. Es sei denn, es ist als Vorgeschmack gedacht, und es kommt noch mehr.«

»Wie war noch der Name dieses Kerls?«

»Donald Wallace.«

»Die Akte hab ich nie gelesen. Kannst du mir auf die Sprünge helfen?«

»Er trieb sich gewöhnlich mit einem Motorradclub herum, den ›Iron Priests‹. Zwischen Gefängnisstrafen arbeitete er als Motorradmechaniker. Nebenher handelte er mit Speed. Ich glaube, er gehört auch einer Arischen Bruderschaft an.«

»Netter Kerl. Ich werde sehen, was ich herausfinden kann.«

»Meinst du, ich muß mich in acht nehmen?«

»Ach was. Es reicht, wenn du deine Tür abschließt. Bist du heute abend zu Hause?«

»Ja.«

»Wie geht's Ruth?«

»Sie ist in Oakland. Sie gibt ein Seminar über mittelalterliche Saiteninstrumente.«

»Die ist klüger und beschäftigt sich mit leblosen Gegenständen. Ich werde dich mal in deiner Einsiedelei besuchen. Wenn du willst, nehme ich Fingerabdrücke von der Kassette und vergleiche sie mit denen von Wallace.«

»Okay. Danke.«

»Ach ja, faß die Kassette bitte nicht mehr an. Hartplastik ist eine perfekte Oberfläche für Abdrücke ... Böse Liebe – klingt wie aus einem Horrorfilm.«

»Vielleicht hast du recht. In meinen Psychologiebüchern konnte ich jedenfalls nichts finden. Rebeccas Mörder könnte auch so darauf gekommen sein. Filme erreichen schließlich jeden. – Noch etwas anderes: Die Kassette ist an der Hauptpost aufgegeben worden, nicht im Gefängnis. Wenn Wallace dahintersteckt, muß er einen Helfer haben.«

»Ich kann die Mitglieder seiner Gang überprüfen. Wenigstens die mit Strafregistern. Mach dir keine Sorgen. Ich werde gegen acht bei dir sein. Ich muß jetzt in die Schlacht zurück.«

Nachdem er aufgelegt hatte, versuchte ich Evelyn Rodriguez zu erreichen. Ich lauschte dem Rufton und stellte mir den Mann vor, der ihre Tochter in Streifen geschnitten hatte, wie er in seiner Zelle saß und mit einem Kassettenrekorder herumspielte. Es hob niemand ab.

Ich dachte an Rebecca Basille. Erstochen in einem schalldichten Zimmer. Die Sache war mir damals an die Nieren gegangen – mir und allen anderen in meiner Branche. Ich hatte es verdrängt, bis Milo mich daran erinnerte.

Ich schlug mit der Faust auf die Küchentheke. Der Hund hob den Kopf und glotzte mich an. Ich hatte ihn ganz vergessen.

Um den Psychofritzen daran zu erinnern, was passieren kann, wenn er sich danebenbenimmt ...

Und wenn Wallace gar nichts mit dem Band zu tun hatte? Wenn es jemand anders war, jemand aus meiner Vergangenheit?

Ich ging ins Arbeitszimmer. Der Hund folgte mir. Ich hatte dort einen Schrank, vollgestopft mit Akten über ruhende Fälle, alphabetisch geordnet, aber zeitlich ging alles durcheinander, weil ich etliche Patienten mehrmals in Behandlung hatte.

Ich schaltete das Radio ein, für ein bißchen Hintergrundmusik, und fing bei A an. Ich suchte nach Kindern, bei denen ich psychopathische oder asoziale Tendenzen festgestellt hatte, und nach Fällen, wo ich nicht hatte helfen können, besonders solchen, wo es keine Hoffnung auf Besserung gab.

Am Ende des Nachmittags war ich zur Hälfte durch. Ich hatte nichts gefunden, was zu meinem Fallmuster paßte. Meine Augen schmerzten, und ich war erschöpft. Ich dachte daran, daß ich, selbst wenn ich etwas gefunden hätte, mit Milo nicht darüber reden konnte. Ärztliche Schweigepflicht.

Um Viertel nach acht klingelte es. Der Hund bellte nicht, aber seine Ohren richteten sich auf, und er folgte mir zur Tür. Er blieb neben mir stehen, während ich durch den Spion in Milos Gesicht schaute, das durch die Weitwinkellinse wie ein großer, pockennarbiger Pfannkuchen aussah, leichenblaß unter der Außenlampe.

»Polizei. Aufmachen, oder ich schieße.«

Er bleckte die Zähne und verwandelte sich in ein grinsendes Monster.

Ich öffnete die Tür und bat ihn herein. Er hatte eine schwarze Aktentasche bei sich und war noch in Arbeitskluft: blauer, sakkiger Blazer, graue Hose, weißes Hemd, das sich über seinem Bauch spannte, und eine blau-grau karierte Krawatte. Seine halbhohen Wildlederstiefel brauchten dringend neue Sohlen. Er war kürzlich beim Friseur gewesen und trug seinen gewohnten Haarschnitt: auf der Schädeldecke lang und zottig, Koteletten bis an die Ohrläppchen, ansonsten sehr kurz. Die Locke auf seiner Stirn war ein bißchen grauer geworden. Er schien auch wieder zugenommen zu haben, seitdem ich ihn das letztemal gesehen hatte, und sich seinen alten hundertzwanzig Kilo verteilt auf ein Meter neunzig zu nähern.

Er sah den Hund und sagte: »Was ist denn das?«

»Och, der ist mir zugelaufen. Eine französische Bulldogge. Rar und teuer, sagt der Tierarzt. Und er weiß sich zu benehmen.«

Milo beugte sich hinunter, tätschelte ihn und wurde abgeleckt.

»Nett.« Er wischte sich seine Hand an der Hose ab.

»Nicht wahr? Er tauchte heute morgen vor meiner Tür auf. Ich versuche, den Besitzer ausfindig zu machen, hab schon eine Anzeige aufgegeben. Der Tierarzt meint, er sei gut gepflegt worden. Es ist nur eine Frage der Zeit, bis sich jemand meldet.«

»Einen Augenblick dachte ich, du hättest dir einen Leibwächter zugelegt, wegen der Tonbandgeschichte.«

»Dazu taugt er wohl nicht. Das meint jedenfalls der Tierarzt.«

»Na, paß nur auf. Soweit ich gehört habe, sind solche Doggen darauf trainiert, Leuten die Eier abzubeißen.«

Er zog seine Jacke aus und warf sie über einen Stuhl.

»Ganz kurz zu dem, was ich bisher über Wallace erfahren habe: Im Knast hält er sich sehr bedeckt. Er hat Beziehungen zur Arischen Bruderschaft, ist aber kein Mitglied. Was er für Gerätschaften in seiner Zelle hat, konnte ich noch nicht herausbekommen. Wo ist die Kassette?«

»Im Kassettendeck.«

Er ging zum Regal und schaltete die Stereoanlage an. Der Hund blieb bei mir.

»Du weißt schon, von wem du deinen Hackbraten bekommst, nicht wahr, Hund?« Die Dogge richtete den Kopf auf und leckte meine Hand. Dann begannen die Schreie, und ihre Nackenhaare sträubten sich.

Beim dritten Hören war es noch schlimmer. Milo sah angeekelt aus, als es zu Ende war, doch er sagte nichts. Er holte seinen Aktenkoffer, schaltete das Kassettendeck ab und nahm die Kassette heraus, indem er einen Bleistift durch eine der Spulen steckte.

»Schwarzes Plastik«, murmelte er, »also her mit dem guten weißen Pulver.«

Er legte die Kassette auf die Haube meines Plattenspielers und nahm einen kleinen Pinsel und ein Fläschchen aus seinem Koffer. Er tauchte den Pinsel in das Fläschchen und bestrich die Kassette mit einem aschfarbenen Pulver.

»Ich sehe ein paar hübsche Wirbel und Linien, aber die könnten alle von dir stammen. Warum überprüfen wir das nicht gleich?«

Der Hund beobachtete uns, als er meine Finger einschwärzte und sie auf ein Fingerabdruck-Formular drückte. Während ich mir die Finger abwischte, fotografierte Milo die Abdrücke von der Kassette. Dann drehte er sie mit dem Bleistift um, nahm Abdrücke von der anderen Seite und machte weitere Fotos. »Wenn wir schon dabei sind, können wir es auch ordentlich machen«, murmelte er. Als er fertig war, ließ er die Kassette in einen kleinen, mit Stoff ausgeschlagenen Karton fallen, den er versiegelte und wegpackte.

»Was hältst du davon?« fragte ich ihn.

»Fingerabdrücke sehen für mich alle gleich aus. Das überlasse ich lieber dem Labor.«

»Ich meine, was hältst du von der Aufnahme? Erinnert es dich an irgendeinen Film?«

»Nein, eigentlich nicht.«

»Mich auch nicht. Hört sich das Kind nicht an, als hätte es eine Art Gehirnwäsche hinter sich?«

»Gehirntot, würde ich eher sagen. Okay, es ist scheußlich, aber das heißt nicht, daß es echt ist. Ich würde es immer noch unter ›B‹ abheften. ›B‹ wie ›Blödsinn‹.«

»Aber angenommen, es ist echt und wir haben es mit einem Sadisten zu tun, der ein Kind entführt und foltert und mich hineinzieht, um den Reiz zu erhöhen?«

»Langsam, Alex. Gefoltert wird nur einer auf dem Band, und es ist offenbar ein Erwachsener, der da schreit. Laß dich nicht durcheinanderbringen.«

»Wenn nicht Wallace dahintersteckt, dann ist es vielleicht ein Psychopath, der mich als sein Publikum ausgesucht hat, weil ich Kinder behandle und weil mein Name manchmal in der Zeitung steht. Jemand, der gelesen hat, daß Rebeccas Mörder die Worte ›böse Liebe‹ gebraucht hat. – Aber vielleicht ist die

Verbindung auch viel direkter. Vielleicht ist es ein früherer Patient, der mir klarmachen will, daß ich versagt habe. Ich hab angefangen, meine Akten durchzugehen, konnte aber bis jetzt noch nichts finden. Und meine Patienten waren stets Kinder. In den meisten Fällen habe ich keine Ahnung, was aus ihnen geworden ist.«

Milo packte seine Sachen und legte mir eine Hand auf die Schulter.

»Mach dir keine schlaflosen Nächte, Alex. Ich hab's mir überlegt, ich geh sofort ins Labor, nicht erst morgen früh, und versuche, jemanden von der Nachtschicht zu erwischen. Ich werde mir auch eine Kopie von dem Band ziehen und eine Akte anlegen, ganz privat und vertraulich. Das mache ich immer, wenn mir nichts Besseres einfällt.«

Nachdem er gegangen war, versuchte ich, eine psychologische Zeitschrift zu lesen, konnte mich aber nicht konzentrieren. Ich schaute mir die Nachrichten an, machte fünfzig Liegestütze und wühlte weiter in meinen Akten, bis ich alle durchhatte. Kindernamen und fast vergessene Krankengeschichten. Kein Hinweis auf »böse Liebe«. Niemand, der den Wunsch haben könnte, mir Angst einzujagen.

Kurz vor Mitternacht baute ich dem Hund in der Nähe der Küchentür ein Bett aus zwei Badetüchern und knipste das Licht aus. Er schaute sein Lager zweifelnd an und trottete zum Kühlschrank.

»Kommt nicht in Frage«, sagte ich, »es ist Zeit zum Schlafengehen.«

Ich ging zum Schlafzimmer. Er folgte mir, bis ich ihm die Tür vor der Nase zuschlug.

Sobald ich unter die Decke gekrochen war, hörte ich ihn an der Tür kratzen und stöhnen, dann Geräusche wie von einem alten Mann kurz vor dem Ersticken.

Ich sprang aus dem Bett und öffnete die Tür. Die Dogge fegte mir durch die Beine und warf sich aufs Bett.

»Auf keinen Fall«, sagte ich und schob ihn hinunter, mit dem Ergebnis, daß er wieder zu röcheln begann und versuchte, aufs Bett zu klettern. Er versuchte es noch dreimal, bevor er aufgab, mir den Rücken zuwandte und es sich neben dem Bett auf dem Teppich bequem machte.

Das schien ein annehmbarer Kompromiß zu sein, doch als ich mitten in der Nacht aufwachte, um über Schmerzensschreie und Robotergesänge zu grübeln, lag er neben mir und schaute mich mit seinen mitleidsvollen sanften Augen an. Ich ließ ihn, wo er war, und wenig später hörte ich ihn wieder schnarchen, was mir beim Einschlafen half.

4

Am nächsten Morgen erwachte ich mit einem sauren, metallischen Geschmack im Mund, wie so oft nach schlechten Träumen. Ich fütterte den Hund und versuchte noch einmal, die Familie Rodriguez zu erreichen. Wieder hob niemand ab, doch diesmal war ein Anrufbeantworter eingeschaltet, auf dem ich meine Bitte um Rückruf hinterließ. Als ich fertig war mit Duschen und Rasieren, hatte sich weder Evelyn noch sonst jemand gemeldet.

Ich mußte unbedingt raus. Ich legte meinem Freund einen großen Hundekuchen hin und machte mich zu Fuß auf den Weg zur Universität. Die Datenbanken der Bibliothek brachten keinen Hinweis auf »böse Liebe« hervor, weder im medizinischen noch im psychologischen Bereich. Mittags war ich wieder zu Hause.

Als ich meine alten Akten in den Schrank zurückstellte, bemerkte ich auf einem Regal einen einzelnen Karton, den ich übersehen haben mußte. Ich nahm ihn herunter und schaute nach, ob er weitere Akten enthielt.

Der Karton war vollgestopft mit Tabellen und Vorabdrukken, die ich einmal als Referenzen benutzt hatte. Patientenberichte waren keine darunter. Zwischen zwei Ordnern war eine mit einem Gummiband zusammengehaltene Rolle eingeklemmt. Ich zog sie heraus, wickelte sie auseinander und atmete eine Ladung Staub ein.

Es waren eigene Artikel und Programme von wissenschaftlichen Konferenzen, auf denen ich gesprochen hatte. Ich blätterte den Stapel flüchtig durch, bis ich auf einen steifen blauen Bogen mit fetten schwarzen Buchstaben stieß:

GUTE LIEBE / BÖSE LIEBE
Perspektiven und Strategien der Psychoanalyse in einer sich verändernden Welt

28.-29. November 1979
Western Pediatric Medical Center
Los Angeles, Kalifornien

Eine Konferenz über Bedeutung und Anwendung der De-Bosch-Theorie im sozialen und psycho-biologischen Kontext
Zu Ehren von 50 Jahren Lehre, Forschung und klinischer Tätigkeit unseres verehrten Kollegen

DR. PHIL. ANDRES B. DE BOSCH

Veranstalter:
WPMC
und das
De-Bosch-Forschungsinstitut und -Erziehungsheim
Santa Barbara, Kalifornien

Vorsitz:
Dr. phil. Katharina V. de Bosch
Psychoanalytikerin und Geschäftsführerin
De-Bosch-Forschungsinstitut und -Erziehungsheim

Dr. phil. Alexander Delaware
Assistenzprofessor für Kindermedizin und Psychologie
WPMC

Dr. med. Harvey M. Rosenblatt
Psychoanalytiker und Professor für Klinische Psychiatrie
Medizinische Fakultät, Universität von New York

Darunter Fotos von uns. Katharina de Bosch, dünn und tief nachdenklich. Rosenblatt und ich, bärtig, professoral.

Daneben bestand das Papier aus einer Rednerliste, weiteren Fotos und Informationen für interessierte Teilnehmer.

Gute Liebe/Böse Liebe. Ich erinnerte mich jetzt deutlich und fragte mich, wie ich es je vergessen konnte. 1979 war mein viertes Jahr am Western Ped gewesen, eine Zeit langer Tage und noch längerer Nächte auf der Krebsstation und in der Abteilung für Erbkrankheiten. Tröstung für sterbende Kinder. Hilfe für Familien mit Fragen, auf die es keine Antworten gab.

Im März jenes Jahres beschlossen der Leiter der Psychiatrie und der Chefpsychologe, gleichzeitig ein Jahr Forschungsurlaub einzulegen. Sie standen schon lange auf Kriegsfuß miteinander, und der Psychologe kehrte nie mehr zurück. Ihre letzte gemeinsame Tat war, mich als Übergangschef einzusetzen. Sie klopften mir auf die Schulter und gaben sich alle Mühe, es wie den ersten Schritt zu einer wundervollen Karriere aussehen zu lassen. In Wirklichkeit bedeutete es nur mehr Papierkrieg und eine vorübergehende Gehaltserhöhung, die mich lediglich in die nächsthöhere Steuerklasse beförderte.

Western Ped hatte damals noch einen guten Namen. Ich lernte schnell, daß es zu meinen neuen Aufgaben gehörte, Anfragen von Ämtern und Institutionen zu sichten, die sich mit uns in Verbindung bringen wollten. Meistens ging es um gemeinsam auszurichtende Konferenzen, zu denen das Krankenhaus die Räumlichkeiten zur Verfügung stellte und dafür einen Teil der Einnahmen und Gratis-Weiterbildung für seine Mitarbeiter bekam. Von der Flut von Anfragen, die jedes Jahr eingingen, waren etliche aus Kreisen der Psychiatrie oder Psychologie, und nur zwei oder drei davon wurden akzeptiert.

Katharina de Boschs Brief war einer von denen, die ich in den ersten Wochen auf meinem neuen Posten zu sehen bekam. Ich las ihn durch und lehnte ab. Die Entscheidung fiel mir leicht, denn für Theoretiker in klassischer Psychoanalyse hatten wir keinen Bedarf. Und nach dem, was ich von ihm gelesen hatte, war Andres de Bosch ein ziemliches Leichtgewicht. Als Autor fleißig, aber seicht. Nichts Neues, kein eigenständiger Gedanke. Sein internationales Ansehen ging auf ein Jahr in Wien als einer von Freuds Studenten und auf seine Teilnahme am französischen Widerstand zurück. Ich war nicht einmal sicher, ob er nicht noch lebte, obwohl die Konferenz, die seine Tochter vorschlug, nach einer Gedenkveranstaltung klang. Ich schrieb ihr einen höflichen Brief.

Zwei Wochen darauf wurde ich zum medizinischen Direktor gebeten, einem Kinderchirurgen namens Henry Bork, mit einer Vorliebe für jamaikanische Zigarren und abstrakte Gemälde. Ein Chirurg, der seit Jahren nicht mehr operiert hatte.

Er begrüßte mich freundlich und bat mich, auf einem seiner Breuer-Stühle Platz zu nehmen. Auf dem anderen saß eine schlanke Frau. Sie sah etwas älter aus als ich, Anfang Dreißig, dachte ich, aber ihr Gesicht hatte diesen langen, gramvollen Schnitt, der Menschen älter erscheinen läßt.

Ich setzte mich, und sie beobachtete mich, ihre spindeligen weißen Hände übereinandergelegt. Sie hatte ekzemartigen Ausschlag zwischen den Fingern, und eines ihrer Nagelbetten war wund.

Bork stellte sich zwischen uns und breitete die Arme aus, als sei er im Begriff, eine Symphonie zu dirigieren.

»Dr. Delaware, darf ich vorstellen, Dr. de Bosch. Dr. de Bosch, Alex Delaware ist unser kommissarischer Chefpsychologe.«

Ich lächelte sie an. Sie nickte so unmerklich, daß ich nicht wußte, ob ich es mir nur eingebildet hatte.

»Alex, erinnern Sie sich noch an das Schreiben von Dr. de Bosch, in dem sie ein gemeinsames Projekt mit Ihrer Abteilung vorschlägt?«

Ich nickte.

»Und was ist daraus geworden?«

»Ich habe es abgelehnt.«

»Darf ich fragen, warum?«

»Unsere Mitarbeiter wünschen sich mehr praxisnahe Veranstaltungen.«

Bork schaute gequält und schüttelte den Kopf. Dann reichte er mir einen blauen Bogen Papier. Es war das Programm der Konferenz und roch noch nach Druckerschwärze. Es enthielt den vollständigen Stundenplan, Rednerliste und Anmeldungsformular. Mein Name war unter Katharina de Bosch als Mitglied des Konferenzkomitees aufgeführt. Das Foto darunter war aus meiner Akte kopiert.

Mein Kopf wurde rot, und ich holte tief Luft. »Ich sehe, Sie stellen mich vor vollendete Tatsachen, Henry.« Ich wollte ihm das Programm zurückgeben, doch er hielt seine Hände hinter dem Rücken gefaltet.

»Behalten Sie es nur, Alex.«

Ich überlegte, ob ich meine Würde wahren sollte, und entschied mich dagegen. »Nett, zu erfahren, was ich im November machen werde, Henry. Haben Sie schon meine Termine für den Rest des Jahrzehnts geplant?«

»Ein unglückliches Mißverständnis, Alex. Eine Entscheidung, die in der Übergangszeit zwischen Dr. Greiloffs und Dr. Franks Weggehen und Ihrer Übernahme getroffen werden mußte. Der Vorstand gibt seinem Bedauern Ausdruck.«

»Warum dann die Mühe, mir die Anfrage zu schicken?«

»Aus Höflichkeit«, sagte Katharina.

»Ich wußte nicht, daß der Vorstand sich mit Konferenzplänen abgibt, Henry.«

Bork lächelte. »Der Vorstand gibt sich mit allem ab. Außerdem – Dr. de Bosch, beide Dr. de Boschs, genießen ein hohes Ansehen bei uns.«

»Aha«, sagte ich. Der Alte lebte demnach noch.

Aus dem Augenwinkel sah ich, daß Katharina mich beobachtete. Niemand sagte einen Ton. Ich schien an der Reihe zu sein, doch ich hatte wohl meinen Einsatz verpaßt.

»Ein sehr hohes Ansehen«, sagte Bork schließlich etwas angespannt.

Ich fragte mich, was mit ihm los war. Dann erinnerte ich mich an Gerüchte, die ich vor ein paar Jahren in der Ärztekantine gehört hatte, ohne es zu wollen. Borks Tochter, die jüngste von vieren, Teenager, war ein Problemkind, eine chronische Schulschwänzerin mit Lernstörungen und einer Tendenz zu sexuellen Experimenten. Vor zwei oder drei Jahren hatte man sie in irgendein Besserungsheim geschickt. Man sprach nicht darüber in der Familie. Man war beschämt.

Einer von Borks vielen Gegnern hatte die Geschichte genußvoll verbreitet.

De-Bosch-Forschungsinstitut und -Erziehungsheim ...

Bork schaute mich an. Sein Blick sagte mir, daß ich besser nicht weiterbohrte.

»Ja, natürlich«, sagte ich. Es klang verlogen.

Katharina de Bosch runzelte die Stirn, doch Bork schien zufrieden zu sein. Er lächelte. »Und deshalb ist es uns so wichtig, daß diese Konferenz stattfindet. Ich bin sicher, Sie und Dr. de Bosch werden gut zusammenarbeiten.«

»Beide Dr. de Boschs?«

»Meinem Vater geht es nicht gut«, sagte sie, als hätte ich das wissen müssen. »Er hatte vor einem halben Jahr einen Schlaganfall.«

»Das tut mir leid.«

Sie stand auf, strich hastig ihren Rock glatt und griff nach ihrem Aktenkoffer.

»Ich muß jetzt gehen. Mein Vater wartet auf mich. Wenn Sie mich zu meinem Wagen begleiten, könnte ich Sie über ein paar Einzelheiten bezüglich der Konferenz unterrichten. Dr. Delaware.«

Bork zuckte zusammen, als er ihren herrischen Ton hörte, und schaute mich verzweifelt an. Ich dachte daran, was er mit seiner Tochter durchmachen mußte, und sagte: »Gern.«

»Wunderbar.« Bork atmete auf. »Vielen Dank, Alex.«

Katharina war schon auf dem Abmarsch. Ich schaffte es gerade noch, sie einzuholen und ihr die Tür aufzuhalten.

Kaum waren wir draußen, sagte sie mir auf den Kopf zu: »Sie sind Verhaltenstherapeut, nicht wahr?«

»Falsch. Ich bin Pragmatiker. Ich benutze alles, was gerade funktioniert, einschließlich Verhaltenstherapie.«

Sie verzog den Mund, legte noch einen Zahn zu und stob mit ihrem Aktenkoffer durch den belebten Krankenhauskorridor, immer einen halben Schritt voraus.

Ihr Wagen stand direkt vor dem Eingang, mitten in der für Krankenwagen reservierten Parkverbotszone. Es war ein brandneuer, schwerer Buick, schwarz mit silbernem Kunstlederdach, blank poliert wie ein Generalsstiefel. Ein Sicherheitsmann paßte auf ihn auf. Als er sie kommen sah, hob er eine Hand an seine Mütze.

Sie ließ mich stehen und startete den Wagen. Ich schaute durch das geschlossene Seitenfenster, bis sie mich endlich ansah. Sie schien überrascht zu sein, daß ich noch da war, zog eine Augenbraue hoch und fuhr das Fenster herunter. »Ja?«

»Wollten wir nicht über die Konferenz reden? Die Einzelheiten?«

»Die Einzelheiten sind, daß ich alles in die Hand nehme. Kümmern Sie sich nicht darum, machen Sie die Dinge nicht kompliziert, dann wird sich alles regeln. Ist das klar?«

Meine Kehle schnürte sich zusammen. Sie legte einen Gang ein.

»Jawohl, gnädige Frau«, versuchte ich zu erwidern, doch bevor ich etwas sagen konnte, war sie schon davongebraust.

Ich hörte nichts mehr von ihr, bis ich eine Woche vor der Konferenz einen steif formulierten Brief erhielt, mit der Anfrage, ob ich einen Vortrag halten wollte. Ich rief sie an und lehnte dankend ab. Sie klang erleichtert.

»Aber es wäre nett, wenn Sie die Teilnehmer willkommen heißen würden.«

»Ach ja?«

»Ja.« Sie legte auf.

Ich wollte mich am ersten Tag nur zeigen, um ein paar Begrüßungsworte zu sagen. Aber mangels Gelegenheit, unbemerkt zu verschwinden, verbrachte ich den ganzen Morgen auf dem Podium, neben dem anderen Komiteemitglied, Harvey Rosenblatt, dem Psychiater aus New York. Ich versuchte, Interesse zu mimen, als Katharina zum Rednerpult schritt. Ich fragte mich, ob ich nun, vor der Öffentlichkeit, eine andere, mildere Seite von ihr sehen würde.

Die Öffentlichkeit war übrigens kaum der Rede wert. Das Symposium war schwach besucht, vielleicht siebzig oder achtzig Therapeuten und Studenten in einem Hörsaal für vierhundert Leute.

Sie stellte sich vor, mit Namen und Titel, und verlas mit monotoner Stimme eine vorbereitete Rede über die Ruhmestaten ihres Vaters.

Ich hatte mir vor der Veranstaltung die Zeit genommen, Andres de Boschs gesammelte Schriften durchzusehen, was meine Meinung über ihn nicht verbessert hatte. Sein Stil war gut, aber seine Theorien über Kindererziehung – der Gute Liebe/Böse Liebe-Ansatz, den Katharina als Titel für die Konferenz benutzte – stellte in meinen Augen nicht mehr dar als eine Erweiterung und Zusammenwürfelung von Gedanken über die

Mutterrolle, die andere schon gehabt hatten. Ein bißchen Anna Freud, eine Prise Melanie Klein, vermischt mit Stückchen von Winnicott, Jung und Bettelheim. Eine Sammlung von Banalitäten, aufgelockert mit Anekdoten aus seiner Arbeit mit Kindern in seinem Heim. Dabei schaffte er es stets, seine Pilgerfahrt nach Wien und seine Kriegserinnerungen einzuflechten, mitsamt den berühmten Namen und ganz in der übertrieben saloppen Art von Leuten, die sich selbst bewundern und niemanden sonst.

Auch die Zuhörer waren nicht gerade begeistert, doch dem besessenen Blick der treuen Tochter schien das zu entgehen. Am zweiten Tag blieb die Hälfte weg. Die Redner, drei Therapeuten, die in Los Angeles praktizierten, machten den Eindruck, sie wären am liebsten woanders. Katharina hätte mir leid tun können, doch sie schien nichts zu merken.

Sie legte ein Foto nach dem anderen auf – ihr Vater in jüngeren Tagen, mit schwarzem Haar und Bocksbärtchen, dann bei der Arbeit an einem riesigen geschnitzten Schreibtisch, umgeben von Statuetten und Büchern, beim Zeichnen mit einem jungen Patienten, beim Schreiben im bräunlichen Licht einer Tiffanylampe.

Dann eine andere Serie: mit ihr, seinen Arm um ihre Schulter gelegt – sogar als Teenager hatte sie schon alt ausgesehen. Die beiden hätten durchaus ein Liebespaar sein können.

Dann wieder er allein, in Wolldecken gewickelt, zusammengesunken in seinem elektrischen Rollstuhl, an einsamem Gestade, im Hintergrund der makellose blaue Ozean im krassen Gegensatz zu seiner greisenhaften Häßlichkeit.

Es war eine traurige Spielart des berüchtigten Diavortrags daheim mit Freunden. Die wenigen Zuhörer, die noch durchgehalten hatten, schauten weg. Es war zu peinlich.

Harvey Rosenblatt schien besonders zu leiden. Ich sah, wie er sich die Hand über die Augen hielt und die gekritzelten Notizen für seinen Vortrag studierte.

Ich traf ihn, als wir auf den Beginn der Nachmittagssitzung

warteten. Er war ein großer, graubärtiger, zerzauster Typ in den Vierzigern. Er sprach mich an. Seine Wärme schien mehr zu sein als die übliche professionelle Fassade. Er war ungewöhnlich offen für einen Therapeuten und erzählte ungefragt von seiner Praxis in Manhattan, von der Psychologin, mit der er seit zwanzig Jahren verheiratet war, und von den Freuden und Sorgen beim Großziehen dreier Kinder. Seinen Jüngsten, einen fünfzehnjährigen Burschen, hatte er mitgebracht.

»Er ist im Hotel und schaut sich Filme an. Wahrscheinlich die schmutzigen, was meinen Sie? Aber er ist ein guter Junge. Ich habe ihn mitgenommen, weil ich dachte, wir könnten eine Art Urlaub daraus machen. Das versuche ich mit allen, sobald sie groß genug sind. Es ist schwer, mit anderer Leute Kindern zu arbeiten, wenn man keine Zeit für die eigenen findet. Haben Sie Kinder?«

Ich schüttelte den Kopf.

»Es bildet, glauben Sie mir das. Es ist mehr wert als zehn Jahre Studium.«

»Behandeln Sie ausschließlich Kinder?«

»Halb und halb. Ich muß sagen, daß die Arbeit mit Kindern über die Jahre immer weniger geworden ist.«

»Wie kommt das?«

»Ich glaube, es ist mir einfach nicht verbal genug. Nach drei Stunden Spieltherapie fange ich an zu schielen. Egoistisch, ich weiß, aber wahrscheinlich nütze ich den Kindern nicht viel, wenn ich keinen Spaß daran habe. Meine Frau ist da ganz anders. Ihr macht es nichts aus. Sie ist eine richtige Kinderfee. Und eine wunderbare Mutter.«

Wir gingen auf einen Kaffee und einen Berliner in die Cafeteria und plauderten eine Weile über Sehenswürdigkeiten, die seinen Sohn interessieren könnten. Auf dem Rückweg zum Hörsaal fragte ich ihn nach seiner Verbindung mit den de Boschs.

»Andres war mein Lehrer«, sagte er, »drüben in England. Vor elf Jahren hatte ich ein Stipendium für ein Jahr am Southwick

Hospital in der Nähe von Manchester. Kinderpsychiatrie und Kinderneurologie. Ich spielte mit dem Gedanken, in den öffentlichen Dienst zu gehen, und wollte sehen, wie das System bei den Briten funktioniert.«

»Neurologie? Ich wußte gar nicht, daß de Bosch sich für die organische Seite interessiert.«

»Das hat er auch nie. Andres war der einzige Therapeut dort, eine Art ... ich hätte fast ›Hausgespenst‹ gesagt, aber das wäre nicht fair, nein, im Gegenteil, er war sehr lebendig, hat einigen Wirbel gemacht unter den Messerwetzern. Eine sehr wichtige Rolle, finden Sie nicht?«

Wir gingen in den Hörsaal. In zehn Minuten sollte der nächste Vortrag beginnen, doch er war noch fast leer.

»War es ein gutes Jahr für Sie?«

»In England? Aber ja. Ich war an einigen langfristigen Behandlungen von Kindern aus mittellosen Familien beteiligt, und Andres war ein wundervoller Lehrer. Er verstand es sehr gut, sein Wissen zu vermitteln.«

Das scheint sich nicht vererbt zu haben, dachte ich. »Er ist auch gut zu lesen«, sagte ich.

Rosenblatt nickte, schlug die Beine übereinander und schaute sich in dem verlassenen Hörsaal um.

»Was hält man denn hier von Psychoanalyse?«

»Wir wenden sie selten an. Wir haben es meistens mit schwerkranken Kindern zu tun und konzentrieren uns auf kurzfristige Hilfe. Hauptsächlich geht es um Schmerzkontrolle und Familienberatung.«

»Finden Sie das befriedigend als Analytiker?«

»Ich bin kein Analytiker.«

»Oh.« Er wurde rot um seinen Bart. »Das hatte ich einfach so angenommen. Aber was haben Sie dann mit dieser Konferenz zu schaffen?«

»Katharina muß mich wohl überredet haben.«

Er lächelte. »Sie kann einen wirklich überfahren, nicht wahr?

Als ich sie zum erstenmal traf, in England, war sie noch ein Kind, vierzehn oder fünfzehn Jahre alt, doch schon damals hatte sie eine starke Persönlichkeit. Sie hat bei unseren Seminaren dabeigesessen und den Mund aufgemacht, als würde sie dazugehören.«

»Papas Liebling?«

»Ganz und gar.«

»Vierzehn oder fünfzehn, sagen Sie. Das heißt, sie ist jetzt erst fünfundzwanzig?«

Er dachte einen Moment nach. »Ja, das kommt hin.«

»Ist sie verheiratet?«

Er schüttelte den Kopf. »Ich dachte einmal, sie sei lesbisch, aber das glaube ich nicht mehr. Asexuell trifft es wohl eher.«

»Anna Freud hat auch nie geheiratet«, bemerkte ich, »ebenso Melanie Klein.«

»Ich bin sicher, der Einfluß eines so überwältigenden Vaters –«

Er stockte mitten im Satz. Ich folgte seinem Blick und sah Katharina auf uns zukommen. Rosenblatt erhob sich.

»Katharina! Nun, wie läuft es?« In seiner Stimme klang Schuldbewußtsein mit. Er war ein sehr schlechter Heuchler.

»Danke, Harvey, gut.« Sie schaute in ihr Programm und auf ihre Uhr. »Du bist in zwei Minuten dran. Warum gehst du nicht schon zum Pult?«

Ich habe die beiden nie wiedergesehen. Ich dachte nicht mehr an die de Boschs, bis im Januar darauf, als ich den Nachruf sah: Andres de Bosch war gestorben. Suizid, Schlaftabletten. Der achtzigjährige Psychoanalytiker hatte sich nach schwerer Krankheit geschlagen gegeben. Seine Verdienste wurden in liebevoller, überflüssiger Vollständigkeit beschrieben. Ich konnte mir vorstellen, wer die Quelle dafür gewesen war.

Seitdem war die Konferenz total aus meinem Gedächtnis verschwunden. Und jetzt, Jahre später, tauchte ihr Thema wieder auf. Böse Liebe – das war der Begriff, den sich de Bosch von fehlgeleiteter Mutterliebe gemacht hatte, sein Ausdruck für den psychischen Schaden, den ein Kind erleidet, wenn eine Vertrauensperson seine Unschuld mißbraucht.

Jemand hatte es auf mich abgesehen – etwa wegen der Konferenz? Jemand mit alten, peinigenden Erinnerungen? Aber woran? An etwas, das de Bosch verbrochen hatte oder jemand, der seinen Theorien folgte? Daß ich auf dem Podium gesessen hatte, ließ mich aussehen, als sei ich ein Schüler von ihm. Das war die einzige Verbindung, an die ich denken konnte.

Vielleicht wußte Katharina die Antwort. Aber würde sie mir weiterhelfen? Neunundsiebzig wollte sie nichts mit mir zu tun haben, und es gab keinen Grund anzunehmen, daß sie jetzt mit mir reden würde.

Es sei denn, auch sie hatte ein Tonband bekommen und hatte Angst.

Ich rief die Auskunft an. In Santa Barbara gab es unter de Bosch weder ein Forschungsinstitut noch ein Erziehungsheim. Niemand namens Dr. Katharina de Bosch, weder privat noch eine Büronummer.

Als nächstes schlug ich im neuesten Verzeichnis des Psychologenverbandes nach. Ebenfalls Fehlanzeige. Ich kramte ein paar ältere Ausgaben heraus und wurde fündig, in einem fünf Jahre alten Band. In der schwachen Hoffnung, daß die Auskunft nicht durchgeblickt hatte, wählte ich die Nummer.

»Pizza Ponderosa«, meldete sich eine Frauenstimme, kaum zu verstehen vor lauter Geschrei und Geschirrklappern im Hintergrund.

Ich unterbrach die Verbindung und fragte mich, wann und wieso die hehren Freudianer der verheerenden amerikanischen Küche gewichen waren. Ich saß ratlos an meinem Schreibtisch, kraulte der Dogge den Kopf und starrte auf die Konferenzbroschüre.

Harvey Rosenblatt!

In New York war es jetzt halb fünf. An der Uni dort müßte

noch jemand zu erreichen sein. Ich suchte die Nummer der Medizinischen Fakultät heraus und ließ mich mit der Psychiatrie verbinden. Nach zwei Minuten Warten bekam ich die Auskunft, daß es einen Dr. Harvey Rosenblatt weder unter den permanenten noch unter den vorübergehenden Mitarbeitern gab.

»Wir haben einen Leonard Rosenblatt«, sagte die Sekretärin, »sein Büro ist draußen in New Rochelle – und eine Shirley Rosenblatt in Manhattan, East Side, fünfundsechzigste Straße.«

»Ist sie ein Dr. med. oder ein Dr. phil.?«

»Sekunde – Dr. phil. Klinische Psychologin.«

»Aber kein Harvey?«

»Nein, tut mir leid.«

»Haben Sie vielleicht alte Listen zur Hand, mit Leuten, die nicht mehr bei Ihnen sind?«

»So was könnte irgendwo sein, aber ich hab wirklich keine Zeit, danach zu suchen. Wenn Sie mich jetzt –«

»Könnten Sie mir bitte Dr. Shirley Rosenblatts Nummer geben?«

»Einen Augenblick.«

Ich schrieb die Nummer auf, rief die Auskunft in Manhattan an, um nach Dr. med. Harvey Rosenblatt zu fragen, und erfuhr, daß es ihn nicht gab. Danach versuchte ich Dr. phil. Shirleys Anschluß.

Eine sanfte weibliche Stimme mit einem Hauch von Brooklyn-Akzent sagte: »Dr. Shirley Rosenblatt. Ich bin entweder in einer Sitzung oder nicht im Büro. Wenn es wirklich dringend ist, drücken Sie bitte die eins. Wenn nicht, dann die zwei, warten Sie auf den Ton, und hinterlassen Sie Ihre Nachricht. Danke schön und guten Tag.«

Etwas Mozart, dann kam der Ton.

»Dr. Rosenblatt, mein Name ist Dr. Alex Delaware. Ich rufe aus Los Angeles an. Ich weiß nicht sicher, ob Sie mit Dr. Harvey Rosenblatt verheiratet sind oder ihn überhaupt kennen, aber ich traf ihn vor einigen Jahren auf einer Konferenz hier bei uns und würde in einer Forschungsangelegenheit gern Kontakt mit ihm aufnehmen. Wenn Sie mir behilflich sein können, richten Sie ihm bitte meine Telefonnummer aus.«

Ich sprach die zehn Ziffern aufs Band und legte auf.

Eine halbe Stunde später kam die Post, wie jeden Tag um die Zeit. Als ich es am Briefkasten klappern hörte, verkrampften sich meine Hände.

5

Ich ging in den Garten und fütterte die Fische. Dabei fiel mir ein, daß ich den Hundezüchterverein noch nicht angerufen hatte. Auch hier meldete sich nur ein Anrufbeantworter mit der Nachricht, daß die Büros geschlossen waren.

»Also morgen«, versprach ich der Bulldogge. Ich hatte keine Wahl, ich mußte mich um sie kümmern. Sie brauchte Futter, Wasser und ein Dach über dem Kopf. Und einen Spaziergang, sobald es etwas abkühlen würde.

Das hieß, ich brauchte eine Leine. Wir fuhren zusammen zu einem Tierladen und kauften eine. Außerdem Hundefutter, Kekse in verschiedenen Geschmacksrichtungen und einen Plastikknochen, von dem der Händler mir versicherte, er sei gut für die Zähne.

Als wir wieder zu Hause waren, schien es kühl genug zu sein für ein bißchen Bewegung, solange wir uns im Schatten hielten. Der Hund stand still und wedelte aufgeregt mit dem Schwanz, während ich die Leine festmachte. Dann erkundeten wir eine halbe Stunde lang zusammen das Tal und streiften durch die Büsche, als würden wir das jeden Tag machen.

Danach rief ich meinen Telefondienst an. »Da war nur ein Anruf, von einer Mrs. Rodriguez. – Augenblick ... jemand versucht, Sie zu erreichen.«

Ich wartete ein paar Sekunden, dann meldete Joan sich wieder. »Ich habe einen Mr. Silk am Apparat. Er sagt, er möchte einen Termin vereinbaren.«

»Danke. Stellen Sie ihn durch.«

Es klickte in der Leitung. Dann Stille.

»Hallo?«

Nichts.

»Mr. Silk?«

Keine Antwort. Als ich gerade auflegen und noch mal den Dienst anwählen wollte, hörte ich etwas, sehr leise. Murmeln, nein – Gelächter. Ein tiefes, kehliges Kichern.

»Wer ist da?«

Hämisches Kichern. Ich sagte nichts. Nach einer Weile wurde aufgelegt. Ich wählte noch einmal.

»Joan, der Typ, der eben angerufen hat: Hat er nur seinen Namen genannt oder hat er noch mehr gesagt?«

»Er hat gefragt, ob Sie auch Erwachsene behandeln, und ich hab ihm gesagt, das müßte er mit Ihnen selbst besprechen. Warum, Doktor, stimmt etwas nicht?«

»Er hat nichts gesagt, nur gelacht.«

»Verrückt, aber das gehört ja wohl zu Ihrem Beruf, nicht wahr?«

Evelyn Rodriguez hob sofort ab. Als sie meine Stimme hörte, wurde es hörbar kalt am anderen Ende der Leitung.

»Wie geht's?«

»Danke, gut.«

»Ich weiß, daß es Ihnen Unannehmlichkeiten bereitet, aber ich würde die Mädchen gern sehen.«

»Unannehmlichkeiten? Es ist ein verdammt weiter Weg.«

»Wie wär's, wenn ich zu Ihnen käme?«

Keine Antwort.

»Mrs. Rodriguez?«

»Würden Sie das machen?«

»Ja, warum nicht?«

»Und wo ist der Haken?«

»Es gibt keinen Haken. Ich möchte es Ihnen nur so einfach machen wie möglich.«

»Und warum?«

Um Wallace zu zeigen, daß er mich nicht einschüchtern kann, dachte ich, aber ich sagte: »Um den Mädchen zu helfen.«

»Ach so. Zahlen die Ihnen nicht alles, dieser Haufen von Heiden?«

»Der Richter hat beschlossen, daß Wallace die Kosten für mein Gutachten trägt, aber, wie ich Ihnen schon bei unserem ersten Gespräch gesagt habe, das heißt nicht, daß ich für ihn arbeite. – Macht Ihnen das zu schaffen, ich meine, daß er bezahlt?«

Zunächst sagte sie nichts, dann: »Ich wette, Sie sind nicht billig.«

»Ich berechne meinen üblichen Satz.«

»Das schließt sicher auch die Fahrzeit ein und alles. Genau wie bei den Rechtsanwälten.«

»Ja, natürlich.«

»Gut«, sagte sie genußvoll. »Dann fahren Sie mal schön. Und fahren Sie ja langsam. Lassen Sie die Uhr laufen und diese Teufel blechen.«

»Wann kann ich kommen?«

»Wie wär's mit heute, jetzt sofort? Sie rennen herum wie die Wilden, vielleicht können Sie für etwas Ruhe sorgen. Warum setzen Sie sich nicht gleich ins Auto und kommen her? Geht das?«

»Ich könnte in einer dreiviertel Stunde bei Ihnen sein.«

»Wann Sie wollen. Wir sind zu Hause.«

Sie legte auf, bevor ich sie nach dem Weg fragen konnte. Ich suchte ihre Adresse heraus – McVine Terrace, Sunland – und schlug in meinem Straßenatlas nach. Dann versorgte ich den Hund mit Wasser, Futter und seinem Kauknochen und fuhr los.

McVine Terrace war eine schmale Straße mit trockenem gelben

Grasrand anstelle von Bürgersteigen und wildwachsenden Eukalyptusbäumen und Weiden. Die Häuser dahinter waren klein und niedrig, manche davon nur Wohnanhänger auf Zementpodesten.

Die Rodriguez bewohnten ein Eckhaus, einen Schuhkarton mit einem Dach aus Sperrholz und Teerpappe. Eine hohe rosa Mauer aus Betonziegeln bildete die Grenze ihres Grundstücks.

Ich stieg aus und ging über den dürren Rasen. Evelyns Wagen stand vor dem Haus neben einem offenen Kleintransporter mit einem Firmenschild auf der Tür: *R & R Maurerarbeiten.*

Ich drückte die Klingel. Eine blasse, barfüßige Frau Ende Zwanzig öffnete die Tür. Ihr schmutzigblondes Haar war zu einem Pferdeschwanz zusammengebunden. Sie trug hautenge Jeans und ein babyblaues, ärmelloses T-Shirt.

»Sie sind sicher der Doktor. Ich bin Bonnie. Sie werden erwartet. Kommen Sie herein.«

Bonnie führte mich durch einen kurzen, düsteren Korridor zu einer Glasschiebetür und hinaus auf ein kleines braunes Rasenrechteck hinter dem Haus. Auf einer Seite des Gartens wuchs ein großer, knorriger Avocadobaum. Halb in dessen Schatten stand ein aufblasbares Planschbecken, oval und blauer als der Himmel je sein konnte. Sandra saß darin und spritzte sich naß, ohne viel Begeisterung zu zeigen. Stefanie war mit dem Rücken zu uns mit Seilspringen beschäftigt. Auf einem Klappstuhl in der Mitte zwischen den beiden saß Evelyn Rodriguez.

Als ich mit Bonnie in den Garten kam, schauten alle drei auf. Ich winkte ihnen zu. Die Mädchen starrten mich an.

»Hol ihm einen Stuhl«, sagte Evelyn. Bonnie hob die Augenbrauen und ging ins Haus zurück.

Ich trat zu Sandra, die meine Begrüßung mit einem kleinen, stillen Lächeln quittierte. Immerhin.

Stefanie griff sich einen Ast des Avocadobaums und schaukelte. Dabei summte sie ein Lied.

»Du scheinst ja deinen Spaß zu haben«, sagte ich. Sie antwortete nicht.

Ich nahm Bonnie den Stuhl ab und setzte mich neben Evelyn, so daß ich die beiden Mädchen im Blick hatte. Sandra saß bewegungslos im Wasser und starrte den Baumstamm an.

»Willst du herauskommen?« rief Evelyn ihr zu.

Sandra schüttelte den Kopf und fing wieder an zu planschen, ganz langsam, als wäre es Schwerstarbeit. Stefanie legte noch eine Runde Seilhüpfen ein, in waghalsigem Tempo.

»Sie wird sich noch den Schädel aufschlagen, wenn sie so weitermacht«, sagte Evelyn.

»Sie hat eine Menge Energie.«

»Der Apfel fällt nicht weit vom Stamm.«

»War Annie genauso?«

Sie zog an ihrer Zigarette und begann zu weinen, nur wenige Augenblicke lang, dann wischte sie sich mit schnellen, wütenden Bewegungen die Tränen aus dem Gesicht und stand auf. Einen Moment lang dachte ich, sie wollte weggehen, doch sie blieb vor mir stehen und sagte: »Annie war ganz genau wie sie, als sie klein war. Ständig in Bewegung, ich konnte sie kaum bändigen. Sie hatte so ein Feuer, soviel Kraft ...«

Sie schniefte und zupfte ihre Shorts zurecht.

»Möchten Sie einen Kaffee?«

»Ja, gern.«

»Bleiben Sie, wo Sie sind.« Sie ging ins Haus.

»Na, Mädchen?« rief ich, als sie verschwunden war.

Stefanie hüpfte ungerührt weiter. Sandra schaute auf. Ihr Mund stand leicht offen. Auf ihrer Stirn standen Wassertropfen wie übergroße Schweißperlen. Ich ging zu ihr hinüber.

»Spielst du viel im Wasser?«

Sie nickte schwach und platschte mit einer Hand ins Wasser. Dann drehte sie sich von mir weg und starrte wieder den Baum an.

Evelyn kam mit zwei großen Tassen zurück, Bonnie im Schlepptau mit einem kleinen Teller mit Zuckerwaffeln. Sie schaute drein, als sei sie zu Höherem bestimmt. Ich ging zu meinem Stuhl zurück.

»Bitte schön«, sagte Bonnie und gab mir den Teller in die Hand, bevor sie wieder ins Haus stolzierte. Evelyn reichte mir eine der Tassen.

»Möchten Sie Milch?«

»Nein, danke, ich trinke ihn schwarz.«

Wir setzten uns und nippten an unserem Kaffee. Den Teller balancierte ich auf meinem Schoß.

»Nehmen Sie ruhig eine, oder sind Sie einer von diesen Gesundheitsfanatikern?«

Ich nahm eine Waffel und kaute. Sie schmeckte etwas muffig und leicht nach Zitrone.

»Ich weiß nicht«, sagte sie, »vielleicht hätte ich mich mehr nach den Körnerfressern richten sollen. Ich hab meinen Kindern immer alles gegeben, was sie wollten, Süßigkeiten und so weiter. Vielleicht war das falsch. Mein Junge hat sich drüben in Deutschland von der Armee abgesetzt. Desertiert. Das sind nun zwei Jahre her, und ich hab keine Ahnung, wo er jetzt ist. Das Fräuleinchen hat keinen Schimmer, was sie mit ihrem Leben anstellen soll, und Annie ...« Sie schaute zu Stefanie hinüber. »Paß auf mit dem Ast da. Du stößt dir noch den Kopf!«

»Das ›Fräuleinchen‹ ist Bonnie?« fragte ich.

»Ja. Dabei hat sie alles, was man braucht, Köpfchen und Aussehen. Genau wie ihr Vater, wie ein Filmstar. Das einzige Mal, daß ich aufs Aussehen abgefahren bin – was für ein Reinfall!« Sie lächelte. »Dreizehn Monate nach der Hochzeit ließ er mich sitzen mit Bonnie und verdrückte sich nach Louisiana, um auf den Bohrinseln zu arbeiten. Kurz darauf kam er um. Ein Sturz, ein Unfall, haben die damals gesagt. Er hatte natürlich keine Versicherung, also guckte ich in die Röhre. – Mein Gott, hatte der ein Temperament. Das haben alle meine Männer. Bei Roddy brennt auch manchmal die Sicherung durch, wenn es auch länger dauert. Er ist Mexikaner, aber von denen ist er der Beste.«

»Reden wir mal von den Mädchen. Schlafen sie nachts durch?«

»Natürlich nicht, was erwarten Sie? Die Kleine wacht auf und jammert, daß sie Hunger hat – kann gar nicht sein, weil sie ununterbrochen ißt, den ganzen Tag, obwohl man es ihr nicht ansieht. Ich war genauso, ob Sie es glauben oder nicht.« Sie tätschelte ihren Bauch. »Stefanie steht zwei-, dreimal auf jede Nacht und bettelt um Bonbons, Lakritz und Eis.«

»Und bekommt sie, was sie will?«

»Aber nein, wo denken Sie hin, irgendwo ist eine Grenze. Ich gebe ihr gewöhnlich ein Stück Apfelsine und vielleicht einen Keks und schicke sie ins Bett zurück. Aber es passiert jede Nacht.«

»Und Sandra?«

»Sie steht nicht auf, aber ich höre sie weinen unter der Bettdecke.« Sie schaute zu dem älteren Kind hinüber, das in der Mitte des Planschbeckens saß und träumte. »Sie ist die weichere von den beiden. Weich wie Butter.«

Sie seufzte und schaute angeekelt in ihre Tasse. »Pulverkaffee. Ich hätte richtigen machen sollen.«

»Das macht mir nichts aus«, sagte ich und trank einen Schluck, um glaubwürdiger zu klingen.

Die Sonne verschwand hinter einer Wolkenbank, und es kühlte angenehm ab.

»Was werden Sie mit uns machen?« fragte Evelyn plötzlich.

»Mit Ihnen machen? Wie meinen Sie das?«

»Was haben Sie mit uns vor?«

»Ich möchte Ihnen helfen.«

»Wenn Sie den Kindern helfen wollen, dann halten Sie sie von ihm fern. Er ist ein Teufel.«

»Stefanie sagte, er hätte sich mit Satan eingelassen.«

»Das hat sie von mir«, sagte sie trotzig. »Finden Sie etwas falsch daran?«

»O nein, ganz und gar nicht.«

»Das glaube ich nun mal. Es hilft mir. Und er ist wirklich ein Teufel.«

»Wie hat Annie ihn kennengelernt?«

»Sie kellnerte in einem Café draußen in Tujunga – eigentlich war es eine Bar. Er und sein Haufen verkehrten dort. Sie fing an, mit ihm zu gehen, ohne daß ich davon wußte. Dann, Monate später, brachte sie ihn mit nach Hause. Als ich ihn sah, sagte ich sofort: Nein – nein, ich hab meine Erfahrungen, und einen faulen Apfel wie den erkenne ich auf den ersten Blick. Ich warnte sie, aber es half nichts. Vielleicht hab ich mich zu schnell geschlagen gegeben, ich weiß nicht. Ich hatte meine eigenen Probleme, und Annie sah nicht ein, warum sie auf mich hören sollte.« Sie zündete sich eine Zigarette an und inhalierte tief und hastig. »Sie war stur, das war ihr einziger echter Fehler.«

Ich trank von meinem Kaffee und schwieg.

»Was ist, Doktor, wissen Sie nicht, was Sie sagen sollen, oder langweile ich Sie?«

»Ich höre lieber erst einmal zu.«

»Und dafür bezahlt man Ihnen das viele Geld? Nicht schlecht.«

»Besser als Arbeiten«, sagte ich und erntete das erste freundliche Lächeln von ihr. Noch ein paar schnelle Züge an ihrer Zigarette, dann rief sie: »Fünf Minuten noch, dann ab ins Haus, Schularbeiten machen! Beide!«

Die Kinder ignorierten sie. Sie schaute ihnen zu und schien zu vergessen, daß ich da war, doch dann wandte sie sich wieder zu mir: »Also, was wollen Sie von mir und meinen beiden Kleinen?«

Dasselbe hatte sie mich bei unserem ersten Treffen gefragt. Ich antwortete: »Geben Sie mir die Zeit, herauszufinden, was der Tod ihrer Mutter bei ihnen angerichtet hat.«

»Was denken Sie wohl? Sie haben ihre Mama geliebt. Sie sind am Boden zerstört.«

»Das Gericht erwartet Genaueres.«

»Was meinen Sie damit?«

»Ich muß eine Liste von Symptomen aufstellen, die beweisen, daß sie psychischen Schaden erlitten haben.«

»Heißt das, Sie müssen sagen, die Kinder seien nicht richtig im Kopf?«

»Nein, nichts dergleichen. Es geht mehr um Symptome wie Nervosität, Schlafstörungen, Appetitmangel und Ähnliches. Symptome, die einen Besuch im Gefängnis schädlich erscheinen lassen. Manches davon können Sie mir erzählen, doch andere Dinge muß ich von den beiden selbst hören.«

»Bringt sie das nicht noch mehr durcheinander, wenn sie darüber reden müssen?«

»Nein, im Gegenteil. Es ist gefährlicher, wenn sie es für sich behalten.«

Sie schaute skeptisch. »Bis jetzt sehe ich nicht viel davon, daß sie Ihnen etwas erzählen.«

»Ich brauche mehr Zeit. Ich muß ihr Vertrauen gewinnen.«

Sie dachte darüber nach. »Was sollen wir also tun, nach Ihrer Meinung? Weiter hier sitzen und plaudern?«

»Wir könnten mit der Vorgeschichte anfangen, wie die beiden als Babys waren, alles, woran Sie sich erinnern können, alles, was Ihrer Meinung nach wichtig sein könnte.«

Sie saugte mit einem tiefen, gierigen Zug soviel Gift aus der Zigarette, wie sie konnte. – »Na gut. Ich habe eine Menge zu erzählen. Zücken Sie schon mal Ihren Kuli.«

6

Der Himmel verdunkelte sich weiter, während sie redete. Sie ließ die Mädchen spielen und berichtete von Alpträumen und Weinkrämpfen, von dem Schock der Kinder, als sie zu Waisen wurden. Um halb sechs kam Bonnie heraus und schaltete Leuchten an, die den Garten in Zwielicht tauchten. Ihre Mutter hörte auf zu erzählen und rief den Kleinen zu: »Geht ins Haus, ihr beiden.«

Als sie verschwunden waren, kam ein Mann heraus. Er rieb sich die Hände und schnupperte die Luft. Er war untersetzt, hatte dunkle Haut, ein fliehendes Kinn und tätowierte Arme.

Evelyn winkte ihm zu. Er erwiderte die Begrüßung, dann fiel sein Blick auf mich. Er reckte sich, um größer zu wirken.

»Das ist der Doktor«, sagte Evelyn. »Wir hatten ein nettes Gespräch.«

Ich hielt ihm meine Hand hin und stellte mich vor.

»Ich heiße Roddy«, sagte er, »nett, Sie kennenzulernen.« Er hatte tätowierte Buchstaben auf seinen Fingerknöcheln, *L-O-V-E.* Sah nach Heimarbeit aus. Auf der anderen Hand das unvermeidliche Gegenstück, *H-A-T-E.* In der Falte zwischen Daumen und Zeigefinger ein unbeholfenes blaues Kruzifix. Daneben die Buchstaben *NR* und eine kleine rotäugige Spinne in einem winzigen Netz.

Er steckte seine Hände in die Taschen. »Ich verschwind mal unter die Dusche«, sagte er zu seiner Frau und ging ins Haus.

»Ich geh jetzt besser in die Küche. Wahrscheinlich ist es ohnehin zu spät, um mit den Kindern zu reden, aber Sie können morgen wiederkommen.«

Die Dogge begrüßte mich, als ich nach Hause kam, doch ließ sie den Kopf hängen und machte einen betrübten Eindruck. Den Grund dafür konnte ich riechen, bevor ich ihn auf dem Fußboden vor der Hintertür sah.

»Oh«, sagte ich, »mach dir nichts draus. Es war mein Fehler, dich einzuschließen.« Ich rieb seinen Hals, und er leckte mich dankbar ab. Dann trottete er zum Kühlschrank.

»Eins nach dem anderen, mein Lieber.«

Während ich den Haufen wegräumte, dachte ich über die Aufgaben nach, die eine Pflegeelternschaft mit sich bringt, und ob sich wohl schon jemand auf meine Anzeige gemeldet hatte. Ich rief meinen Anrufdienst an: Fehlanzeige. Auch nichts von Shirley Rosenblatt oder von Mr. Silk.

Ich fütterte den Hund und überlegte, was ich selber zu Abend essen könnte. Um zehn nach acht rief Milo an.

»Keine Fingerabdrücke auf der Kassette, außer deinen eigenen. War heute etwas in der Post für dich?« Er klang müde.

»Nein, aber ich hatte einen Anruf.« Ich erzählte ihm von Mr. Silk.

»Das klingt nach noch einem Verrückten.«

»Du meinst, es ist nichts Ernstes?«

Nach einem Moment antwortete er: »Meistens sind solche Typen Feiglinge, die sich nie offen zeigen, aber man weiß nie, Alex.«

»Übrigens weiß ich jetzt, was es mit der bösen Liebe auf sich hat.« Ich berichtete ihm von meinem Fund in den alten Papieren.

»Dieses Symposium war neunundsiebzig, sagst du. Unser Verrückter hat offenbar ein gutes Gedächtnis.«

»Was hältst du davon?«

»Ich weiß nicht. Warum stecken wir nicht einfach die Köpfe zusammen und sprechen es durch. Hast du schon gegessen?«

»Nein.«

»Ich muß noch ein paar Dinge fertigmachen, aber in einer halben Stunde könnten wir uns irgendwo zum Essen treffen.«

»Ich glaube, das ist keine gute Idee. Ich habe meinen Gast schon zu lange allein gelassen.«

»Welchen Gast? Ach so, den. Wieso kannst du ihn nicht zu Hause lassen? Fühlt er sich einsam und kriegt Depressionen?«

»Nein, es ist mehr ein Darmproblem. Er hat soeben gespeist und braucht unbeschränkten Zugang zum Garten, wenn du weißt, was ich meine.«

»Kauf dir doch eine Hundetür. Das lohnt sich. Stell dir vor, du wärst wieder ein freier Mann.«

»Das hieße, ich müßte ein Loch aussägen, und für die paar Tage ...«

»Mach, was du willst.«

»Ach, du hast recht. Ruth wollte sowieso schon lange einen Hund haben. Kannst du nicht eine solche Tür mitbringen? Ich baue sie dann ein, und danach können wir ausgehen.«

»Wo zum Teufel soll ich um diese Zeit eine Hundetür herkriegen?«

»Was fragst du mich? Du bist der Detektiv.«

Milo knallte den Hörer auf, doch um Viertel nach neun stand er wie versprochen vor meiner Tür. Er hatte seinen Schlips gelockert und sah gestreßt aus mit seinen zwei Tragetaschen, eine von einem Tierladen, die andere von einem chinesischen Restaurant. Aus der ersteren zog er eine Metall- und Plastikkonstruktion.

»Da mir nicht danach ist, mich vor dem Essen als Heimwerker zu betätigen, und da das handwerklich geschickte Mitglied dieses Haushalts verreist ist, dachte ich, wir essen lieber aus der Tüte.«

Er ging zum Kühlschrank, der Hund hinter ihm her.

»Du siehst geschafft aus. Hat es wieder ein Massaker gegeben?«

Er machte sich eine Flasche Bier auf und nickte. »Bewaffneter Raubüberfall. Ein Tante-Emma-Laden, der Besitzer ist vor ein paar Monaten gestorben, seine Frau ist achtzig und rackert sich ab, den Laden offen zu halten. Heute nachmittag marschierten zwei kleine Arschlöcher mit Messern herein und drohten, sie zu vergewaltigen und ihr die Brüste abzuschneiden, wenn sie die Kasse nicht öffnet. Die alte Dame schätzt sie auf dreizehn oder vierzehn. Mehr kann sie nicht sagen, sie ist zu fertig, hat Stiche in der Brust und kann kaum pusten. Sie ist jetzt im Krankenhaus, zur Beobachtung.«

»Die Ärmste. Dreizehn oder vierzehn Jahre alt, sagst du?«

»Ja! Nach der Uhrzeit zu urteilen, haben sie gewartet, bis die Schule aus ist. Gut erzogen, findest du nicht?«

»Beruhige dich. Du sagst, auf der Kassette wären keine Abdrücke gewesen?«

»Nicht ein einziger.«

»Das bedeutet, jemand hat sich die Mühe gemacht, sie abzuwischen.«

»Oder er hat Handschuhe getragen, als er damit hantierte. Oder es waren Fingerabdrücke da, und du hast sie verschmiert.« Er streckte die Beine aus. »Zeig mir doch mal die Papiere, die du gefunden hast.«

Ich ging in mein Arbeitszimmer und holte das Konferenzprogramm. Er las es schnell durch. »Ein Mr. Silk taucht hier nicht auf.«

»Er könnte unter den Zuhörern gewesen sein.« Ich erzählte ihm, wie ich damals im Komitee gelandet war.

Er setzte die Bierflasche ab. »Neunundsiebzig. Jemand soll so viele Jahre einen Groll mit sich herumtragen?«

»Oder vor kurzem ist etwas passiert, das eine Erinnerung in ihm wachgerufen hat. Ich habe versucht, Katharina und Rosenblatt zu erreichen. Vielleicht haben die auch Post bekommen, aber sie hat das Institut in Santa Barbara dichtgemacht, und er praktiziert nicht mehr. Es gibt eine Psychologin in New York, die seine Frau sein könnte. Ich habe ihr eine Nachricht auf den Anrufbeantworter gesprochen.«

Er schaute sich noch einmal das Programm an. »Um was könnte es denn gehen, wenn es sich um einen Rachefeldzug handelt?«

»Keine Ahnung. Vielleicht ist es gar nicht die Konferenz, vielleicht fühlt sich jemand ganz allgemein als Opfer der Psychotherapie – oder der Psychoanalyse. Ob dieses Gefühl begründet ist, spielt keine Rolle. Es könnte sich um eine Art Verfolgungswahn handeln.«

»Ist nach deiner Erinnerung irgend etwas Außergewöhnliches, Verrücktes auf der Konferenz passiert?«

»Nein, überhaupt nichts.«

»War dieser de Bosch ein Typ, der sich leicht Feinde machte?«

»Nicht, daß ich wüßte, aber ich kenne ihn nur von seinen Schriften, und die sind nicht besonders kontrovers.«

»Und die Tochter?«

Ich dachte darüber nach. »Ja, von der könnte ich mir vorstellen, daß sie eine Menge Feinde hat. Man könnte sie als eine arrogante Hexe bezeichnen. – Aber wieso nun die Kinderstimme auf dem Tonband, und welche Rolle spielt der Kerl, der Rebecca Basille umgebracht hat?«

»Hewitt, David Hewitt war sein Name. Tja, ich weiß auch nicht ...«

»Vielleicht war er bei den de Boschs in Behandlung gewesen. Vielleicht haben sie den Ausdruck ›böse Liebe‹ in der Therapie benutzt. Aber was würde das bedeuten? Eine ganze Meute ehemaliger Therapiepatienten, die fast gleichzeitig durchdrehen und sich auf ihre Therapeuten stürzen?«

»Langsam, Alex. Hewitt hat einen Mord begangen. Bei dir haben wir es erst mit einem Tonband und einem Anruf von einem Verrückten zu tun, noch lange nicht mit Mord.« Er gab mir das Programm zurück. »Ich frage mich, ob Donald Wallace je von den de Boschs behandelt worden ist. Ich warte noch auf weitere Informationen aus dem Gefängnis. Wie geht es denn den Mädchen?«

»Sie haben all die Probleme, die man erwartet in solch einem Fall. Es dürfte nicht schwer sein, zu belegen, daß ein Gefängnisbesuch keinen Sinn macht. Die Großmutter steht mir inzwischen positiver gegenüber. Ich war heute nachmittag bei ihnen zu Hause. Ich habe auch ihren derzeitigen Gatten gesehen. Er ist mit selbstgemachten Tätowierungen bedeckt und macht den Eindruck, als sei er in jüngeren Jahren ein ziemlicher Wüterich gewesen.«

»Ich sehe, du gibst dich nur mit der Elite ab, genau wie ich.« Er legte die Beine übereinander und schaute den Hund an. »Komm her, alter Streuner.«

Der Hund nahm keine Notiz von ihm.

»Guter Hund«, sagte er und trank sein Bier.

Milo ging um halb elf. Ich beschloß, den Einbau der Hundetür auf den nächsten Tag zu verschieben. Um zehn vor elf rief Ruth an und teilte mir mit, sie hätte sich entschieden, früher zurückzukommen – am nächsten Abend um neun. Ich schrieb mir die Flugnummer auf und sagte ihr, daß ich sie liebte und sie abholen würde. Dann ging ich schlafen.

Etwa um drei Uhr früh weckte mich der Hund aus einem angenehmen Traum, irgendwas mit Sex. Er knurrte und kratzte an der Bettdecke. Ich brummte. Meine Augen waren verklebt. Er kratzte weiter, bis ich mich aufsetzte.

»Was ist los?«

Er zog seine Altmännerhusten-Nummer ab. Ich verfluchte mich, weil ich die Hundetür noch nicht eingebaut hatte, rollte mich mühsam aus dem Bett und tastete mich im Dunkeln zur Küche vor. Sobald ich die Hintertür öffnete, raste der Hund die Treppe hinunter. Ich gähnte und brummte vor mich hin: »Nun komm schon, beeil dich.«

Anstatt sich vor dem Busch niederzulassen, rannte er weiter und war bald nicht mehr zu sehen. Als er nach einer Minute nicht zurückkam, ging ich hinunter, um ihn zu holen. Ich brauchte eine Weile, bis ich ihn fand, doch schließlich sah ich ihn in der Nähe der Einfahrt sitzen, als ob er meinen Wagen bewachte. Er hechelte und schaute sich aufgeregt um.

»Was ist los, mein Junge?« Der Hund scharrte den Boden auf und warf seinen Kopf hin und her. Dann begann er, Richtung Teich zu traben, und blieb einen Meter vor dem Zaun wie angewurzelt stehen, wie bei unserer ersten Begegnung.

Das Tor war geschlossen. Die Zeituhr hatte die Beleuchtung schon vor Stunden abgeschaltet. Ich hörte den künstlichen Wasserfall rauschen, und allmählich gewöhnten sich meine Augen an die Dunkelheit.

»Hast du etwas gehört? – Bestimmt war es nur ein Opossum

oder eine Katze, alter Knabe. Vielleicht auch ein Kojote. Mit dem könntest du es sowieso nicht aufnehmen.«

Er reckte die Nase in die Luft, japste und kratzte den Boden.

»Hör zu: Ich schätze ja deine Wachsamkeit, aber können wir jetzt zurückgehen?«

Er starrte mich an, gähnte und knurrte laut.

»Genau, ich bin auch müde.« Ich ging zur Treppe. Er wartete, bis ich ganz oben war. Dann rannte er in einem Tempo hinter mir her, das man bei seinem Körperbau kaum erwartet hätte.

»Und jetzt keine Störungen mehr, okay?«

Er wedelte freudig mit dem Schwanz, sprang aufs Bett und breitete sich auf Ruths Seite aus. Ich war zu müde zum Streiten und ließ ihn liegen. Ich lag noch wach, als er längst eingeschlafen war.

Als ich den Hund am nächsten Morgen in den Garten ließ, lief er wieder zum Teich und blieb einen halben Meter vor dem Tor stehen. Ich stieß es auf. Er wagte sich noch einen Schritt vor, doch weiter ging er nicht. Er schaute zum Tor und knurrte. Täuschte ich mich, oder schaute er verärgert? Störte ihn etwas in der Nähe des Teiches?

Er knurrte lauter. Dann sah ich es, auf der anderen Seite des Zaunes. Einer meiner Karpfen, ein rot-weißer Kohaku, der größte und prächtigste der überlebenden Brut, lag auf dem Moos in der Nähe des Ufers. Offenbar herausgesprungen, das passierte manchmal. Oder eine Katze oder ein Kojote hatte ihn erwischt. Das war es, was die Dogge letzte Nacht gehört hatte. – Aber dann hätte der Fisch in Fetzen sein müssen, und das war er nicht.

Ich ging näher an den Teich. Die Dogge folgte mir bis an den Torpfosten und wartete, während ich mich hinkniete, um den Fisch zu inspizieren.

Er war verletzt, aber nicht von irgendeinem vierbeinigen Jäger. Etwas ragte aus seinem Maul. Ein Zweig, dünn und hart, mit einem einzelnen roten Blatt. Ein Zweig von dem Zwergahorn, den ich letzten Winter gepflanzt hatte.

Ich schaute zu dem Baum hinüber und sah die Schnittstelle.

Die Wunde war schon schwarz. Es war ein sauberer Schnitt, Stunden alt, zweifellos von einem Messer.

Ich zwang mich, den Karpfen genauer anzuschauen. Der Zweig war in den Schlund und durch den Körper gerammt worden wie ein Spieß.

Ärger, Ekel und Schmerz stiegen in mir auf, als mir weitere Details ins Auge fielen: die Schuppen, die auf dem Moos verstreut lagen. Die Kuhlen, die wie Fußabdrücke aussahen. Die Blätter unter dem Ahorn, wo der Zweig gekappt worden war.

Die toten Augen des Fisches starrten mich an. Der Hund jaulte. Das hätte ich am liebsten auch getan.

7

Ich buddelte ein Grab für den Fisch, legte ihn hinein und bedeckte ihn mit Erde. Der Hund schaute mir dabei zu.

»Ich hätte dich letzte Nacht ernst nehmen sollen.«

Er hielt den Kopf schief und blinzelte mich an mit seinen sanften braunen Augen. Ich trampelte die Erde fest über dem Grab und sah mich noch einmal um. Dann schleppte ich mich ins Haus. Ich fühlte mich wie ein hilfloses Kind und wußte keinen anderen Rat, als Milo anzurufen. Er war nicht da. Ich blieb an meinem Schreibtisch sitzen, benommen und wütend.

Das blaue Tagungsprogramm mit meinem Namen und meinem Foto lag noch da.

Ich rief den Telefondienst an. Noch immer kein Rückruf von Shirley Rosenblatt. Vielleicht war sie nicht Harveys Frau. Ich versuchte noch einmal ihre Nummer in New York: dieselbe Aufnahme. Ich knallte den Hörer auf.

Irgendwann fiel mein Blick auf weitere Namen unten auf dem Konferenzprogramm. Die Namen der anderen drei Redner.

Dr. med. Wilbert Harrison
Psychoanalytiker
Beverly Hills, Kalifornien

Dr. med. Grant P. Stoumen
Psychoanalytiker
Beverly Hills, Kalifornien

Michael A. Lerner
Sozialarbeiter und Therapeut
Hollywood, Kalifornien

Ich erinnerte mich: Harrison war pummelig, um die Fünfzig, trug eine Brille mit dunklem Horngestell und schien sich des Lebens zu freuen. Stoumen war älter, kahlköpfig, mit Pflaumengesicht und einem gewichsten weißen Schnurrbart. Lerner war der jüngste von den dreien und hatte einen Vollbart, genau wie Rosenblatt und ich. Die Themen ihrer Vorträge hatten mir nichts gesagt. Ich hatte geistesabwesend auf der Bühne gesessen und mich geärgert, daß ich dabeisein mußte.

Drei Kollegen aus Los Angeles, also schaute ich ins Telefonbuch. Harrison und Lerner standen nicht drin, doch Dr. Grant P. Stoumen hatte noch ein Büro auf dem North Bedford Drive in Beverly Hills. Es meldete sich eine Telefonistin von einem Anrufdienst.

»Beverly Hills Psychiatrie, Joan am Apparat.«

Es war derselbe Telefondienst, den ich benutzte.

»Hallo, Joan, hier ist Dr. Delaware.«

»Hallo. Das ging ja schnell. Wen möchten Sie sprechen, Dr. Delaware?«

»Dr. Stoumen.«

»Dr. Stoumen?« Ihre Stimme wurde leiser. »Der ist nicht mehr bei uns.«

»Steht er nicht mehr auf Ihrer Liste?«

»Nein, er ist nicht mehr unter uns, wollte ich damit sagen. Er starb vor sechs Monaten. Haben Sie nichts davon gehört?«

»Nein. Ich habe ihn nicht gekannt.«

»Ach so. Es war wirklich tragisch. So unerwartet, obwohl er nicht mehr der Jüngste war.«

»Woran ist er gestorben?«

»Ein Verkehrsunfall. Im Mai war es, glaube ich, wo genau, weiß ich nicht mehr, aber es war außerhalb der Stadt. Er war auf einer Konferenz und ist von einem Auto überfahren worden. Ist das nicht schrecklich?«

»Eine Konferenz?«

»Sie wissen schon, eins dieser medizinischen Symposien. Er war ein ausgesprochen netter Mann. Er hat nie die Geduld verloren wie manch anderer dieser –« Sie lachte nervös. »Ach, streichen Sie das bitte, Doktor. Wenn Sie wegen eines Patienten anrufen, dann kann ich Ihnen sagen, daß Dr. Stoumens Kundschaft unter seinen Partnern aufgeteilt wurde. Wer gerade einen bestimmten Patienten betreut, kann ich leider nicht sagen.«

»Wie viele Ärzte gehören dazu?«

»Carney, Langenbaum und Wolf. Langenbaum ist auf Urlaub, aber die anderen zwei sind in der Stadt. Suchen Sie sich einen aus.«

»Können Sie mir einen empfehlen?«

»Na ja ...« Noch ein nervöses Lachen. »Sie sind beide in Ordnung. Wolf scheint ein wenig besser zu sein, wenn es um Rückrufe geht.«

»Dann nehme ich Wolf. Herr oder Frau Doktor?«

»Herr. Dr. med. Stanley Wolf. Im Moment ist er mit Patienten beschäftigt. Ich werde ihm Nachricht geben, daß er Sie anrufen soll.«

»Vielen Dank, Joan.«

»Nichts zu danken, Dr. Delaware. Schönen Tag noch.«

Ich brauchte einige Zeit, um die Hundetür einzubauen. Ich mußte öfter Pausen einlegen in meinem Sägen und Hämmern, weil ich sicher war, Schritte im Haus zu hören oder seltsame Geräusche auf der Terrasse. Ein paarmal ging ich tatsächlich in den Garten hinunter und schaute nach, mit geballten Fäusten.

Als ich fertig war und auch noch den Anstrich am Türrahmen ausgebessert hatte, setzte ich mich in einen Sessel und trank ein Bier. Der Hund probierte seine neue Tür sofort aus und hatte seinen Spaß. Danach fiel er japsend zu meinen Füßen und schlief ein.

Ich überlegte, wer mir schaden oder weh tun wollte. Der tote Fisch ging mir nicht aus dem Kopf. Um elf Uhr kam die Post.

Ich schaute mir die Briefumschläge an. Alle waren im Standardformat. Einer hatte ein Postfach in Folsom als Absender und darüber eine elfstellige Nummer in roter Tinte. In dem Umschlag fand ich einen einzelnen Bogen liniertes Papier, beschrieben mit derselben roten Tinte.

Sehr geehrter Dr. Delaware,

ich schreibe Ihnen, um meinen Gefühlen in bezug auf Besuche von meinen Töchtern, Sandra Wallace und Stefanie Wallace, als ihr biologischer und rechtlicher Vater Ausdruck zu geben.

Was immer in meiner Familie passiert ist, einschließlich durch mich selbst, und wie schlimm es auch sein mag, ist in meinen Augen Schnee von gestern. Und weil das so ist, sollte mir die Erlaubnis und mein väterliches Recht, meine rechtmäßigen, legitimen Töchter Sandra Wallace und Stefanie Wallace zu sehen, nicht verweigert werden.

Ich habe nie etwas getan, das ihnen weh tun könnte, und immer hart gearbeitet, sie zu ernähren, auch wenn es schwer war. Ich habe keine anderen Kinder und muß sie sehen, damit wir eine Familie sein können.

Kinder brauchen einen Vater. Ich bin sicher, daß Sie das wissen als ausgebildeter Arzt. Eines Tages werde ich aus dem

Gefängnis herauskommen. Ich bin ihr Vater und werde für sie sorgen. Sandra Wallace und Stefanie Wallace brauchen mich. Bitte bedenken Sie diese Fakten.

Hochachtungsvoll
Donald Wallace

Ich heftete den Brief zu dem Obduktionsbericht über Annie. Gegen Mittag rief Milo an. Ich erzählte ihm von meinem Fisch.

»Der Spaß geht allmählich etwas zu weit, meinst du nicht?«

Milo brauchte ein paar Sekunden für seine Antwort. »Weiter, als ich gedacht hätte.«

»Wallace hat meine Adresse. Ich habe soeben einen Brief von ihm bekommen.«

»Und was schreibt er?«

»Daß er eines Tages herauskommen wird und ein guter Vater sein will, deshalb sollte ich ihm jetzt nicht seine Rechte verweigern.«

»Eine unterschwellige Drohung?«

»Wenn du das beweisen kannst.«

»Deine Adresse könnte er von seinem Anwalt haben. Du machst das Gutachten über den Fall, also hat er das Recht, deinen Namen zu kennen. Übrigens habe ich über meine Quellen erfahren, daß er keinen Kassettenrekorder in seiner Zelle hat, nur Fernsehen und Video.«

»Was soll ich nun tun?«

»Ich komme rüber und schaue mir deinen Teich an. Hast du Fußabdrücke gesehen oder andere Spuren?«

»Abdrücke, ja, obwohl ich als Amateur nicht viel damit anfangen kann. Vielleicht gibt es noch anderes, das mir entgangen ist. Ich habe mich bemüht, nichts zu verändern – oh, verdammt, ich habe den Fisch beerdigt. War das falsch?«

»Mach dir nichts draus, ich glaube kaum, daß wir eine Autopsie machen werden.« Es klang unbehaglich.

»Was ist los?« fragte ich.

»Nichts. Ich komme vorbei und schaue es mir an, sobald ich kann, vielleicht heute nachmittag.«

Die letzten Worte klangen vage, eher wie eine Frage.

»Sag, Milo, was hast du?«

»Was ich habe? Ich kann nun mal nicht viel tun für dich in diesem Fall. Einen Fisch umzubringen ist kein Kapitalverbrechen. Für die Polizei handelt es sich höchstens um unbefugtes Betreten und bösartigen, groben Unfug.«

»Ich verstehe.«

»Wahrscheinlich kann ich selber Abgüsse von den Fußabdrücken machen. Mehr kann ich nicht tun.«

»Hör zu«, sagte ich, »ich sehe es auch nicht als einen Fall fürs FBI. Es ist Unfug, wie du sagst, und wer immer dahintersteckt, ist wahrscheinlich ein Feigling und wird nie eine Konfrontation wagen.«

»Wahrscheinlich nicht«, sagte er, aber er klang immer noch besorgt.

»Noch etwas anderes, obwohl es wahrscheinlich nichts zu bedeuten hat: Ich hab mir noch einmal das Konferenzprogramm angeschaut und versucht, die drei hiesigen Therapeuten zu erreichen, die damals Vorträge gehalten haben. Zwei stehen nicht mehr im Telefonbuch, und der einzige, den ich ausfindig machen konnte, ist im Mai umgekommen, von einem Auto überfahren während einer Psychiaterkonferenz. Das habe ich erfahren, weil seine Praxis zufällig denselben Telefondienst benutzt wie ich.«

»War das hier in Los Angeles?«

»Nein, außerhalb. Die Telefonistin wußte nicht mehr, wo. Ich warte darauf, daß einer seiner Partner zurückruft.«

»Gespenstisch, diese Konferenzen. Kennst du den Fluch der Pharaonen?«

»Ja, ich weiß, es kann alles Zufall sein. Ich verstehe nur nicht, warum ich niemanden erreichen kann, der mit der De-Bosch-Veranstaltung zu tun hatte. Andererseits ist es lange her. Leute ziehen um und verschwinden.«

»Ja, das ist möglich.«

»Milo, nun sag schon, was hast du?«

»Na ja ... wenn man alles zusammennimmt, was in den letzten Tagen passiert ist bei dir ... Vielleicht wäre es ratsam, wenn du ein bißchen achtgibst. Ich meine, kein Grund zur Panik, sei nur etwas aufmerksamer, als du es normalerweise wärst.«

»Na prächtig. Ruth kommt heute abend zurück. Ich hole sie vom Flughafen ab. Was soll ich ihr erzählen?«

»Sag ihr die Wahrheit. Sie ist stark, sie wird damit fertig. Wann erwartest du sie?«

»Um neun.«

»Dann komme ich vorher bei dir vorbei, und wir unterhalten uns noch mal. Wenn du willst, bleibe ich da und hüte das Haus, während du weg bist. Ich brauche nur etwas zu essen und zu trinken, und sag deinem Hund, er soll mich in Ruhe lassen.«

»Der Kleine ist ein Held. Er hat den Eindringling gehört.«

»Ja, aber was hat er *dann* gemacht? Hat er ihn aufgefressen? Nein. Er stand sicher nur herum und glotzte. Also!«

»Du hast kein Herz. Hast du nie *Lassie* geguckt?«

»Das war nichts für mich. Ich habe für *Godzilla* geschwärmt. Das wäre ein Haustier für mich.«

Als bis drei noch niemand meine Anrufe beantwortet hatte, fühlte ich mich wie ein Schiffbrüchiger, der auf eine Flaschenpost wartet. Ich erledigte etwas Papierkram und schaute aus dem Fenster.

Kurz nach vier kam Milo. Er sah gehetzt aus und besorgt. In einer Hand hatte er eine Kassette, in der anderen seinen Diplomatenkoffer. Anstatt wie gewöhnlich direkt in die Küche zu marschieren, ging er ins Wohnzimmer und lockerte erst einmal seinen Schlips. Er stellte den Koffer auf den Kaffeetisch und übergab mir die Kassette.

»Das Original ist in meiner Akte. Das hier ist eine Kopie. Du kannst sie behalten.«

Der Anblick der Kassette rief mir wieder die Schreie und den Singsang in Erinnerung. Das Kind ... Ich legte sie in meinen Schreibtisch und begleitete Milo zum Teich hinunter, um ihm die Fußabdrücke zu zeigen.

Er ging in die Knie und betrachtete sie ausgiebig. Nach einer Weile schaute er zu mir hoch und sagte: »Du hast recht, damit kann man nichts anfangen. Sieht aus, als hätte sich jemand die Mühe gemacht, sie zu verwischen.«

Er ging um den Teich herum und suchte nach anderen Spuren. Er nahm sich wieder einige Zeit, bevor er mir mitteilte: »Nichts. Tut mir leid, überhaupt nichts.«

Wir gingen ins Wohnzimmer zurück. »Möchtest du etwas trinken?«

»Später.« Er öffnete seinen Koffer und holte eine braune Plastikschachtel heraus. Eine Videokassette.

Sie war unbeschriftet, aber auf der Schachtel erkannte ich das Logo eines lokalen Fernsehsenders. Darüber ein fetter Stempel, POLIZEIEIGENTUM – BEWEISSTÜCK, und eine Nummer.

»David Hewitts letzter Auftritt«, sagte Milo. »Sicherlich nichts für die Kinderstunde, aber ich möchte, daß du dir etwas ansiehst – vorausgesetzt, dir wird nicht schlecht davon.«

»Keine Sorge.«

Das Logo der Fernsehgesellschaft blitzte kurz auf, dann ein hübscher Backstein-Flachbau mit rustikalen Fenstern, Schieferdach und einer braunen Tür rechts neben der schmalen Einfahrt in der Mitte des Gebäudes. Zoom auf ein Schild: PSYCHIATRISCHE KLINIK LOS ANGELES – AUSSENSTELLE WEST. Das Zoom fuhr zurück: zwei kauernde Figuren in dunkler Kleidung auf beiden Seiten der Einfahrt, wie Spielsoldaten mit Gewehren. Einer bewegte sich fünf Meter weiter. Eine dritte Figur schlängelte sich um die Ecke, beide Hände auf dem Gewehr. Nahaufnahme: dunkelblaue Uniform und kugelsichere Weste, POLIZEI in weißen Buchstaben auf dem Rücken, Kampfstiefel und blaue Sturmmaske mit Augenlöchern.

Dann öffnete sich die braune Tür. Ich konnte zwei Leute erkennen: ein Mann, bärtig, langhaarig, schmutzig. Sein Bart ein Gestrüpp aus Blond und Grau. Die Stirn voller Falten, sein Haar klebrige Fuseln, wie Sonnenflammen um den Kopf, von einem Kind gemalt. Sein Oberkörper war nackt, und er schwitzte wie ein Stier. Er rollte die Augen. Sein scheinbar zahnloser Mund war weit aufgesperrt, doch es war kein Laut zu hören.

Mit dem linken Arm umklammerte er eine dicke, dunkelhäutige Frau. Seine Finger bohrten sich in ihre Hüfte. Sein rechter Arm war als knochiger Haken um ihren Hals gelegt. Etwas in seiner Hand blitzte silbern an ihrer Kehle. Sie schloß die Augen, kniff sie zusammen. Der Mann drückte ihr Kreuz durch, preßte sie an sich und verdrehte ihren Hals. Nur ihre Absätze berührten noch den Boden. Jetzt sah man es deutlich, das große, glitzernde Fleischermesser in seiner Hand, die breite, blutverschmierte Klinge in seiner blutverschmierten Hand.

Der Mann fixierte einen der Polizeischützen. Mehrere Gewehre waren auf ihn gerichtet. Niemand bewegte sich. Die Frau zitterte, das Messer näherte sich ihrem Hals und produzierte einen kleinen roten Fleck. Blut, rubinrot.

Er schob sie langsam auf die Straße. Sie verlor einen Schuh, doch er bemerkte es nicht. Er schaute von links nach rechts, von Scharfschütze zu Scharfschütze. Plötzlich kam der Ton. Er schrie. Der Mann mit dem Messer schrie, heulte, röchelte heiser. Schmerzensschreie.

Meine Fingerspitzen bohrten sich in meine Oberschenkel. Milo schaute auf den Bildschirm, ohne sich zu rühren.

Der bärtige Mann warf seinen Kopf hin und her, immer schneller und heftiger, als würde ihn jemand ohrfeigen. Seine Schreie wurden lauter. Er preßte der Frau das Messer unters Kinn. Sie riß die Augen auf. Der Mann mit dem Messer schrie einen Polizeischützen zu seiner Linken an, als würde er ihn kennen, als wäre ihre Freundschaft plötzlich in Haß umgeschlagen. Der Polizist sagte wahrscheinlich etwas, denn der Mann schrie nun noch lauter. Er brüllte, kreischte.

Er zog die Frau zurück in den Eingang, drückte sie fester an sich, verbarg sein Gesicht hinter ihrem Kopf. Dann eine kurze, schnelle Drehung seines Handgelenks. Ein weiterer Blutfleck, größer als der erste, formte sich an ihrer Kehle. Sie hob ihre Hände im Reflex, um der Klinge auszuweichen, verlor das Gleichgewicht und stolperte. Ihr Gewicht und ihre Bewegung schienen den Mann zu überraschen. Für einen winzigen Augenblick, als er versuchte, sie aufzufangen und zurückzuhalten, senkte er seinen rechten Arm. – Ein kurzer, scharfer Knall, und auf seiner rechten Wange war plötzlich ein kleiner roter Punkt. Er warf die Arme zurück, und ein zweiter roter Punkt erschien direkt neben dem ersten. Die Frau fiel zu Boden, und ich hörte Schüsse prasseln, wie Hagel auf einer Fensterscheibe.

Die Geisel lag in Embryoposition auf der Erde. Der Mann beugte sich vornüber, doch er blieb auf den Füßen. Für eine höllische Sekunde blieb er noch stehen. Dann, plötzlich, fiel das Messer zu Boden, und er brach zusammen. Er fiel auf die Frau, leblos wie eine Stoffpuppe. Sie wand sich und schlug auf ihn ein. Schließlich schaffte sie es, ihn wegzurollen und sich aufzurichten. Sie kniete auf dem Asphalt, schluchzend, die Hände vor dem Gesicht. Polizisten rannten auf sie zu.

Dann wurde der Bildschirm schwarz. Milo spulte das Band zurück.

Wie lange hatte der Film gedauert? Ein paar Minuten? Ich fühlte mich, als wäre ich gealtert.

»Er ist es, nicht wahr? Hewitt. Die Schreie auf meiner Kassette.«

»Entweder das oder eine gute Imitation«, sagte Milo.

»Wer ist die arme Frau?«

»Eine Sozialarbeiterin. Adeline Hurst. Sie hatte das Pech, am falschen Schreibtisch zu sitzen, als er nach dem Mord an Rebecca hinausrannte.«

»Wie geht es ihr jetzt?«

»Körperlich geht es ihr gut – nur ein paar kleine Schnitte, die heilen. Aber sonst?« Er zuckte die Schultern. »Sie ist seitdem krankgeschrieben. Sie will mit niemand reden, auch nicht mit mir.«

»Wie bist du darauf gekommen, daß es Hewitt ist auf dem Band?«

»Das weiß ich nicht genau.«

Er nahm das Video heraus, legte es auf den Tisch und setzte sich.

»Irgend etwas machte mich stutzig, als ich dein Band zum erstenmal hörte – es erinnerte mich an etwas, aber ich wußte nicht, woran, deshalb sagte ich nichts. Ich dachte, es muß der Ausdruck ›böse Liebe‹ sein, die Tatsache, daß Hewitt diese Worte benutzt hatte. Die Klinikchefin hatte das zu Protokoll gegeben.«

»Hattest du das Video da schon gesehen?«

»Ja, aber das war im Büro. Ich hatte nur mit einem Ohr hingehört, es war zuviel Rummel. Als du mir von dem Tonband erzähltest, sah ich erst mal gar keinen Zusammenhang. Ich machte mir keine Sorgen, ich dachte dasselbe wie du – ein schlechter Scherz.«

»Nach dem Anruf und dem Fisch denke ich anders darüber.«

»Der Anruf an sich muß nichts bedeuten. Feige Säue, die so etwas machen, gibt es wie Sand am Meer, das hast du selbst gesagt. Wenn aber jemand nachts in deinen Garten kommt und etwas tötet, dann geht es um mehr. Wenn man alles zusammennimmt, dann wird es bedenklich. Wie bedenklich, das kann ich nicht sagen, aber lieber jetzt ein wenig Verfolgungswahn als später eine Überraschung. Nach unserem Gespräch heute nachmittag bin ich ernsthaft in mich gegangen. Ich nahm die Basille-Akte zur Hand, fand die Videokassette und schaute sie mir noch einmal in Ruhe an. Und plötzlich wurde mir klar, daß es nicht die Worte waren, die mich ins Grübeln gebracht hatten, sondern die Schreie. Jemand hat Hewitts Schreie auf deine Kassette überspielt.«

»Wo kommt das Video her? Ein Rohschnitt von einem Fernsehsender?«

Er nickte.

»Wieviel davon ist gesendet worden?«

»Kaum etwas. Der betreffende Sender unterhält einen Produktionswagen, der zu sämtlichen Schießereien rast, rund um die Uhr. Du weißt ja, die Leute stehen darauf. Das gesamte Material sind ungefähr zehn Minuten, das meiste ohne Action, bis Hewitt mit Adeline herauskommt. Was du gesehen hast, waren fünfunddreißig Sekunden.«

»Wirklich? Mir kam es viel länger vor.«

»Klar, es kommt einem vor wie eine verdammte Ewigkeit, aber länger war es nicht. In die Sechs-Uhr-Nachrichten haben es ganze neun Sekunden geschafft. Fünf mit Adeline, drei mit Rambo-Nahaufnahmen von den Sturmtruppen und eine mit Hewitt am Boden. Kein Blut, kein Schreien, kein toter Mann, der nicht umfallen will.«

»Warum war das meiste ohne Ton? Technische Schwierigkeiten?«

»Erraten. Ein loses Kabel am Richtmikrofon. Der Tontechniker war darüber gestolpert.«

»Was haben die anderen Sender gebracht?«

»Nur einen Polizeisprecher mit dem Postmortem.«

»Wenn also die Schreie auf meinem Band echt sind, dann müssen sie von diesem Video kommen.«

»Sieht so aus.«

»Und was bedeutet das? Etwa, daß Mr. Silk bei dem Sender arbeitet?«

»Oder seine Frau, sein Sohn, seine Freundin oder ein Kumpel von ihm. Ich weiß nicht. Wenn du mir deine Patientenliste überläßt, dann könnte ich mir das Personalregister des Senders beschaffen und vergleichen.«

»Es wäre mir lieber, wenn du mir die Unterlagen geben könntest. Du weißt schon, die Schweigepflicht.«

»Kein Problem. Du könntest es auch mit der Teilnehmerliste deiner Konferenz versuchen. Es ist lange her, aber vielleicht hat das Krankenhaus sie irgendwo gespeichert.«

»Ich rufe morgen dort an.«

Er stand auf und faßte sich an die Kehle. »Jetzt könnte ich etwas zu trinken vertragen.«

Wir gingen in die Küche, machten zwei Bier auf und saßen brütend am Tisch. Der Hund legte sich zwischen uns und leckte sich das Maul.

»Es gibt noch eine andere Möglichkeit«, sagte ich. »Vielleicht ist Hewitts Stimme gar nicht von dem Video überspielt worden. Vielleicht hat jemand gleichzeitig von der Klinik aus eine Aufnahme gemacht. Jemand, der zufällig einen Rekorder zur Hand hatte und ihn einschaltete, als es passierte. Wahrscheinlich liegen die Geräte dort herum. Sie werden oft für Therapiezwecke benutzt.«

»Du meinst, einer der Therapeuten könnte dahinterstecken?«

»Ich dachte eher an einen Patienten. Manche Paranoiker sind besessen davon, alles festzuhalten. Ich habe schon welche gesehen, die ständig einen Rekorder mit sich herumtragen. Bei jemandem, der etwas seit neunundsiebzig nicht vergessen kann, würde es mich nicht wundern, wenn er hochgradig paranoid wäre.«

Er dachte darüber nach. »Einer deiner Patienten, der in der Klinik gelandet ist?«

»Oder jemand, der sich von der Konferenz her an mich erinnert, jemand, der mich mit ›böser Liebe‹ verbindet, was immer die Worte für ihn bedeuten. Wut über schlechte Therapie oder was er als schlechte Therapie empfindet. De Boschs Theorie hat mit Müttern zu tun, die ihre Kinder im Stich lassen oder verraten. Wenn man Therapeuten als Ersatzeltern betrachtet, liegt die Verbindung auf der Hand.«

Milo stellte seine Flasche auf den Tisch und schaute an die Decke. »Einer deiner alten Patienten also, mit dem es bergab gegangen ist und der sich die Privatbehandlung nicht mehr leisten kann und beim Staat Hilfe sucht. Zufällig ist er in der Klinik, als Hewitt durchdreht und Rebecca umbringt. Natürlich hat er einen Rekorder zur Hand, und sobald er die Schreie hört, drückt er die Aufnahmetaste. – Zwei Verrückte mit derselben fixen Idee, die zufällig am selben Tag am selben Ort sind: Ist das nicht ein bißchen viel verlangt?«

»Klar, aber, Milo, nimm einmal an, es war gar kein Zufall, Hewitt und der Mann mit dem Kassettenrekorder kannten sich, hatten dieselbe Wut auf de Bosch und Therapeuten allgemein. Wenn die Klinik keine Ausnahme ist, dann war dort ein Riesenbetrieb. Patienten müssen oft stundenlang warten. Wäre es nicht vorstellbar, daß unter den Umständen zwei verstörte Individuen zusammentreffen und ein gemeinsames Haßobjekt entdecken? Wenn es sich um Paranoiker handelt, dann könnten sie ihre Ängste und Wahnvorstellungen gegenseitig verstärken. Am Ende würden sie glauben, es sei Wirklichkeit, was sie sich einbilden. Der mit dem Tonband bräuchte, unter anderen Umständen, noch nicht einmal zur Gewalt zu neigen, aber der Anblick, wie Hewitt seine Betreuerin ermordet, könnte ihn soweit bringen.«

»So weit, daß er bereit ist, auch einen Psychologen unter die Erde zu bringen?«

»Möglich. Das Tonband und der Fisch sind vielleicht nur als Vorspiel gedacht, oder er hat gar nicht vor, weiter zu gehen. Und noch etwas: Vielleicht bin ich nicht sein einziges Opfer. Wenn er zur Zeit einen Therapeuten hat, dann wäre auch der in Gefahr.«

»Irgendeine Idee, wer es sein könnte, wenn du an deine Patientenliste denkst?«

»Nein. Das ist das Problem. Ich kenne niemanden, zu dem so etwas passen würde. Andererseits habe ich sie alle nur als Kinder gekannt. Wer weiß, was aus ihnen geworden ist.«

Milo lehnte sich in seinen Stuhl zurück. »Wo du von Kindern

redest: Wie reimt sich die Kinderstimme auf dem Band mit deiner Theorie von dem Zweiergespann?«

»Wenn ich das wüßte! Vielleicht hat er ein Kind, oder er hat eins in seiner Gewalt. – Mein Gott, ich hoffe nicht. Die Stimme klang eindeutig nach Zwang, findest du nicht? So maschinenhaft. – Hatte Hewitt Kinder?«

»Fehlanzeige. Er hat weder geheiratet noch sonst irgendwas gemacht. Ledig und arbeitslos, so steht's im Bericht.«

»Es wäre gut zu wissen, zu wem er Kontakt hatte in der Klinik. Wir könnten auch versuchen zu klären, ob meine Aufnahme von dem Video stammt oder nicht. Wenn nicht, dann können wir uns die Mühe sparen, bei dem Fernsehsender nachzuforschen.«

Er lächelte. »Und du bräuchtest deine Patientenliste nicht zu offenbaren, nicht wahr?«

»Das würde ich ohnehin nicht tun. Dazu habe ich kein Recht.«

»Und du bist sicher, daß es keiner von denen sein kann?«

»Das bin ich nicht, aber was soll ich tun? Hunderte von Leuten anrufen und fragen, ob sie zu haßerfüllten Wahnsinnigen geworden sind, seitdem ich sie das letztemal gesehen habe?«

»Eins kann ich sagen: Dein Band ist keine exakte Kopie des Videotons. Auf dem Film schreit Hewitt ziemlich genau siebenundzwanzig Sekunden lang. Bei dir sind es gerade sechzehn. Das habe ich schnell nachgeprüft, bevor ich hierherkam. Ich habe die Bänder simultan abgespielt, um zu sehen, ob es Stücke gibt, die genau übereinstimmen, aber das ist nicht so einfach. Nach kurzer Zeit klingt alles Schreien gleich.«

»Kann man keine Stimmanalyse machen? Elektronisch, meine ich?«

»Soweit ich weiß, geht das nur mit richtigen Worten, nicht mit Schreien. Außerdem macht man das kaum noch bei uns.«

»Warum nicht?«

»Wahrscheinlich mangels Nachfrage. Wofür es nützlich ist, sind Anrufe von Kidnappern, Lösegeldforderungen, und die sind Sache des FBI. Die andere Anwendung – Telefonterror, Perverse – steht ganz unten auf unserer Prioritätenliste, bei dem Gemetzel, das in dieser Stadt jeden Tag vor sich geht. Ich glaube, im Büro des Sheriffs gibt es noch einen Typen, der sich damit beschäftigt. Ich werde mich darum kümmern. Warum versuchen wir es nicht inzwischen mit der Primitivmethode, ohne den technischen Firlefanz? Komm, du übernimmst das Tonband, ich das Video.«

Er trug das Videogerät in mein Arbeitszimmer und legte die Kassette ein. Wir saßen uns gegenüber und versuchten, das Drumherum zu ignorieren, während wir den Schreien zuhörten. Auch zu zweit war es nicht einfach, das Geheul in einzelne Abschnitte zu unterteilen. Wir hielten die Bänder an, spulten unzählige Male vor und zurück und versuchten, die sechzehn Sekunden meiner Kassette mit der längeren Videoaufnahme zur Deckung zu bringen. Der Hund hielt es nur eine Minute aus, bevor er aus dem Zimmer trottete. Milo und ich blieben schwitzend zurück.

Nach einer halben Stunde hatten wir unseren kleinen Triumph. Wir fanden einen Unterschied. Eine Sekunde, vielleicht zwei, am Ende meines Bandes. Wortloses Gelalle, das nirgendwo auf dem Video zu finden war. Die Schreie wurden eine Spur leiser, eine kaum merkliche Änderung in der Tonlage, aber nachdem ich einmal darauf hingewiesen hatte, war es unüberhörbar.

»Zwei verschiedene Aufnahmen«, sagte ich. Milo war baff. Ich glaube, er ärgerte sich, daß er es nicht früher bemerkt hatte. »Es müssen verschiedene Aufnahmen sein, sonst könnte auf dem kürzeren Band nicht etwas sein, das auf dem längeren fehlt.«

Milo sprang auf und schaute auf seine Uhr. »Wann, sagtest du, fährst du zum Flughafen?«

»Um neun.«

»Wenn es dir nichts ausmacht, das Haus allein zu lassen, könnte ich etwas erledigen.«

»Sicher.« Ich stand auf. »Was hast du denn vor?«

»Ich will mit der Klinikchefin reden. Über Hewitts Freundeskreis.«

Er packte seine Sachen und ging zur Tür. »Ich mach mich dann auf den Weg. Du weißt, ich bin mit dem Porsche unterwegs. Ich habe ein Telefon im Auto. Du kannst mich erreichen, wenn es nötig ist.«

»Ich danke dir, Milo.«

»Wozu sind Freunde da?«

Mir lagen ein paar häßliche Antworten auf der Zunge, doch ich hielt lieber den Mund.

8

Ich wollte gerade zum Flughafen aufbrechen, als der Rückruf von Dr. Stanley Wolf kam. Ich dankte ihm und sagte, ich hätte ein paar Fragen bezüglich Grant Stoumen.

»Ja, das hat man mir gesagt. Waren Sie einer seiner Studenten?«

»Nein, ich habe ihn nie getroffen.«

»Oh ... was möchten Sie denn wissen?«

»Irgend jemand hat etwas gegen mich, Dr. Wolf, und ich hatte gedacht, Dr. Stoumen könnte vielleicht etwas Licht in die Sache bringen.«

»Könnten Sie mir das näher erklären?«

»Ich bekomme lästige Post und Anrufe. Es könnte mit einer Konferenz zu tun haben, an deren Organisation ich vor einigen Jahren beteiligt war. Dr. Stoumen war einer der Redner.«

»Eine Konferenz?«

»Ein Symposium über das Lebenswerk des Andres de Bosch unter dem Motto ›Gute Liebe/Böse Liebe‹. Die Worte ›böse Liebe‹ tauchen in der Post auf, die ich bekommen habe. Die Konferenz fand neunundsiebzig statt.«

»De Bosch, der Kinderpsychologe?«

»Haben Sie ihn gekannt?«

»Nein. Kinderpsychologie ist nicht mein Fach.«

»Hat Dr. Stoumen je über de Bosch gesprochen oder über diese Konferenz?«

»Nicht, daß ich mich erinnern könnte ... Lästige Post, sagen Sie?«

»Lästig ist untertrieben. Es ist wirklich böse.«

»Ach ja?« Er klang nicht überzeugt.

»Letzte Nacht wurde es noch schlimmer. Jemand ist auf mein Grundstück eingedrungen. Ich habe einen kleinen Fischteich in meinem Garten. Heute morgen lag einer meiner Karpfen auf dem Rasen, offensichtlich mit Absicht getötet und auf eine Weise präsentiert, daß ich ihn nicht übersehen konnte.«

»Hm ... seltsam. Und Sie meinen, es hat mit diesem Symposium zu tun?«

»Das kann ich nicht sagen, aber es ist der einzige Anhaltspunkt, den ich im Moment habe. Ich versuche, Leute zu erreichen, die dort aufgetreten sind, um zu erfahren, ob sie auch belästigt werden. Bis jetzt sind alle, die ich heraus gesucht habe, verzogen. Kennen Sie vielleicht einen Psychiater namens Wilbert Harrison oder einen Michael Lerner?«

»Nein.«

»Die haben damals auch gesprochen. Im Vorsitz waren außer mir die Tochter de Boschs, Katharina, und ein New Yorker Analytiker namens Harvey Rosenblatt.«

»Hm ... wie ich schon sagte, ich bin kein Kinderpsychologe, und Grant ist leider nicht mehr bei uns, also –«

»Wo hatte er diesen Unfall?«

»In Seattle.« Sein Ton wurde bestimmter. »Zufällig auch eine Konferenz. Es war kein einfacher Unfall; der Fahrer hat sich aus dem Staub gemacht. Grant wollte noch spazierengehen, mitten in der Nacht. Auf der Straße vor seinem Hotel wurde er niedergemäht.«

»Was war das für eine Konferenz?«

»Irgend etwas mit Jugendfürsorge – ›Jugendfürsorge im

Nordwesten‹, oder so ähnlich. Grant hat sich immer als Anwalt der Kinder verstanden.«

»Und das war im Mai?«

»Anfang Juni. – Grant war nicht mehr der Jüngste, wissen Sie. Seine Sehkraft und sein Gehör hatten ziemlich nachgelassen. Wir hoffen alle, daß er gar nicht mitbekommen hat, wie ihm geschah.«

»Wie alt war er?«

»Neunundachtzig.«

»Er praktizierte noch?«

»Ein paar alte Patienten kamen von Zeit zu Zeit vorbei. Er behielt sein Büro bei uns und bestand darauf, seinen Anteil an der Miete zu zahlen. Aber meistens war er auf Reisen: Kunstausstellungen, Konzerte – und Konferenzen.«

»Seinem Alter nach war er ein Zeitgenosse von de Bosch«, bemerkte ich. »Hat er ihn je erwähnt?«

»Wenn ja, dann erinnere ich mich nicht daran. Grant kannte eine Menge Leute. Er war schließlich fast sechzig Jahre lang im Beruf.«

»Hat er sich besonders um gewalttätige Patienten gekümmert?«

»Sie wissen, über seine Fälle kann ich nicht reden, Dr. Delaware.«

»Ich frage nicht nach speziellen Fällen, es geht mir nur um die allgemeine Richtung seiner Praxis.«

»Was ich gesehen habe, war recht konventionell – Kinder mit Anpassungsschwierigkeiten zum Beispiel.«

»Vielen Dank. Können Sie mir vielleicht jemand anderen nennen, mit dem ich über ihn reden könnte?«

»Dr. Langenbaum vielleicht, aber der weiß sicher auch nicht mehr als ich.«

»Hat Dr. Stoumen eine Witwe hinterlassen?«

»Seine Frau starb mehrere Jahre vor ihm. Kinder gibt es keine. Aber jetzt müssen Sie mich wirklich entschuldigen.«

»Danke noch mal für Ihre Hilfe, Dr. Wolf.«

»Ja ... hm ... Viel Glück bei Ihrer Suche.«

Ich schnappte mir die Autoschlüssel, ließ alle Lichter im Haus brennen und legte eine laute Jazzplatte auf. Der Hund schlief geräuschvoll auf seinem Badetuch, doch als ich zur Tür ging, stand er auf und folgte mir.

»Du bleibst hier und bewachst das Haus«, befahl ich. Er rülpste und glotzte mich an, dann setzte er sich auf sein Hinterteil.

Ich schloß die Tür und horchte auf seinen Protest, doch es war nichts zu hören, und ich ging zu meinem Wagen.

Der Abend war sehr kühl und still. Nur das Rauschen des Wasserfalls war zu hören. Eigentliche Nachbarn hatte ich nicht; mein Grundstück lag direkt an einem Streifen unbebaubaren Feuchtlands. Das nächste Haus war Hunderte von Metern entfernt. Vor Jahren war es gerade diese Einsamkeit gewesen, die mir gefallen hatte, doch heute abend hätte ich mich gern mit einem Haufen neugieriger Nachbarn abgefunden.

Im Flughafen war nicht viel Betrieb. Ich setzte mich auf eine Bank in der Ankunftshalle und wartete, bis Ruth herauskam.

Ich umarmte und küßte sie und nahm ihr das Gepäck ab. Ihre Wangen glühten, ihre Augen waren klar und ruhig. Sie war nur fünf Tage fortgewesen – fünf lange Tage.

Sie legte ihren Arm um meine Hüfte, und wir gingen eng umschlungen zu meinem Wagen. Ich hielt ihr die Tür auf und legte das Gepäck in den Kofferraum.

»Wie ist dein Vortrag gegangen?«

»Gut. Ich habe die akustische Baßgitarre verkauft, die ich letzten Sommer gebaut habe. Ein Jazzer aus Dublin war da, der sie haben möchte.«

»Großartig. Die hat dich eine Menge Zeit gekostet.«

»Fünfhundert Stunden, genau gesagt, aber das rechnet man besser nicht.«

Sie unterdrückte ein Gähnen, legte ihren Kopf an meine Schulter und schlief die ganze Zeit, bis wir den Sunset Boulevard erreichten. Ich wartete, bis sie ganz wach war, bevor ich ihr erzählte, was passiert war.

Sie nahm es gelassen: »In deinem Gewerbe muß man wohl mit so etwas rechnen. Vielleicht sollten wir für eine Weile umziehen, in meine Werkstatt.«

»Umziehen?«

»Ja. Wenigstens, bis du weißt, was los ist.«

Ich dachte an ihr Studio in den finsteren Gassen von Venice. An die Maschinen und das Sägemehl auf dem Boden im Erdgeschoß und unser Liebesnest unter dem Dach.

»Ich kann das Haus nicht einfach allein lassen. Denk nur an die Fische ...« Es war ein schwaches Argument.

Sie sagte: »Ach ja, die armen Fische. – Ich verstehe, wie du dich fühlst, Alex. Wir werden schon fertig mit diesem Blödsinn, mach dir keine Sorgen.«

»Ich will dich aber nicht in Gefahr bringen. Vielleicht wohnst du im Augenblick besser unten in Venice.«

»Ich soll dich allein in dem Schlamassel lassen?«

»Ich will nur sichergehen, daß dir nichts passiert.«

»Was glaubst du, wie ich mich fühlen würde, wenn ich mir ständig um dich Sorgen machen müßte? Okay, um die Fische muß sich jemand kümmern, wenn's sein muß, gegen Bezahlung. Warum stellst du nicht jemanden an, der das Haus hütet?«

»Du meinst, ich soll meine Sachen packen und die Flucht ergreifen?«

»Warum nicht? Was soll falsch daran sein, wenn man ein wenig vorsichtig ist?«

»Ich weiß nicht. Ist das nicht etwas drastisch? Bis jetzt haben wir es schließlich nur mit grobem Unfug zu tun.«

»Warum geht es dir dann so an die Nieren?«

»Entschuldige, ich wollte dich nicht beunruhigen.«

»Ich bin aber beunruhigt. Jemand schickt dir verrückte Tonbänder, jemand schleicht sich in deinen Garten und ...« Die Ampel schaltete auf Grün, und ich bog links ab.

»Okay, das bringt dein Beruf mit sich«, wiederholte sie. »All die Menschen, die du im Laufe der Jahre behandelt hast. All die verkorksten Gefühle. Ich bin nicht im geringsten überrascht. Es wundert mich, daß es nicht schon früher passiert ist.«

»Aber gesagt hast du nie etwas.«

»Ich wollte eben nicht, daß du dir Sorgen machst. Was hätte das für einen Zweck?«

Ich küßte ihre Hand.

»Also, wir werden gegenseitig auf uns achtgeben. Wie es sich gehört, wenn man sich wirklich liebt.«

Ich hielt vor meinem Haus. Keine offensichtlichen Anzeichen von Eindringlingen.

»Laß mich kurz nachschauen, ob alles in Ordnung ist, bevor wir hineingehen.«

»Ach Schatz, muß das sein?«

Ich ging zum Teich. Die Fische schliefen. Keiner fehlte.

Ich lief die Treppe hinauf, überprüfte die Haustür und schaute durchs Wohnzimmerfenster. Die Vorhänge bewegten sich. Der Hund drückte seine Schnauze gegen die Scheibe. Ich hob meine Hand zur Begrüßung, und er klopfte mit einer Pfote gegen das Fenster. Durch die Holzwand hörte ich die Jazzmusik.

Als ich zum Auto zurückkam, war Ruth dabei, ihren Koffer aus dem Gepäckraum zu hieven. Ich wollte ihn ihr abnehmen, doch sie winkte ab und ging Richtung Treppe.

Als ich aufschloß, sagte sie: »Wir könnten uns wenigstens eine Alarmanlage zulegen. So was hat jetzt jeder.«

»Grund genug, sich keine anzuschaffen.« Ich merkte sofort, daß sie es nicht witzig fand und sagte schnell: »Okay, ich werde mich morgen darum kümmern.«

Wir gingen ins Haus und stolperten fast über die Bulldogge, die sich auf der Fußmatte breitgemacht hatte. Sie blickte erst Ruth an, dann mich, dann wieder Ruth und musterte sie würdevoll.

»Mein Gott«, sagte Ruth.

»Was?«

»Mein Gott, so etwas Süßes habe ich ja noch nie gesehen. Komm her, mein Schöner.« Sie beugte sich zu ihm hinunter und hielt ihm ihre Hand vor die Schnauze. Nach kurzem Zögern sprang er hoch, legte seine Pfoten auf ihre Schultern und leckte sie ausgiebig ab.

»Huch«, lachte sie, »was für ein hübscher Kerl du bist – was für ein Schatz. Schau dir nur diese Muskeln an!«

Sie stand auf und wischte sich das Gesicht ab. Der Hund schnüffelte an ihren Beinen. Seine Zunge hing heraus, und er hechelte heftig. Ruth lachte und kraulte ihn hinter den Ohren.

Ich erzählte ihr seine Geschichte, dann ließ ich die beiden sich miteinander anfreunden und trug den Koffer ins Schlafzimmer. Im Vorbeigehen schaute ich unauffällig in alle Zimmer. Es schien alles in Ordnung zu sein. Ich packte Ruths Kleider aus und legte sie auf das Bett.

Als ich zurückkam, saß sie auf der Ledercouch, den Kopf des Hundes in ihrem Schoß. »Ich weiß, ich sollte das nicht sagen, Alex, aber ich hoffe, der Eigentümer wird sich niemals melden. Doch wie ich mein Glück kenne, wird morgen jemand vor der Tür stehen und ihn mitnehmen.« Sie mußte wieder gähnen.

»Müde?« fragte ich.

»Ein bißchen. Ist alles in Ordnung hier? Du hast doch abgeschlossen?«

»Alles in bester Ordnung.«

»Dann werde ich jetzt auspacken.«

»Das habe ich schon erledigt. Wie wär's mit einem Bad? Ich hänge noch deine Sachen auf, dann steige ich zu dir in die Wanne.«

»Das ist nett von dir, danke.« Sie schaute den Hund an. »Siehst du, er ist ein richtig netter Kerl, unser Doktor. Gehst du auch gern in die Badewanne?«

»Wenn ich das für ihn beantworten darf: Er haßt Wasser. Er

geht nicht einmal in die Nähe. Wir werden uns allein vergnügen müssen.«

»Wie schade. Und wo soll er schlafen?«

»Letzte Nacht hat er in meinem Bett verbracht. Heute abend wird er in die Küche ziehen.«

Sie zog einen Schmollmund. Ich blieb streng. »Nein, kommt nicht in Frage. Schlag dir das aus dem Kopf.«

9

Es war Donnerstag früh, Viertel nach sechs. Ruth war schon aus dem Bett und geduscht. Als ich in die Küche ging, rechnete ich damit, daß sie schon gefrühstückt hatte und wie immer erpicht darauf war, mit der Arbeit zu beginnen, doch sie war noch im Morgenmantel, trank Kaffee und blätterte im *Art-Forum.* Der Hund lag zu ihren Füßen und gönnte mir nur einen kurzen Blick, bevor er seinen Kopf wieder an ihr Bein legte.

Sie schaute von der Zeitschrift auf und lächelte mich an. Ich gab ihr einen Kuß und sagte: »Du kannst ruhig arbeiten gehen. Ich komme schon zurecht.«

»Und wenn ich lieber bei dir bleiben möchte?«

»Das wäre wunderbar.«

»Wenn du natürlich andere Pläne hast ...«

»Nein, erst am Nachmittag. Ein Patientenbesuch draußen in Sun Valley, um halb vier.«

»Du machst einen Hausbesuch?«

Ich nickte. »Ja. Ein Sorgerechtsfall. Ich will die Kinder in ihrer normalen Umgebung sehen.«

»Halb vier, sagst du? Dann können wir bis dahin zusammensein.«

»Ja, das würde mir gefallen.« Ich goß mir einen Kaffee ein

und schaute auf ihre Zeitschrift. »Nun, was gibt's Neues in der Kunstwelt?«

»Der übliche Unsinn.« Sie klappte das Magazin zu und schob es beiseite. »Ich habe nicht gut geschlafen. Ich mache mir Gedanken über die Sache, in die du verwickelt bist. Wann kommt der nächste Anruf? Was wird morgen in der Post sein?«

»Mach dir keine Sorgen. Milo kümmert sich darum. Wir werden bald wissen, wer dahintersteckt. Und ich werde bestimmt vorsichtig sein – großes Ehrenwort. Ich rufe noch heute eine Sicherheitsfirma an, wegen der Alarmanlage. Milo kann mir bestimmt eine empfehlen.«

»Und du willst wirklich nicht umziehen, nicht mal für ein paar Tage?«

»Laß uns erst abwarten, was passiert.«

»Was soll denn noch passieren, Alex? Ist es nicht schon schlimm genug?«

»Sicher, aber ich will erst sehen, was Milo herausfindet, bevor ich alles stehen- und liegenlasse. Ein oder zwei Tage, okay? Wenn er bis dahin nicht weitergekommen ist, ziehen wir vorübergehend in deine Werkstatt.«

»Zwei Tage. Einverstanden.«

Sie holte ein Stück Käse aus dem Kühlschrank. Dann kommandierte sie: »Sitz!« und belohnte die Gehorsamkeit der Dogge mit kleinen Happen, die geräuschvoll verschlungen wurden. Als das letzte Stück in seiner weichen Schnauze verschwunden war, wusch Ruth sich die Hände, während der Hund sitzen blieb und sie anhimmelte.

»Sollten wir ihm nicht einen Namen geben, Alex?«

»Ich nenne ihn einfach ›Hund‹. Solange jeden Moment jemand vor der Tür stehen kann, der ihn zurückhaben will, gebe ich ihm lieber keinen Namen.«

»Ich verstehe. – Übrigens, wenn du Hunger hast, mache ich dir etwas fertig.«

»Warum gehen wir nicht aus?«

»Jetzt sofort?«

»Ja, laß uns irgendwo schön frühstücken.«

»Gut, ich ziehe mir schnell etwas an. Aber was machen wir mit ihm?«

»Ich habe leider keinen Anzug, der ihm passen würde. Er muß wohl hierbleiben und sich mit seinem Milchknochen begnügen.«

Sie schlüpfte in einen schwarzen Rock und eine silbergraue Seidenbluse, und ich suchte mir ein leichtes Jackett, einen braunen Pulli und eine khakifarbene Hose heraus, die einigermaßen gepflegt aussahen. Ich gab meinem Telefondienst durch, wo ich zu finden sein würde, und wir fuhren den Kilometer hinauf zum Hotel Bel Air.

Im Speisesaal begrüßte uns eine lächelnde Empfangsdame und führte uns zu einem Tisch in der Nähe der hohen Gartentüren. Vor Jahren, kurz nachdem wir uns kennengelernt hatten, hatten wir hier gespeist und Bette Davis über die Veranda gleiten sehen, in einer langen schwarzen Robe mit all ihren Kronjuwelen.

Der Saal war fast leer. Wir nahmen uns viel Zeit zu entscheiden, was wir bestellen wollten. Uns war beiden nicht nach Reden zumute. Ich genoß die Ruhe und entspannte mich.

Wir tranken frisch gepreßten Grapefruitsaft, bestellten unser Frühstück und hielten Händchen, bis es kam. Nach dem ersten Bissen von meinem Omelett sah ich die Empfangsdame auf unseren Tisch zukommen, zwei Schritt vor einer großen, breiten, unverwechselbaren Gestalt mit braun-blau gestreiftem Schlips. Milo hatte die Hände in den Hosentaschen und sah gefährlich aus. Die Hausdame hielt Abstand von ihm und wäre offensichtlich am liebsten in den Boden versunken. Kurz bevor sie an unserem Tisch waren, wurde sie von Milo überholt, der sich zu Ruth hinunterbeugte und sie auf die Wange küßte, bevor er sich vom Nachbartisch einen Stuhl holte und sich zu uns setzte.

»Möchten Sie etwas bestellen, mein Herr?« fragte die Hausdame.

»Ja, Kaffee.« Damit war sie entlassen, und Milo wandte sich wieder Ruth zu.

»Du bist also zurück. Du siehst toll aus, wie immer.«

»Danke, Milo. Was führt dich zu uns?«

Er rieb sich das Gesicht. »Hat Alex dir erzählt, was passiert ist?«

Sie nickte. »Wir haben uns überlegt, in meine Werkstatt zu ziehen, bis die Sache aufgeklärt ist.«

Milo sagte nichts. Er starrte das Tischtuch an, bis sein Kaffee kam. Als der Kellner verschwunden war, begann er: »Es hat sich etwas Neues ergeben. Heute morgen beschloß ich, unserem Computer das Stichwort ›böse Liebe‹ einzugeben und ihn suchen zu lassen. Ich hatte mir eigentlich nichts davon versprochen, ich wollte nur gründlich sein, aber dann kamen zwei ungelöste Mordfälle zum Vorschein, der eine drei Jahre her, der andere fünf. Im einen Fall ist das Opfer totgeprügelt worden, in dem anderen erstochen.«

Ruth stöhnte. »Mein Gott.«

»Es tut mir wirklich leid, daß ich euch das Frühstück verderben muß«, fuhr Milo fort, »aber ich wußte nicht, wann ich euch sonst zusammen erwischen kann. Der Telefondienst hat mir verraten, wo ihr seid.«

»Nein, nein, Milo, ich bin froh, daß du gekommen bist.« Sie schob ihren Teller weg.

»Wer waren die Opfer?« fragte ich.

»Sagt dir der Name Rodney Shipler etwas?«

»Nein. Ist das eins der Opfer oder ein Verdächtiger?«

»Ersteres. Und Mary Parks?«

Ich schüttelte den Kopf.

»Keiner von beiden ein ehemaliger Patient von dir? Sicher?«

»Ganz sicher. Die Namen habe ich nie gehört. Welche Rolle spielt ›böse Liebe‹ in dem Zusammenhang?«

»In dem Totschlagsfall – Shipler – war es am Tatort auf eine Wand gekritzelt. Bei Mary Parks bin ich mir noch nicht sicher, was die Verbindung ist. Der Computer hat einfach ›böse Liebe‹ ausgespuckt, unter Vermischtes, ohne weitere Erklärung.«

»Haben in beiden Fällen dieselben Beamten ermittelt?«

»Nein. Shipler hat es im Südwest-Distrikt erwischt, Parks drüben im Tal. Soweit ich sagen kann, hat man die beiden Morde nie in Verbindung gebracht. Es lagen zwei Jahre dazwischen, und es waren verschiedene Stadtteile. Die kompletten Akten sollten heute nachmittag auf meinem Schreibtisch liegen.«

»Immerhin etwas. Ich habe gestern abend mit einem der Ärzte in Stoumens Praxis geredet. Bei dem Unfall handelte es sich um Fahrerflucht, in Seattle, Juni letzten Jahres.«

Milo runzelte die Stirn. »Auf einer Psychiatertagung?«

»Ja – waren Shipler und Parks vielleicht auch in meiner Branche?«

»Ich weiß noch nicht, was sie beruflich gemacht haben. Solche Informationen liefert der Computer nicht.«

Ruth hatte mit gesenktem Kopf zugehört. Nun schaute sie auf. »Was sollen wir nun tun?«

»Du weißt«, sagte Milo, »ich lasse mich nicht leicht ins Bockshorn jagen, aber es kommt leider einiges zusammen – schräge Post, ein fauler Anruf, ein toter Fisch, zwei unaufgeklärte Morde, gefährliche Konferenzen ...« Er schaute mich an. »Ein zeitweiliger Wohnungswechsel wäre keine schlechte Idee. Wenigstens bis wir wissen, was vor sich geht. Von der Werkstatt würde ich euch abraten. Wer immer dahintersteckt: Wenn er Alex ordentlich ausgeforscht hat, dann kennt er auch deine Adresse, Ruth.«

Sie starrte aus dem Fenster. Ich berührte ihre Schulter.

»Schon gut«, sagte sie, »ich falle schon nicht in Ohnmacht. Laßt uns lieber überlegen, wo wir uns verstecken können.« Sie schaute sich um. »Der Laden hier sieht ganz gepflegt aus. Schade, daß wir keine Ölscheichs sind.«

»Vielleicht habe ich etwas für euch«, sagte Milo. »Einer

meiner Privatkunden, ein Banker, der für ein Jahr nach England gezogen ist, hat mich gebeten, auf sein Haus in Beverly Hills aufzupassen. Es wäre groß genug und nicht so abgelegen. Ich bin sicher, er hätte nichts dagegen, wenn ihr es benutzt. Er hat eine größere Kunstsammlung und die elektrischen Tore, Videokameras und Alarmsirenen, die dazugehören.«

Es klang wie ein Gefängnis, aber ich sagte nichts.

»Die Alarmanlage ist mit dem Polizeirevier verdrahtet«, fuhr Milo fort, »im Schnitt dauert es zwei Minuten, bis sie zur Stelle sind, vielleicht ein bißchen länger, wegen der steilen Straßen, aber immer noch verdammt schnell. Ich sage nicht, es ist wie zu Hause, aber als vorübergehende Bleibe wärt ihr gut bedient damit.«

»Und was ist mit meiner Arbeit?« fragte Ruth. »Kann ich in die Werkstatt gehen?«

»In den nächsten Tagen besser nicht. Gib mir ein wenig Zeit, bis ich mehr über diese Morde herausgefunden habe.«

»Bei mir stapeln sich die Bestellungen, Milo, und durch das Seminar in Oakland habe ich auch schon Zeit verloren.« Sie zerknüllte ihre Serviette. »Tut mir leid, Schatz, aber ich sehe nicht ein ...«

Ich küßte ihre Hand.

»Was deine Arbeit angeht«, sagte Milo, »die Garage dort ist riesengroß, und es steht nur ein Wagen drin.«

»Meinst du, ich kann meine Bandsäge und die anderen Maschinen einfach in den Kofferraum packen?«

»Auch da könnte ich dir behilflich sein.«

»Die Alternative wäre, in meine Werkstatt zu ziehen und einen Wachmann anzuheuern.«

»Warum das Risiko?« erwiderte Milo. »Meine Devise ist: Wenn Ärger vor der Tür steht, sieh zu, daß du nicht zu Hause bist. Ihr könnt auch den Hund mitnehmen. Der Besitzer hat Katzen, die er zu Freunden in Pflege gegeben hat. Das heißt, er hat sicher nichts gegen Haustiere.«

»Das klingt gut«, sagte ich, doch meine Kehle war trocken. Ich fühlte mich wie ein Flüchtling, hilflos, wehrlos. »Was das restliche Viehzeug angeht, die Karpfen – die könnten wahrscheinlich für eine Weile bei der Gärtnerei unterkommen, die sich gewöhnlich um meinen Teich kümmert. – Gehen wir? Es gibt einiges zu organisieren.«

Ruth hatte ihre Serviette zu einem kleinen Ball zusammengeknüllt. Ihre Fingerknöchel waren elfenbeinweiß, ihre Lippen dünne, blutleere Striche. Ihr Blick ging ins Leere.

»Ja, Zeit zu packen.« Sie klang energisch, doch sie rührte sich nicht.

»Es ist alles so unwirklich«, sagte ich.

»Vielleicht stellt sich der ganze Wirbel am Ende als unnötig heraus, aber ihr beide gehört nun mal zu den wenigen Menschen, die mir etwas bedeuten. Es ist meine Pflicht, euch zu helfen und zu beschützen«, stellte Milo fest. Er schaute unser kaum angerührtes Frühstück an. »Das ist sicher nicht billig hier.«

Ich schob ihm meinen Teller zu. »Bitte, bedien dich nur.«

Er schüttelte den Kopf.

Ruth und ich brauchten etwa eine Stunde, um die wichtigsten Sachen in Koffer, Plastiktüten und Kartons zu stopfen. Milo und ich trugen alles ins Wohnzimmer, dann rief ich die Gärtnerei an und machte einen Termin aus, wann sie die Fische abholen könnten.

Milo und Ruth blickten auf den Haufen Gepäck. »Ich fahre jetzt in die Werkstatt und hole die kleineren Werkzeuge und die zerbrechlichen Sachen, okay?«

»Gut, aber sei vorsichtig«, sagte Milo. »Wenn du jemanden herumhängen siehst, kehr sofort um und komm hierher zurück.«

Sie nahm den Hund mit. Ich brachte sie zu ihrem Wagen und schaute ihr nach, bis sie verschwand. Dann ging ich ins Haus zurück und bot Milo eine Cola an. Nach wenigen Minuten klingelte es an der Tür. Milo schaute durch den Spion, bevor er die

Tür öffnete und drei Männer hereinließ – Knaben eher, neunzehn oder zwanzig Jahre alt.

Sie sahen aus wie Gewichtheber, zwei Weiße und ein Schwarzer, in löchrigen Unterhemden, knielangen Sackhosen in unmöglichen Farben und schwarzen Springerstiefeln, die kaum um ihre baumstammdicken Waden paßten. Die weißen Jungs hatten kurzgeschorene Haare, außer im Nacken, wo lange Fransen auf massige Schultern fielen. Der Schwarze war vollkommen kahl. Für ihren mächtigen Körperbau machten die drei einen zaghaften Eindruck, geradezu ängstlich.

»Morgen, Jungs«, begrüßte sie Milo. »Das hier ist Dr. Delaware. Er ist Psychologe, das heißt, er kann eure Gedanken lesen. Darf ich vorstellen, Doktor: Ken, Chuck und De Long. Sie haben noch nicht herausgefunden, was sie mit ihrem Leben anstellen wollen, deshalb quälen sie sich in Smiths Fitneßcenter und verplempern Kens Geld. Stimmt's, Jungs?«

Sie grinsten. Durch die offene Tür sah ich einen schwarzen Lieferwagen in der Einfahrt: hochgelegtes Fahrwerk, schwarz galvanisierte, umgedrehte Radkappen, verdunkelte Fenster und, ins Türblech eingelassen, ein diamantförmiges Stück Plastik, darunter ein Totenkopf mit gekreuzten Knochen.

»Geschmackvoll, nicht wahr?« sagte Milo. »Erzählt doch dem Doktor, wer euren Leichenwagen wiedergefunden hat, nachdem sich irgendein Scheiß-Junkie damit aus dem Staub gemacht hatte, nur weil ihr so blöd wart, auf dem Santa Monica Boulevard zu parken und die Schlüssel stecken zu lassen.«

»Sie, Mr. Sturgis«, sagte der kleinere von den weißen Jungen.

»Und wer hat auf sein übliches Honorar verzichtet, weil deine Apanage gerade am Ende war, Ken?«

»Sie, Sir.«

»Und meint ihr, das war als Geschenk gemeint?«

»Nein, Sir.«

»Und was habe ich als Bezahlung gefordert?«

»Sklavenarbeit!« riefen sie im Chor.

Milo nickte. »Genau. Und heute ist es soweit. Das ganze Gerümpel hier kommt in eure Karre. Die schweren Sachen sind noch drüben in Venice – Pacific Avenue. Wißt ihr, wo das ist?«

»Klar«, sagte Ken.

»Ausgezeichnet. Fahrt mir nach, und dann wollen wir mal sehen, ob ihr keinen Pudding in den Armen habt. Und wenn ihr fertig seid, haltet ihr das Maul über die Aktion, klar?«

»Ja, Sir.«

»Und seid vorsichtig mit den Sachen. Stellt euch vor, ihr schleppt Kisten voll Jägermeister.«

10

Wir trafen uns mit Ruth und packten ihren Kombi voll. Der Anblick der ausgeräumten Werkstatt trieb ihr die Tränen in die Augen, doch sie fing sich schnell: »Kommt, laßt uns verschwinden.«

Wir bildeten eine Kolonne, Milo vorneweg, Ruth mit dem Hund in ihrem Kombi, dann ich in meinem Seville und am Ende der »Leichenwagen«. Es ging nordwärts, nach Beverly Hills.

Milo bog in eine schmale Straße ein, voller Schlaglöcher, zwischen Reihen von Eukalyptusbäumen. Nach zwanzig Metern kamen wir zu einem schmucklosen weißen Eisentor. Milo schob eine Karte in einen Schlitz, und das Tor öffnete sich. Die Karawane zog weiter auf einer steilen Schotterstraße, zwischen hohen, alten Zypressen. Hinter dem Gipfel ging es fünfzig oder hundert Meter bergab zu einem ebenen baumlosen Kesselgrund von vielleicht zweitausend Quadratmetern, auf dem ein flaches, schmutzigweißes Gebäude stand. Eine lange, gerade Betonpiste führte zum Haupteingang.

Als wir näher kamen, fiel mir auf, daß die Vertiefung, in der das Haus errichtet war, künstlich war; ein künstlicher Krater auf einer Anhöhe, mit Aussicht auf den Canyon und andere Hügel in der Umgebung. Ich fragte mich, ob mein eigenes Haus von hier oben zu sehen wäre, doch ich konnte nicht ausmachen, in welche Richtung ich zu schauen hatte.

Das Haus war groß und schnörkellos, mit einem wuchtigen Dach aus tiefbraunen Aluminiumschindeln, die Fensterrahmen ebenfalls aus Aluminium. Etwas abseits, hinter einem Tennisplatz, befand sich die Garage mit einer Satellitenschüssel auf dem Flachdach.

Vor dem Hauptgebäude wuchsen einzelne Kakteen und Yuccas, doch das war auch alles in Richtung Gartenpflege. Wo Rasen hätte sein können, waren Betonplatten verlegt.

Als ich ausstieg, bemerkte ich die Videokamera über der kaffeebraunen Doppeltür.

Ruth stand neben ihrem Wagen und lächelte. »Sieht aus wie ein Motel, findest du nicht?«

Die drei Muskelberge sprangen aus ihrem Transporter, machten ein paar Kniebeugen und gingen mit viel Gestöhne daran, Ruths Maschinen auszuladen. Milo sagte etwas zu ihnen und winkte in unsere Richtung. Er hatte seine Jacke ausgezogen, doch den Revolver hatte er nicht abgelegt. Es war wieder brütend heiß.

»Verrücktes Wetter«, sagte ich. Ruth holte den Hund aus ihrem Wagen, und wir gingen zur Haustür, die Milo für uns aufschloß.

Der Fußboden drinnen war weißer Marmor mit rosa Verfärbungen, die Möbel Teak und Ebenholz, die Polster hellblauer Velours. Die hintere Wand bestand aus einer einzigen großen Terrassentür. Der Rest war mit Gemälden bedeckt, Rahmen an Rahmen.

Die Tür führte zu einem Hof, der von einem fast unsichtbaren Zaun – Glasplatten in dünnen Eisenrahmen – umgeben war. Hinter einer Betonterrasse und einem Streifen Büffelgras lag ein langes, schmales Schwimmbecken.

Der Hund rannte zu der Fenstertür und kratzte am Glas. Milo ließ ihn hinaus.

»Ich habe in London angerufen. Es ist alles in Ordnung. Ihr zahlt eine symbolische Miete, aber das hat Zeit, bis der Besitzer zurückkommt.«

Er zeigte uns, wie die Sicherheitskameras funktionierten. Es gab zwei davon – eine vorn, die andere auf die Gartentür gerichtet. Innen über der Haustür waren zwei Schwarzweißmonitore angebracht. Auf einem waren die drei Muskelprotze zu sehen, wie sie sich fluchend mit den schweren Maschinen abmühten.

»Nun, was meint ihr?«

»Großartig«, antwortete ich, »sehr geräumig. Vielen Dank, Milo.«

»Wunderbare Aussicht«, sagte Ruth, »wirklich eindrucksvoll.«

»Ihr habt drei Schlafzimmer zur Auswahl.« Er führte uns durch einen breiten, mit Kunstdrucken behangenen Korridor. Eine Perlmuttuhr an einer der Wände zeigte fünf nach halb drei. In weniger als einer Stunde wurde ich bei den Rodriguez erwartet. Ruth las meine Gedanken.

»Was ist mit deinem Termin?«

»Wann?« fragte Milo.

»Um halb vier«, antwortete ich.

»Und wo?«

»Bei Wallace' Schwiegermutter und den Kindern. Siehst du einen Grund, nicht hinzugehen?«

Er dachte einen Augenblick nach. »Nein, eigentlich nicht.«

Ruth bemerkte sein Zögern. »Warum sollte Alex Termine streichen?«

»In diesem speziellen Fall könnte es Ärger geben«, erklärte ich. »Es handelt sich um zwei kleine Mädchen. Der Vater hat ihre Mutter umgebracht, und jetzt will er, daß sie ihn im Gefängnis besuchen.«

»Pervers.«

»Könnte man sagen. Das Gericht hat mich beauftragt, ein Gutachten zu schreiben und eine Empfehlung zu geben. Zunächst dachten Milo und ich, der Kerl könnte hinter der Tonbandgeschichte stecken – ein Versuch, mich einzuschüchtern. Er gehört einer Motorradgang an, die für solche Methoden bekannt ist. Aber mit dem Band hat er nichts zu tun. Es war nur eine Arbeitshypothese, bevor ich auf das alte Konferenzprogramm über ›böse Liebe‹ stieß.«

Sie schaute Milo an. »Na gut«, sagte sie schließlich, »ich will euch mal glauben. Dann werd ich mich jetzt um meinen eigenen Kram kümmern.«

Sie küßte mein Kinn, und ich faßte sie um die Taille. Milo schaute in eine andere Richtung.

»Ich verspreche dir, ich werde aufpassen«, sagte ich. Ruth schob mich sanft weg.

»Nun geh schon und hilf den armen kleinen Mädchen.«

Es war zwanzig vor vier, als ich bei den Rodriguez vorfuhr. Kein Wagen zu sehen, und niemand öffnete mir die Tür, als ich klingelte.

Wollte Evelyn mir ihr Mißfallen kundtun wegen der zehn Minuten Verspätung?

Ich versuchte es noch einmal und klopfte an die Tür. Als das auch nichts brachte, ging ich ums Haus, zog mich an der rosaroten Mauer hoch und schaute im Garten nach. Nichts zu sehen; kein Spielzeug, keine Gartenmöbel. Das Planschbecken war verschwunden, die Garage geschlossen, alle Vorhänge zugezogen. Ich ging wieder nach vorn, schaute in den Briefkasten und fand die Post von zwei Tagen vor. Ich setzte mich in meinen Wagen und wartete noch zwanzig Minuten, ohne daß sich etwas tat.

Ich erinnerte mich, daß Evelyns Mann eine Baufirma betrieb – R & R. Ich fuhr Richtung Osten, bis ich eine Telefonzelle fand. Das Telefonbuch hatte jemand mitgehen lassen, also rief ich die Auskunft an und fragte nach Adresse und Nummer der Firma. Der Telefonist ignorierte meine Bitte und schaltete das

Band ein, von dem ich die Nummer erfuhr, aber keine Adresse. Ich wählte, doch es hob niemand ab. Also versuchte ich es noch einmal mit der Auskunft und bekam schließlich den Straßennamen: zehn Blocks von meinem Standort.

Ich fuhr hin und fand einen eingezäunten Bauhof mit einem heruntergekommenen braunen Schuppen davor. Die direkte Nachbarschaft bestand aus einer fensterlosen Saufkneipe und einem Pfandhaus. Der Hof war leer bis auf ein paar vereinzelte Ziegelbrocken. Ein verschnörkelter gelber Schriftzug über der Schuppentür: *R & R Mauerbau. Zement, Schamott, Backstein.* Darunter: *Schutzmauern.*

Ich parkte und stieg aus. Kein Lebenszeichen. Am Tor ein faustgroßes Vorhängeschloß.

Ich ging zu dem Pfandleiher hinüber. Die Tür ließ sich nicht öffnen. Über einem Knopf las ich: *Bitte klingeln und warten.* Ich folgte der Anweisung und hörte einen Summer, doch die Tür öffnete sich immer noch nicht. Ich schaute durchs Fenster und sah einen Mann hinter einer brusthohen Theke und einer Plexiglasscheibe.

Er ignorierte mich, also klingelte ich weiter, bis er sich endlich rührte und den Türöffner betätigte.

Ich ging hinein, vorbei an Kisten voll Kameras, billiger Gitarren, Kassettendecks und Ghettoblastern, Taschenmessern und Angelruten. Der Mann inspizierte eine Uhr und musterte mich, alles in einem Blick.

»Ja?« Er fummelte an der Uhr und bewegte den Mund, als wollte er jeden Moment ausspucken.

»Ich suche Roddy Rodriguez, von nebenan. Ich hätte Arbeit für ihn. Ich brauche eine Schutzmauer.«

Er legte die Uhr weg und machte sich an einer anderen zu schaffen.

»Entschuldigen Sie ...«, sagte ich.

»Haben Sie was zu verkaufen oder was?«

»Nein, ich dachte nur, Sie wüßten vielleicht, ob Rodriguez –«

Er drehte mir den Rücken zu und verschwand in einem Hinterzimmer.

Ich versuchte es in der Bar zwei Türen weiter. Der Barmann war um die Dreißig, blondes, schütteres Haar, unrasiert. Er war nicht sehr beschäftigt, als ich hereinkam, und offenbar nicht darauf aus, das zu ändern.

Ich bestellte ein Bier.

»Wissen Sie vielleicht, wann Roddy zurückkommt?« fragte ich ihn.

»Wer?«

»Roddy Rodriguez, der Maurer von nebenan. Er hat gesagt, er würde dasein, ist aber nicht aufgetaucht.«

Er zuckte die Schultern.

»Sein Laden scheint dicht zu sein.«

Keine Reaktion.

»Toll«, sagte ich, »erst meine Anzahlung kassieren und dann verschwinden.«

Der Barmann holte eine Plastikschüssel unter der Theke hervor und fing an, Gläser zu spülen. Ich nippte an meinem Bier.

»Wann haben Sie ihn zuletzt gesehen?« fragte ich.

Er drehte sich um. »Wen?«

»Rodriguez.«

Schulterzucken.

»Ist der Laden schon lange zu?«

Keine Antwort.

»Sauber«, sagte ich.

Der Barmann schaute über seine Schulter zu mir herüber. »Er ist kein Kunde hier, okay? Ich kenne ihn nicht. Reicht Ihnen das?«

Ich schüttelte den Kopf, legte mein Geld auf die Theke und ging.

11

Ein paar Minuten später war ich wieder in Beverly Hills.

Der schwarze Lieferwagen und Milos Ford waren verschwunden. Zwei der drei Garagentore standen offen. Ruth war in Arbeitskluft und stand an ihrer Drehbank. Als sie mich kommen sah, schaltete sie die Maschine ab.

In einer der Garagen stand ein goldenes BMW-Coupé. Der übrige Raum glich verblüffend Ruths Werkstatt in Venice.

»Du hast dich ja ganz gut eingerichtet«, sagte ich.

Sie schob ihre Schutzbrille hoch. »Die Garage ist gar nicht schlecht, solange ich die Türen offenlasse, wegen der Lüftung. Wie kommt es, daß du schon wieder hier bist?«

»Es war keiner zu Hause. Anscheinend sind sie schon vor einer Weile verschwunden. Im Briefkasten lag noch die Post von gestern. Die Maurerei, die der Mann betreibt, ist auch zu.«

»Konnte die Frau dir das nicht vorher sagen?«

»Das war von der kaum zu erwarten. Sie war nicht gerade begeistert über meine Einmischung, obwohl ich nach dem letzten Treffen dachte, ich wäre weitergekommen mit ihr. Wahrscheinlich hat sie sich mit den Mädchen aus dem Staub gemacht. Vielleicht sind sie nach Mexiko. Der Mann könnte dort Verwandte haben. Ich rufe besser beim Gericht an.«

Sie legte mir die Arme um den Hals. »Wir haben dir in einem der Schlafzimmer ein Büro zurechtgemacht. Es ist das Zimmer mit dem besten Blick, und es hängt ein Hockney an der Wand – zwei Knaben unter der Dusche.« Sie lächelte. »Dem armen Milo war es furchtbar peinlich. Er wollte sich entschuldigen für die schwule Atmosphäre. Aber was hätten wir ohne ihn gemacht? Das habe ich ihm gesagt. Wir hatten ein längeres Gespräch.«

»Worüber?«

»Ach, über dies und jenes – den Sinn des Lebens und so weiter. Ich versicherte ihm, du würdest mit der ›Atmosphäre‹ fertig werden.«

»Und was meinte er dazu?«

»Er knurrte und rieb sich das Gesicht, wie er es immer macht ...«

»Wenn du von Knurren redest: Wo ist denn unser Gast?«

»Der schläft vor der Küchentür. Zuerst hatte ich ihn hier, aber er ließ die Maschinen nicht in Ruhe. Als er es mit der Bandsäge aufnehmen wollte, schloß ich ihn ein.«

»Hat er da nicht seine Würgenummer abgezogen?«

»Und wie.« Sie legte die Hände um den Hals und machte seine Geräusche nach. »Ich schrie ihn an, er solle still sein, und er hörte prompt auf. Da siehst du wieder, welche Autorität ich ausstrahle.«

Ich ließ den Hund raus und gab ihm Zeit zum Pinkeln, bevor ich ihn in mein neues Büro mitnahm. Dann rief ich beim Gericht an und erzählte Steve Huff von dem geplatzten Treffen mit Evelyn Rodriguez.

»Vielleicht hat sie es einfach vergessen – oder verdrängt.«

»Ich werde das Gefühl nicht los, daß sie sich aus dem Staub gemacht hat.« Ich erzählte ihm von Roddy Rodriguez' verlassenem Bauhof.

»Sieht ganz danach aus«, sagte er. »Es wäre nicht das erstemal, daß es so geht.«

»Verstehen könnte ich es. Bei meinem letzten Besuch vor zwei Tagen erzählte sie endlich von den Verhaltensproblemen, die die Mädchen haben. Übrigens, Donald hat mir einen Brief geschrieben. Er zeigt nicht die geringste Spur Reue. Statt dessen klopft er sich auf die Brust, was für ein guter Vater er ist.«

»Er hat Ihnen geschrieben?«

»Ja. Und sein Anwalt hat mich angerufen.«

»Irgendwelche Drohungen?«

Ich zögerte. »Drohungen, nein; ein bißchen Druck, würde ich eher sagen.«

»Schade. Dagegen gibt es leider kein Gesetz. – Unter uns, Alex: Ich hätte Verständnis für die Frau, wenn sie sich entschieden hätte, unterzutauchen. Was haben Sie jetzt vor? Wollen Sie abwarten, oder wollen Sie Ihren Bericht mit dem Material zusammenschreiben, das Sie bis jetzt sammeln konnten?«

»Wo wäre der Unterschied?«

»Es geht darum, ob Sie schnell an Ihr Geld kommen wollen oder ob Sie bereit sind, ihr einen kleinen Vorsprung zu verschaffen, immer angenommen, sie ist wirklich abgehauen. Sobald ich Ihren Bericht vor mir habe, bin ich verpflichtet, ihn an Greer weiterzureichen. Selbst wenn ich alle möglichen Verzögerungstricks anwende, wird er ihn nach höchstens zwei Wochen vor sich haben, und dann – darauf können Sie Gift nehmen – wird er sofort eine Fahndung beantragen.«

»Sie meinen, der Mörder schickt der Großmutter, die ihre Enkelkinder in Sicherheit bringen will, die Polizei auf den Hals? Absurd!«

»Wenn ich Sie recht verstehe, wollen Sie also abwarten.«

»Wieviel Vorsprung würde das bedeuten?«

»Fünf oder sechs Wochen ... aber das habe ich nie gesagt; besser noch, wir einigen uns, daß dieses Gespräch nie stattgefunden hat, okay? – Und jetzt muß ich weg und den weisen Richter spielen. Bis dann. Tschüs.«

Ich legte auf. Der Hund glotzte mich an, und mir fiel ein, daß ich den Hundezüchterverein noch immer nicht angerufen hatte. Es war fast fünf; zu spät, um anzurufen.

Also dann, morgen früh.

Ich schlief unruhig. Am nächsten Morgen – Freitag – brachte ich endlich die Adresse des Bulldoggenklubs in Erfahrung. Ein Postfach in Rahway, New Jersey. Eine Telefonnummer gab es nicht.

Um zehn nach acht wählte ich die Nummer der Rodriguez und bekam ein Tonband der Telefongesellschaft zu hören: Der Anschluß war unterbrochen.

Dann begann ich, Bücher auszupacken. Um Viertel vor neun klingelte es an der Tür. Milo erschien auf einem der Videoschirme, mit einer weißen Tüte unter dem Arm.

»Frühstück«, erklärte er, als ich ihm die Tür öffnete. »Ruth ist schon in der Garage. Gott, kann die Frau arbeiten! Was machst du?«

»Ich hab angefangen, mein Büro einzuräumen.«

»Hast du gut geschlafen?«

»Ausgezeichnet«, log ich.

Wir gingen in die Küche und setzten uns an den blauen Granittisch. Er holte zwei Zwiebelbrötchen aus der Tüte.

»Was hast du für heute geplant?« fragte Milo.

»Nichts Konkretes. Im Wallace-Fall kann ich im Moment nichts unternehmen. Es sieht so aus, als hätte die Großmutter die Sache selbst in die Hand genommen.«

Ich erzählte ihm von meinem fehlgeschlagenen Besuch.

»Vielleicht ist es besser so«, war seine Reaktion. »Falls du nicht weißt, was du anstellen sollst, hätte ich einen kleinen Auftrag für dich.«

»Ich höre.«

»Red mal mit Jean Jeffers, der Klinikchefin. Ich habe es endlich geschafft, zu ihr durchzudringen, und gestern abend hat sie mich tatsächlich zurückgerufen. Ich schwindelte ihr vor, wir untersuchten gerade eine Reihe von Nötigungsfällen und hätten Grund zu der Annahme, daß einer ihrer Patienten dafür verantwortlich sein könnte; jemand, der Hewitt gekannt haben muß. Nachdem ich den Namen erwähnt hatte, war sie nicht mehr zu stoppen. Sie erzählte, welchen Schrecken der Mord an Rebecca allen eingejagt hatte. Sie war offenbar immer noch ziemlich mitgenommen.«

Er zerrupfte sein Brötchen und verteilte die Stücke vor sich auf den Tisch, bevor er sie eins nach dem andern in den Mund schob.

»Dann fragte ich sie, ob sie wüßte, mit wem Hewitt sich herumgetrieben hatte, aber sie hatte keine Ahnung. Ich fragte auch, ob ich einen Blick in ihre Patientenkartei werfen könnte. Sie sagte, sie würde mir gern helfen, aber das sei leider nicht möglich, die Daten seien vertraulich. Ich ließ nicht locker und erzählte ihr, wir beschäftigten einen Psychologen, der uns von Zeit zu Zeit bei der Aufklärung von Psychomorden hilft, einen richtigen Doktor, dem die Schweigepflicht heilig sei. Ich gab ihr deinen Namen, vielleicht hatte sie ja von dir gehört. Sie wollte nichts versprechen, doch sie ist bereit, mit dir zu reden. Sie wurde immer freundlicher, je länger wir sprachen. Ich habe das Gefühl, sie will uns helfen, hat aber Angst vor der Publicity. Denk daran, wenn du mit ihr redest.«

»Wieviel soll ich ihr erzählen?«

»So wenig wie möglich.«

»Wann soll ich hingehen?«

»Heute nachmittag. Hier ist die Telefonnummer.« Er gab mir einen Zettel und stand auf.

»Wo willst du hin?« fragte ich.

»Auf die andere Seite der Berge nach Van Nuys. Ich will sehen, ob ich mehr über den Mord an Mary Parks herausfinden kann.«

Als Milo weg war, rief ich meinen Telefondienst an – immer noch nichts von Shirley Rosenblatt. Dann schrieb ich dem Doggenverein, daß ich wahrscheinlich den Hund eines seiner Mitglieder beherbergte. Um halb zehn wählte ich Jean Jeffers' Nummer. Ihre Sekretärin klang, als hätte sie meinen Anruf erwartet, und sagte, ihre Chefin sei in einer Stunde zu sprechen, wenn mir das recht sei.

Ich schnappte mir ein Brötchen, band einen Schlips um und machte mich auf den Weg.

Vor der Klinik gab es einen großzügigen Parkplatz, zu Zweidritteln leer, mit einem Schild *Nur für Angestellte.* Ich fand, daß ich als psychologischer Berater der Polizei gewissermaßen dazugehörte, und stellte meinen Wagen ab.

Am Eingang empfing mich ein blau uniformierter Wachmann. Er musterte mich und schickte mich durch einen Metalldetektor, wie man ihn auf Flughäfen findet. Es gab einen Alarm; ich mußte meine Schlüssel aus der Tasche kramen und vorübergehend dem Wachmann überlassen, bevor ich passieren konnte.

Der Empfangsschalter war vergittert und mit einer jungen farbigen Frau besetzt. »Sie wünschen?«

»Mein Name ist Dr. Delaware. Ich bin mit Jean Jeffers verabredet.«

»Einen Moment, bitte.« Sie telefonierte kurz, bevor sie mir zunickte und einen Türöffner betätigte. »Sie werden erwartet. Immer den Gang runter, bis zum Ende.«

Ich betrat einen langen cremefarbenen Korridor mit unzähligen Zimmern auf beiden Seiten. Zu meiner Linken öffnete sich eine Tür, während ich vorbeiging. Drei Leute kamen heraus. Das Zimmer war überfüllt mit vielleicht dreißig weiteren Patienten, die vor einem Blechschreibtisch Schlange standen. Hinter dem Schreibtisch saß ein junger Arzt, der mit jedem der Patienten kurz sprach und Verschreibungen verteilte, während die Schlange sich alle zehn Sekunden lautlos einen Ruck weiter bewegte, wie Flaschen in einer Abfüllanlage.

Ich ging weiter bis ans Ende des Korridors, zu einer Tür mit dem Namensschild *Jean Jeffers, Direktion – Myra Chin, Sekretariat.* Im Vorzimmer begrüßte mich eine junge Asiatin.

»Gehen Sie gleich durch, Dr. Delaware.«

»Danke.«

Die Tür hinter ihr wurde von der anderen Seite aufgerissen, bevor ich die Klinke ganz heruntergedrückt hatte. Die Frau, die so darauf zu brennen schien, mit mir zu reden, war etwa fünfundvierzig, groß und blond. Sie trug ein hellrotes Kleid mit einem breiten weißen Gürtel.

»Doktor Delaware, kommen Sie herein.« Sie gab mir die Hand, die fast so groß war wie meine. Sie hatte eine sportliche Figur, ohne überflüssiges Fett. Ihr schmales Gesicht war leicht gebräunt. Weiche, gutmütige Züge, dunkelblaue Augen und schwarze Wimpern. Hübsch.

»Danke, daß Sie sich die Zeit nehmen«, sagte ich.

»Das ist doch selbstverständlich, Doktor. Bitte, setzen Sie sich.« Sie ging hinter ihren Schreibtisch.

»Sie sind eigentlich Krankenhauspsychologe, nicht wahr? Ihr Name kam mir bekannt vor, als Detective Sturgis ihn erwähnte, obwohl mir nicht einfallen will, woher. Wie kommt man als Psychologe zur Polizei?«

»Im Grunde durch Zufall. Vor einigen Jahren hatte ich Kinder in Behandlung, die in einer Tagesstätte mißhandelt worden waren. Ich endete im Zeugenstand und bekam immer mehr mit der Strafverfolgung zu tun, und dann führte eins zum anderen.«

»Deshalb erinnere ich mich wohl an Ihren Namen. Sie sind demnach ein richtiger Held.«

»Ach nein, ich habe nur meine Pflicht getan.«

»Und jetzt? Haben Sie weiter mit solchen Fällen zu tun?«

»Nur noch gelegentlich, in Zusammenhang mit Sorgerechtsfragen, als Gutachter in Scheidungsverfahren.«

»Sind Sie noch als Therapeut tätig?«

»Kaum.«

»Ich auch nicht, schon lange nicht mehr.« Sie lehnte sich zurück. »Aber jetzt zur Sache. Ich weiß nicht recht, was Detective Sturgis von mir erwartet. Für meine Patienten ist Vertraulichkeit äußerst wichtig. Was mit Rebecca passiert ist, darf daran nichts ändern.«

»Es muß schrecklich gewesen sein.«

»Es ging alles so schnell. Der Schock kam erst, als es vorbei war, als ich sah, was er mit Rebecca gemacht hatte. Sie können mir glauben, ich weiß jetzt, was gemeint ist, wenn Leute von posttraumatischem Streß reden. Niemand wußte, was vor sich ging. Ich war hier in meinem Zimmer bei der Arbeit, als er ... Die Behandlungsräume sind absolut schalldicht. Dann hörte ich den Lärm im Korridor, die gräßlichen Schreie. Er schrie und schrie.«

»›Böse Liebe‹ ...«

»Ja. Ich ging ins Vorzimmer. Myra war nicht da, also schaute ich in den Korridor ... Er schrie und fuchtelte mit dem Messer.

Dann sah er mich. Er starrte mich an. Ich knallte die Tür zu, schob Myras Schreibtisch davor, lief in mein Zimmer und verrammelte auch dort die Tür. Ich versteckte mich hinter meinem Stuhl, die ganze Zeit, bis ... Daß er Adeline in seiner Gewalt hatte, erfuhr ich erst, als alles vorbei war.« Sie wischte sich die Augen. »Was mich verrückt macht, ist, daß ich nicht weiß, wie lange er ... ob Rebecca lange zu leiden hatte. Ich kann nur hoffen, daß es schnell ging. Der Gedanke, daß sie dort eingesperrt war mit ihm ...« Sie rieb sich die Schläfen. »Es war in den sechziger Jahren, daß man die Zellen schalldicht gemacht hat. Damals war das hier ein Therapiezentrum für Vietnam-Veteranen; deshalb die Schallisolierung. Heutzutage macht hier kaum noch jemand Therapie.«

Sie seufzte und legte ihre Hände flach auf den Schreibtisch. »Was soll ich sagen? Das Leben geht weiter, nicht wahr?«

»Wie kommt es, daß keine Therapie mehr gemacht wird?«

»Die Fälle sind schwer, die Leute zu arm, und es sind zu viele. Was sie brauchen, ist etwas zu essen und ein Dach über dem Kopf, dann hören sie vielleicht auf, Stimmen zu hören. Normalerweise verschreiben wir Thorazin, aber auch Haldol, Lithium und Tegretol, um die bösen Geister zu vertreiben. Therapie wäre reiner Luxus bei unserer Auslastung, von der Finanzierung ganz zu schweigen. Unmöglich. Wir haben nicht einen einzigen Psychologen im Team, nur Sozialarbeiter, die meisten davon Hilfskräfte wie Rebecca.«

»Auf dem Weg zu Ihrem Büro habe ich einen Arzt gesehen. Er hat Rezepte ausgeschrieben.«

»Ja, stimmt. Es ist Freitag, nicht wahr? Das ist Dr. Winter, der Psychiater, der einmal die Woche zu uns kommt. Er hat gerade seine Assistenzzeit hinter sich. Ein netter Junge, wirklich, doch sobald seine Praxis richtig anläuft, wird er verschwinden, genau wie die anderen.«

»Wenn keine Therapie stattfindet, was machte Rebecca dann mit Hewitt in einem Therapiezimmer?«

»Ich habe nicht gesagt, daß wir nie mit den Leuten reden. Wir können nur nicht sehr in die Tiefe gehen. Manchmal haben wir keinen Platz, und die Sozialhelfer benutzen die Therapiezimmer, um ihren Papierkram zu erledigen. Vielleicht wollte sie ihm nur einen Gutschein ausstellen, für eine Unterkunft oder eine Entlausung. Es wäre sogar denkbar, daß sie wirklich ein therapeutisches Gespräch mit ihm führen wollte. Der Typ dafür war sie.«

»Wie meinen Sie das?«

»Sie war noch voller Optimismus. Sie hatte den Idealismus noch nicht verloren. Wie die meisten von uns, als Anfänger, nicht wahr?«

Ich nickte. »War Hewitt als gewalttätig bekannt?«

»In seiner Akte stand nichts davon. Er war zwei Wochen vorher wegen Diebstahls festgenommen worden und wartete auf seine Verhandlung. Vielleicht wollte sie ihn darauf vorbereiten. Schwarz auf weiß gab es jedenfalls keinerlei Warnung. Wenn Sie mich fragen, war nichts Auffälliges an ihm. Er war wie Dutzende anderer, die hier ein und aus gehen.«

Sie holte eine dünne Mappe aus ihrem Schreibtisch.

»Hier ist seine Akte. Die Polizei hatte sie zeitweilig beschlagnahmt, sie ist also nicht mehr vertraulich.«

Es waren nur zwei Blätter. Das erste war ein Aufnahmebogen, in dem Hewitts Alter mit einunddreißig angegeben war; kein fester Wohnsitz. Als Grund für die Überweisung hatte jemand »multiple Sozialprobleme« eingetragen, unter Diagnose: »Vermutlich chronisch schizophren.« Unter den anderen Punkten – Prognose, Krankengeschichte, sonstige gegenwärtige Behandlung – stand nichts. Kein Hinweis auf »böse Liebe«. Unten am Rand des Formulars war die Ausstellung von Lebensmittelmarken vermerkt, unterschrieben mit »R. Basille, Sozialhelferin«. Das andere Blatt war leer, bis auf die Bemerkung: »Folgt, wenn benötigt, R. B.«, datiert acht Wochen vor dem Mord. Ich gab ihr die Mappe zurück.

»Sehr dünn«, sagte ich.

Sie lächelte traurig. »Formulare waren nicht gerade Rebeccas Stärke.«

»Sie wissen demnach nicht, wie oft sie ihn gesehen hat?«

»Nein. Das mag kein sehr gutes Licht auf meine Verwaltung werfen, aber so ist es nun mal. Ich gehöre nicht zu den Leuten, die ihren Untergebenen ständig auf die Finger schauen und über alle Einzelheiten informiert sein wollen. Ich versuche, die besten Leute zu bekommen, die ich finden kann, motiviere sie und lasse ihnen Bewegungsfreiheit. Im allgemeinen funktioniert das, und bei Rebecca ... Sie war wirklich wunderbar, ein sehr liebes Mädchen. Mit Anweisungen und Regelungen hatte sie es nicht so, doch das heißt nicht, daß sie unfähig war. Ich redete mit ihr über ihre Berichtführung, und sie versprach mir, sich zu bessern, doch, wenn ich ehrlich bin, hatte ich nicht viel Hoffnung. Es hat mich auch nicht gestört, solange sie gute Arbeit leistete, wo es zählte: am Telefon mit den diversen Ämtern, im Kampf um jeden Penny für ihre Patienten. Sie arbeitete bis in die Abende und versuchte alles, um ihnen zu helfen. Wer weiß, vielleicht hat sie sich bei Hewitt besonders angestrengt.

Das Schlimme ist, daß es jederzeit wieder passieren könnte. Jeder von unseren Patienten hier könnte wie Hewitt sein. Und einfach wegsperren können wir sie nicht. Wir sind völlig überfordert und können unsere Betreuungsaufgaben gar nicht mehr wahrnehmen, geschweige denn Therapie anbieten. Die staatlichen Anstalten, soweit sie noch nicht zugemacht worden sind, sind voll bis unters Dach. Und immer häufiger landen psychisch Kranke auf der Straße, verwahrlosen, werden obdachlos.«

»Versuchen Sie, die Gewalttätigen unter Ihren Patienten zu identifizieren?«

»Wenn jemand herumläuft und Leute bedroht, dann alarmieren wir den Sicherheitsdienst, doch die meisten sind ruhig. Hewitt hat nie etwas gesagt. Er hat kaum mit jemandem gesprochen, soweit mir bekannt ist. Das heißt, wir werden Detective Sturgis wahrscheinlich nicht weiterhelfen können. Außerdem weiß ich gar nicht, was er eigentlich wissen will.«

»Er vermutet, daß Hewitt einen Freund hatte, der für verschiedene Nötigungsfälle verantwortlich sein könnte. Er versucht herauszufinden, ob dieser Freund ebenfalls hier Patient war.«

»Nach Sturgis' Anruf habe ich unter meinen Mitarbeitern herumgefragt, ob sie Hewitt mit jemandem zusammen gesehen hatten, aber alle sagten nein. Rebecca wäre wahrscheinlich die einzige, die uns mehr sagen könnte.«

»Sonst hat niemand mit ihm gearbeitet?«

Sie schüttelte den Kopf.

»Wie lange war sie hier beschäftigt?«

»Etwas über ein Jahr. Sie kam direkt von der Fachschule – zweiter Bildungsweg. Davor hatte sie als Sekretärin gearbeitet. Dann beschloß sie, nochmal die Schulbank zu drücken, um etwas Nützliches zu lernen. – Das waren ihre eigenen Worte. Sie war so ein nettes Mädchen ...« Sie stockte. »Da fällt mir etwas ein: Hewitt hatte einen Anwalt, der ihn in dieser Diebstahlssache verteidigte. Vielleicht weiß der, ob Hewitt Freunde hatte. Ich glaube, ich habe seinen Namen irgendwo ... Warten Sie.«

Sie ging zu einem Aktenschrank und begann zu suchen. »Er rief mich an, kurz nach dem Mord. Er fragte, ob er etwas für uns tun könnte. Ich hatte den Eindruck, er wollte nur plaudern und seine Schuldgefühle loswerden. Ich hatte keine Zeit, mich ... Ah, da.«

Sie zog einen Pappdeckel heraus, an den ein Stapel Visitenkarten geheftet war, und öffnete die Heftklammer mit ihrem Fingernagel. Dann gab sie mir eine der Karten: billiges weißes Papier, grüne Schrift:

Andrew Coburg
Rechtsanwalt
Humanitäre Rechtshilfe
1912 Lincoln Avenue
Venice, Kalifornien

»Humanitäre Rechtshilfe ... hm.«

»Ich glaube, es ist eins dieser Ladenbüros.«

»Danke«, sagte ich und steckte die Karte weg. »Ich werde das an Detective Sturgis weitergeben.«

»Es freut mich, daß ich mit Ihnen reden konnte. Leider kann ich nicht mehr für Sie tun.«

»Das macht nichts. Noch mal vielen Dank, daß Sie sich die Zeit genommen haben. Meinen Sie, es hat einen Zweck, mit jemand anderem hier zu reden?«

»Nein, ich glaube nicht.«

»Und die Frau, die Hewitt als Geisel genommen hat? Hatte er einen bestimmten Grund, gerade sie zu nehmen?«

»Sie meinen, ob sie ihn gekannt hat?«

»Genau.«

»Nein. Es war einfach Pech. Sie saß zufällig an einem Schreibtisch in der Halle, als er vorbeilief.«

Sie brachte mich zur Tür und betrachtete die Leute, die einer nach dem anderen aus dem Zimmer des Psychiaters kamen.

»Kann man unter solchen Umständen einen Kranken wirklich kennen?« fragte sie. »Kann man überhaupt jemanden kennen?«

12

Ich beschloß, zu Coburgs Büro zu fahren und an sein humanitäres Gewissen zu appellieren.

Es stimmte, die Praxis war in einem ehemaligen Laden, einer von dreien in einem senffarbenen alten Flachbau. Das Schaufenster war von innen mit zerknitterter Alufolie überklebt. Über dem Eingang hing eine amerikanische Flagge. Auf einem der Streifen prangte die Inschrift: »Kenne deine Rechte.«

Als ich die Tür öffnete, ging eine Klingel, doch niemand

empfing mich. Ich stand vor einer Preßspanwand mit einem schwarzen Pfeil, der nach links zeigte, und handgeschriebenen Schildern: »Willkommen!« – *»Bienvenidos!«*

Hinter der Wand herrschte ziemlicher Lärm – Stimmen, Telefonklingeln und Schreibmaschinengeklapper. Ich folgte dem Pfeil und fand mich in einem langen, schmalen Raum mit acht oder neun zusammengewürfelten Schreibtischen, jeweils mit einem alten schwarzen Telefon und einer Schreibmaschine. Zwischen den Tischen standen U-förmige Metallgestelle mit weißen Vorhängen – Trennwände im Krankenhausstil. Manche der Vorhänge waren zugezogen, andere standen offen. Hinter den Schreibtischen saßen junge Leute, die ins Telefon oder mit Klienten sprachen, die fast alle schwarz oder Hispanos waren. Manche hatten ihre Kinder mitgebracht.

Am vordersten Schreibtisch saß ein dunkelhaariger Mann mit einem spitzen Gesicht. Er hatte den Telefonhörer unters Kinn geklemmt, schien aber weder zu sprechen noch zuzuhören. Sein Blick schweifte in meine Richtung.

»Was kann ich für Sie tun?«

»Ich möchte zu Andrew Coburg.«

»Der ist da hinten.« Er machte eine undeutliche Kopfbewegung. »Ich glaube, er ist gerade in einer Besprechung.«

»Welcher Schreibtisch?«

Er legte den Hörer auf, drehte sich auf seinem Stuhl und zeigte auf eine Stelle in der Mitte des Raumes. Der Vorhang war zu, doch unter dem Rand waren ein Paar schmutzige Leinenschuhe und ein Stück haariges Bein zu sehen.

»Kann ich hier warten?«

»Sicher. Sind Sie ein Anwalt?«

»Nein.«

»Bitte, warten Sie nur.« Er nahm den Hörer wieder auf und wählte bedächtig eine Nummer.

Ich lehnte an der Holzwand und schaute mir die Poster an. Auf einem war unter der Überschrift »Das System ist krank«

ein gerupfter Adler auf Krücken abgebildet. Ein anderes war in Spanisch und verkündete etwas von *immigración und liberación.*

Schließlich öffnete sich der Vorhang vor Andrew Coburgs Abteil. Ein ausgemergelter Mann in einem verdreckten Zopfpullover und abgeschnittener Hose erschien. Er hatte einen Bart und wirres Haar. Mein Magen krampfte sich zusammen, weil er Hewitt so ähnlich sah, daß er sein Bruder hätte sein können, doch bald wurde mir klar, daß es die Armut und die Verstörtheit waren, die sie so ähnlich machten.

Er gab Coburg die Hand und verabschiedete sich. Seine Augen waren halb geschlossen. Als er an mir vorbeiging, wich ich unwillkürlich vor dem Gestank zurück, den er verströmte.

Coburg wischte sich die Hand an seiner Hose ab, gähnte und streckte sich. Er war Anfang Dreißig, hatte kupferrotes Haar, ein weiches, feines Gesicht und rosige Wangen.

Als ich mich einfach vor seinem Schreibtisch niederließ, hob er die Augenbrauen. Sonst nichts, kein Anzeichen von Ärger. Offenbar war er es gewöhnt, daß Leute einfach hereinmarschierten.

»Tag, was kann ich für Sie tun?« fragte er mit freundlicher Stimme. Er trug eine ungewöhnliche Krawattennadel: ein rotes Gitarrenplektrum auf silbernem Untergrund.

Ich stellte mich vor und sagte, ich sei auf der Suche nach Freunden von David Hewitt.

»Ach ja, David«, sagte er, »einer meiner Triumphe.« Die Freundlichkeit war verflogen. »Nun sagen Sie schon, für welche Zeitung arbeiten Sie?«

»Wie ich schon sagte, ich bin Psychologe.«

Er lächelte. »Ach ja?«

Ich lächelte zurück. »Großes Ehrenwort.«

»Und Polizeiberater?«

»Richtig.«

»Sie sind mir sicher nicht böse, wenn ich Sie bitte, sich auszuweisen?«

Ich zeigte ihm meine Psychologenlizenz, meinen Fakultätsausweis und die alte Beraterplakette der Polizei.

»Die Polizei«, sagte er, als ob er es immer noch nicht glauben konnte. »Haben Sie damit keine Probleme?«

»Wieso?«

»Mit der Polizeimentalität, meine ich. Mit der Intoleranz und dem Autoritätsgehabe.«

»Nein, könnte ich nicht sagen. Polizist ist nicht gleich Polizist, genau wie bei anderen Menschen.«

»Da habe ich andere Erfahrungen gemacht. Ich will nicht sagen, daß alle Polizisten von Grund auf bösartig sind. Bestimmt fangen die meisten als aufrechte menschliche Wesen an, doch am Ende verdirbt sie der Job – zuviel Macht, zuwenig Verantwortungsbewußtsein.«

»Dasselbe könnte man auch von Ärzten und Rechtsanwälten sagen, meinen Sie nicht?«

Er lächelte wieder. »Das ist leider ein schwacher Trost.« Er lächelte beharrlich, obwohl es immer mehr fehl am Platz wirkte. »Also, warum interessiert sich ein Polizeiberater für David Hewitts Freunde?«

Ich wiederholte die Geschichte, die ich Jean Jeffers erzählt hatte.

»Nötigung also. Könnten Sie etwas präziser werden?«

»Die Einzelheiten kenne ich nicht. Ich weiß nur, daß jemand Tonbandkassetten mit Hewitts Stimme verschickt oder mit einer Stimme, die ›böse Liebe‹ schreit, dieselben Worte, die er nach dem Mord an Rebecca Basille benutzte.«

Nach einigem Nachdenken fragte Coburg: »Sie meinen, jemand hat es vom Fernsehen aufgenommen?«

»Möglich. Die Polizei hält es jedenfalls für lohnend, der Sache nachzugehen.«

»An wen gingen denn diese Kassetten?«

»Das weiß ich nicht.«

»Sicher jemand, der sehr wichtig ist für die Polizei, wenn sie sich solche Mühe gibt.«

Ich zuckte die Schultern. »Fragen Sie sie doch selbst.« Ich gab ihm Milos Namen und Telefonnummer, doch er machte sich nicht die Mühe, sie aufzuschreiben. »Die Polizei überlegt, ob Hewitt einen speziellen Freund gehabt haben könnte – jemand, der von seiner Tat beeinflußt worden sein könnte, jemand mit den gleichen gefährlichen Tendenzen.«

»Beeinflußt? Meinen Sie, er hätte eine Art Verein gegründet, Obdachlose, die sich verschwören, guten Bürgern auf die Nerven zu fallen?«

»Ganz so harmlos war Hewitt leider nicht.«

»Im Grunde schon. Er war erstaunlich harmlos, solange er seine Medikamente nahm. An guten Tagen hätten Sie ihn für einen netten Kerl halten können.«

»Hatte er die Medikamente abgesetzt, als er den Mord beging?«

»Das sagt jedenfalls der Obduktionsbericht. Er hatte einige Promille Alkohol im Blut, und er muß etwa eine Woche davor aufgehört haben, seine Psychopharmaka zu schlucken.«

»Und warum?«

»Wer weiß? Ich bezweifle, daß es eine bewußte Entscheidung war. Wahrscheinlicher ist, daß ihm die Pillen ausgegangen waren und es ihm nach einer Weile zu anstrengend wurde, um Nachschub zu betteln. Als er dann mehr und mehr durchdrehte, vergaß er die Pillen total und wußte bald nicht mehr, wozu er sie überhaupt nahm. Das passiert immer wieder, wenn Leute vollkommen am Ende sind. Die alltäglichsten Kleinigkeiten werden zur Qual, und trotzdem erwartet man von ihnen, daß sie sich an Termine erinnern, Formulare ausfüllen, Schlange stehen und ein geregeltes Leben führen.«

»Ich weiß, ich war heute in der Klinik und habe mich gefragt, wie die Patienten damit fertig werden.«

»Nicht gut, sage ich Ihnen, gar nicht gut. Selbst wenn sie sich an die Regeln halten, werden sie abgewiesen – es ist nun mal Rezession, und die armen Teufel trifft es am härtesten. Haben Sie eine Ahnung, wie schwer es ist, in dieser Stadt Hilfe zu bekommen, wenn Sie kein Geld haben?«

»Ja. Ich habe zehn Jahre im Western Pediatric gearbeitet.«

»Dann wissen Sie Bescheid. Ich will nicht beschönigen, was David verbrochen hat – das arme Mädchen, ein Alptraum für jeden Verteidiger, ich kann immer noch kaum schlafen, wenn ich daran denke. Aber war er im Grunde nicht selbst ein Opfer? Man hätte sich um ihn kümmern müssen, anstatt ihn sich selbst zu überlassen.«

»Hatte er schon lange an Psychosen gelitten?«

»Keine Ahnung. Er gehörte nicht zu den Leuten, mit denen man sich einfach zusammensetzt und ein Schwätzchen hält. Die meiste Zeit war er nicht ansprechbar.«

»Woher stammte er denn eigentlich?«

»Oklahoma, aber er hatte schon Jahre in Los Angeles gelebt.«

»Auf der Straße?«

»Immer, seit seiner Kindheit.«

»Hatte er Familie?«

»Nicht, daß ich wüßte.«

Er griff zu seinem Telefon. Ich wußte, er würde unser Gespräch jetzt abbrechen. »Welche Art von Musik spielen Sie?« Ich schaute auf seine Krawattennadel.

»Was? Ach das. Ich klimper nur so herum.«

»Ich auch. Während des Studiums habe ich mir damit ein bißchen Geld verdient.«

»Wirklich? Das haben sicher eine Menge Leute gemacht.« Er zog seinen Schlips gerade und blickte zur Decke. Es schien mir nicht zu gelingen, sein Interesse wachzuhalten.

»Spielen Sie mehr akustisch oder elektrisch?«

»In letzter Zeit mehr elektrisch.« Er lächelte. »Was soll das? Wollen Sie sich einschmeicheln bei Ihrem Verhörling? Eins muß ich Ihnen lassen: Wenigstens legen Sie nicht die alte Polizeileier auf und versuchen, mir Schuldgefühle zu verpassen, weil ich auf Davids Seite war, und fragen mich, wie ich damit leben kann, solchen Abschaum zu verteidigen.«

»Nein, damit habe ich keine Schwierigkeiten«, sagte ich. »Das System ist in Ordnung, und Sie spielen eine wichtige Rolle darin«

»Tolle Rede, Mann. Dabei versuchen wir hier lediglich, ›das System‹ für die Menschen erträglich zu machen, um die es sich nicht schert.«

»Und wie finanzieren Sie sich?«

»Mit Spenden und Stiftungen. Wie wär's mit einem kleinen Beitrag?«

»Ich werde darüber nachdenken.«

Er grinste. »Sicher werden Sie das. Wie auch immer, wir kommen zurecht – kleine Gehälter und keine Spesenkonten, das ist das ganze Geheimnis. Die meisten Leute, die ich im Moment habe, werden verschwinden, sobald sie ihr eigenes Apartment und ihren BMW haben wollen.«

»Und Sie?«

»Ich bin ein Veteran. Ich bin seit fünf Jahren dabei und habe immer noch nicht genug. Es gibt mir einfach mehr, als Testamente aufzusetzen oder Umweltverschmutzer zu verteidigen. Natürlich, manchmal passieren üble Sachen, und schlimmer als bei David kann es nicht mehr werden. – Was für eine Tragödie. Eine sinnlose, dumme Tragödie. David war vorher nie gewalttätig gewesen, keinerlei Anzeichen. Ich meinte es ernst, als ich sagte, Sie hätten ihn vielleicht gemocht. Er war meistens sanft und passiv, einer meiner einfacheren Klienten. Ein bißchen paranoid, ja, aber nie aggressiv.«

»Wie hat sich seine Paranoia geäußert?«

»Das Übliche. Stimmen im Kopf, die ihm Befehle gaben, sechsmal am Tag dieselbe Straße zu überqueren, zum Beispiel, oder einen Tag lang nur Tomatensaft zu trinken. Lauter solchen Schwachsinn.«

»Machten ihn die Stimmen nicht wütend?«

»Nein, sie regten ihn vielleicht auf, aber wütend konnte man es nicht nennen. Er schien die Stimmen als Teil von sich akzeptiert zu haben. Das sehe ich oft bei langjährigen Psychopathen. Sie gewöhnen sich an ihren Zustand und leben damit, ohne aggressiv oder bösartig zu werden.«

»Solange sie ihre Medikamente nehmen.«

»Ich war überzeugt, daß er das tat. Mir gegenüber hat er sich immer gut benommen.«

»Wie gut haben Sie ihn gekannt?«

»Gekannt? Ich habe nur ein paar juristische Kleinigkeiten für ihn erledigt.«

»Wann haben Sie ihn zum erstenmal getroffen?«

Er schaute wieder an die Decke. »Mal sehen ... Ich glaube, es war vor einem Jahr.«

»Kam er von sich aus?«

»Nein, das Gericht schickte ihn her.«

»Was war das für ein Diebstahl, weswegen Sie ihn verteidigen sollten?«

»Hat man Ihnen das nicht erzählt?«

»Die Polizei hat mir nicht mehr verraten, als ich unbedingt wissen muß.«

»Sehr schlau, die Polizei. Diebstahl ist eine ziemliche Übertreibung. Er hatte in einem Schnapsladen eine Flasche Gin geklaut und etwas zu knabbern. Der Verkäufer stand direkt daneben und rief nach dem Schutzmann. Ich bin sicher, David wußte gar nicht, was er tat. Der Verkäufer brach ihm fast den Arm, als er ihn festhielt. Davids Strafregister bestand nur aus solchen Geschichten.«

Er steckte alle zehn Finger in sein Haar und begann, sich die Kopfhaut zu massieren. Plötzlich sagte er: »Gritz.«

»Wie bitte?«

»Gritz. Das ist ein Name. Der Typ, den man am ehesten als Davids Freund bezeichnen könnte.«

»Ist es ein Vor- oder Nachname?«

»Keine Ahnung. Er tauchte ein paarmal mit David hier auf. Ebenfalls obdachlos. Ich erinnere mich an seinen Namen, weil ich ihn einmal an der Trennwand dort herumlungern sah. Ich fragte David, wer das sei, und er sagte: ›Gritz.‹ Meine erste Reaktion war genau wie Ihre soeben: Vor- oder Nachname? Er sagte, es wäre sein Name und buchstabierte ihn für mich, ganz langsam. Als wäre es etwas enorm Bedeutungsvolles. Ich nehme an, er hat es sich ausgedacht.«

»Machte er das öfters?«

»Was glauben Sie? Er war schließlich schizophren.«

»Hat er Ihnen gegenüber die Worte ›böse Liebe‹ erwähnt?«

Er schüttelte den Kopf. »Das erstemal, daß ich davon hörte, war von der Polizei. Sie fragten mich, warum David das geschrien haben könnte – als ob ich das wüßte.«

»Können Sie diesen Gritz beschreiben?«

Er dachte nach. »Es ist eine Weile her. Er war im selben Alter wie David, obwohl man das Alter solcher Leute schwer schätzen kann. Kleiner als David, glaube ich.« Er schaute auf seine Uhr. »Ich muß jetzt einen Anruf erledigen.«

Ich stand auf und dankte ihm für seine Hilfe. Er winkte ab und griff zum Telefon.

»Haben Sie vielleicht eine Idee, wo ich diesen Gritz finden könnte?« fragte ich ihn, während er wählte.

»Nein, keine Ahnung.«

»Wo hat sich David denn gewöhnlich aufgehalten?«

»Wo immer man ihn in Ruhe ließ. Wenn es warm war, ging er gern zum Strand. Ansonsten hat er sicher öfter in Little Calcutta gepennt.«

»Wo ist das?«

»Unter einer Autobahnbrücke in West L. A.«

»Welche Autobahn?«

»Richtung San Diego, direkt hinter Sepulveda. Haben Sie es nie gesehen?«

»Nein.«

Er lächelte mich kopfschüttelnd an und legte den Hörer wieder auf. »Die unsichtbare Stadt ... Früher standen dort Hütten, die man Gott weiß wann für mexikanische Tagelöhner hingestellt hatte, die in den Obstgärten schufteten.«

»Daran erinnere ich mich.«

»Die Stadt hat sie vor einigen Jahren abreißen lassen. Danach sind die Penner dort eingefallen. Es gab nichts mehr abzureißen, und auch sonst gab es keine Möglichkeit, sie auf Dauer wegzubekommen, das wäre viel zu teuer gewesen. Also ließ man sie bleiben.«

»Little Calcutta.«

»Ja, eine wunderbare kleine Vorstadt. Gehen Sie hin und schauen Sie sich um, wenn Sie mal Zeit haben.«

13

Ich fuhr Richtung Osten bis zu der Brükke, die Coburg mir genannt hatte. Die Autobahn als Betonhimmel über einer eingezäunten Schotterwüste, ein Gewölbe von verblüffender Grazie, auf Säulen von antiker Mächtigkeit. Der Schatten war kühl und grau, und obwohl ich alle Fenster geschlossen hatte, hörte ich das Rauschen des Verkehrs unsichtbar über mir auf der Brücke.

Das Gelände darunter war vollkommen leer. Der Schotter sah aus, als wäre er erst vor kurzem aufgetragen worden. Kein Zelt oder Schlafsack, kein Lebenszeichen.

Ich drehte, hielt vor einem Selbstbedienungslager von der Größe eines Armeedepots und ließ den Seville im Leerlauf tukkern.

Little Calcutta. Der frische Schotter ließ auf eine Bulldozer-Orgie schließen. Vielleicht hatte die Stadtverwaltung sich am Ende doch entschieden, den Platz ein für allemal zu räumen.

Ich fuhr langsam weiter und überquerte den Exposition Boulevard. Auf der westlichen Straßenseite waren Wohnblocks, durch einen efeubewachsenen Damm von der Autobahn abgeschirmt, mit abgezäunten, düsteren Baulücken dazwischen. Ich hielt an, um durch den Maschendraht zu spähen. Es war nichts zu sehen.

Ich fuhr einige Blocks weiter, bis die Autobahn nach rechts abbog, und drehte wieder um. Auf dem Rückweg fiel mir etwas Großes, Glänzendes auf, das mir zuvor entgangen war. Eine Fabrik oder ein Kraftwerk. Riesige Tanks, Rohrgewirr, fünf Stockwerke hohe Leitern und mächtige Hochdruckventile. Parallel zu den Hallen verlief ein rußiger Schienenstrang. Jenseits davon fahle Sandwüste.

Seit zwanzig Jahren lebte ich nun in L. A., doch diese Landschaft war vollkommen neu für mich.

Die unsichtbare Stadt.

Ich fuhr auf die Schienen zu, nah genug, daß ich ein kleines, blau-rotes Schild an einem der Türme lesen konnte: *Avalon Schotter- und Asphaltwerke.*

Während ich wieder wendete, bemerkte ich an der Ecke gegenüber der Fabrik eine weitere eingezäunte Fläche, sehr dunkel, fast schwarz im Kernschatten der Autobahn und, von der Straße aus unsichtbar, hinter graugrünen Büschen versteckt. Der Maschendraht davor war mit krummen Sperrholzbrettern verstärkt, die fast lückenlos mit Graffiti zugeschmiert waren.

Ich fuhr an den Straßenrand, stellte den Motor ab und stieg aus. Die Luft roch nach Staub und saurer Milch. Die Schotterfabrik war vollkommen still und wirkte von hier wie ein Wandgemälde. Etwas entfernt lag ein ausgebranntes Autowrack mit zertrümmertem Dach. Mein Seville war alt und fing an zu rosten, doch in dieser Umgebung wirkte er wie eine Staatskarosse.

Ich überquerte die menschenleere Straße und fand eine Lükke zwischen den Holzbrettern. Ich schaute durch und konnte nach und nach Formen ausmachen, die wie Hologramme aus den Schatten auftauchten: ein umgedrehter Stuhl, aus dem Polsterwatte und Federn quollen, eine leere Kabeltrommel, haufenweise Papierfetzen und ein ausgefranstes grünes Bündel, das einmal ein Schlafsack gewesen sein mochte. Im Hintergrund das unaufhörliche gedämpfte Brausen der Autobahn.

Dann bewegte sich etwas. Es rollte über den Boden, weit hinten im Schatten; ich konnte nicht erkennen, ob Mensch oder Tier.

Ich ging den Zaun entlang, bis ich eine rechteckige Klappe in den Maschen fand, die mit rostigem Blumendraht zugebunden war.

Ich brauchte eine Weile, um den Draht zu lösen, und schnitt mir in die Finger, bevor ich es schaffte, die Zaunklappe aufzustoßen. Ich kroch durch, machte den Zaun hinter mir dicht und begann meine Expedition, durch beißenden Uringestank und an Betontrümmern, Hamburgerschachteln und anderen Objekten vorbei, die ich mir lieber nicht näher anschauen wollte. Dann ein noch schlimmerer Gestank. Ich hörte die Fliegen, bevor ich die Ursache erkannte und einen großen Bogen darum machen konnte: ein Katzenkadaver, noch ganz frisch. Es ging weiter an einer alten Wolldecke vorbei und einem Knäuel Zeitungspapier, der so feucht war, daß er wie bedruckter Brotteig aussah. Flaschen lagen keine herum, wahrscheinlich weil man die gegen Geld eintauschen konnte. Aber Menschen waren auch keine zu sehen.

Ich kam zu der Stelle, wo ich glaubte, die Bewegung gesehen zu haben, fast am Ende des Geländes, nur wenige Meter vor einer rauhen Betonwand.

Ich blieb stehen und wartete. Ich schwitzte, mein Rücken juckte.

Dann sah ich es wieder. Es bewegte sich, Haare und Hände. Etwas auf dem Boden, eingerollt in löchrige Bettlaken, mehrere Lagen, wie eine Mumie. Es zuckte ...

Ein Liebespaar? Nein, unmöglich, die Rolle war nicht dick genug für zwei Leute.

Ich ging langsam darauf zu, ich wollte niemanden erschrekken. Ich trat gegen eine Dose, eigentlich kaum zu hören bei dem Verkehrslärm, doch die Gestalt schrak auf.

Es war eine junge, dunkelhaarige Frau, wahrscheinlich Mexikanerin. Nackte, runde Schultern, auf einem Arm eine große Impfnarbe. Sie starrte mich an und drückte die Tücher an ihre Brust. In ihrem runden, narbigen Gesicht las ich Angst – Angst und Scham.

Das Bettuch rutschte herunter, und ich bemerkte, daß sie nackt war. An ihrer Brust hing ein Säugling. Ich sah nur den Kopf, der Körper steckte in Lumpen.

Ich trat einen Schritt zurück, lächelte und winkte ihr zu. In ihrem Blick stand immer noch blanke Angst.

Das Baby nuckelte weiter, und sie legte schützend die Hand über den winzigen Kopf.

Neben ihren Füßen lag ein kleiner Pappkarton. Er enthielt neue und gebrauchte Papierwindeln und jede Menge Fliegen. Eine Dose Kondensmilch und einen rostigen Öffner. Eine fast leere Tüte Kartoffelchips, ein Paar Gummisandalen und einen Schnuller.

Die Frau versuchte weiter, ihr Baby zu stillen, während sie von mir weg rückte, so daß sie sich weiter auswickelte und eine fleckige Hüfte entblößte.

Ich wollte mich abwenden, als sich ihr Gesichtsausdruck änderte: nicht mehr Angst, sondern Erkennen und dann eine andere Art von Angst.

Ich schnellte herum und stand einem Mann gegenüber.

Einem Jungen, besser gesagt, siebzehn oder achtzehn Jahre alt, ebenfalls lateinamerikanisch, klein und mager. Sein Kinn war so unterentwickelt, daß es zu seinem dünnen Hals zu gehören schien. Sein Mund stand offen, und ich sah, daß er kaum noch Zähne hatte. Er steckte in einem karierten Flanellhemd, einer Wollhose, die ihm viel zu groß war, und löchrigen Mokassins.

Sein Blick war voller Panik. Mit zitternden Händen umklammerte er eine Eisenstange.

Ich wich zurück. Er zögerte erst, doch dann ging er auf mich zu.

Die Frau schrie auf. Der Junge fuhr zusammen und schaute in ihre Richtung. Im selben Augenblick sprang ich vor und nahm ihm die Eisenstange weg. Es war so einfach, daß ich mir wie ein Schläger vorkam. Der Junge saß auf dem Hosenboden und hielt einen Arm vor sein Gesicht. Offenbar erwartete er Prügel.

Die Frau war inzwischen aufgesprungen, die Laken waren von ihr abgefallen, so daß sie vollkommen nackt vor mir stand. Das Baby lag im Dreck. Ihr Bauch war faltig und voller Schwangerschaftsstreifen, ihre Brüste schlaff, obwohl sie kaum älter als zwanzig sein konnte.

Ich warf die Eisenstange weg, so weit wie ich konnte, und zeigte ihnen meine leeren Hände, in der Hoffnung, es würde sie beruhigen.

Sie schauten mich an. Das Baby hatte den Mund aufgesperrt, strampelte und boxte wütend in die Luft. Die Frau lief hin und hob es an ihre Brust. Da erst bemerkte sie, daß sie nackt war. Sie kauerte nieder und verbarg ihr Gesicht.

Ich versuchte noch ein Lächeln, doch der Junge ließ nur den Kopf hängen. Seine Hände zitterten noch immer.

Ich holte meine Geldbörse aus der Tasche, nahm einen Zehner heraus und hielt ihn der Frau hin.

Sie rührte sich nicht. Ich legte die Banknote in den Pappkarton und bot auch dem Jungen einen Zehndollarschein an. Er zögerte, dann machte er vorsichtig wie ein Hochseilartist einen Schritt auf mich zu und grabschte mir das Geld aus der Hand.

Ich zeigte ihm einen weiteren Geldschein und begann Richtung Zaun zu gehen, wobei ich öfter über meine Schulter schaute, für den Fall, daß er mich von hinten anzugreifen versuchte.

Nach ein paar Schritten kam der Junge hinter mir her. Ich ging schneller, und er versuchte, mich einzuholen, doch er schien

Gummi in den Beinen zu haben. Ich fragte mich, wann er wohl das letztemal etwas gegessen hatte.

Ich kroch durch den Zaun auf den Gehweg hinaus. Er folgte mir wenig später und rieb sich die Augen. Das Tageslicht schien ihm weh zu tun. Als er sich daran gewöhnt hatte, fragte ich: *»Habla inglés?«*

»Ich komme aus Tucson, Mann«, antwortete er in akzentfreiem Englisch. Er hatte die Fäuste geballt, doch sein Zittern und die zarten Handgelenke ließen die Kämpferpose lächerlich aussehen. Außerdem hatte er einen bösen, trockenen Husten.

»Tut mir leid, wenn ich euch erschreckt habe«, versuchte ich ihn zu besänftigen.

Er starrte die Banknote an, die ich ihm hinhielt, schnappte danach und steckte sie in seine Hosentasche. Mir fiel auf, daß sein rechter Daumen fehlte.

»Mehr«, sagte er.

Ich schwieg.

»Komm, gib mir mehr, aber denk ja nicht, sie läßt sich deshalb ficken von dir.«

»Da hab ich auch kein Interesse dran.«

Er wußte einen Moment nicht, was er sagen sollte, dann schnauzte er: »Und mich kriegst du auch nicht.«

»Kein Interesse, wirklich nicht.«

Er steckte einen Finger in den Mund und rieb sich das Zahnfleisch. Ich schaute mich unauffällig um, und als ich niemanden sah, zog ich einen vierten Zehner heraus. Er griff wieder danach, doch diesmal sollte er etwas für sein Geld tun.

»Ist das hier Little Calcutta?« fragte ich.

»Was?«

»Hinter dem Zaun, ist das Little Calcutta?«

»Kann sein.« Er hustete und schlug sich mit seiner vierfingrigen Hand auf die Brust.

»Wie viele seid ihr hier?«

»Weiß nicht.«

»Waren welche da, die ich nicht gesehen habe, als wir drinnen waren?«

Er überlegte kurz, dann schüttelte er den Kopf.

»Sind überhaupt jemals andere da?«

»Manchmal.«

»Wo sind sie jetzt?«

»Irgendwo in der Gegend.« Er starrte auf das Geld und kam näher.

»Gib mir zwanzig, und die Kleine gehört dir.«

Ich steckte das Geld in die Tasche. Er schaute mich an, als hätte ich ihn betrogen.

»Wie oft soll ich es noch sagen, deswegen bin ich nicht hier«, sagte ich ärgerlich, »ich will nur ein paar Informationen. Du beantwortest meine Fragen, ich zahle, okay?«

»Was soll das, Mann?«

»Ich bin eben neugierig.«

»Bulle?«

»Nein.«

Er zuckte mit den Schultern und massierte sich weiter das Zahnfleisch. Der Finger war blutig, als er ihn wieder aus dem Mund zog.

»Ist das Baby von dir?«

»Keine Ahnung.«

»Sieht aus, als solltest du mal zum Arzt gehen.«

»Ich weiß nicht.«

»Ist die Kleine deine Frau?«

Er lächelte. »Manchmal.«

»Wie heißt du?«

»Terminator.« Er grinste mich an und wartete darauf, daß ich ihn auslachte.

»Also«, fragte ich weiter, »sind noch mehr Leute da drinnen?«

»Hab ich doch gesagt, Mann, jetzt nicht, nur nachts.«

»Sie kommen alle abends zurück?«

»Ja.«

»Jeden Abend?«

Er schaute mich an, als wäre ich schwachsinnig, und schüttelte nachsichtig den Kopf. »Nicht jeden Abend. Die Plätze wechseln.«

»Kennst du jemanden namens Gritz?«

»Wen?«

»Gritz.« Ich wiederholte die Beschreibung, die Coburg mir gegeben hatte, und zu meiner Überraschung unterbrach er mich: »Ja.«

»Du kennst ihn?«

»Jedenfalls vom Sehen.«

»Kommt er manchmal hierher?«

»Früher. Jetzt nicht mehr.«

»Wann hast du ihn das letztemal gesehen?«

»Weiß nicht.«

»Vor ein paar Tagen? Wochen?«

»Weiß nicht.«

Er streckte den Arm aus und berührte meinen Jackenärmel. Fünfzehn Jahre alter Harris-Tweed. Die Ränder fransten allmählich aus. Ich trat einen Schritt zurück.

»Wolle?« fragte er.

»Ja.«

Er leckte sich die Lippen.

»Was weißt du über Gritz?«

»Nichts ...«

»Aber du bist sicher, daß du ihn kennst?«

»Ich habe ihn hier gesehen.«

»Wann?«

Er überlegte kurz. »Vor einer Woche.«

»Hast du eine Ahnung, wo er jetzt sein könnte?«

»Geld machen.«

»Was?«

»Ja, das hat er gesagt, er macht Geld und wird reich. Er hat getrunken und Partys gefeiert und gesungen. Das tat er manchmal. Er sang, daß er bald reich sein würde und daß er sich ein Auto und ein Boot kaufen würde und solchen Quatsch.«

»Hat er gesagt, wie er das anstellen wollte?«

»Ach was.«

»Er hat nichts gesagt?« fragte ich noch einmal.

»Nein, Mann. Er hat gefeiert und gesungen – er ist verrückt, weißt du das nicht? Verrückt.«

»Ist Gritz sein Vor- oder Nachname?«

»Woher soll ich das wissen?« Er hustete, klopfte sich auf die Brust und schnappte nach Luft. »Verdammt.«

»Wenn ich dir rate, zum Arzt zu gehen, lachst du mich aus, nicht wahr?«

Er grinste. »Nicht, wenn du dafür bezahlst.«

»Vielleicht ist es ansteckend – denk an deine Frau und das Baby.«

»Komm, gib mir mehr Geld.«

»Mit wem hat sich Gritz herumgetrieben?«

»Mit niemand.«

»Auch nicht mit einem Kerl namens Hewitt?«

»Kenn ich nicht.«

»David Hewitt. Hast du ihn mal mit Gritz zusammen gesehen?« Ich beschrieb ihm Hewitt. Der Junge glotzte mich an. Ich war ziemlich sicher, daß er ihn wirklich nicht kannte. »Hewitt«, wiederholte ich.

»Ich kenne den Knaben nicht.«

»Wie lange bist du schon hier?«

»Hundert Jahre.« Er lachte röchelnd.

»Hewitt hat eine Frau umgebracht. Es war in den Nachrichten.«

»Hab leider kein Fernsehen.«

»Eine Sozialarbeiterin, Rebecca Basille – in der Klinik drüben in Westside.«

»Ja, davon hab ich gehört.«

»Ehrlich?«

Er grinste, schüttelte den Kopf und tippte sich an die Schläfe. Ich konnte nur seufzen, und er stürzte sich auf meine Frustration wie der Habicht auf das Karnickel.

»Na komm schon, Mann, gib mir Geld.« Husten. »Komm schon.«

»Hast du mir noch was zu erzählen?«

»Ja.« Er wartete, daß ich mein Geld aus der Tasche zog.

»Und das wäre?«

»Das Baby ist von mir.« Er lächelte. Seine Zähne waren blutig rot.

»Glückwunsch.«

»Hast du 'ne Zigarette?«

»Ich rauche nicht.«

»Dann gib mir Geld, Mann. Ich frag auch herum für dich. Komm noch mal wieder, dann erzähl ich dir alles, was ich erfahren habe.«

Ich zählte mein Geld, dreiundzwanzig Dollar, und gab ihm alles. Auch die Jacke.

14

Ich kehrte zu meinem Wagen zurück. Es hatte abgekühlt. Ein sanfter Ostwind spielte mit dem Altpapier auf der Straße.

Ich hielt an einer Tankstelle und rief beim nächsten Sozialamt an. Man bat mich zu warten und verwies mich von einem Bürokraten zum anderen, bevor ich eine Abteilungsleiterin an die Strippe bekam, der ich von dem Baby unter der Autobahnbrücke erzählen konnte.

»Sah es unterernährt aus?«

»Eigentlich nicht, aber –«

»Haben Sie irgendwelche blaue Flecken oder Narben an ihm gesehen oder andere Zeichen von Mißhandlung?«

»Nein, nichts dergleichen. Die Mutter kümmert sich schon um das Baby, aber sie leben im Freien, in totalem Dreck, und der Junge, der wahrscheinlich der Vater ist, hustet, als hätte er Tuberkulose.«

»Hat das Baby auch gehustet?«

»Noch nicht.«

»Wenn es um Tuberkulose geht, müssen Sie beim Gesundheitsamt anrufen. Fragen Sie nach der Abteilung für ansteckende Krankheiten.«

»Und Sie können gar nichts tun?«

»Hört sich nicht so an, als müßten wir einschreiten.«

»Sie können dem Baby kein Dach über dem Kopf verschaffen?«

»Nur auf Anfrage.«

»Soll das Baby etwa zu Ihnen kommen und eine Wohnung beantragen?«

»Die Eltern natürlich! Erwarten Sie, daß wir herumlaufen und die Leute einfach aufsammeln?«

Sie wartete keine Antwort ab und knallte den Hörer auf.

Ich wollte Ruth anrufen, hatte aber unsere neue Nummer nicht im Kopf. Ich wußte nicht einmal, wie der Hausbesitzer hieß. Also versuchte ich es bei Milo. Er war an seinem Schreibtisch und gab mir die sieben Ziffern durch. Dann sagte er: »Bevor du auflegst – ich bin gerade mit der Parks-Akte durch. Sie war keine Therapeutin, sondern Maklerin. Als sie jemandem ein Haus zeigte, stach der Kunde auf sie ein, beraubte und vergewaltigte sie und schrieb ›böse Liebe‹ auf die Wand, mit ihrem eigenen Lippenstift.«

»Makler – ein typischer Zweitberuf. Vielleicht hatte sie davor mit Psychologie zu tun.«

»Wenn das stimmt, steht davon nichts in der Akte, und die Jungs drüben in Van Nuys scheinen gründliche Arbeit geleistet zu haben. Shipler war übrigens auch kein Psychiater. In beiden Fällen also keine Verbindung zu deiner Branche.«

»Was hat Shipler denn gemacht?«

»Er war Hausmeister in der Jefferson High-School Seine Akte habe ich noch nicht vorliegen, aber ein Archivar im Hauptquartier gab mir die wichtigsten Daten durch.«

»Auch ein Arbeitsunfall?«

»Nein, es passierte bei ihm zu Hause.«

»Wo hat er gewohnt?«

»Budlong Avenue – Los Angeles Süd.«

»Heißt das, er war ein Schwarzer?«

»Ja.«

»Und wie ist es passiert?«

»Jemand hat ihn zu Brei geschlagen und seine Wohnung auseinandergenommen.«

»Raub?«

»Zweifelhaft. Stereoanlage, Fernseher und Schmuck waren noch da.«

»Wieso dann die Verwüstung? Vielleicht hat jemand nach etwas Bestimmtem gesucht.«

»Möglich. Oder jemand war einfach sehr wütend. Ich warte lieber, bis ich die Akte vor mir habe.«

»Eine Maklerin und ein Hausmeister – gab es irgendeine Verbindung zwischen den beiden?«

»Sieht nicht so aus. Nichts paßt zusammen. Sie fünfunddreißig, er einundsechzig. Er wurde am frühen Morgen umgebracht, sie mittags. Sie erstochen, er erschlagen. Bis auf den Text waren sogar die Schmierereien verschieden. Bei Shipler war es Sirup aus seinem Kühlschrank.«

»Das heißt, in beiden Fällen hat der Täter etwas benutzt, das dem Opfer gehörte.«

»Das gilt auch für die Waffen«, bemerkte er. »Bei ihr war es ein Küchenmesser aus dem Haus, in dem sie den Mörder herumführte, bei Shipler ein Stochereisen von seinem Kamin.«

»Irgendein Hinweis auf ein Sexualverbrechen, Sado-Maso oder Ähnliches?«

»Parks hatte ihren BH um den Hals gewickelt, doch nach der Meinung des Leichenbeschauers ist das geschehen, als sie schon tot war. Und bei Shipler gab es gar nichts dergleichen.«

»Hat er allein gelebt?«

»Ja. Er war geschieden.«

»Und Parks?«

»Da paßt wieder nichts zusammen: Sie war verheiratet, zwei Kinder.«

»Wenn es kein Raub war, was nimmt man dann als Motiv an für den Mord an Shipler?«

»Eine Bandengeschichte. Schon damals war in der Gegend, wo er wohnte, einiges los in der Richtung, wenn es auch bei weitem nicht so schlimm war wie jetzt. Wie du schon sagtest, vielleicht hat jemand nach etwas Bestimmtem gesucht. Das würde die Verwüstung erklären. In der Zentrale tippte man auf Drogen, und ›böse Liebe‹ hielten sie für irgendeinen Spruch, den sie noch nicht kannten; die Spezialisten von der Bandenbekämpfung hatten zwar noch nie davon gehört, aber das muß nichts heißen. Jeden Tag tauchen neue Slogans auf.«

»Und was hat man schließlich herausgefunden? Hatte Shipler tatsächlich mit Banden oder Drogen zu tun?«

»Soweit ich bisher sagen kann, hatte er eine saubere Weste, doch das kann auch bedeuten, daß er sich nicht erwischen ließ. Eine andere Theorie war, daß es doch ein Einbruch war und die Gauner Panik bekamen und verschwanden, ohne etwas mitzunehmen. Das würde in die Bandentheorie passen – frische Rekruten bei ihrem ersten Einsatz.«

»Eine Art Initiation, meinst du?«

»Ja. Die fangen jung an. Kleine Jungs, die mit Pistolen spielen, wie immer schon, nur daß die Pistolen heutzutage echt sind. Apropos, ich habe die Schulschwänzer erwischt, die für den Raub in dem Tante-Emma-Laden verantwortlich sind, der eine dreizehn, der andere fünfzehn. Bestimmt wird man ihnen Therapie anbieten. Sollen wir sie zu dir schicken?«

»Nein, danke.«

»Feigling.«

»Da, wo Parks ermordet wurde, gab es da auch Bandenaktivität?«

»Kaum. Der Norden von Van Nuys ist ein klassisches Arbeiterviertel – rauh, aber herzlich. An eine Bandenverbindung hat deshalb niemand gedacht, doch wenn sie mit Süd-L. A. geredet hätten – wer weiß. Die Kollegen hatten keinerlei Kontakt miteinander, bis heute nicht.«

»Wirst du sie informieren?«

»Zuerst will ich Shiplers Akte gründlich lesen. Mal sehen, was dabei herauskommt. Danach muß ich sie wohl einweihen. Beide Fälle sind absolut kalt; ich bin gespannt, wie sie reagieren, wenn ich die Sache wieder ausgrabe. Und wenn ›böse Liebe‹ irgendwo in Stoumens Akte auftaucht, dann geht die Sache über die Staatsgrenze hinaus.«

»Hat sich aus Seattle schon jemand gemeldet?«

»Ja. Sie schicken mir ihre Aufzeichnungen. Das könnte eine Woche dauern. Die Beamten, die den Fall bearbeitet haben, sind beide im Ruhestand und wollen nicht belästigt werden. Doch wenn die Akte etwas hervorbringt, muß ich ihnen wohl oder übel auf die Pelle rücken.«

»Eine Maklerin, ein Hausmeister und ›böse Liebe‹. – Ich glaube immer noch, es hat etwas mit dieser Konferenz zu tun. Oder mit de Bosch selbst. Parks und Shipler könnten Patienten von ihm gewesen sein.«

»Das ist kein Grund, sie umzubringen.«

»Vielleicht war auch der Täter ein Patient, der aus irgendeinem Grund durchgedreht ist.«

»Und was hättest du damit zu tun?«

»Ich weiß nicht ... es ergibt alles keinen Sinn.«

»Hast du von der Jeffers etwas erfahren?«

»In der Klinik kann sich niemand erinnern, ob Hewitt Freunde hatte. Sie verwies mich an seinen Anwalt. Der gab mir einen Namen und eine mögliche Adresse.« Ich erzählte ihm von meiner Begegnung mit den Leuten unter der Autobahn.

»Gritz, sagst du.«

»Ja. Ob es ein Vorname ist oder ein Nachname, konnte mir niemand sagen.«

»Das macht nichts. Ich werde ihn jedenfalls überprüfen.«

»Der Junge sagte, er hätte ihn seit etwa einer Woche nicht mehr gesehen. Bevor er verschwand, soll er überall erzählt haben, daß er bald zu Geld kommen würde. Vielleicht hatte er einen Job in Aussicht, oder er hat nur herumgesponnen. Es ist auch gut möglich, daß der Junge mich an der Nase herumführt. Aber er hat mir immerhin versprochen, sich umzuhören, und gesagt, ich soll wiederkommen.«

»Zu Geld kommen! Davon redet doch jeder hier. Little Calcutta mag zwar ein Drecksloch sein, aber in der Hinsicht ist es genau wie der Rest von Los Angeles.«

»Stimmt«, sagte ich, »aber wäre es nicht interessant, wenn Gritz tatsächlich erwartete, für etwas bezahlt zu werden – zum Beispiel dafür, meinen Karpfen zu töten, und für andere Bosheiten?«

»Ein gedungener Fischmörder? Und wer soll der Auftraggeber sein?«

»Der große Unbekannte ... Ich weiß, es klingt lächerlich.«

»Warum sollte jemand ausgerechnet einen obdachlosen Verrückten anheuern, um nachts in deinem Garten herumzuschleichen?«

»Ja, ich gebe zu, das ist schwer zu verstehen; aber vielleicht hat man ihn deshalb genommen, weil er Hewitt kannte und seine Schreie imitieren konnte.«

»Für mich klangen die beiden Aufnahmen vollkommen gleich, obwohl wir das vielleicht nie genau wissen werden. Ich habe mit dem Stimmenspezialisten im Sheriffbüro gesprochen.

Für Gerichtszwecke sind Schreie absolut nutzlos Um zu beweisen, daß zwei Stimmen gleich sind, braucht man zwei gleichlautende Sprachproben mit mindestens zwanzig Wörtern, und selbst dann wird es noch meistens angefochten und als Beweismittel abgelehnt.«

»Und inoffiziell?«

»Der Vergleich von Schreien ist ein sehr heikles Unterfangen. Die Merkmale stecken in Wörtern. Ich habe den Sheriff gebeten, es trotzdem zu versuchen. Er sagt, wir müßten mit einer Wartezeit rechnen, aber irgendwann würde er sich melden. – Warum meinst du überhaupt, jemand hätte Hewitts Stimme imitiert?«

»Das kann ich nicht sagen. Ich werde einfach den Eindruck nicht los, daß das Tonband zu einem Ritual gehört. Eine Art Zeremonie, deren Sinn nur der Mörder versteht.«

»Und was ist mit der Kinderstimme?«

»Das könnte ein Straßenkind sein, aus Little Calcutta zum Beispiel. Die Zustände dort würden erklären, warum die Stimme so maschinenhaft klingt – totale Verzweiflung. Du hättest es sehen sollen, Milo. Der Junge hatte nur noch drei Zähne, und er hustete, als hätte er Tuberkulose. Das Mädchen lag nackt auf der Erde, nur in ein paar Bettücher gewickelt, und versuchte, ihr Baby zu stillen. Für hundert Dollar hätten sie es mir wahrscheinlich verkauft.«

»Ich kenne die Gegend«, sagte er leise.

»Ich weiß. Das Elend ist überall. Für eine Weile habe ich mich nur geweigert, es wahrzunehmen.«

»Was willst du tun? Alle Probleme der Menschheit lösen? Im Moment hast du genug eigene. Kennst du die Namen der Leute, die du getroffen hast?«

»Wie das Mädchen heißt, weiß ich nicht. Der Junge nannte sich Terminator.«

Milo lachte. »Und sonst war niemand da, nur die beiden und das Baby?«

»Der Bursche sagte, es würde erst abends voll dort. Ich könnte hingehen, wenn es dunkel ist, und fragen, ob Gritz noch mehr Leuten bekannt ist.«

»Du legst es wirklich darauf an, dir die Kehle durchschneiden zu lassen, nicht wahr?«

»Mit einem großen starken Polizisten an meiner Seite fühlte ich mich natürlich sicherer.«

»Mit mir brauchst du nicht zu rechnen! – Ach was, okay. Wahrscheinlich ist es Zeitverschwendung, aber wenigstens wird es mich daran erinnern, wie gut ich es habe.«

Ruth war noch in der Garage, bei der Arbeit. Sie war über ihre Werkbank gebeugt und hantierte mit schimmernden kleinen Stäbchen, die an Zahnstocher erinnerten. Die Schutzbrille steckte in ihrem Haar. Das T-Shirt unter ihrem Overall war schweißgetränkt.

»Hallo, Schatz«, sagte sie, ohne ihre Arbeit zu unterbrechen. Der Hund stand neben ihr und leckte meine Hand, während ich ihr über die Schulter guckte. Ein kleines, rechteckiges Muschelplättchen war auf eine mit Stoff gepolsterte Ecke der Werkbank geklemmt. Die Kanten hatte sie schon abgeschrägt; die Winkel waren mit Elfenbeinsplittern und Golddraht eingelegt. Im Augenblick war sie dabei, winzige Schnörkel einzugravieren.

»Wunderschön«, sagte ich. »Ist das für einen Gitarrenhals?«

»Ja.« Sie blies den Staub ab und reinigte mit dem Fingernagel das Graviermesser. »Ein bißchen barock für meinen Geschmack. Es ist für einen Börsenmakler, der sich eine Gitarre an die Wand hängen möchte.«

Sie arbeitete noch eine Weile weiter, dann legte sie ihr Werkzeug weg, wischte sich die Stirn ab und schüttelte ihre Handgelenke aus. »Zeit für eine Pause; ich bin schon ganz steif.«

»Alles in Ordnung?« fragte ich, während ich ihr den Nacken massierte.

»Ja, es ist schön ruhig hier. Und bei dir?«

»Nicht schlecht.« Ich gab ihr einen Kuß, legte den Arm um ihre Schulter, und wir gingen gemeinsam Richtung Haus. Der Wind wirbelte Staub über den Hof, so daß der Hund blinzeln und niesen mußte. Ruth schloß eilig die Tür auf.

»Brr. Hast du deine Jacke im Auto gelassen?«

Ich schüttelte den Kopf.

»Aber du hattest doch eine mitgenommen, nicht wahr? Die alte braune Tweedjacke. Hast du sie verloren?«

»Nicht direkt. Ich habe sie verschenkt.«

Sie lachte. »Du hast was?«

»Kein großer Verlust. Sie fing sowieso an auszufransen.«

»Und wem hast du sie gegeben?«

Ich erzählte ihr von Little Calcutta. »Ich weiß, ein Anfall von Wohltätigkeit, aber sie taten mir wirklich leid, und die Jacke war nicht mehr viel wert.«

»Du hast sie getragen, als wir uns das erstemal trafen. Ich konnte sie von Anfang an nicht leiden.«

»Wirklich?«

»Ja. Du sahst darin aus wie ein Philosophieprofessor, furchtbar.«

»Warum hast du mir das nie gesagt?«

Sie zuckte die Schultern. »Es war eben nicht so wichtig.«

15

Vor dem Haus hörte ich einen ungesund klingenden Motor. Auf dem Monitor erschien, wie ein Spielzeug, Milos Fiat.

Ich öffnete die Tür und ging hinaus. Der Wind hatte aufgehört. Der Fiat stieß eine Rauchwolke aus und verstummte, als wäre es zum letztenmal.

»Ich dachte, die Kiste paßt besser in die Gegend, in die wir wollen«, sagte Milo beim Aussteigen. Er war noch in Arbeitskleidung und hatte eine große weiße Plastiktasche in der Hand, aus der es nach Fleisch und Knoblauch duftete.

»Unser Abendessen?«

»Ja, italienisch, passend zum Auto.«

In der Garage brannte ein Halogenstrahler. Ruth war wieder bei der Arbeit. Der Hund kam herausgeschossen, schnurstracks auf die Freßtüte zu, doch Milo hob sie aus seiner Reichweite.

»Sitz! Platz! Am besten – hau ab!« Er winkte Ruth zu, die ihr Werkzeug weglegte.

»Hast du etwas über Gritz herausgefunden?«

Bevor er antworten konnte, war Ruth bei uns.

»Er hat uns was zu futtern mitgebracht«, sagte ich.

»Du bist ein Schatz.« Sie küßte ihm die Wange. »Wollen wir gleich essen?«

»Für mich eilt es nicht. Ich möchte lieber gleich aufbrechen.« Die Leute unter der Autobahn ließen mir keine Ruhe.

»Okay, für mich auch nicht. Ich lege die Tüte in den Kühlschrank, und wir essen, wenn ihr zurückkommt.«

»Bist du sicher, daß wir dich allein lassen können?« fragte ich Ruth.

»Klar, geht nur.«

Wir holperten Richtung Süden. Nach ein paar Minuten begann ich: »Gibt es Neuigkeiten über Gritz?«

»Möglicherweise. Zum Glück ist der Name recht ungewöhnlich. Ich habe einen Lyle Edward Gritz gefunden: weiß, vierunddreißig Jahre alt, einsachtundsechzig groß, neunundfünfzig Kilo. Die Augenfarbe habe ich vergessen.«

»Coburg sagte, Gritz sei kleiner als Hewitt.«

Er nickte. »Das paßt. Als man sich um solche Kleinigkeiten noch gekümmert hat, ist er des öfteren wegen Trunkenheit und Randalieren aufgegriffen worden. Dann Drogenbesitz und Ladendiebstähle, nichts Größeres.«

»Wann kam er nach L. A.?«

»Die erste Festnahme war vor vierzehn Jahren. Der Computer führt ihn ohne festen Wohnsitz. Es ist auch kein Bewährungshelfer vermerkt, obwohl er ein paarmal Bewährung bekam, bevor man ihn für seine Schandtaten ins Bezirksgefängnis steckte. Er hat alles abgesessen.«

»Irgendein Hinweis, daß er psychisch gestört ist?«

»So etwas kommt nicht in die Akte, sofern er nicht als geisteskranker Sexualverbrecher oder mit sonstigen psychopathischen Gewalttaten aufgefallen ist.«

»Ich werde am Montag Jean Jeffers anrufen und sie fragen, ob er einmal zu ihren Patienten gehört hat.«

»Gut. Inzwischen können wir hoffen, daß unsere Freunde von der Autobahn etwas wissen. Bis jetzt ist es nur ein Name.«

»Wir sollten etwas zu essen mitnehmen. Das bringt sie vielleicht zum Reden.«

»Gute Idee. Es gibt einen Minimarkt auf dem Weg, unten am Olympic.«

Wir fuhren eine Weile, ohne zu reden. Milo rieb sich das Gesicht.

»Was hast du?« fragte ich schließlich.

»Ach, nichts Besonderes. Es geht um die beiden Schulschwänzer, von denen ich dir erzählt habe. Das Opfer, die alte Frau, ist heute nachmittag gestorben.«

»Tut mir leid. Das heißt, es ist jetzt ein Mordfall?«

»Ein Scheiß ist es. Sie litt an Arterienverkalkung und hatte einen großen Tumor im Darm. In der Autopsie steht, es sei nur eine Frage der Zeit gewesen. Dazu ihr Alter und die Tatsache, daß die beiden sie eigentlich nicht angerührt haben; im Endeffekt wäre es Zeitverschwendung, eine Mordanklage aufzubauen. Als sie im Krankenhaus ankam, war sie schon so fertig, daß sie nicht mehr befragt werden konnte, und ohne ihre Aussage ist nichts zu machen. Wahrscheinlich können wir die kleinen Halunken nicht mal wegen Raub drankriegen. Das heißt, sie bekommen eine kleine Standpauke gehalten und dürfen gehen. Jede Wette: Bevor sie anfangen, sich zu rasieren, werden sie noch jemanden auf dem Gewissen haben.«

Wir kamen zum Sunset und reihten uns in den flüssigen, schnellen Verkehr von Beverly Hills Richtung Westen ein. »Ich denke über eine mögliche Verbindung zwischen Parks und Shipler nach«, überlegte ich laut. »Sie könnten bei de Bosch in Gruppentherapie gewesen sein, als Eltern von Problemkindern, zusammen mit dem Mörder. Vielleicht fühlte er sich dort schlecht behandelt und entwickelte einen Haß.«

»Gruppentherapie ...«

»Sie müssen ein gemeinsames Problem gehabt haben. Was sonst könnte Leute mit so unterschiedlichem Hintergrund zu de Bosch führen?«

»Interessant ... Aber wenn es eine Elterngruppe war, dann kann de Bosch sie nicht abgehalten haben. Er starb neunzehnhundertachtzig, und die Parks-Kinder sind jetzt sechs und sieben Jahre alt. Er war schon tot, als sie geboren wurden. Zur Zeit des Mordes waren sie Säuglinge. Wie kann man in dem Alter ein Problemkind sein?«

»Vielleicht ging es um Erziehungsberatung oder um den Umgang mit Kleinkindern mit chronischen Krankheiten. Woher willst du außerdem wissen, daß Parks nur einmal verheiratet war?«

»Aus der Akte.«

»Okay. Vielleicht hat Katharina die Therapie gemacht oder sonst jemand vom Personal. Vielleicht glaubt der Mörder an Kollektivschuld. – Oder es ging überhaupt nicht um Kinder. Kinderpsychologen behandeln manchmal auch Erwachsene.«

»Damit wären wir wieder bei der alten Frage: Was hast *du* damit zu tun?«

»Es kann nur die Konferenz sein. Der Mörder leidet unter heftiger Paranoia. Seine Wut ist außer Kontrolle geraten. Für ihn ist jeder schuldig, der irgend etwas mit de Bosch zu tun hatte, besonders Psychologen, die sich an der öffentlichen Huldigung des Alten beteiligen. So muß auch Stoumen auf die Liste geraten sein.«

»Du meinst also, wir sind hinter einem Massenmörder her, der es sowohl auf Psychologen als auch auf ihre Patienten abgesehen hat?«

»Ich weiß nicht – ich kann nur raten. Was soll ich sonst tun?«

Er bemerkte meine Frustration. »Schon gut, rate nur weiter, es schadet nichts und kostet den Steuerzahler keinen Cent. Für mich ist die Sache so verrückt, daß wir mit Logik sowieso nicht weiterkommen.«

Wir schwiegen wieder eine Weile, bis er sagte: »De Boschs Heim war privat, wahrscheinlich teuer. Woher soll ein Schulhausmeister das Geld dafür nehmen?«

»Jede Privatklinik hat einen Fonds für Härtefälle. Oder Shipler war krankenversichert; schließlich hat er in einer Schule gearbeitet. Hatte Parks denn Geld?«

»Sieht nicht so aus. Der Witwer ist Autoverkäufer.«

»Hättest du Zugriff auf ihre Versicherungsunterlagen?«

»Ja, vorausgesetzt, sie sind noch nicht vernichtet worden.«

Ich dachte an die beiden mutterlosen Kinder. »Wie alt waren Parks' Kinder genau, als sie ermordet wurde?«

»Ich weiß nicht mehr – jedenfalls klein.«

»Wer hat sie großgezogen?«

»Der Vater, nehme ich an.«

»Lebt er noch in der Gegend?«

»Das müßte ich nachsehen.«

»Wenn er noch in der Stadt ist, dann sollten wir mit ihm reden. Er müßte wissen, ob seine Frau mal bei de Bosch in Therapie war.«

Er zeigte mit dem Daumen zur Rückbank. »Ich habe die Akte bei mir. Schau nach, ob du die Adresse findest.«

Ich drehte mich um und sah die Aktenbox.

»Der oberste Hefter«, sagte Milo, »brauner Deckel.«

Farben waren nicht zu erkennen. Ich fummelte in der Dunkelheit und fischte einen Ordner heraus.

»Ich habe eine Taschenlampe im Handschuhfach.«

Die Klappe klemmte natürlich. Milo lehnte sich herüber und klopfte mit der Faust dagegen, so daß der gesamte Inhalt des Handschuhfachs auf den Boden flog. Ich stopfte alles wieder zurück und fand dabei die Taschenlampe. Ich knipste sie an und sah, an den hinteren Aktendeckel geheftet, eine Reihe von Tatortfotos. Viel Rot. Die Schrift auf der Wand in Nahaufnahme: »Böse Liebe«, in großen roten Druckbuchstaben.

Ich blätterte zurück, bis ich auf den Namen des Witwers stieß.

»Ralph Martin Parks«, las ich laut, »Valley Vista Cadillac. Eine Adresse in Nord-Hollywood.«

»Ich werde die Datenbank befragen, ob er noch in der Gegend ist.«

»Und ich suche inzwischen weiter nach anderen Konferenzteilnehmern. Ich muß sie warnen.«

»Sicher, aber was willst du ihnen sagen, wenn du nicht weißt, wer – möglicherweise – hinter ihnen her ist und warum? ›Guten Tag, ich muß Sie warnen, daß Sie demnächst von einem unbekannten, rachsüchtigen Psychopathen totgeschlagen, erstochen oder überfahren werden‹?«

»Vielleicht kann mir einer von ihnen weiterhelfen, was das ›wer‹ und ›warum‹ angeht. Ich hätte jedenfalls nichts dagegen gehabt, wenn ich gewarnt worden wäre. Das Problem ist, die Leute zu finden. Niemand von ihnen arbeitet oder lebt mehr dort, wo er zur Zeit der Konferenz war. Und Rosenblatts mutmaßliche Ehefrau reagiert nicht auf meine Anrufe. – Katharina de Bosch gehört seit fünf Jahren nicht mehr dem Psychologenverband an. Mag sein, daß sie einfach aufgehört hat, den Beitrag zu zahlen. Jedenfalls sieht es ihr gar nicht ähnlich, der Psychologie ade zu sagen und das Heim zu schließen. Wenn sie eins war, dann ehrgeizig, erpicht darauf, die Arbeit ihres Vaters fortzusetzen.«

»Na gut. Es sollte nicht schwer sein, an die Steuer- und Sozialversicherungsakten zu kommen. Dann wissen wir wenigstens, wer von den Leuten noch lebt und wer nicht.«

Der Mond war schmal, kaum sichtbar hinter einem schmutzigen Wolkenschleier. Von der Autobahn kam Licht und Lärm. Wir fuhren den Exposition Boulevard auf und ab. Little Calcutta war unsichtbar, vollkommen versteckt hinter einem Labyrinth von Bretterzäunen. Die Stelle, wo ich mit dem Terminator gesprochen hatte, befand sich gerade noch im Lichtkegel einer verbeulten Straßenlampe.

Durch Lücken im Zaun sahen wir züngelnde blaue Flämmchen – Spiritusfeuer.

»Hier wird ja richtig gekocht«, sagte Milo.

Ich führte ihn zu dem Stück Zaun, durch das ich wenige Stunden zuvor gekrochen war. Man hatte inzwischen die Drähte verstärkt, so daß wir es mit der bloßen Hand nicht aufbekamen. Milo holte ein Schweizermesser aus der Tasche und klappte ein winziges, zangenartiges Werkzeug aus. Nach ein paar Minuten Biegen und Knipsen hatte er es geschafft.

Wir gingen zum Auto zurück, holten die Lebensmitteltüten, die wir im Minimarkt mit Brot, Dosensuppen, Fleisch, Milch und anderem gefüllt hatten, und schlüpften durch den Zaun. Nacheinander verloschen die blauen Lichter, als hätten wir einen Luftzug mitgebracht.

Milo griff wieder in seine Hosentasche und zauberte die Taschenlampe hervor, die ich im Wagen benutzt hatte. Er nahm etwas aus einer der Einkaufstüten und leuchtete es an, eine Pakkung Salami. Er hielt sie hoch und rief: »Hier gibt's was zu essen.«

Obwohl er unter dem Lärm der Autobahn kaum zu hören war, gingen weitere Feuer aus.

Er leuchtete die Wurstpackung weiter an und schwenkte sie hin und her. Seine Hand und die Wurst schienen frei in der Luft zu schweben. Als der Spezialeffekt nicht wirkte, legte er die Wurst auf den Boden, holte weitere Pakete aus einer der Tüten und breitete sie vor sich aus. Dann ging er rückwärts Richtung Zaun und legte eine Art Futterspur zum Straßenrand.

»Wie bei Hänsel und Gretel«, murmelte er, während wir hinauskrochen.

Milo lehnte sich an seinen Fiat, zerknüllte die leere Einkaufstüte und jonglierte sie von einer Hand in die andere.

Wir standen da und warteten, über uns vibrierender Beton und vorbeischießende Autos. Milo zündete sich eine Zigarre an und blies kurzlebige Rauchringe in die Luft. Nach ein paar Minuten drückte er sie aus und zerquetschte sie zwischen den Fingern. Dann ging er zum Zaun zurück und steckte den Kopf durch das Loch. Kurz darauf rief er mir zu, ich solle ihm folgen.

Wir blieben am Zaun stehen, und Milo leuchtete etwa fünf Meter voraus. Ich blinzelte in die Dunkelheit. Nach einer Weile konnte ich Gestalten erkennen. Sie waren auf Händen und Knien und sammelten die Lebensmittel ein. Sekunden später waren sie wieder verschwunden.

Milo formte mit den Händen einen Trichter vor den Mund und rief: »Es gibt noch mehr; kommt!«

Keine Antwort.

Er schaltete die Taschenlampe aus, und wir zogen uns wieder auf die andere Seite des Zaunes zurück.

Es war wie ein Spiel, ein dummes, sinnloses Spiel, doch Milo schien nichts dabei zu finden.

Er packte die zweite Tüte aus und legte den Inhalt ins Licht der Straßenlampe. Er legte Köder aus, stellte Fallen – und schien seinen Spaß dabei zu haben.

Die Zeit verging. Milo schaute ab und zu zum Zaun hinüber und kaute auf seiner Zigarre.

Nach einer Weile tat sich etwas. Eine große, dunkle Hand griff durch den Zaun nach einem Laib Weißbrot.

Milo ging hin und trat das Brot weg. Die Hand zuckte zurück. »Tut mir leid«, sagte er, »ohne Fleiß kein Preis.« Er zog seine Polizeimarke heraus und hielt sie vor den Zaun. »Ich will nur mit euch reden, sonst nichts.«

Als er keine Antwort bekam, hob er seufzend das Brot auf und warf es durch das Loch im Zaun.

Kurz darauf erschienen ein Paar Galoschen in der Zaunlükke, zwei schmierige, karierte Hosenbeine und der Saum einer alten Armeedecke. Der Kopf, der irgendwo aus den Lumpen ragen mußte, blieb unsichtbar im Schutz der Dunkelheit.

»Ich kann noch mehr zu essen besorgen; ihr braucht mir nur ein paar Fragen zu beantworten. Nichts Schweres.«

Eins der karierten Beine schob sich durch den Zaun, dann das andere. Schließlich stand der komplette Mensch auf der Straße und blinzelte in die Straßenlampe.

Er war in eine Decke gewickelt, von den Knien bis über den Kopf, wie ein Bettelmönch. Das bißchen Haut, das er zeigte, war schwarz und krustig. Er machte einen zaghaften Schritt nach vorn, und die Decke rutschte von seinem Kopf. Sein großer Schädel war halb kahl, sein Gesicht knochig und eingesunken, sein Blick wäßrig und ruhelos.

Er hatte das Brot in der Hand und starrte die Suppendose an, die Milo ihm hinhielt.

»Wir wollen nur mit dir reden, keine Sorge«, redete ich ihm zu.

Er schaute mir in die Augen. Hinter dem Netz aus geplatzten Blutgefäßen meinte ich etwas schimmern zu sehen – Intelligenz, vielleicht, oder Mißtrauen.

Milo drückte dem Mann die Dose an die Brust. Endlich nahm er sie; doch er hörte nicht auf, mich anzustarren.

»Du bist nicht von der Polizei.« Seine Stimme war überraschend klar. »Du bist bestimmt kein Bulle.«

»Nein«, sagte ich, »aber er ist einer.«

Er schaute Milo an und lächelte. Dann rieb er sich den Bauch und versteckte seine Schätze unter der Kutte.

»Ein paar Fragen nur«, sagte Milo, »ganz einfache.«

»Nichts im Leben ist einfach«, erwiderte er.

»Aha, ein Philosoph.« Milo zeigte mit dem Daumen auf die Einkaufstaschen. »Wir haben genug mitgebracht, damit du mit deinen Freunden ein kleines Festmahl veranstalten kannst.«

Der Mann schüttelte den Kopf. »Es könnte vergiftet sein.«

»Warum, zum Teufel, sollte es vergiftet sein?«

Er lächelte. »Warum nicht? Die ganze Welt ist vergiftet. Einmal hat einer etwas geschenkt bekommen, es war voller Gift, und er starb.«

»Wo ist das passiert?«

»Auf dem Mars.«

»Nein, ernsthaft.«

»Auf der Venus.«

Milo paffte an seiner Zigarre und machte Anstalten zu gehen. »Na gut, dann fragen wir eben woanders. Schönen Abend noch.«

»Was wollt ihr denn wissen?«

»Alles, was du über einen Mitbürger namens Lyle Edward Gritz weißt«, sagte Milo. »Kennst du ihn?«

»Wie einen Bruder.«

»Wirklich?«

»Ja, aber was bedeutet das heutzutage schon, ein Bruder. Eigentlich kenne ich ihn kaum.«

Milo blickte zum Zaun. »Ist er da drin?«

»Nein.«

»Hast du ihn in letzter Zeit gesehen?«

»Nein.«

»Aber er hat sich hier herumgetrieben?«

»Ja, manchmal.«

»Wann zuletzt?«

Der Mann ignorierte die Frage und starrte mich wieder an.

»Wer bist du?« fragte er. »Eine Art Journalist, oder was?«

»Er ist ein Doktor«, sagte Milo.

»Ach wirklich?« Er grinste. »Hast du vielleicht ein bißchen Penicillin für mich? Man steckt sich hier mit allem möglichen an. Gib mir irgendwas – Amoxicillin, Erythromycin, Tetracyclin, irgendwas, um diese fiesen kleinen Bakterien zu töten.«

»Ich bin Psychologe«, erklärte ich.

»Au!« sagte der Mann, als hätte ich ihm weh getan. Er schüttelte den Kopf. Sein Blick war jetzt klar und ernst. »Tut mir leid, Mann, aber für so was habe ich nicht die geringste Verwendung.«

»Was ist mit Gritz?« hakte Milo ein. »Kannst du mir irgend etwas über ihn sagen?«

Er schien zu überlegen. »Weißer Penner, Alkoholiker, Schwachkopf, aber kräftig. Kein Grund, hier zu enden. Aber hab ich etwa einen? Wahrscheinlich denkt ihr, ich bin ein ausgeflippter Yuppie. Weil ich die Grammatik beherrsche, obwohl ich ein Neger bin.«

Ich erwiderte sein Lächeln.

»Falsch«, sagte er, »total daneben. Ich war früher Müllmann, städtischer Angestellter in Compton. Gute Bezahlung, und man trägt Handschuhe. Ein Spitzenjob. Dann machte ich den Fehler, zu kündigen und mich selbständig zu machen. Für eine Weile lief es toll, ich hatte sechs Leute, doch dann kam die Flaute, es ging bergab, und ich geriet an die Nadel.«

Er zog einen Arm unter der Decke hervor. Der knochige Unterarm war das typische Schlachtfeld aus Narben und Abzessen, manche offen.

»Der hier ist frisch.« Er zeigte auf einen Einstich in der Nähe des Handgelenks. »Den hab ich mir kurz vor Sonnenuntergang verpaßt. – Ich ergebe mich, Bulle. Nimm mich fest. Gib mir ein Bett für die Nacht.«

»Das mach ich nicht«, sagte Milo.

»Das machst du nicht?« Er lachte. »Was ist los mit dir? Bist du ein Liberaler, oder was?«

Milo schaute ihn an und rauchte.

Der Mann steckte seinen Arm wieder weg. »Dann besorg mir wenigstens einen richtigen Doktor, der mir Methadon geben kann. Im Städtischen hier gibt es nichts mehr, nicht mal Antibiotika. Ausverkauft.«

»Ich kann dich irgendwo bei der Notaufnahme absetzen.«

Der Mann lachte wütend. »Wozu? Um die ganze Nacht im Wartesaal zu sitzen, mit den Herzinfarkten und Schußwunden? Ich hab doch nichts, keine Symptome, nur den Virus. Die lassen mich doch nur warten. Das Gefängnis ist viel besser. Die Abfertigung geht schneller.«

Milo holte seine Geldbörse heraus und gab ihm ein paar Banknoten. »Hier, such dir ein Zimmer. Das Wechselgeld kannst du behalten.«

Der Mann schenkte ihm ein warmes, ehrliches Lächeln und steckte das Geld unter seine Decke. »Das ist wirklich nett von dir, Bulle. Ich fühl mich gleich viel besser.«

»Hat Gritz auch mit Drogen rumgemacht?«

»Nein, nur Schnaps. Hab ich doch gesagt: weißer Abschaum. Der und sein Hillbilly-Geplärre ...«

»Er sang?«

»Die ganze Zeit, mit seiner jodeligen weißen Pennerstimme. Er dachte, er sei Elvis.«

»War er gut?«

Der Mann zuckte die Schultern.

»Ist er je gewalttätig geworden?«

»Nicht, während ich dabei war.«

»Was kannst du mir sonst noch über ihn erzählen?«

»Nicht viel. Das ist hier keine Hippiekommune; du bist in Little Calcutta. Jeder ist hier für sich.«

»Er hatte keinen speziellen Freund?«

»Nicht, daß ich wüßte.«

»Sagt dir der Name David Hewitt was?«

Er senkte den Kopf und überlegte. »Hewitt, Hewitt ... war das nicht der Typ, der die Sozialarbeiterin umgelegt hat?«

»Hast du ihn gekannt?«

»Nein, ich hab es in der Zeitung gelesen – hat mir Sorgen gemacht, damals, wegen der Leute, die vielleicht herkommen würden, um sich an uns zu rächen.«

»Du hast ihn also nie getroffen?«

»Nie.«

»Du weißt auch nicht, ob er und Gritz Kumpel waren?«

»Woher soll ich das wissen, wenn ich ihn nie getroffen habe?«

»Jemand hat uns erzählt, Gritz habe von seinem zukünftigen Reichtum geschwafelt.«

»Klar, das hat er immer getan, der Idiot. Er würde 'ne Platte aufnehmen und der zweite Elvis werden, hat er immer gesagt. Nach der ersten Flasche Schnaps phantasierte er, er sei Nummer eins in der Hitparade.«

Er wandte sich zu mir. »Welche Diagnose haben Sie für mich?«

»Ich weiß nicht, ich kenne Sie nicht gut genug«, erwiderte ich.

»Im Städtischen haben sie gesagt, ich litte an heftigen Stimmungswechseln. Und dann haben sie mein Methadon abgesetzt.«

Er wartete auf meinen Kommentar, doch ich sagte nichts.

»Die denken, ich könnte mich selbst verarzten. So ein Quatsch. Das ist keine Medizin für mich. Ich brauche das Zeug, um gut drauf zu sein –«

»Was weißt du sonst noch über Gritz?« fiel ihm Milo ins Wort.

»Nichts mehr. Kann ich das Geld trotzdem behalten?«

»Ist der Terminator noch hier?« fragte ich.

»Wer?«

»Ein Knabe aus Arizona. Ihm fehlt ein Daumen, und er hat einen bösen Husten. Er ist mit seiner Freundin und einem Baby zusammen.«

»Ach so, Wayne. Terminator? So nennt er sich jetzt?« Er lachte. »Nein, die haben heute nachmittag zusammengepackt und sind weitergezogen. Wie gesagt, die Leute kommen und gehen.«

Er zog sich die Decke über den Kopf und bewegte sich langsam Richtung Zaun, ohne uns aus den Augen zu lassen.

»Nimmst du dir kein Zimmer?« fragte Milo.

»Nein. Ich schlaf heute nacht im Freien. Die frische Luft tut mir gut.« Er lachte.

Milo lachte eine Weile mit, dann zeigte er auf die Lebensmittel. »Was sollen wir machen mit dem ganzen Zeug?«

Der Mann musterte die Tüten. »Ich nehme mir nur ein paar Dosen Cola und die Kekse dort.«

»Mehr nicht?«

»Ich bin auf Diät. Wenn du willst, kannst du den anderen Kram reinbringen. Irgend jemand kann es bestimmt gebrauchen.«

Tastend, aber ohne zu zögern, wie ein Blinder, der genau weiß, wo er ist, führte er uns durch die Dunkelheit. Milo und ich, die Tüten unter die Arme geklemmt, stolperten hinter ihm her. Ich spürte – ich roch es – wir waren von Menschen umgeben.

Der Mann blieb stehen und zeigte auf den Boden. Wir stellten die Lebensmittel ab, und nach und nach erschienen bläuliche Flammen, süßlich duftende Spiritusfeuer. In ihrem Licht wurde die Betonmauer sichtbar, davor Schlafsäcke und Haufen von Zeitungspapier.

»Abendessen, Kinder!« rief unser Führer. Dann verschwand er im Dunkeln, während vor uns weitere Lichter erschienen und etwa zehn Gestalten, gesichtslos, geschlechtslos, zusammengekauert wie im Sturm.

Wir verteilten die Lebensmittel. Ich fühlte Hände, die meine berührten, bis die Tüten leer waren und wir wieder allein.

Milo ließ den Strahl seiner Taschenlampe über das Gelände streifen, über Lumpenhaufen, alte Autositze und essende Menschen.

Der Mann mit der Decke saß mit dem Rücken an einer der Brückensäulen, die Beine ausgestreckt, ein Arm entblößt auf einem seiner mageren Oberschenkel, am Bizeps zusammengeschnürt mit einem dehnbaren Band. Auf seinem Gesicht ein seliges Lächeln. Die Nadel steckte tief in seiner Vene.

Milo wandte sich ab und richtete den Strahl auf den Boden. »Komm«, sagte er laut genug, um den Verkehrslärm zu übertönen.

16

Am nächsten Morgen um neun rief die Gärtnerei an und bestätigte, daß um zwei die Fische abgeholt werden würden.

Ich frühstückte mit Ruth, dann fuhr ich in die medizinische Bibliothek, um den Namen Wilbert Harrison im psychiatrischen Teil des Facharztverzeichnisses nachzuschlagen.

Die letzte Eintragung war zehn Jahre alt, eine Adresse, Signal Street in Ojai, keine Telefonnummer. Ich schrieb sie auf und las seine Kurzbiografie: Medizinstudium an der Columbia University, Ausbildung in der Menninger-Klinik, Stipendiat in Santa Barbara für ethnologische Studien, dann eine Assistentenstelle am De-Bosch-Institut.

Trotz des Ethnologiestudiums schien er nie in der Forschung gearbeitet zu haben, sein eigentliches Fachgebiet war Psychoanalyse, speziell die Behandlung von Ärzten und anderem Gesundheitspersonal. Gemäß Geburtsdatum war er jetzt fünfundsechzig und praktizierte vermutlich nicht mehr. Auch der Umzug von Beverly Hills nach Ojai und die fehlende Telefonnummer ließen darauf schließen, daß er seine Ruhe haben wollte.

Ich blätterte weiter bis »R« und fand Harvey Rosenblatt mit seiner Universitätsanschrift in New York und seinem Büro in der Fünfundsechzigsten Straße, Manhattan. Dieselbe Adresse, unter der ich Shirley zu erreichen versuchte. Hatte sie meinen

Anruf ignoriert, weil sie nicht mehr zusammen waren – geschieden vielleicht oder schlimmer?

Ich las weiter. Rosenblatt hatte in New York studiert. Seine klinische Ausbildung hatte er im Bellevue-, dann im Robert-Evanston-Hale-Institut für Psychoanalyse in Manhattan und schließlich am Southwick Hospital in England absolviert. Seine Spezialgebiete waren Psychoanalyse und analytische Psychotherapie. Er war achtundfünfzig.

Im nächsten Jahrgang des Verzeichnisses tauchte er noch mal auf, und ich arbeitete mich vor, bis sein Name nicht mehr erschien. Vor vier Jahren.

Genau zwischen den Morden an Parks und Shipler.

Ob Rosenblatt und Harrison das gleiche Schicksal ereilt hatte, konnte ich nachprüfen, denn, wie die meisten Verbandsorgane, hatte das *Journal of the American Medical Association* eine monatliche Rubrik mit Nachrufen. Ich ging ins Lager zu den gebundenen Jahrgängen und suchte mir die von vor vier, fünf, zehn und elf Jahren heraus.

Nichts, weder über Rosenblatt noch über Harrison. Vielleicht waren sie gar nicht Mitglieder der AMA?

Als nächstes versuchte ich es mit dem *American Journal of Psychiatry*, ebenfalls ohne Erfolg.

Das Verzeichnis der Psychologenvereinigung stand nur ein paar Regale weiter. Auch hier kein Vermerk, daß sie gestorben waren. Doch konnte ich verifizieren, daß die fünf Jahre alte Eintragung, die ich in meinem Verzeichnis zu Hause über Katharina de Bosch gefunden hatte, wirklich die letzte gewesen war.

Was gab es sonst noch für Möglichkeiten, an Adressen zu kommen? Der *Index Medicus* und die *Psychological Abstracts* förderten zutage, daß Katharina auf zwei Artikeln ihres Vaters als Mitautorin erschienen war, doch nach seinem Tod war nichts mehr von ihr gekommen. Der eine Artikel hatte mit Kindererziehung zu tun und enthielt das Stichwort »böse Liebe«:

»Die Mutter-Kind-Bindung ist Grundlage jeder engeren Beziehung. Störungen dieser Bindung führen zu psychopathologischen Entwicklungen im späteren Leben. Gute Liebe – die nährende, uneigennützige, psychosoziale ›Säugung‹ durch die Mutter/Eltern-Figur – gibt dem Kind ein Gefühl der Sicherheit und formt damit seine Fähigkeit zu stabilen Beziehungen. Böse Liebe – der Mißbrauch elterlicher Autorität – erzeugt Zynismus, Entfremdung, Feindseligkeit und, im schlimmsten Fall, Gewalt, durch die das Kind versucht, Vergeltung zu üben an der Brust, die ihm verweigert blieb.«

Rache. Mißbrauch elterlicher Autorität. Jemandem war etwas verweigert worden. Jemand war auf Rache aus.

Ich schaute nach, ob ich Artikel von Harrison oder Rosenblatt finden konnte, doch keiner der beiden hatte je eine Zeile veröffentlicht. Das überraschte mich nicht. Praktizierende Psychologen schreiben keine Artikel. Dennoch kam es mir seltsam vor, daß die beiden keine Spuren hinterlassen hatten.

Der letzte auf meiner Liste war der Sozialarbeiter, Michael Lerner, der, wie ich fand, bis vor sechs Jahren als ordentliches Mitglied seiner Innung geführt worden war. Ich notierte mir seine Büroadresse und die dazugehörige Telefonnummer. Er hatte die Fachschule in Northridge absolviert, sein Diplom in Berkeley gemacht und sein Klinikum im Allgemeinen Krankenhaus in San Francisco. Danach war er für zwei Jahre als festangestellter Sozialarbeiter bei den de Boschs. Als seine Spezialgebiete hatte er Familientherapie und Drogenentzug angegeben.

Ohne viel Hoffnung erkletterte ich eine Leiter zu einem der oberen Regale und zog sechs und sieben Jahre alte Bände des Sozialarbeiter-Magazins heraus. Auch hier kein Nachruf und keine Todesanzeige, doch direkt unter der entsprechenden Rubrik weckte ein Abschnitt mit der Überschrift »Suspendierungen« meine Aufmerksamkeit. Es war eine Liste mit dreizehn klinischen Sozialarbeitern, die wegen Verletzung der Berufsethik aus der Vereinigung ausgeschlossen worden waren, darunter auch »Lerner, Michael A.«.

Die Einzelheiten seiner Sünden wurden nicht angegeben. Das Aufsichtsorgan, das Staatliche Prüfungskomitee für Verhaltensforschung, war am Wochenende nicht zu erreichen; also schrieb ich mir das Datum seiner Suspendierung auf und nahm mir vor, Montag früh anzurufen.

Ich dachte, das wäre alles, was ich aus Büchern erfahren konnte, verließ die Bibliothek und fuhr heim.

Ruth war wieder bei der Arbeit. Der Hund sah gelangweilt aus. Er folgte mir ins Haus und bettelte, während ich mir ein Sandwich machte. Ich erledigte ein wenig Papierkram, wir speisten gemeinsam zu Mittag, und er trottete neben mir her, als ich wieder zum Wagen ging.

»Wohin willst du jetzt?« fragte Ruth.

»Zum Haus. Ich will dabeisein, wenn die Fische abgeholt werden.«

Sie blickte mich zweifelnd an, sagte aber nichts.

»Keine Sorge, es werden jede Menge Leute dasein«, beruhigte ich sie.

Sie nickte und schaute zum Wagen. Der Hund betapste die Stoßstange, und sie mußte lächeln.

»Ich glaube, da hat jemand Lust mitzukommen.«

»Ich hätte nichts dagegen, aber Wasserspiele sind nicht sein Fall. Er hat Angst vor Wasser.«

»Kannst du ihn davon nicht kurieren, mit etwas Therapie?«

»Es wäre einen Versuch wert. Als Hundepsychologe könnte man sicher einen Haufen Geld machen.«

Die vier Gartenbiotopspezialisten waren zeitig gekommen, und der Teich war schon halb leer, als ich dazukam. Der künstliche Wasserfall war abgeschaltet und die Fische in belüfteten blauen Fässern auf der Ladefläche eines Kleintransporters verstaut. Im Augenblick waren die Männer dabei, die Wasserpflanzen herauszurupfen und in Plastiksäcke zu packen und die Belüftungsschläuche der Fässer zu überprüfen.

Der Hund folgte mir, als ich zur Terrasse hinaufging, um die Post der letzten zwei Tage zu holen. Unter dem Haufen von Briefen, das meiste davon Routinekram, fiel mir ein langer weißer Umschlag auf. SHERMAN GREER, RECHTSANWALT stand darauf, darunter eine Adresse in Simi Valley.

Es war ein Brief mit der Mitteilung, daß der Antragsteller, Donald Wallace, guten Grund hätte anzunehmen, ich kennte den Aufenthaltsort der legitimen Nachkommen besagten Antragstellers, d. h. Sandra Wallace und Stefanie Wallace, und daß er mich aufforderte, diesen unverzüglich dem Anwalt des Antragstellers mitzuteilen, damit eine Verletzung der Rechte des Antragstellers vermieden würde.

Der Rest bestand aus Drohungen in Juristenchinesisch. Ich steckte den Brief in den Umschlag zurück und schob ihn in meine Tasche.

Der Hund kratzte an der Haustür. Ich schloß die Tür auf, und er rannte in die Küche, zum Kühlschrank. Genau wie Milo, dachte ich.

Mir fiel ein, daß ich in der Eile unseres Umzugs die Lebensmittel vergessen hatte. Ich schüttete Milch weg und warf vergammelten Käse und faules Obst in den Abfall. Ein Stück Hackbraten in einem Plastikbehälter sah noch eßbar aus. Der Hund schaute drein, als hätte er einen Engel gesehen.

»Schon gut, schon gut.« Ich ließ das Hackfleisch in eine Schale fallen, die ich vor ihm auf den Boden stellte. Obst und Gemüse, soweit es noch nicht verdorben war, packte ich in eine Plastiktüte, die ich gleich in den Wagen legte.

Die Teichmannschaft war fast fertig. Die Karpfen auf der Ladefläche schienen ganz munter zu sein.

»Die Pumpe läuft noch«, sagte der Vorarbeiter. »Es wird noch etwas dauern, bis alles abgesaugt ist. Wenn Sie wollen, können wir warten, aber Sie wissen ja, wir werden stundenweise bezahlt. Vielleicht sind Sie selbst noch eine Weile hier. Schalten Sie sie einfach ab, bevor Sie gehen.«

»Kein Problem.« Ich schaute zu ihrem Pritschenwagen. »Geben Sie gut acht auf meine Fische.«

»Klar. Wann ungefähr wollen Sie sie zurückhaben?«

»Das weiß ich noch nicht.«

»Machen Sie einen längeren Urlaub?«

»So ungefähr.«

»Nicht schlecht.« Er gab mir die Rechnung und setzte sich hinter das Steuer. Als sie weg waren, war es vollkommen still, bis auf das Gurgeln der Pumpe.

Ich setzte mich an das Ufer meines Teiches, jetzt nur noch ein lehmiges Loch, und schaute zu, wie das restliche Wasser verschwand. Die Hitze und die Ruhe machten mich schläfrig. Ich war nicht sicher, wie lange ich so gesessen hatte, als mich jemand ansprach: »He.«

Hinter mir am Tor stand jemand mit einer Eisenstange in der Hand. Er war Ende Zwanzig oder Anfang Dreißig, mit dunklen Bartstoppeln und einem dichten Mongolenschnauz, der bis an die Kinnspitze reichte. Er trug ölige Jeans, Stiefel mit Ketten und ein schwarzes T-Shirt unter der schweren Motorradjacke. Schwarzes, schütteres Haar, ein goldener Ring im Ohr und Stahlketten um den Hals. Dicke, tätowierte Arme, ein mächtiger, harter Kugelbauch, krumme Cowboybeine. Einsfünfundachtzig, neunzig Kilo nach meiner Schätzung.

Er kam gemächlich näher und pfiff dabei durch die Zähne. Das Eisen baumelte von seiner rechten Hand, parallel zu seinem Oberschenkel.

»Was wollen Sie?« fragte ich.

»Donalds Kinder, Mann.« Die Stimme war tief und schleppend.

»Die sind nicht hier.«

»Wo sind sie dann?«

»Weiß ich nicht.«

Die Eisenstange schwang weiter aus.

»Ich habe eben den Brief von Donalds Anwalt bekommen«, sagte ich.

»Da scheiß ich drauf.« Er kam immer näher. Er stank wie ein Korb voll schmutziger Socken.

Ich stand auf, doch viel Manövrierraum hatte ich nicht. Hinter mir waren Büsche und Hecken und der Ahornbaum, mit dessen Zweig man meinen Karpfen gepfählt hatte.

»Sie helfen Donald kein Stück weiter«, sagte ich, »im Gegenteil, was soll der Richter denken, wenn er hört, was Sie hier machen?«

»Ich scheiß auf den Richter. Du bist den Fall jedenfalls los, ist das klar?«

Er ließ das Eisen pendeln, bis es auf die Erde aufschlug.

Ich schaute mich nach möglichen Waffen um: ziemlich aussichtslos. Ein paar übergroße Plastiktüten, die die Gartenarbeiter zurückgelassen hatten, ein Stück Gummischlauch. Vielleicht der Karpfenhäscher. Er hatte eine zwei Meter lange, solide Holzstange und ein Netz aus Stahldraht – aber er war zu weit weg.

»Seit wann?« fragte ich.

»Was?«

»Seit wann bin ich den Fall los?«

»Seit wir das sagen, Mann.«

»Die Iron Priests?«

»Wo sind die Kinder, Mann?«

»Hab ich doch schon gesagt, ich weiß es nicht.«

Er schüttelte den Kopf und kam näher. »Warum willst du dir weh tun? Ist doch nur ein Job, Mann, scheiß doch drauf.«

»Mögen Sie Fische?«

»Hä?«

»Fische. Die Viecher mit den Flossen und Schuppen.«

»Paß ja auf, Mann.«

»Ich meine, schleichen Sie gern rum und spießen Fische auf? Brechen Sie Zweige ab und spießen damit die armen kleinen Fische auf?«

»Was?«

»Sie waren schon mal hier, stimmt's? Karpfenfischen, du dreckiges kleines Arschloch.«

Verwirrung zeigte sich in seiner Miene, die schnell Wut, kindischer, trotziger Wut Platz machte. Er hob das Eisen und stieß es mir in den Bauch.

Ich tänzelte nach hinten.

»He«, rief er wütend und stieß erneut nach mir.

Ich wich seinen Hieben aus, bis ich auf den Steinrand des Teiches geriet. Die Steine waren veralgt und glatt, so daß ich mit meinen Armen balancieren mußte, um nicht umzufallen. Das fand er lustig, und er kam behäbig hinter mir her. Er machte Geräusche wie ein Viehtreiber, als sei das Ganze ein Spiel.

Ich schaute abwechselnd in seine Augen und auf die Eisenstange, bereit, die erste Gelegenheit zu ergreifen, um ihn zu überraschen und das Eisen zu packen – mit dem Risiko allerdings, daß meine Hand zerschmettert würde.

»Na komm schon, Schwachkopf«, reizte ich ihn.

Sein Kopf wurde rot. Er nahm das Eisen in beide Hände und versuchte mit einem schnellen Hieb meine Knie zu treffen.

Ich sprang zurück, rutschte und fiel nach vorn auf den Teichrand, auf die Handballen.

Die Stange schwang gegen die Ufersteine. Für den nächsten Angriff hob er sie hoch über den Kopf.

Plötzlich, hinter ihm, Gebell und wütendes Knurren. Er drehte sich um, das Eisen in Abwehrhaltung vor seiner Brust, gerade rechtzeitig, um die Bulldogge auf sich zurennen zu sehen wie eine Kanonenkugel, mit gebleckten Zähnen.

Rechtzeitig auch, daß ich mich aufrappeln und meine Arme um seine Mitte legen konnte. Ich hatte nicht genug Kraft, ihn umzuwerfen, doch immerhin konnte ich die Eisenstange packen und in seine Rippen rammen.

Er wimmerte und krümmte sich vor Schmerzen.

Der Hund hatte die schmierigen Jeans jetzt fest in den Fängen und warf den Kopf hin und her, daß der Speichel flog.

Ich drückte die Eisenstange gegen seinen Adamsapfel, bis er erstickte Töne von sich gab und schließlich zu Boden sank. Ich hoffte, ich hatte seinen Kehlkopf nicht zerquetscht, doch das war sein Problem, nicht meines.

Der Hund ließ ihn nicht los und kaute knurrend auf seinen Jeans. Ich hielt nach etwas Ausschau, womit ich ihn fesseln konnte. Ich befahl dem Hund, die Stellung zu halten, lief los und schnappte mir die Plastiksäcke, die ich zu zwei soliden Stricken zusammenknotete, einen für seine Hände und einen für die Füße.

Die Dogge hatte losgelassen und beobachtete mich mit hochgerecktem Kopf. »Gut gemacht, Bully«, sagte ich. »Laß ihn jetzt in Ruhe. Du kriegst später ein Steak; das schmeckt besser.«

Der Mann öffnete die Augen und versuchte zu sprechen, doch es kam nur ein rauhes Husten heraus. Seine Kehle war geschwollen und fing an, sich tiefblau zu verfärben. Er sah den Hund an und drehte sich auf die Seite. Sein Gesicht war schmerzverzerrt.

»Paß auf ihn auf, Bully, aber ich will kein Blut sehen.«

Die Dogge stand neben ihm. Er hustete und würgte, während Hundespeichel auf seine Lederjacke tropfte.

17

»So ein Idiot«, sagte Milo, während er sein Notizbuch wegsteckte. »Sein Name ist Harry Keffler. Nach seinem Strafregister ein typischer Möchtegern-Bösewicht. Sein Motorrad haben wir fünfzig Meter die Straße runter gefunden. Er sagt, er hätte dir nicht aufgelauert. Er wäre hier angekommen, als die Gärtner gerade wegfuhren, und hätte sich spontan entschlossen, ein Wörtchen mit dir zu reden.«

Wir standen auf der Treppe und sahen zu, wie die Polizeiwagen davonfuhren. Der Hund stand bei uns, den Kopf zwischen den Geländerstäben und die Ohren gespitzt.

»Wie wird die Anklage lauten?«

»Bewaffneter Überfall, unbefugtes Betreten, Trunkenheit am Steuer, falls sein Alkoholpegel hoch genug ist. Wenn seine Kumpel die Kaution für ihn zahlen, wird er vermutlich in drei Tagen wieder draußen sein. Ich werde denen raten, ihm Hausarrest zu verpassen. So ein Clown.« Er kicherte. »Ich wette, dein Würgegriff hat ihn völlig durcheinandergebracht. Wie hast du das gemacht? Eins von deinen Karate-Kunststücken?«

Ich bückte mich und tätschelte den muskulösen Doggenhals. »Nein. Mein Freund hier hat von hinten attackiert und ihn abgelenkt; sonst hätte ich Keffler niemals in den Griff bekommen. Außerdem hat er seine Wasserscheu überwunden. Er kam bis an den Rand.«

»Wirklich?« Milo lächelte. Er kraulte den Hund hinter den Ohren. »Meinst du nicht, daß er jetzt, wo er deine Kniescheiben gerettet hat, endlich einen richtigen Namen verdient?«

»Heute nachmittag nannte ich ihn Bully. Ich dachte, das würde Keffler Angst einjagen.«

»Warum nicht? Bully –«

»Das Problem ist, er hat bestimmt schon einen Namen. Irgendwann wird jemand kommen und ihn holen, da bin ich sicher. Dabei habe ich mich schon richtig mit ihm angefreundet.«

Milo stieß mir sanft in die Rippen. »Höre ich recht? Versuchen wir etwa Distanz zu halten, aus Angst, verletzt zu werden? Gib ihm schon einen Namen, Alex, gesteh ihm seine Identität zu, laß ihn sein hündisches Potential ausleben.«

Ich lachte und rieb der Dogge den Rücken.

»Keffler hat übrigens meinen Karpfen nicht auf dem Gewissen«, sagte ich. »Als ich die Geschichte erwähnte, kapierte er gar nichts mehr.«

»Das hätte ich auch nicht vermutet. Die Sache mit dem Zweig ist zu subtil für die Iron Priests. Die hätten alle Fische herausgeholt und darauf herumgetrampelt, oder sie hätten sie gegessen und die Gräten liegengelassen.«

»Das glaube ich auch. – Doch zurück zu unserem anderen Problem: Gibt es etwas Neues über Gritz?«

»Noch nicht.«

»Ich war heute morgen in der Bibliothek und bin diverse Verzeichnisse durchgegangen. Nichts Aktuelles über Rosenblatt oder Katharina de Bosch. Harrison ist nach Ojai gezogen, ohne Telefonnummer, was nach Ruhestand klingt, und den Sozialarbeiter, Lerner, haben sie aus seinem Berufsverband ausgeschlossen, wegen Mißachtung der Berufsethik.«

»Was genau?«

»Das stand nicht dabei.«

»Was bedeutet das normalerweise? Daß er mit einer Patientin geschlafen hat?«

»Das ist das häufigste Vergehen, aber es könnte sich auch um finanzielle Unregelmäßigkeiten handeln oder um persönliche Probleme. Alkohol- oder Drogensucht zum Beispiel.«

Milo lehnte sich gegen das Geländer. Die Streifenwagen waren alle verschwunden. Mein Teich war ein trockenes Loch. Ich ging hinunter und schaltete die Pumpe ab. Der Hund wich mir nicht von der Seite.

Als ich zurückkam, sagte Milo: »Wenn Lerner nicht astrein war, wäre dann nicht auch denkbar, daß einer seiner Patienten sehr sauer auf ihn wurde?«

»Sicher. Ich habe die Zusammenfassung eines De-Bosch-Artikels über böse Liebe gefunden. Darin ist ausdrücklich vom Mißbrauch elterlicher Autorität die Rede, Mißbrauch, der zu Entfremdung führt, zu Zynismus und in extremen Fällen zu Gewalt. Er benutzt in dem Zusammenhang auch das Wort ›Vergeltung‹. Aber trotzdem – ich weiß immer noch nicht, was *ich* verbrochen haben könnte.«

»Versuch doch mal, dich mit Harrison in Verbindung zu setzen. Frag ihn, ob er eine Idee hat, um was es gehen könnte.

Seine Nummer kann ich dir besorgen, auch wenn sie nicht im Telefonbuch steht.«

»Gut. Harrison könnte auch aus einem anderen Grund eine gute Quelle sein. Wenn Therapeuten suspendiert werden, dann werden sie für gewöhnlich aufgefordert, sich einer Therapie zu unterziehen. Und das war eins von Harrisons Spezialgebieten. Wäre es nicht ein seltsamer Zufall, wenn er Lerner behandelt hätte? Obwohl auch wieder plausibel wäre, wenn Lerner jemanden konsultiert hätte, den er kennt. Gib mir die Nummer. Ich rufe ihn sofort an.«

Milo ging zu seinem Wagen und sprach über Polizeifunk. Nach zehn Minuten kam er wieder und sagte: »Er scheint tatsächlich kein Telefon zu haben, aber er steht noch im Steuerregister unter der Adresse, die du genannt hast. Wie wär's mit einem kleinen Ausflug, Alex? Ojai ist ganz hübsch um diese Jahreszeit. Nette Lädchen, Antiquitäten, alles mögliche. Nimm Ruth mit und verbinde das Angenehme mit dem Unvermeidlichen.«

»Du meinst, es täte mir gut, für ein paar Stunden rauszukommen?«

Er zuckte die Schultern.

»Gut. Ojai ist nicht weit von Santa Barbara. Ich könnte den Ausflug ein wenig ausdehnen und mich bei de Boschs Heim umsehen. Es ist zwar geschlossen, aber es könnte interessant sein, mit den Nachbarn zu reden. Vielleicht gab es einen Skandal, irgend etwas, weswegen sie zumachen mußten, einen Vorfall, der jemanden so getroffen hat, daß er noch Jahre danach deswegen mordet.«

»Warum nicht? Schnüffel einfach ein bißchen herum.« Er klopfte mir auf den Rücken. »Ich muß jetzt gehen.«

»Wohin?«

»Zurück zu Parks und Shipler.«

»Gibt es etwas Neues?«

»Nein. Ich habe vor, morgen bei Parks' Witwer hereinzuschneien. Er verkauft immer noch Autos, Cadillacs. Der Sonntag ist ein guter Tag für solche Leute.«

»Kann ich mitkommen?«

»Ich dachte, du wolltest nach Ojai fahren.«

»Das mach ich am Montag. Der Montag ist ein guter Tag für Psychologen.«

»Ach ja? Warum?«

»Montags geht es allen Leuten dreckig, und sie kommen zu uns, so daß wir uns mit ihrem Problem beschäftigen und unsere eigenen vergessen können.«

Ich ging ins Haus und schaute in die Tiefkühltruhe. Im obersten Fach lagen mehrere Steaks. Ich suchte das beste Stück heraus und legte es zum Auftauen in den Ofen. Hundeblicke folgten jeder meiner Bewegungen. Der Duft machte ihn fast verrückt.

»Geduld, mein Freund«, sagte ich, »laß dir ruhig das Wasser im Mund zusammenlaufen, dann schmeckt es am besten.«

Als nächstes rief ich den Telefondienst an. Es lag nur eine Nachricht vor, von Jean Jeffers. Sie hatte um elf Uhr vormittags nach mir gefragt und eine Nummer hinterlassen, unter der ich sie zurückrufen sollte.

»Hat sie gesagt, um was es geht?«

»Nein, nur daß Sie sie bitte anrufen möchten.«

Das tat ich sofort und bekam eine Antwortmaschine mit einer freundlichen Männerstimme und Hintergrundmusik – Neil Diamond – zu hören. Ich wollte gerade aufs Band sprechen, als Jean endlich abhob.

»Hallo, danke, daß Sie zurückrufen.«

»Tag. Was liegt an?«

Sie seufzte. »Ich habe etwas ... Ich glaube, wir sollten uns besser treffen.«

»Etwas über Hewitt?«

»Tut mir leid, aber ich würde lieber nicht am Telefon darüber reden. Können wir uns treffen?«

»Natürlich. Wo und wann wäre es Ihnen recht?«

»Morgen wäre eine Möglichkeit.«

»Einverstanden.«

»Gut. Wo wohnen Sie?«

»West L. A.«

»Ich bin in Studio City, aber es macht mir nichts aus, über den Berg zu fahren.«

»Ich kann auch zu Ihnen kommen.«

»Nein, ich freue mich, wenn ich mal rauskomme und nicht zur Arbeit muß. Wo im Westen ist es etwa?«

»In der Nähe von Beverly Hills.«

»Gut. Wie wär's mit Amandas? Das ist ein kleines Restaurant am Beverly Drive.«

»Um wieviel Uhr?«

»Sagen wir, eins?«

»Also, um eins.«

Sie lachte nervös. »Ich weiß, Sie wundern sich sicher, warum ich so plötzlich ... Ach, darüber reden wir lieber morgen.«

Nachdem der Hund das Steak verschlungen hatte, fuhr ich mit ihm zum Tierladen und ließ ihn an den Futtertüten schnuppern. Er blieb vor einer Sorte stehen, die angeblich klinisch erprobt, biologisch und doppelt so teuer wie alle anderen war.

»Na gut, du hast es dir verdient«, sagte ich und kaufte zehn Pfund davon, außerdem diverse Hundekekse.

Auf der Rückfahrt knabberte er glücklich an einer Brezel mit Speckgeschmack.

»Guten Appetit, Bully – auch wenn du in Wirklichkeit Pierre de Cordon Bleu heißt.«

Ruth war im Wohnzimmer und las. Ich erzählte ihr, was mir mit Harry Keffler passiert war, und sie hörte mir still und gottergeben zu, wie einem ungezogenen Kind ohne Hoffnung auf Besserung.

»Du scheinst wirklich ein treuer Freund zu sein«, sagte sie zu dem Hund. Er sprang auf die Couch und legte den Kopf in ihren Schoß.

»Und was machen sie jetzt mit ihm – mit diesem Keffler?«

»Er wird für eine Weile im Gefängnis sitzen.«

»Was heißt ›eine Weile‹?«

»Wahrscheinlich nicht sehr lange. Seine Bande wird ihn sicher auslösen.«

»Und dann?«

»Dann ist er wieder frei, aber er kennt diese Adresse nicht.«

»Sehr beruhigend.«

»Was hältst du von einem Ausflug nach Ojai und Santa Barbara in den nächsten Tagen?«

»Arbeit oder Vergnügen?«

»Beides.« Ich erzählte ihr von Lerner und Harrison und daß ich mich in der Nachbarschaft des ehemaligen Erziehungsheims umhören wollte.

»Ich würde liebend gern, Alex, aber eigentlich kann ich nicht weg. Ich habe zuviel zu tun, stapelweise Arbeit, und obwohl ich meine Sachen hier habe, ist es nicht wie in meiner Werkstatt. Es dauert alles länger. Ich muß erst meinen Rhythmus wiederfinden.«

»Du machst einiges durch wegen mir, nicht wahr?«

Sie lächelte und strich mir durchs Haar. »Nein, du bist es, der viel durchmacht. Versprichst du mir, vorsichtig zu sein?«

»Bestimmt.«

»Gut. Du weißt, wie wichtig mir das ist.«

18

Ich rief Milo an und erzählte ihm von meinem geplanten Treffen mit Jean Jeffers.

»Sie will mir etwas mitteilen, aber nicht übers Telefon. Sie klang nervös. Ich vermute, sie hat etwas über Hewitt herausgefunden, das ihr angst macht. Ich treffe sie um eins. Bei der

Gelegenheit kann ich sie auch nach Gritz fragen. Wann wolltest du zu Ralph Parks?«

»Um dieselbe Zeit.«

»Ginge es etwas früher?«

»Der Autohof macht nicht früher auf. Vielleicht können wir ihn erwischen, wenn er gerade zur Arbeit kommt.«

»Ich hol dich ab.«

Milo und sein Lebensgefährte Rick teilten sich ein kleines spanisches Haus in West Hollywood, sehr gepflegt, am Ende einer der kurzen, versteckten Straßen. Das Cedars-Sinai-Hospital war zu Fuß zu erreichen, und manchmal joggte Rick zur Arbeit, doch heute offenbar nicht. Sein weißer Porsche war nicht zu sehen.

Milo wartete vor der Tür. Der Vorgarten, früher nur ein schmales Stück Rasen, war voller leuchtendoranger Blüten.

Er bemerkte, daß ich das Beet bewunderte, und sagte: »Die halten die schlimmste Dürre aus. Der Garten ist das Werk dieses Umweltdesigners, von dem ich dir erzählt habe. Der Kerl würde die ganze Welt mit Kakteen zupflanzen, wenn er dürfte.«

Wir stiegen in meinen Wagen und fuhren die zwei Meilen zu dem Autoladen Valley Vista Cadillac. Es war ein Ausstellungsraum mit riesigen Schaufenstern und einem weitläufigen Freigelände mit Fahnen und Wimpeln.

Neben einem rauchblauen Seville stand ein Schwarzer in tadellosem dunklen Anzug. Als er uns aus meinem Neunundsiebziger-Modell steigen sah, kam er zur Tür und schloß den Laden auf, obwohl die Geschäftszeit noch nicht begonnen hatte.

Er schaute sich meinen Wagen an und sagte: »Das ist ein echter Klassiker, den Sie da haben.«

»Er hat mich noch nie im Stich gelassen.«

»An Ihrer Stelle würde ich ihn einlagern. Eines Tages wird er einiges wert sein, Sie werden sehen. Für den täglichen Gebrauch kaufen Sie sich lieber einen neuen. Die diesjährigen Modelle haben wieder ein erstklassiges Styling.«

»Wir suchen Ralph Parks«, sagte Milo.

»Ralph, natürlich. Ralph sitzt da drüben.«

Er zeigte auf eine Reihe von Bürokabinen und entfernte sich eilig.

Die ersten beiden Büros waren leer. Im dritten saß Ralph Parks. Er war Ende Vierzig, schmales, sonnengebräuntes Gesicht, blondes Haar, spärlich um den Scheitel herum, etwas üppiger an den Seiten. Er war in irgendwelche Papiere vertieft, die Zungenspitze im Mundwinkel. Der Kugelschreiber in seiner rechten Hand hämmerte nervös auf die Schreibunterlage.

Als Milo sich räusperte, schoß die Zunge in den schmalen Mund zurück, und ein geschäftsmäßiges Lächeln verzog seine Lippen, doch sein Gesicht wirkte müde, die Muskeln schlaff.

»Meine Herren, was kann ich für Sie tun?«

»Mr. Parks, ich bin Detective Sturgis.« Milo übergab ihm eine Visitenkarte, die ihn als Polizisten auswies.

Parks legte seinen Kuli hin.

»Tut mir leid, Sie belästigen zu müssen«, sagte Milo, »aber wir sind auf einen Mordfall gestoßen, der mit dem Tod Ihrer Frau in Verbindung stehen könnte. Ich dachte, Sie könnten uns vielleicht ein paar Fragen beantworten.«

»Ein Mordfall? In den Nachrichten haben sie nichts davon gesagt.«

»Nein, weil es vor drei Jahren passiert ist.«

»Vor drei Jahren? Drei Jahre, und Sie sind jetzt erst darauf gestoßen? Haben Sie ihn endlich erwischt?«

»Nein, Sir.«

»Gott im Himmel.« Er wischte sich den Schweiß ab, der auf seiner Stirn ausgebrochen war. »Das ist genau, was ich brauche; ein toller Wochenbeginn.«

Milo gab mir ein Zeichen, mit ins Büro zu kommen, und schloß die Tür hinter uns. Wir setzten uns auf zwei Stühle vor dem Schreibtisch. Darauf lehnte an einer Kaffeetasse mit dem Cadillacwappen ein Foto: zwei rundgesichtige blonde Kinder. Das jüngere davon, ein Mädchen, lächelte, doch der Junge schien den Tränen nahe zu sein. Im Hintergrund eine Frau von ungefähr siebzig, mit Schmetterlingsbrille und weißen Dauerwellen. Sie ähnelte Parks, nur war ihr Kinn wesentlich energischer.

Eine Urkunde an der Wand wies Parks als Spitzenverkäufer aus. Sie war drei Jahre alt.

»Wer ist das andere Opfer?« fragte Parks.

»Ein Mann namens Rodney Shipler.«

»Ein Mann?«

»Ja, Sir.«

»Ein Mann – das verstehe ich nicht.«

»Der Name sagt Ihnen nichts?«

»Nein, und wenn es ein Mann war, warum denken Sie dann, daß es etwas mit meiner Mary zu tun hat?«

»Die Worte ›böse Liebe‹ waren am Tatort an eine Wand geschmiert.«

»›Böse Liebe‹. Das hat mich bis in meine Träume verfolgt. Monatelang habe ich gegrübelt, was es bedeuten könnte, aber ...«

Er nahm ein Fläschchen aus seinem Schreibtisch. Aspirin. Er schluckte zwei Tabletten und steckte die Flasche hinter das bunte Tuch in seiner Brusttasche.

»Und mit welchem Ergebnis?« fragte Milo.

»Ach, lauter verrücktes Zeug, ich weiß nicht mehr. Was spielt das auch für eine Rolle?« Er fuchtelte mit den Händen, als suchte er etwas, an dem er sich festhalten konnte. »War es – gab es – war dieser Shipler ... Ich meine, war es eine sexuelle Sache?«

»Nein, Sir.«

»Ich frage, weil die mir damals gesagt haben, daß es damit zu tun haben müßte. Die Polizisten damals, meine ich. Irgendwas Psychopathisches – in der Richtung, daß es Sex war für ihn, eine perverse Art von Sex – böse Liebe.«

Davon hatte nichts in der Akte gestanden.

Milo nickte.

»Ein Mann, also«, sagte Parks. »Heißt das, die Polizei war damals total auf dem Holzweg? Daß sie nach was ganz Falschem gesucht hat?«

»Das können wir noch nicht sagen. Im Moment wissen wir nur, daß jemand am Tatort die Worte ›böse Liebe‹ hinterlassen hat.«

»Und deswegen rollen Sie den ganzen Fall neu auf?«

»Wir schauen uns nur die Fakten an, Mr. Parks.«

Er atmete tief durch. »Meine Mary ist in Stücke gehackt worden. Ich mußte sie identifizieren. Für Sie ist das sicher alltäglich, aber ...« Er schloß die Augen und schüttelte den Kopf.

»So was wird nie alltäglich, Sir.«

Parks schaute ihn zweifelnd an. »Danach – nachdem ich sie identifiziert hatte – dauerte es eine Zeit, bis ich mich wieder an sie erinnern konnte, wie sie einmal war ... noch heute ... Die Polizisten sagten, wer immer so etwas macht, tut es, wenn sie schon tot ist.« Er riß die Augen auf. Panik. »Das stimmt doch, oder? Das stimmt doch?«

»Ja, Sir.«

Er klammerte sich an die Schreibtischkante und beugte sich vor. »Sagen Sie mir die Wahrheit, Detective. Ich darf nicht daran denken, daß sie gelitten haben könnte, aber wenn – nein, vergessen Sie es, sagen Sie nichts, ich will es nicht hören.«

»Sie hat nicht gelitten. Die einzige Neuigkeit ist die Verbindung zu dem Shipler-Mord.«

Parks wischte sich wieder den Schweiß ab. »Danach, nachdem ich sie identifiziert hatte, mußte ich es den Kindern sagen. Dem Älteren jedenfalls. Die Kleine war noch ein Baby. Der Ältere war, genaugenommen, auch nicht viel mehr als ein Baby, aber er fragte nach ihr. Ich mußte ihm etwas sagen. – Es sind großartige Kinder. Meine Mutter hilft mir mit ihnen. Sie geht auf die Achtzig zu, aber sie machen ihr nicht die geringsten Schwierigkeiten. Wollen Sie das zerstören? Wollen Sie, daß

Marys Name wieder in allen Zeitungen steht? Muß das jetzt alles wieder aufgewühlt werden? Es gab eine Zeit, da gab es für mich nichts anderes als die Frage: Wer hat es getan? Aber darüber bin ich weg. Was soll es auch? Es bringt sie doch nicht zurück.«

Ich nickte. Milo rührte sich nicht.

Parks faßte sich an die Stirn und riß die Augen auf, als wollte er seine Gesichtsmuskeln trainieren.

»Ist das alles?« fragte er.

»Ich habe noch ein paar Fragen über Ihre Frau«, sagte Milo, »bezüglich ihrer Vergangenheit.«

»Ihrer Vergangenheit?«

»Ja, beruflich, vor allem. Bevor sie als Maklerin gearbeitet hat, hat sie da etwas anderes gemacht?«

»Warum?«

»Wir wollen nur Fakten sammeln, Sir.«

»Sie hat für eine Bank gearbeitet. Und was war dieser Shipler?«

»Hausmeister in einer Schule. – Welche Bank, bitte?«

»Trust Federal, drüben in Encino. Sie war in der Kreditabteilung. So habe ich sie kennengelernt. Wir haben dort unsere Autodarlehen abgewickelt. Eines Tages mußte ich hin – ein Großauftrag, Firmenwagen –, und sie war die Sachbearbeiterin.«

Milo holte sein Notizbuch heraus und schrieb.

»Wahrscheinlich wäre sie irgendwann Prokuristin geworden. Sie war gut in ihrem Job, aber sie wollte mehr Freiheit, hatte genug von den Bürokraten. Also ging sie zu Abendkursen und machte ihre Maklerlizenz. Dann hat sie gekündigt. Und auch als Maklerin war sie gut, sie hat verkauft und verkauft ...«

»Sie sagen ›Bürokraten‹«, hakte Milo ein, »hatte sie schon vor ihrer Bankzeit mit Bürokratie zu tun?«

»Ja, sicher, als Lehrerin, aber das war lange her.«

»Hier in Los Angeles?«

»Nein, in der Nähe von Santa Barbara – Goleta, glaube ich.«

»Goleta – können Sie sich vielleicht an den Namen der Schule erinnern?«

»Irgendeine Privatschule – warum? Was hat das mit dem Mord zu tun?«

»Vielleicht nichts, aber bitte, Sir, denken Sie nach: War sie je in Los Angeles Lehrerin?«

»Nicht, daß ich wüßte. Als sie hierherkam, hatte sie schon die Nase voll davon.«

»Wissen Sie, warum?«

»Die ganze Situation – die Kinder wollen nichts lernen, schlechte Bezahlung – was soll man denn daran gut finden?«

»Eine Privatschule«, warf ich ein.

»Ja.«

»Welche Fächer unterrichtete sie?« fragte Milo.

»Alle, nehm ich an. Sie war Grundschullehrerin. In dem Alter hat man doch nur eine Lehrerin, oder? Wir haben nie darüber geredet.«

»Hat sie irgendwo anders gearbeitet vor Goleta?«

»Wüßte ich nicht. Ich glaube, das war ihr erster Job nach dem Studium.«

»Wann wäre das gewesen?«

»Mal sehen: Von der Uni kam sie mit zweiundzwanzig. Diesen Mai wäre sie vierzig.« Er stöhnte. »Es muß also achtzehn Jahre her sein. Ich glaube, nach fünf Jahren als Lehrerin hat sie bei der Bank angefangen.«

Er wischte sich die Stirn ab. Milo klappte sein Notizbuch zu. Das Geräusch ließ Parks zusammenzucken. Ihre Blicke trafen sich. Milo lächelte ihn an. Ein Lächeln, wie ich es noch nie bei ihm gesehen hatte. »Ich danke Ihnen, Mr. Parks. Gibt es noch etwas, das Sie uns sagen möchten?«

»Ja! Fangt das Arschloch, und laßt mich mit ihm allein in einem Zimmer!«

Wir standen gleichzeitig auf, alle drei. Er kam hinter seinem

Schreibtisch hervor, hielt uns die Tür auf und ging mit uns durch den Ausstellungsraum. Er gab uns die Hand, und wir dankten ihm nochmals, daß er sich die Zeit genommen hatte.

»Was ich eben gesagt habe – daß ich nicht hören will, was passiert ist, daß ich es nicht wissen will –, das stimmt nicht. Ich denke immer noch daran. Ich versuchte, wieder zu heiraten. Die Ehe hielt drei Monate. Meine Kinder haßten die Frau. Mary war ... Ich werde schon damit fertig. Ich schaffe das. Wenn Sie etwas finden, sagen Sie es mir, ja? Wenn Sie irgend etwas finden, bitte, sagen Sie es.«

Wir fuhren Richtung Stadtzentrum.

»Eine Privatschule in der Nähe von Santa Barbara«, sagte ich. »Lausige Bezahlung, das heißt, sie könnte noch einen Nebenjob gemacht haben.«

»Nicht auszuschließen.«

»Shipler war Schulhausmeister. Vielleicht bei de Bosch? Das könnte die Verbindung sein: Sie waren beide dort angestellt, keine Patienten.«

»Zwanzig Jahre. Ich frage mich, wie lange die Schulbehörden ihre Unterlagen aufbewahren. Ich werde jedenfalls nachprüfen, ob Shipler mal in Santa Barbara gewohnt hat.«

»Das macht meinen Ausflug noch interessanter.«

»Wann fährst du?«

»Morgen. Ruth kann nicht mitkommen. – Es ist vielleicht besser so. Ich werde so viel zu tun haben in Ojai und Santa Barbara, daß wir ohnehin nicht viel zusammen machen könnten.«

»Die Therapeuten, die auf der Rednerliste standen, haben alle irgendwann in dem Heim gearbeitet, nicht wahr?«

»Harrison und Lerner, ja. Rosenblatt nicht; der lernte de Bosch in England kennen. Bei Stoumen bin ich mir nicht sicher, aber er war etwa im selben Alter wie de Bosch.«

»Das heißt, alles läuft auf de Bosch zu, auf die eine oder andere Weise. Jeder, der mit ihm zu tun hatte, scheint auf der Abschußliste zu stehen. ›Böse Liebe‹ – du hast die Fotos gesehen. Parks hat recht, seine Frau ist praktisch in Stücke gehackt worden. Was ich ihm erzählte – daß sie schon tot war, als sie vergewaltigt wurde –, stimmt übrigens auch. Doch heißt das leider nicht, daß sie nicht gelitten hat. Bei vierundsechzig Einstichen ist es unwahrscheinlich, daß der erste davon tödlich war. Vergeltung, hast du gesagt. Wenn das seine Rache ist, dann muß man den Mörder als Kind gründlich verkorkst haben.«

19

Ich war fünf Minuten vor meinem Termin mit Jean Jeffers wieder in Beverly Hills, doch dann hatte ich Schwierigkeiten, einen Parkplatz zu finden, und es wurde zehn nach eins, bis ich das Restaurant betrat.

Jean saß an einem Tisch ziemlich weit hinten und winkte mir zu. Neben ihr saß ein Mann. Ich winkte zurück und ging zu ihnen durch. Sie hatten halbleere Kaffeetassen und Olivenbrot vor sich. Der Mann war glatt rasiert und sonnengebräunt; er hatte blaue Augen mit Säcken darunter. Der klassische Managertyp, dachte ich.

Jean erhob sich und stellte uns vor. »Mein Mann, Richard Jeffers. Richard, das ist Dr. Alex Delaware.«

Ich setzte mich ihnen gegenüber.

»Ich gehe jetzt, Jeanie. Freut mich, Sie kennenzulernen, Doktor.«

»Gleichfalls.«

»Okay, Schatz.« Sie legten die Wangen aneinander, und Jeffers stand auf. Für einen Augenblick schien er das Gleichgewicht zu verlieren, doch er fing sich, indem er sich auf den Tisch stützte. Jean schaute in eine andere Richtung. Er schob seinen

Stuhl zurück und zwinkerte mir zu, dann ging er merklich hinkend hinaus.

»Er hat nur ein Bein«, sagte Jean. »Er hat gerade wieder eine neue Prothese bekommen und muß sich noch daran gewöhnen.« Es klang, als hätte sie diese Erklärung schon unzählige Male gegeben.

»Ich kenne solche Probleme. Ich habe früher Kinder betreut, die wegen Krebs amputiert werden mußten.«

»Wirklich? Bei Richard war es ein Autounfall.«

»Vor kurzem?«

»Nein, nein, vor vielen Jahren, bevor Sicherheitsgurte obligatorisch wurden. Er fuhr ein Cabrio, wurde von hinten gerammt und herausgeschleudert, und dann fuhr ein Auto über sein Bein.«

»Schrecklich.«

»Gott sei Dank hat er überlebt. Ich lernte ihn während seiner Rehabilitation kennen, in Rancho Los Amigos, wo ich damals die eine oder andere Schicht schob. Er wurde großartig fertig mit seiner Prothese, die ganzen Jahre lang, bis vor einigen Monaten. Er wird sich schon an die neue gewöhnen. – Und wie sieht's bei Ihnen aus?«

Ich lächelte. »Gut. Ich bin sehr gespannt.«

»Worauf?«

»Was Sie mir zu erzählen haben.«

»Na ja, ich hoffe, es hat nicht zu dramatisch geklungen; es ist nur –« Sie schaute sich um. »Warum bestellen wir nicht erst mal?«

Wir lasen die Speisekarte durch. Der Koch schien eine Schwäche für Balsamessig zu haben.

Sie sagte: »Ich weiß, was ich nehme«, und ich winkte einen Kellner heran. Jean bestellte irgendein *insalata,* und ich entschied mich für *linguine marinara* und einen Eistee.

Als der Kellner sich entfernte, fragte ich: »Warum ist Ihr Mann nicht zum Essen geblieben?«

»Was ich mit Ihnen zu besprechen habe, ist vertraulich. Richard hat Verständnis dafür. Sie fragen sich vielleicht, warum ich ihn dann mitgebracht habe. – Der Grund ist, daß ich immer noch Angst habe. Angst, allein zu sein, nach dem Blutbad.«

»Das kann ich gut verstehen.«

»Meinen Sie nicht, ich sollte inzwischen darüber weg sein?«

»Nein, ich wäre es auch nicht an Ihrer Stelle.«

»Wenigstens kann ich wieder schlafen«, fuhr sie fort, »wenn auch noch nicht so wie früher. Am Anfang lag ich nächtelang wach, mit Herzklopfen und Übelkeit. Jetzt kann ich zumindest wieder einschlafen, obwohl ich noch öfter naßgeschwitzt aufwache. Manchmal möchte ich einfach wieder ins Bett zurückkriechen, wenn ich an die Arbeit denke. Richard arbeitet in Westchester, in der Nähe des Flughafens. Wenn es geht, fahren wir zusammen zur Arbeit, und abends holt er mich wieder ab. Ich bin im Moment ziemlich abhängig von ihm.«

Der Kellner kam mit unserem Essen.

»Sieht lecker aus«, sagte sie und stocherte in ihrem Salat herum. Dann legte sie die Gabel hin und öffnete ihre Handtasche.

»Sie müssen mir versprechen, daß Sie es für sich behalten«, sagte sie. »Jedenfalls dürfen Sie keinem erzählen, von wem Sie es haben.«

»Hat es mit Hewitt zu tun?«

»Gewissermaßen – obwohl ich nicht glaube, daß Detective Sturgis etwas damit anfangen kann. Eigentlich sollte ich es nicht einmal Ihnen zeigen ... Versprechen Sie mir, meinen Namen aus dem Spiel zu lassen?«

»Selbstverständlich.«

»Danke.« Sie holte tief Luft, griff in ihre Handtasche und nähm einen gefalteten weißen Umschlag heraus.

»Erinnern Sie sich, wie dürftig Rebeccas Notizen über Hewitt waren?« fragte sie. »Wie ich sie in Schutz nahm, sie sei eine gute Therapeutin gewesen und daß Berichte nicht ihre starke

Seite waren? – Nachdem Sie bei mir waren, dachte ich darüber nach. Sogar für Rebecca waren die Notizen zuwenig. Ich schaute nach, ob Teile davon in dem Durcheinander nach ihrem Tod in anderen Akten gelandet waren, doch ich konnte nichts finden. Meine Sekretärin sagte mir dann, Rebeccas Patientenberichte wären auf die anderen Sachbearbeiter verteilt worden; die abgeschlossenen Fälle könnten in unserem Lagerraum gelandet sein. Wir nahmen uns zwei Stunden Zeit am Freitag und stöberten herum, bis wir tatsächlich in einer Ecke einen Karton fanden mit ihren Initialen, RB, voller Gerümpel aus ihrem Schreibtisch: Stifte, Heftklammern und so weiter, und diesen Umschlag.«

Ihre Hand zitterte, als sie mir die Papiere gab. Der Umschlag enthielt drei quer linierte, zerknautschte Patientenbogen mit getippten Bemerkungen, die erste Eintragung von vor sechs Monaten:

> Heute DH gesehen. Hört immer noch Stimmen, aber Medikation scheint zu wirken. Straßenleben bereitet ihm Streß. Kam mit G. Auch gestreßt. – RB.

Drei Wochen später:

> D geht es viel besser. Nur wegen der Tabletten oder wegen mir? Haha. Vielleicht gibt es Hoffnung? – RB.

Dann:

> D zeigt immer mehr Gefühle. Redet viel. Sehr gut! Therapieerfolg! Aber Vorsicht. – RB.
> D klingt vernünftig – gekämmt, sauber, aber immer noch Verspätung. Redet über Kindheit etc. Etwas Berührung, aber im Rahmen. G wartet. Feindselig? Eifersüchtig? Aufpassen. – RB. D ein anderer Mensch. Offen. Geschwätzig. Zärtlich.

Verspätung. Kontakt. Angemessen? Grenzen setzen? Mit JJ reden? Die Sache wert? Ja! – RB.
D verspätet, aber nur 15 Min. Nervös. Stimmen? Sagt nein; Streß, Alkohol – Saufen mit G. Reden über G, Beziehung zwischen D und G. Nervös, abwehrend, aber noch offen. Mehr Berührung, aber o.k., lockert ihn. – RB.
D sieht glücklich aus. Sehr gesprächig, kein Zorn, keine Stimmen. G nicht dabei. Konflikt zwischen D und G? Kontakt, versucht mich zu küssen, nicht feindselig, als ich nein sage. Gut! Normales Verhalten! Endlich! – RB.

Die letzte Notiz stammte von drei Wochen vor ihrem Tod:

D zu früh – positiv? Ja! G wartet im Flur. Eindeutig feindselig. Beziehung D-G unter Druck? Wegen mir? Ds Besserung Belastung für G? Mehr Kontakt. Kuß, aber kurz. Viel Zärtlichkeit. Reden darüber, über Grenzen, Beschränkungen etc. D ein wenig niedergeschlagen, aber wird damit fertig. – RB.

Ich legte die Blätter auf den Tisch und sagte nichts. Ich ließ sie den Anfang machen.

»Stellen Sie sich das vor! ›Kontakt‹! – Hewitt kam ihr immer näher, am Ende ließ sie sich gar von ihm küssen!« Sie schüttelte sich. »Sie muß vollkommen die Kontrolle verloren haben, und ich hatte keine Ahnung. Sie hat mir nie davon erzählt.«

»Offenbar hat sie überlegt, ob sie mit Ihnen reden sollte. Da war die Notiz ›mit JJ reden‹.«

»Aber sie hat es nie getan. Sehen Sie doch, wie das Protokoll danach weitergeht.«

Ich las laut: »›Die Sache wert? Ja!‹ – Hört sich an, als sei sie zu dem Schluß gekommen, daß sie ihm damit half – typische Anfängereuphorie.«

»Sie war so naiv! Ich hätte sie besser im Auge behalten sollen. Vielleicht hätte ich es verhindern können.« Sie schob seufzend ihren Salat beiseite und stützte den Kopf auf die Hände.

»Hewitt war ein Psychopath, Jean. Keiner weiß, was ihn am Ende zum Explodieren brachte.«

Sie schaute mich an. »Daß sie sich küssen ließ, hat bestimmt nicht geholfen! Sie redet davon, Grenzen zu ziehen, aber er sah es wahrscheinlich als Zurückweisung bei seiner Paranoia.«

Ihre Stimme war lauter geworden. Ein Mann am Nachbartisch schaute von seinem Cappuccino auf. Jean lächelte ihm zu, nahm ihre Serviette und wischte sich den Mund ab.

Ich las die Notizen noch einmal durch.

»Ich brauche sie zurück«, sagte sie, nachdem ich zwei Minuten gelesen hatte.

Ich gab ihr die Papiere, und sie steckte sie in ihre Tasche zurück.

»Was haben Sie damit vor?« fragte ich.

»Vernichten. Können Sie sich vorstellen, was die Medien daraus machen würden? Sie würden Rebecca die Schuld geben und sie in den Schmutz ziehen. Sie würden sie ein zweitesmal zum Opfer machen. – Bitte, Alex, behalten Sie es für sich, auch wenn Sie meinen, es ginge mir nur darum, daß nicht herauskommt, wie ich als Vorgesetzte versagt habe.«

»Ich finde es bewundernswert, daß Sie mir die Unterlagen überhaupt gezeigt haben. Sehr mutig.«

»Mutig?« Sie lachte. »Dumm, meinen Sie; aber irgendwie vertraue ich Ihnen, ich weiß nicht, warum. Wahrscheinlich mußte ich es einfach loswerden. – Wie konnte sie es nur zulassen? Sie schreibt, er hätte versucht, sie zu berühren und zu küssen, aber ist zwischen den Zeilen nicht eindeutig zu erkennen, daß sie etwas für ihn zu empfinden begann? Die ganzen ›Kontakte‹, als wäre es ein Spiel für sie gewesen. Finden Sie nicht auch?«

»Es kommt durch, daß sie ihn mochte, ja, aber ob es etwas Sexuelles war, ist schwer zu sagen.«

»Selbst wenn es damit nichts zu tun hatte – es war vollkommen irrational. Der Mann war krank, er konnte sich kaum sauberhalten, und diese G-Figur, die sie immer erwähnt: Ich weiß immer noch nicht, wer das sein könnte. Vielleicht Hewitts Freundin – eine andere Kranke, die er auf der Straße getroffen und mitgeschleift hat. Stellen Sie sich vor, Rebecca in einer Dreiecksbeziehung mit Geisteskranken! Wie konnte sie nur? Sie war zwar naiv, aber nicht dumm. Wie konnte sie nur solche Fehler machen?«

»Wahrscheinlich fand sie gar nichts falsch an ihrem Verhalten. Warum hätte sie es sonst schriftlich festgehalten?«

»Aber wenn sie dachte, es sei alles in Ordnung: Warum hat sie dann diese Notizen von den anderen Unterlagen getrennt?«

»Eine gute Frage«, gab ich zu.

»Es ist ein komplettes Desaster. Ich hätte sie enger beaufsichtigen sollen. Ich hätte mich mehr auf dem laufenden halten sollen ... Ich verstehe nicht, wie sie ihn so nah an sich herankommen lassen konnte.«

»In der Psychoanalyse passiert das jeden Tag, eine Art Rückkopplung zwischen Therapeut und Patient.«

»Selbst mit solchen Patienten?«

»Ja. Es passiert zwischen Gefängnispsychologen und Kriminellen. Keiner weiß, wie die Anziehung zustande kommt.«

»Ich hätte es wissen müssen. – Aber was reden wir noch? Rebecca ist tot, und ich muß mit der Tatsache leben, daß ich es vielleicht hätte verhindern können.«

»Das sehe ich nicht so. Sie haben getan, was Sie konnten.«

Sie wandte sich traurig ihrem Salat zu.

»Jean, ich glaube immer noch, die Papiere könnten für Detective Sturgis von Nutzen sein.«

»Und wie?«

»Bei G muß es sich nicht unbedingt um eine Frau handeln.«

»Sie meinen, Sie wissen, wer das ist?« Sie griff nach meiner Hand. Ihre Finger waren eiskalt.

»Wissen Sie noch, die Karte, die Sie mir gegeben haben? –

Andrew Coburg? Den habe ich besucht, und er hat mir erzählt, Hewitt hätte einen Freund gehabt, einen gewissen Gritz. Lyle Edward Gritz.«

Keine Reaktion.

»Gritz ist ein schwerer Trinker, und er hat ein Strafregister. Er hat sich mit Hewitt herumgetrieben, und jetzt ist er verschwunden. Vor ein oder zwei Wochen hat Gritz herumerzählt, er würde bald reich werden. Seitdem hat ihn niemand mehr gesehen.«

»Reich? Wie sollte das gehen?«

»Das hat er nicht gesagt, obwohl er ständig davon sprach, er sei ein zukünftiger Popstar. Soweit man bis jetzt sagen kann, war es wahrscheinlich nur das übliche Säufergeschwätz und hat nichts mit Rebecca zu tun, aber wenn er mit G identisch ist, dann wäre es Gritz, den Rebecca feindselig fand.«

»Gritz. Und ich dachte, G wäre eine Frau. Meinen Sie, Hewitt und Gritz hatten ein homosexuelles Verhältnis und Rebecca ist dazwischengeraten? Mein Gott, es wird immer schlimmer.«

»Vielleicht war es nur eine enge Freundschaft, in die Rebecca sich einmischte.«

Sie holte die Papiere wieder aus ihrer Tasche und ging mit dem Finger den Text entlang. »Ja, ich sehe, was Sie meinen. Wenn man sich G als Mann vorstellt, dann scheint das Sexuelle keine Rolle mehr zu spielen. Nur eine Freundschaft ... Jedenfalls empfand Rebecca ihn als feindselig.«

»Ja, sie stand zwischen den beiden. Der Therapieprozeß bedrohte, was immer zwischen Gritz und Hewitt existierte. Wie hat sie es in der letzten Notiz noch ausgedrückt?«

»Augenblick – hier ist es: ›Beziehung D-G unter Druck? Wegen mir? Ds Besserung Belastung für G?‹ – Ja, ich sehe, was Sie meinen. Sofort danach erwähnt sie weiteren ›Kontakt‹ und den Kuß. Wenn man das liest, könnte man fast meinen, sie wollte ihn verführen. Mein Gott, was für eine Vorstellung ...

Meinen Sie, Gritz könnte der Mann sein, den Detective Sturgis sucht?«

»Möglich.«

»Warum? Würde es zu seinem Strafregister passen?«

»Das weiß ich nicht genau. Beunruhigend ist, daß in den Nötigungsfällen, denen Sturgis nachgeht, die Worte ›böse Liebe‹ auftauchen.«

»Was? Dieselben Worte?«

Wieder umklammerte sie meine Hand. Als ich hinunterschaute, ließ sie mich los und zupfte verlegen an ihrer Frisur.

»Wenn ich die Notizen lese, frage ich mich natürlich, ob Gritz nicht auch eine Rolle bei Rebeccas Tod gespielt hat.«

»Welche Rolle?«

»Er könnte Hewitts Paranoia angestachelt haben. Wenn sie eng befreundet waren, dann wußte er, wie das zu machen war.«

»Mein Gott, und jetzt ist er verschwunden ...«

»Das muß nichts heißen, Jean. Es sind alles nur Vermutungen, solange wir Gritz nicht finden und ihn selbst fragen können. Er hat nie zu Ihren Patienten gehört?«

»Nicht, daß ich wüßte; ich müßte die Listen durchgehen ... ›Böse Liebe‹ ... Meinen Sie, Hewitt hat sie umgebracht, weil sie ihn zurückwies?«

»Könnte sein. – Der Begriff ›böse Liebe‹ taucht übrigens in der psychologischen Literatur auf. Er stammt von einem Analytiker namens Andres de Bosch.«

Sie schaute mich an und nickte langsam mit dem Kopf. »Ich glaube, ich habe von ihm gehört.«

»De Bosch beschrieb damit bestimmte krasse Fehler in der Kindererziehung – wenn Eltern das Vertrauen eines Kindes enttäuschen; wenn Vertrauen erst aufgebaut und dann zerstört wird. Nach seiner Theorie kann das in extremen Fällen zu Gewalt führen. Wenn Sie sich die Beziehung zwischen Therapeut und Patient als eine Art Mutter-Kind-Beziehung vorstellen, dann wäre dieselbe Theorie auch für fehlgeschlagene Übertragungsprozesse gültig. Hewitt könnte den Ausdruck irgendwo gehört haben – wahrscheinlich von einem anderen Therapeuten, vielleicht auch von Gritz. Als er sich von Rebecca zurückgestoßen fühlte, reagierte er wie ein enttäuschtes Kind – und dann wurde er gewalttätig.«

»Ein enttäuschtes Kind? Wollen Sie sagen, der Mord war eine Art kindlicher Wutanfall?«

»Ja, extrem verstärkt durch Hewitts Wahnvorstellungen und dadurch, daß er seine Medikation abgesetzt hatte. Wer weiß, vielleicht hatte Gritz ihn dazu überredet, keine Pillen mehr zu nehmen.«

»Gritz«, fragte sie, »wie schreibt sich das?«

Ich buchstabierte es. »Es wäre wirklich nützlich, wenn Sie uns sagen könnten, ob er zu Ihren Patienten gehörte.«

»Ich werde gleich morgen früh die Listen durchgehen. Wenn nötig, räume ich den ganzen Lagerraum aus. Wenn ich etwas finde, rufe ich Sie sofort an. Es geht schließlich um unsere eigene Sicherheit.«

»Ich bin morgen nicht in der Stadt, aber Sie können eine Nachricht hinterlassen.«

»Sind Sie den ganzen Tag weg?«

»Ja. Ich fahre nach Santa Barbara. De Bosch hatte dort eine Klinik und ein Erziehungsheim. Ich will versuchen herauszufinden, ob Hewitt oder Gritz jemals dort waren.«

»Ich werde Sie auf jeden Fall anrufen, wenn ich etwas finde. Werden Sie mich auf dem laufenden halten?«

»Sicher.«

Sie schaute wieder auf ihren Salat. »Ich kann jetzt nichts essen.«

Ich winkte dem Kellner und bat um die Rechnung.

»Nein, ich habe Sie eingeladen.« Sie versuchte mir die Rechnung abzunehmen, doch sie war nicht sehr hartnäckig, und am Ende bezahlte ich.

20

Montags um neun Uhr früh machte ich mich auf den Weg zu Wilbert Harrison. Er wohnte am Stadtrand von Ojai, einem schläfrigen Nest mit nur einer Verkehrsampel. Sein Haus war eines der letzten Häuser, bevor die Siedlung in offene Landschaft überging.

Es war ein kleines Holzhaus mit Schindeldach, angemalt in einem eigenartigen Rotviolett, fast vollkommen hinter wuchernden Agaven versteckt. Am Ende einer steilen Zufahrt, vor einer einzelnen Garage, war ein Chevrolet-Kombi geparkt. Vier Steinstufen bis zum Haus. Der Fliegenschutz war geschlossen, doch die Holztür dahinter stand offen.

Ich klopfte an den Türrahmen und spähte durch das Drahtgitter in ein kleines, düsteres Wohnzimmer: Holzboden, vollgestopft mit alten Möbeln, Läufern, Kissen und einem Wandklavier. Auf der Rückseite war ein kleiner Erker, die Fensterbank voller verstaubter Flaschen.

Aus einem anderen Zimmer kam Kammermusik.

Ich klopfte lauter.

»Moment!« Die Musik wurde abgeschaltet. Von rechts kam ein Mann in das Wohnzimmer.

Er war klein und feist, wie auf dem alten Foto im Programmheft, und weißhaarig. Er trug einen Trainingsanzug in demselben Rotviolett wie das Haus und einige seiner Möbel.

Er öffnete den Drahtverschlag und schaute mich an, neugierig, aber nicht unfreundlich.

»Dr. Harrison?«

»Ja, ich bin Bert Harrison.« Ein klangvoller Bariton. Er hatte Sommersprossen und rotblonde Flecken in seinem Haar. Am kleinen Finger trug er einen Ring mit einem roten, ungeschliffenen Halbedelstein, dazu eine Fliege mit Lederbändeln, die ebenfalls von einem unförmigen, leuchtendroten Klunker zusammengehalten wurde.

»Mein Name ist Alex Delaware. Ich bin klinischer Psychologe in Los Angeles. Ich würde mich gern mit Ihnen unterhalten, über Andres de Bosch. Andres de Bosch und ›böse Liebe‹.«

Er zuckte nicht gerade zusammen, doch sein Blick änderte sich merklich.

»Ich kenne Sie«, sagte er, »wir haben uns schon mal getroffen.«

»Neunundsiebzig«, bestätigte ich, »auf einer Konferenz im Western Pediatric. Ein Symposium über de Boschs Lebenswerk. Sie haben einen Vortrag gehalten, und ich war im Vorsitz.«

»Ja«, sagte er lächelnd, »Sie waren als Vertreter des Krankenhauses dabei, gezwungenermaßen, habe ich recht?«

»Daran erinnern Sie sich?«

»Ganz genau. Die ganze Konferenz hatte dieses Flair – niemand fühlte sich richtig wohl dabei. Sie waren sehr jung damals. Sie trugen einen Bart, nicht wahr?«

»Ja.« Ich war verblüfft.

»Sie sehen, so ist es, wenn man alt wird. Man erinnert sich an Dinge, die vor Jahrzehnten passiert sind; aber wenn Sie mich fragen, wo ich meinen Schlüssel hingelegt habe ...«

»Trotzdem, Doktor, ich bin beeindruckt.«

»An den Bart erinnere ich mich so deutlich, weil mein eigener nie richtig wachsen wollte. Und an Ihre Stimme. Voller Streß. Genau wie jetzt. Na, kommen Sie schon herein, mal sehen, ob wir dem abhelfen können. – Kaffee oder Tee?«

Hinter dem Wohnzimmer war eine kleine Küche. Die Tür, durch die er gekommen war, führte in eine winzige Schlafkammer, die, soweit ich sehen konnte, ganz in Rot gehalten und voller Bücher war.

Er machte zwei Tassen Pulverkaffee, und wir setzten uns an den Küchentisch. Er goß eine Menge Sahne in seinen Kaffee, drei Löffel Zucker und begann zu erzählen:

»Zuerst zu Ihren unausgesprochenen Fragen: Rot ist die einzige Farbe, die ich sehen kann. Das ist vererbt, sehr selten. Alle anderen Farben sind grau für mich. Also bemühe ich mich, die Welt ein bißchen freundlicher für mich aussehen zu lassen.«

»Ich verstehe.«

»Das wäre also geklärt. Nun erzählen Sie mir, was Sie auf dem Herzen haben bezüglich Andres und ›böse Liebe‹ – das war doch der Titel der Konferenz, oder?«

»Ja. Sie scheinen gar nicht überrascht zu sein, daß ich bei Ihnen auftauche.«

»Doch, das bin ich, aber ich liebe Überraschungen. Alles, was die tägliche Routine aufbricht, ist wie ein frischer Wind.«

»Diesmal könnte es eine unangenehme Überraschung sein, Dr. Harrison. Es kann sein, daß Sie in Gefahr sind.«

Sein Gesichtsausdruck änderte sich nicht. »Wie meinen Sie das?«

Ich erzählte ihm von der Kassette, meiner Vergeltungstheorie und von der möglichen Verbindung zu David Hewitt und Lyle Gritz.

»Und Sie denken, das könnten ehemalige Patienten von Andres gewesen sein?«

»Möglich. Hewitt war dreiunddreißig, als er starb, und Gritz ist ein Jahr älter; das heißt, beide könnten als Kinder bei ihm in Therapie gewesen sein. Hewitt hat eine Sozialarbeiterin ermordet, vielleicht unter Gritz' Einfluß, und Gritz läuft womöglich da draußen herum und hat nichts anderes im Sinn, als alte Rechnungen zu begleichen.«

»Wofür sollte er Rache nehmen wollen?«

»Für Fehler, die man mit ihm gemacht hat; für verfehlte Therapie, für die entweder de Bosch oder einer seiner Anhänger verantwortlich waren. Für Dinge, die in dem Heim passiert sind.«

Er schwieg.

»Wirklich passiert oder nur in seiner Einbildung«, fuhr ich fort. »Hewitt war paranoid und schizophren. Von Gritz kenne ich keine Diagnose, aber er könnte ebenfalls krank sein. Sie könnten sich in ihrer Pathologie gegenseitig beeinflußt haben.«

»Eine geteilte Psychose?«

»Oder auch nur geteilte Wahnvorstellungen, beide paranoid, wechselseitig verstärkt.«

Er schien angestrengt nachzudenken. »Tonbänder, Anrufe ... nein. Und der Anrufer hat den Namen Silk benutzt?«

Ich nickte.

»Hm. Und was hat Ihrer Meinung nach die Konferenz damit zu tun?«

»Sie könnte der Auslöser gewesen sein. Die Konferenz ist mein einziger Berührungspunkt mit de Bosch. Ich dachte, ich sollte Ihnen von meinen Schwierigkeiten erzählen, weil einer der anderen Redner, Dr. Stoumen, letztes Jahr umgekommen ist. Die anderen konnte ich bisher nicht –«

»Grant? Grant Stoumen?« Er beugte sich vor, nah genug, daß ich seinen Pfefferminzatem riechen konnte. »Ich habe davon gehört. Ein Verkehrsunfall, nicht wahr?«

»Fahrerflucht. Er war auf einer Konferenz. Er trat auf die Straße und wurde umgefahren. Den Fahrer hat man nie gefunden. Die Polizei gab sich damit zufrieden, daß Stoumen sehr alt war und kaum noch sehen und hören konnte.«

»Eine Konferenz also – der arme Kerl. So ein guter Mann.«

»Hat er je bei de Bosch gearbeitet?«

»Er ist manchmal eingesprungen, im Sommer, für ein oder zwei Wochen, eine Mischung aus Arbeit und Urlaub. – Fahrerflucht, sagen Sie?« Er schüttelte den Kopf.

»Und, wie gesagt, es scheint unmöglich zu sein, die anderen Redner oder Vorsitzenden der Konferenz ausfindig zu machen.«

»Aber mich haben Sie doch gefunden.«

»Sie sind der einzige, Dr. Harrison.«

»Bitte, nennen Sie mich Bert. Nur aus Neugier: Wie haben Sie mich gefunden?«

»Ich habe im Facharztverzeichnis geblättert.«

»Hm, da stehe ich also noch drin.«

»Ich hoffe, Sie betrachten mich nicht als Eindringling, aber –«

»Nein, nein, ich weiß, Sie wollen mich nur warnen. Ehrlich, ich habe nichts gegen Besuch. Nach dreißig Jahren Praxis ist es eine Erholung, mit Leuten zu reden, anstatt immer nur zuzuhören.«

»Wissen Sie, wo die anderen Konferenzteilnehmer sein könnten? Katharina de Bosch, Michael Lerner, Harvey Rosenblatt?«

»Katharina wohnt nur ein Stück den Strand entlang, in Santa Barbara.«

»Immer noch?«

»Ich wüßte nicht, daß sie umgezogen wäre.«

»Haben Sie ihre Adresse?«

»Natürlich, und die Telefonnummer. Ich kann es gleich probieren.«

Er nahm ein scharlachrotes, altmodisches Telefon aus einem Regal und stellte es auf den Tisch. Während er wählte, notierte ich mir seine Nummer, die auf einem Etikett auf der Wählscheibe eingetragen war. Er hielt für eine Weile den Hörer ans Ohr, dann legte er wieder auf.

»Niemand zu Hause.«

»Wann haben Sie sie zuletzt getroffen?«

Er dachte nach. »Vor einem Jahr, glaube ich. Rein zufällig, als ich in einem Buchladen in Santa Barbara stöberte.«

»Am Psychologieregal?«

Er lächelte. »Nein, Romane, Science-fiction. Möchten Sie ihre Adresse haben?«

»Ja, bitte.«

Er schrieb sie mir mit der Telefonnummer auf. »Nicht weit vom Meer«, sagte er dabei, »Shoreline Drive, direkt hinter dem Jachthafen.«

Ich dachte an das Dia, das Katharina gezeigt hatte. Rollstuhl, blauer Himmel und Ozean.

»Hat sie bei ihrem Vater gewohnt?«

»Immer, seitdem sie nach Kalifornien kamen.«

»Sie muß wohl sehr an ihm gehangen haben.«

»Sie hat ihn vergöttert.« Er schien mit seinen Gedanken woanders zu sein.

»Hat sie je geheiratet?«

Er schüttelte den Kopf.

»Wann hat das Institut zugemacht?«

»Kurz nach Andres' Tod – einundachtzig, glaube ich.«

»Wollte Katharina nicht weitermachen, oder gab es andere Gründe?«

»Das müssen Sie sie selber fragen.«

»Arbeitet Sie noch im psychologischen Bereich?«

»Meines Wissens nicht.«

»Sie meinen, sie hat sich zur Ruhe gesetzt?«

Er zuckte die Schultern und trank. Irgend etwas schien ihn zu beschäftigen.

»Ich habe sie zwar nur zweimal getroffen«, sagte ich, »aber ich kann mir einfach nicht vorstellen, daß sie zu Hause sitzt und ihren Hobbys frönt.«

Er lächelte. »Sie haben also mitbekommen, was für eine starke Persönlichkeit sie ist?«

»Wegen ihr mußte ich gegen meinen Willen auf dem Podest sitzen. Sie hatte Beziehungen zur Krankenhausleitung.«

»Ja, das ist typisch Katharina. Immer drauflos, immer ran. Mich hat sie auch gezwungen, dort aufzutreten.«

»Sie wollten eigentlich nicht?«

»Ach was ... Aber lassen Sie uns auf Grant zurückkommen. Fahrerflucht, sagen Sie, also nicht gerade kaltblütiger Mord, oder?«

»Nein, aber ist es nicht eigenartig, daß es so schwer ist, einen Konferenzteilnehmer zu finden, der noch am Leben ist?«

Er umklammerte seine Tasse. »Ich kann Ihnen von Mike erzählen – Michael Lerner. Auch er ist tot. Ebenfalls ein Unfall, beim Wandern unten in Acapulco. Er stürzte von einer Klippe.«

»Wann war das?«

»Vor zwei Jahren.«

Ein Jahr vor Stoumen, ein Jahr nach Shipler. Die Lücken füllten sich ...

»Als es passierte, hatte ich keinen Grund, daran zu zweifeln, daß es ein Unfall war. Besonders, da es sich um einen Sturz handelte.«

»Warum?«

Seine Kiefer mahlten, seine Hände lagen flach auf dem Tisch. »Michael litt manchmal unter Gleichgewichtsstörungen«, sagte er schließlich.

»Alkohol?«

Er sah mich an.

»Ich weiß, daß er aus irgendeinem Grund seinen Beruf nicht mehr ausüben durfte«, erklärte ich.

»Tut mir leid, aber mehr kann ich nicht sagen.«

»Das heißt, er war Ihr Patient, nicht wahr? Ich kenne Ihr Spezialgebiet – kranke Therapeuten.«

Sein Schweigen faßte ich als Bestätigung auf. Nach einer Weile fuhr er fort: »Er versuchte, sich zu rehabilitieren. Die Reise nach Mexiko gehörte dazu. Er besuchte dort eine Konferenz. – Zum Glück gehe ich nicht mehr zu Konferenzen«, sagte er sarkastisch, »vielleicht sitze ich deshalb noch hier.«

»Sagt Ihnen der Name Mary Parks etwas?«

»Nein. Wer ist das?«

»Sie wurde vor fünf Jahren ermordet. Die Worte ›böse Liebe‹ tauchten am Tatort auf, mit ihrem Lippenstift auf die eine Wand geschmiert. Die Polizei weiß noch von einem weiteren Mord, wo die Worte eine Rolle spielten: ein Mann namens Rodney Shipler, totgeschlagen, vor drei Jahren.«

»Nein, den kenne ich auch nicht. Waren das alles Therapeuten?«

»Nein.«

»Was sollten sie dann mit der Konferenz zu tun haben?«

»Nichts, soweit ich weiß, aber vielleicht hatten sie eine andere Verbindung zu de Bosch. Mary Parks hat zuletzt als Maklerin gearbeitet, doch davor war sie Lehrerin in Goleta. Nebenher könnte sie in de Boschs Erziehungsheim gejobbt haben. Das war alles vor ihrer Heirat, das heißt, der Nachname könnte sich geändert haben.«

»Mary, Mary – ja, es gab dort eine Lehrerin mit dem Namen. Eine junge Frau, frisch aus dem College, blond, hübsch, vielleicht ein bißchen ... Genau: Mary Evans, das war der Name – ja, ganz sicher. Und die soll tot sein?«

»Sie waren noch nicht fertig mit Ihrer Beschreibung, Bert, was wollten Sie noch über sie sagen?«

»Wie bitte?«

»Sie sagten, sie war blond, hübsch und noch etwas.«

»Ach, eigentlich nichts. Ich habe sie als ein wenig hart in Erinnerung. Nichts Besonderes – jugendlicher Dogmatismus.«

»War sie grob zu den Kindern?«

»Brutal, meinen Sie? – Nein, das ist mir nie aufgefallen. Das war nicht der Stil in dem Heim. Andres' Persönlichkeit war so stark ... Seine Anwesenheit reichte vollkommen, die Ordnung aufrechtzuerhalten.«

»Und was war Marys Methode, mit den Kindern fertig zu werden?«

»Regeln, viele Regeln. Sie war der Typ, bei dem alles streng nach Regeln ablaufen mußte.«

»War Stoumen auch so?«

»Grant war ... orthodox. Auch er liebte seine Regeln, aber er war äußerst sanft dabei, fast scheu.«

»Und Lerner?«

»Alles andere als streng. Sein Problem war eher ein Mangel an Disziplin.«

»Rosenblatt?«

»Den kenne ich überhaupt nicht. Er ist mir nur auf der Konferenz begegnet.«

»Sie haben also nie gesehen, daß Mary Evans grob mit einem Kind umgegangen wäre.«

»Nein. Ich kann mich kaum an sie erinnern. Ich rede nur von meinem Eindruck, und der könnte vollkommen falsch sein.«

»Das bezweifle ich.«

Er schüttelte den Kopf. »Mord. Sie glauben wirklich ...«

»Wie wichtig war das Konzept ›böse Liebe‹ in de Boschs Philosophie?«

»Zentral, würde ich sagen. Andres ging es sehr um Gerechtigkeit. Das Bedürfnis, Ordnung in diese Welt zu bringen, sah er als ein Hauptmotiv allen Handelns. Viele Symptome waren für ihn nichts als Versuche, Ordnung herzustellen. Ordnung und ›gute Liebe‹ waren fast gleichbedeutend für ihn.«

»Und wann haben Sie aufgehört, daran zu glauben?«

Er verzog das Gesicht.

»Sie sagten, Katharina hätte Sie unter Druck gesetzt, den Vortrag zu halten. Wieso? Sie waren doch de Boschs loyaler Schüler.«

Er stand auf, wandte mir den Rücken zu und stützte sich auf die Küchentheke. Er wirkte lächerlich in seinen bunten Kleidern. Ein kleiner Mann, verzweifelt bemüht, etwas Farbe in sein Leben zu bringen.

»So nah war ich ihm überhaupt nicht«, sagte er. »Nachdem ich mit Ethnologie angefangen hatte, hatten wir kaum noch etwas miteinander zu tun.« Er kehrte mir weiter den Rücken zu. »Es war sein Rassismus, der mir zu schaffen machte. Gewisse Bemerkungen.«

»Über wen?«

»Schwarze, Mexikaner ...«

»Gab es in dem Heim schwarze oder mexikanische Kinder?«

»Ja, aber die hat er in Ruhe gelassen. Es waren mehr die Angestellten – die Hilfsarbeiter. Hinter dem Heim war ein Feld. Andres heuerte einmal im Monat Leute an, es in Ordnung zu halten.«

»Was waren das für Bemerkungen?«

»Der übliche Unsinn – sie seien faul und dumm. Minderwertiges Erbgut. Er sagte, die Schwarzen wären nur einen Schritt vom Affen entfernt, und die Mexikaner wären nicht viel besser.«

»Das hat er zu Ihnen gesagt?«

Er zögerte. »Nein, zu Katharina. Ich hörte es nur zufällig.«

»Und sie hat ihm nicht widersprochen?«

Er drehte sich um. »Sie hat ihm *nie* widersprochen.«

»Wie konnten Sie es überhaupt mithören?«

»Ich brauchte nicht zu lauschen, leider nicht. Ich traf sie irgendwo, als sie mitten im Gespräch waren. Andres schien es nicht das geringste auszumachen, daß ich ihn hörte, und das war es, was mir wirklich Sorgen machte: daß er meinte, ich fände nichts dabei und würde mitlachen. Es passierte mehrmals. Ich hatte fast den Eindruck, er wollte mich provozieren, aber ich reagierte nicht. Er war mein Lehrer, und ich kuschte.«

Er drehte sich um und ließ sich auf seinen Stuhl sinken. Er erschien mir noch kleiner als vorher.

»Und was hat Katharina gesagt?«

»Sie hat gelacht. Ich war schockiert. Ich bin weiß Gott kein Engel. Wie oft habe ich so getan, als würde ich einem Patienten zuhören, wenn ich mit den Gedanken ganz woanders war und mir die armen Teufel völlig gleichgültig waren. Ich war fünfmal verheiratet, nie länger als zwei Jahre, bevor ich endlich begriff, daß ich aufhören sollte, Frauen unglücklich zu machen, und mich fürs Alleinleben entschied. Ich habe viel Schaden angerichtet, kein Grund also, mich aufs hohe Roß zu setzen. Aber eins war ich immer: tolerant. Vielleicht hat es damit zu tun, daß ich mit allen möglichen Defekten und Wehwehchen geboren wurde. Die Farbenblindheit ist nicht das einzige.«

Er schaute weg und schien zu überlegen, von welcher seiner Behinderungen er zuerst erzählen sollte. Dann zeigte er mit einem seiner kurzen Finger auf seinen Mund und sagte: »Ich bin vollkommen zahnlos, schon immer gewesen. Mein rechter Fuß hat nur drei Zehen, mein linker ist ein Klumpfuß. Ich bin zeugungsunfähig, und eine meiner Nieren versagte, als ich drei war. Den größten Teil meiner Kindheit verbrachte ich im Bett, mit schlimmen Hautausschlägen und einem Loch in der Herzscheidewand. Sie können mir also glauben, daß ich ein bißchen empfindlich bin, wenn es um Diskriminierung geht. – Und trotzdem hielt ich meinen Mund. Am Ende ging ich einfach weg.«

»Kam de Boschs Intoleranz auch auf andere Weise zum Vorschein?«

»Nein, das war ja das seltsame. Im allgemeinen war er sehr liberal, besonders in der Öffentlichkeit. Er nahm Patienten aus benachteiligten Gruppen auf, meist Wohlfahrtsfälle, und schien sie wie alle anderen zu behandeln. Und in seinen Schriften war er ein Vorbild an Toleranz. Haben Sie seinen Aufsatz über die Nazis gelesen?«

»Nein.«

»Einfach vorbildlich. Er schrieb ihn in seiner Zeit bei der Résistance. Das war es, was mich an ihm anzog, als ich für ihn arbeitete: die Verbindung von sozialem Gewissen und Psychoanalyse. Zu viele Analytiker leben im Elfenbeinturm. Ihre Praxis ist für sie das Universum; auf der Couch immer nur reiche Leute, und die Sommer verbringt man in Wien. Das war mir zuwenig.«

»Haben Sie deshalb Ethnologie studiert?«

»Ich wollte etwas über andere Kulturen lernen, und Andres unterstützte mich dabei. Er meinte, es würde mich zu einem besseren Therapeuten machen. Er war ein großartiger Mentor, und ich war schockiert, als ich ihn so über die Arbeiter herziehen hörte. Es war für mich, wie wenn man den Glauben an den eigenen Vater verliert. Für eine Weile ertrug ich es schweigend, doch am Ende mußte ich kündigen und die Stadt verlassen.«

»Sie zogen nach Beverly Hills?«

»Zuerst legte ich ein Jahr Forschung in Chile ein. Erst dann gab ich mich geschlagen und zog mich in meine eigene kleine Welt zurück, in meinen eigenen Elfenbeinturm.«

»Haben Sie ihm erzählt, warum Sie weggingen?«

»Nein. Ich sagte nur, ich wäre nicht glücklich, und er verstand.« Er schüttelte den Kopf. »Er war ein furchteinflößender

Mann, und ich war ein Feigling. Nach meiner Rückkehr aus Chile rief er mich noch einmal an, ein frostiges Gespräch, und das war's dann.«

»Aber Katharina wollte Sie trotzdem auf dem Symposium dabeihaben.«

»Weil ich zu seiner Vergangenheit gehörte, zu seinen ruhmreichen Jahren. Zur Zeit der Konferenz hat er nur noch dahinvegetiert. Sie wollte ihn von den Toten auferwecken. Sie zeigte mir Bilder von ihm im Rollstuhl. ›Du hast ihn schon einmal im Stich gelassen, Bert. Diesmal nicht.‹«

Er senkte den Kopf.

»Ich sehe zwar keine offensichtliche Verbindung«, sagte ich, »aber Rodney Shipler, das eine Mordopfer, war schwarz. Vor seinem Tod war er Hausmeister bei der Schulbehörde in Los Angeles. Können Sie sich vielleicht an ihn erinnern?«

»Nein, der Name sagt mir gar nichts.« Er schaute mich an, voller Unruhe – oder voller Schuldbewußtsein?

»Was beschäftigt Sie, Bert? Irgend etwas schwirrt Ihnen im Kopf herum. Ich sehe es Ihnen an.«

Er seufzte. »Mir fiel etwas ein, als Sie von diesem Mr. Silk erzählten; wahrscheinlich ist es unwichtig.«

»Hat es mit Lerner zu tun?«

»Nein, nein, mit einem Vorfall kurz nach dem Symposium. Jemand rief mich im Büro an, nach Feierabend. Ich war schon auf dem Weg nach draußen und hob ab, bevor der Antwortdienst sich einschalten konnte. – Ein Mann war dran, sehr aufgeregt, sehr wütend. Ein junger Mann, jedenfalls klang er jung. Er sagte, er hätte sich meinen Vortrag angehört und wollte einen Termin mit mir vereinbaren. Er wollte sich einer langfristigen Analyse unterziehen. Aber wie er es sagte – er klang so feindselig, so sarkastisch –, machte mich vorsichtig. Ich fragte ihn, was sein Problem wäre. Er sagte, er hätte viele Probleme, zu viele, um am Telefon darüber zu reden, und daß mein Vortrag ihn daran erinnert hätte. Ich fragte ihn, wie er das meinte, aber er wollte nicht darüber sprechen. Er schien wirklich zu leiden. Er wollte wissen, ob ich ihm helfen würde. Ich sagte, natürlich würde ich das, ich würde länger bleiben und ihn sofort empfangen.«

»Sie dachten, es handelte sich um eine Krise?«

»Zumindest um einen Grenzfall. In seiner Stimme war echter Schmerz. Zu meiner Überraschung sagte er, nein, das würde ihm nicht passen, aber er könnte am nächsten Abend kommen. Er schien plötzlich einen Rückzieher zu machen, als wäre ich es, der ihn zu der Analyse drängte. Ich war ein wenig enttäuscht, aber Sie kennen ja die Patienten, ihren Widerstand und ihren Wankelmut.«

Ich nickte.

»Wir verabredeten uns für den kommenden Nachmittag, aber er tauchte nie auf. Die Telefonnummer, die er mir gegeben hatte, stimmte nicht, und er war in keinem Telefonregister verzeichnet. Seltsam, dachte ich, aber so ist nun mal unser Beruf, nicht wahr? Ich dachte eine Zeitlang darüber nach, doch dann vergaß ich es. Bis heute. Wenn er auf der Konferenz war ... diese Wut in seiner Stimme ...« Er schauderte.

»Hat er den Namen Silk benutzt?«

»Ich zögere, darüber zu reden, Alex. Genaugenommen war er nie mein Patient, aber in gewissem Sinne war er es doch. Er hat mich schließlich um Hilfe gebeten, und ich habe ihn telefonisch beraten – zumindest habe ich es versucht.«

»Es hat keine Behandlung stattgefunden, Bert. Rechtlich sehe ich da kein Problem.«

»Darum geht es nicht.«

»Natürlich, in erster Linie ist es eine Frage der Ethik; das sehe ich auch so, aber Sie müssen die Prioritäten abwägen. Wir haben es mit zwei Morden zu tun, mindestens. Drei, wenn Sie Grant Stoumen dazunehmen. Vielleicht vier, wenn Michael Lerner nicht von selbst von der Klippe gestürzt ist. Mary Parks wurde vergewaltigt und dann regelrecht zerstückelt. Sie hinterließ zwei kleine Kinder. Ich habe kürzlich den Witwer kennengelernt. Er leidet immer noch unter dem Trauma.«

»Sie sind nicht schlecht im Erzeugen von Schuldgefühlen, nicht wahr, junger Mann?«

»Warum nicht, wenn es zu was führt? Ist ein solcher Standpunkt nicht auch moralisch zu rechtfertigen?«

Er lächelte. »Zweifellos, man merkt Ihnen den Praktiker an. – Nein, der Name war nicht Silk wie Seide; es war ein anderes Gewebe. Deshalb habe ich überhaupt wieder daran gedacht. Er nannte sich Merino.«

»Und der Vorname?«

»Den hat er nicht genannt. ›Mister Merino‹, so hat er sich vorgestellt. Es klang etwas pompös für einen jungen Mann.«

»Für wie alt hätten Sie ihn geschätzt?«

»Zwanzig – Anfang Zwanzig, würde ich sagen. Mich einfach anzurufen und Forderungen zu stellen, zeugt von schlechter Gefühlskontrolle, typisch für das Alter. Aber er stand unter Druck, und Druck führt zu Regression. Vielleicht war er älter, als sein Benehmen vermuten ließ.«

»Wann wurde das Erziehungsheim eröffnet?«

»Zweiundsechzig.«

»Das heißt, wenn er neunundsiebzig um die Zwanzig war, dann könnte er ohne weiteres dort gewesen sein. Als Patient oder auch als Hilfsarbeiter. Merino klingt südamerikanisch.«

»Oder er hatte überhaupt nichts mit dem Heim zu tun. Warum sollte es nicht jemand sein, der zufällig auf der Konferenz war und aus ganz anderen Gründen so darauf ansprang?«

»Sicher, möglich ist alles.« Ich rechnete nach: David Hewitt war damals etwa achtzehn gewesen, Lyle Gritz ein Jahr älter. »Danke jedenfalls, daß Sie mir davon erzählt haben. Ich werde die Information für mich behalten, falls sie sich als unbedeutend herausstellt. Können Sie sich noch an andere Dinge erinnern, die mir weiterhelfen könnten?«

»Nein, ich glaub nicht. Ich habe Ihnen zu danken, daß Sie mich gewarnt haben.«

Er schaute sich traurig in seiner Wohnung um. Ich kannte das Gefühl.

»Wüßten Sie, wohin, falls Sie zeitweilig umziehen müßten?«

»Da wird sich schon was finden, keine Sorge.«

Er brachte mich zum Wagen. Es war wieder heißer geworden; die Luft war voller Bienengesumm.

»Und jetzt geht's weiter nach Santa Barbara?« fragte er.

»Ja.«

»Richten Sie Katharina meine Grüße aus, falls Sie sie antreffen. Sie fahren am besten die 150 entlang. Nehmen Sie die Auffahrt an der Stadtgrenze und dann immer geradeaus. Es sollte nicht länger als eine halbe Stunde dauern.«

»Danke.«

Wir gaben uns die Hand.

»Eins noch, Bert.«

»Ja?«

»Könnten Michael Lerners Schwierigkeiten durch seine Arbeit in dem Heim bedingt gewesen sein? Oder hat er dort vielleicht seinerseits Schwierigkeiten gemacht?«

»Ich weiß nicht. Er sprach nie davon. Er war sehr verschlossen, sehr abwehrend.«

»Aber Sie haben ihn gefragt?«

»Ich habe ihn nach jeder Einzelheit seiner Vergangenheit gefragt, aber er weigerte sich, über etwas anderes als sein Alkoholproblem zu reden, und das betrachtete er nur als eine schlechte Angewohnheit, die er loswerden mußte. In seiner eigenen Arbeit hatte er nichts übrig für Verhaltenstherapie, aber für sich persönlich wollte er nichts anderes. Er wollte verwandelt werden, und zwar über Nacht, möglichst schnell und diskret, wenn's sein mußte mit Hilfe von Hypnose.«

»Sie sind doch Analytiker. Warum kam er dann zu Ihnen?«

»Er kannte mich eben und fühlte sich sicher bei mir. Außerdem galt ich als jemand, der auch pragmatisch sein konnte.«

»Wenn er sich so gesträubt hat, warum ist er dann erst in Therapie gegangen?«

»Weil es zu seiner Bewährung gehörte. Der Berufsverband verlangte es, weil der Alkoholismus seine Arbeit beeinträchtigt hatte. Er verpaßte Termine, verschlampte Papiere und brachte damit Leute in Schwierigkeiten. Als Patient war er leider genauso. Sehr unzuverlässig. Manchmal tauchte er gar nicht auf.«

»Wie lange hatten Sie ihn in Behandlung?«

»Nicht lange genug, fürchte ich.«

21

Es schien kaum Zweifel zu geben, daß Mary Evans und Mary Parks ein und dieselbe Person waren und daß ihr Tod und die anderen Morde mit de Bosch und seinem Institut zusammenhingen.

Silk und Merino.

Eine Konferenz, die jemanden an seine Probleme erinnert – traumatische Erinnerungen. Böse Liebe. Zerstückelte Leichen. Kinderstimmen ...

Plötzlich ergriff mich Panik. Wie hatte ich Ruth nur allein lassen können! Ich hielt an einer Telefonzelle und versuchte, sie anzurufen. Keine Antwort. Mein Antwortdienst kannte unsere vorübergehende Nummer; nach dem fünften Rufton hob eine der Telefonistinnen ab.

Ich fragte sie, ob Ruth hinterlassen hatte, wo sie zu erreichen wäre.

»Nein, Doktor. Soll ich Ihnen die anderen Nachrichten durchgeben?«

»Ja, bitte.«

»Moment. – Es gab nur einen Anruf, von einem Mr. Sturgis. Er sagte, ein Spezialist würde sich bald um Ihr Tonband kümmern. Ist Ihre Stereoanlage kaputt, Dr. Delaware?«

»So einfach ist es leider nicht.«

»Ja, ja, Doktor, so ist das heute. Die bauen die Dinger immer komplizierter, nur damit man sich wie ein Idiot vorkommt.«

Ich fuhr auf die Autobahn Richtung Nordwesten. Ich dachte daran, was Harrison mir über de Boschs Rassismus erzählt hatte, und fragte mich, was ich zu Katharina sagen sollte.

Nachdem ich die Autobahn wieder verlassen hatte, hielt ich zum Tanken und probierte die Nummer, die Harrison mir gegeben hatte. Keine Antwort. Also beschloß ich, die Konfrontation zu verschieben, und schaute in meinem Straßenatlas nach, wo das Erziehungsheim früher gewesen war: direkt jenseits der Stadtgrenze von Montecito, etliche Kilometer näher als Shoreline Drive.

Es war eine gerade, schattige Straße. Stattliche Grundstücke mit schmiedeeisernen Toren. Wo früher das Heim gewesen war, stand jetzt, abgeschirmt hinter hohen Mauern, ein neuerer Wohnkomplex.

Gegenüber war eine Villa im Tudorstil, rosa und braune Farben, mit einem Messingschild: BANCROFT-SCHULE. Auf dem Kiesweg davor, unter einer mächtigen Eiche, parkte ein schwarzer Lincoln, aus dem gerade ein Mann ausstieg, Mitte Sechzig, alt genug also, daß er sich vielleicht an das Heim erinnerte. Ich fuhr heran und kurbelte mein Fenster herunter.

»Entschuldigung, war gegenüber nicht früher ein privates Erziehungsheim?«

Er runzelte die Stirn. »Allerdings.«

»Seit wann besteht es nicht mehr?«

»Seit einer ganzen Weile. Warum?«

»Ich hätte ein paar Fragen über das Heim.«

Er schaute in meinen Wagen. »Sind Sie ein ... Ehemaliger?«

»Nein.«

Er sah erleichtert aus.

»Passiert es oft, daß Ehemalige herkommen?«

»Nein, zum Glück nicht. Sie wissen bestimmt, was für eine Art Heim das war.«

»Problemkinder, nicht wahr?«

»Furchtbares Pack. Es hat uns nie gepaßt. Wir waren zuerst hier, wissen Sie. Mein Vater hat die Gegend hier erschlossen, dreißig Jahre, bevor die herkamen. Vorher gab es hier nur Bauern.«

»Hatten Sie Probleme mit Schülern aus dem Heim?«

»Warum interessiert Sie das?«

»Ich bin Psychologe.« Ich gab ihm meine Karte. »Ich arbeite als Berater für die Polizei in Los Angeles. Es gibt Hinweise, daß einer der Ehemaligen für gewisse Belästigungen verantwortlich sein könnte.«

»Belästigungen, sagen Sie. Das würde mich nicht wundern. Welcher Art denn?«

»Tut mir leid, über Einzelheiten kann ich leider nicht reden, Mister – Mister Bancroft?«

»Jawohl.« Er gab mir seine Karte:

Bancroft-Schule
gegr. 1933
»Institut für Geistes- und Charakterbildung«
Leitung: Carl H. Bancroft jr.

»Geht es um etwas Kriminelles?«

»Möglicherweise.«

Er nickte wissend.

»Warum hat das Heim damals zugemacht?« fragte ich.

»Der Alte – der Franzose starb, und dann gab es niemanden, der weitermachen konnte. Erziehung ist eine Kunst, wissen Sie.«

»Hatte er nicht eine Tochter?«

Er hob die Augenbrauen. »Sie hat mir den ganzen Laden zum Kauf angeboten, aber ich habe abgelehnt. Mein Fehler. Ich hätte zugreifen sollen, allein schon wegen dem Land. Jetzt haben sie das dahingesetzt.« Er deutete auf die Mauer.

»Wer?«

»Eine Gruppe von Ausländern, Asiaten natürlich. Sie hat es

mir angeboten, aber der Preis, den sie verlangte, war astronomisch, und sie wollte nicht mit sich reden lassen. Für die hat Geld natürlich keine Rolle gespielt.

Diese Geschichte, von der Sie reden, diese Belästigungen: das wird doch hoffentlich kein schlechtes Licht auf meine Schule werfen? Ich fände es äußerst störend, wenn die Polizei hier herumschnüffeln würde. Diese Art von Publicity können wir nicht gebrauchen.«

»Haben Sie schlechte Erfahrungen gemacht mit dieser Art von Publicity, wegen de Boschs Schützlingen, meine ich?«

»Nein, das habe ich nicht zugelassen. Die Grenze meines Grundstückes hier war so undurchdringlich wie die Berliner Mauer, dafür habe ich gesorgt.« Er zog mit der Schuhspitze eine Linie in den Kies. »Einige dieser ›Schützlinge‹ kamen aus dem Jugendgefängnis: Brandstifter, Schläger, Schulschwänzer – alle möglichen Übeltäter.«

»Es muß hart für Sie gewesen sein, sie in unmittelbarer Nachbarschaft zu haben.«

»Nein, das war es ganz und gar nicht«, wies er mich zurecht. »Wenn sich einer zu uns verlief, dann schickte ich ihn postwendend zurück, mit einem Tritt in den Hintern.«

»Sie hatten also nie Probleme.«

»Nur mit dem Lärm. Es war immer sehr laut da. Das einzig wirklich Unangenehme geschah, nachdem das Heim schon geschlossen war. Einer von denen erschien hier und machte Ärger.« Er lächelte. »Der Zustand, in dem er war, sprach nicht gerade für die Methoden des Franzosen.«

»Zustand?«

»Nun ja, er war, wie sagt man, ein richtiger Vagabund. Ungewaschen, ungekämmt, vollgepumpt mit Drogen – man sah es an seinen Augen.«

»Woher wußten Sie, daß es ein Ehemaliger war?«

»Weil er es mir erzählt hat. ›Ich war hier früher Schüler‹, das hat er gesagt. Als ob mich das beeindruckt hätte.«

»Wie lange ist das her?«

»Eine ganze Weile. Mal sehen: Es war um die Zeit, als ich einen der Crummer-Jungen aufnehmen sollte, den jüngsten ... vor zehn Jahren.«

»Und wie alt war dieser ›Vagabund‹?«

»Um die Zwanzig. Äußerst unverschämt. Er stürmte an meiner Sekretärin vorbei direkt in mein Büro. Ich sprach gerade mit dem jungen Crummer und seinen Eltern – eine hervorragende Familie. Die älteren Jungen waren schon meine Schüler gewesen – erfolgreiche Schüler. Doch die Szene, die dieser Mensch uns machte, veranlaßte die Eltern, den Jüngsten nicht zu uns zu schicken.«

»Was wollte er?«

»Er wollte wissen, wo sein altes Heim geblieben war. Er wurde laut, und ich dachte schon, ich müßte die Polizei rufen, doch zum Glück konnte ich ihn dann zum Gehen veranlassen, indem ich ihm sagte, der Franzose sei schon lange tot.«

»Damit war er zufrieden?«

Er runzelte die Stirn. »Ich weiß nicht. Jedenfalls ging er dann. Zu seinem Glück, kann ich nur sagen.« Er schüttelte die Faust. »Er war wie wahnsinnig. Es müssen die Drogen gewesen sein.«

»Können Sie ihn beschreiben?«

»Schmutzig, ungekämmt – wie solche Leute eben aussehen. Er war zu Fuß, so verschwand er jedenfalls wieder. Wahrscheinlich ging er zur Autobahn. Gott hilf der armen Seele, die für ihn angehalten hat.«

Schläger und Brandstifter. Und ein zwanzigjähriger Vagabund.

Hewitt und Gritz, zwei Vagabunden, die damals im entsprechenden Alter gewesen wären.

Mary Parks war vor fünf Jahren ermordet worden. Zwei Jahre später Shipler. Dann Lerner und Stoumen. Ob Rosenblatt noch am Leben war?

Katharina gab es jedenfalls noch, nur wenige Kilometer die Straße entlang. Ich mußte mit ihr reden.

Ihr Haus war älter als die meisten in der Nachbarschaft und wesentlich kleiner. Ein hellblaues Landhaus im englischen Stil, mit zwei Türmchen auf einem reparaturbedürftigen Schieferdach. Davor eine ausgedehnte Fläche Brachland, eingegrenzt von einer wuchernden, löchrigen Weidenhecke. Was einmal ein Rosengarten gewesen sein mußte, war nur noch stacheliges Gestrüpp.

Ich hielt vor dem rostigen Maschendrahttor, das die Einfahrt versperrte, und sah, daß es nicht verriegelt war. Ich stieg aus, stieß das Tor auf und ging über den Asphaltweg etwa dreißig Meter zum Haus hinauf, vor dem ein kleines japanisches Auto geparkt war.

In allen Fenstern waren die Vorhänge zugezogen. Von der Haustür – massive Eiche – blätterte der Lack ab. Es gab einen Türklopfer – Löwenkopf-Ausführung – und einen Aufkleber einer Sicherheitsfirma.

Ich klopfte und wartete, klopfte wieder, wartete. Nichts.

Kein Mensch zu sehen. Vollkommen still. Ich hörte den Ozean.

Ich ging ums Haus, vorbei an einer Garage mit halboffenem Rolltor. Das Gelände hinter dem Haus war doppelt so groß wie der Vorgarten und ebenfalls ungepflegt. Die Grundstücksgrenzen lagen hinter toten Zitrus- und Avocadobäumen versteckt, der Boden war mit leblosem Holz bedeckt. Das einzig Gesunde waren zwei riesige Tannen, deren Wurzeln tief genug reichten, das Grundwasser anzuzapfen, und deren Stämme sich dem kantigen Felsen zu neigten, der den Strand überschaute. Durch die Äste sah ich den Ozean, blaß graublau. Das Grundstück war nur dreißig Meter über dem Wasser, und die Brandung klang wie tiefes Trommeln, das alle anderen Geräusche überdeckte.

In der Nähe der Klippe stand ein alter Gartentisch mit zwei Stühlen, voller Vogelmist und aschgrau verwittert. Seltsam: Die Hälfte des Tisches war mit einem weißen Tischtuch bedeckt, darauf eine Tasse und ein Teller.

Ich ging zu dem Tisch. Auf der Tasse waren Kaffeeflecken, auf dem Teller Kuchenkrümel und eine orangefarbene Masse: angetrocknete Marmelade.

Der Ozean brüllte, die Möwen antworteten mit Schreien. Ich näherte mich dem Klippenrand, der Stelle, wo Katharinas Vater im Rollstuhl posiert hatte.

Der Boden war trocken, porös und rutschig. Ich schaute über die Kante und spürte einen Anflug von Schwindel. Es ging vorbei, ich schaute noch einmal. Der Hang war ausgehöhlt, verwittert, fiel senkrecht ab zum felsigen Strand.

Ich lauschte den Möwen und erinnerte mich, daß ich mich auf Privatbesitz aufhielt. Der Kaffee und die Krümel bedeuteten, daß Katharina in der Nähe sein mußte. Wahrscheinlich war sie kurz ausgegangen, einkaufen.

Ich konnte einfach warten. Oder ich nutzte die Zeit, um Milo anzurufen und ihn über Rebeccas Notizen und meine Gespräche mit Harrison und Bancroft auf dem laufenden zu halten.

Als ich wieder an der Garage vorbeikam, sah ich das Hinterteil eines zweiten Wagens, größer und dunkler als der andere – schwarz. Die unverkennbaren Rücklichter eines Buick Electra. Dasselbe Auto, das ich neunundsiebzig vor dem Krankenhaus gesehen hatte.

Am linken Hinterreifen: Finger. Dünne weiße Finger. Eine Hand, fleckige Haut, Ekzeme. – Nein, dunkler als Ekzeme.

Sie lag auf dem Betonboden, auf dem Rücken, halb unter dem Buick. Die andere Hand lag auf ihrer Stirn, der Handballen nach oben, mit tiefen Schnitten.

Sie hatte ein rosa Nachthemd an, darüber einen weißen Frotteemantel. Der Mantel stand offen, das Nachthemd war hochgeschoben, fast bis zum Kinn. Nackte Füße, Schmutz vom Garagenboden. Ihre Brille lag einen Meter daneben, einer der Bügel fast abgerissen, eine der Linsen zersplittert.

Ihre Kehle war durchschnitten, der Unterleib eine dunkelrote Masse, grotesk aufgebläht.

Mir schwindelte erneut. Ich drehte mich um, versicherte mich, daß niemand hinter mir stand, sah der Leiche wieder ins Gesicht. Seltsam, wie ruhig ich war.

Es fehlte etwas. Ich zwang mich, nach roten Lettern zu suchen, nach zwei Wörtern, doch es war nichts zu sehen. Nichts als der Buick, Katharina und eine kleine eiserne Werkbank auf einer Seite der Garage. Eine Werkbank wie Ruths, nur nicht so ordentlich, sondern voller Farbdosen, Werkzeuge, Leimtöpfe und Pinsel. An einem Nagelbrett an der Wand dahinter hingen weitere Werkzeuge, Hämmer, Meißel ...

Auf der Werkbank lag ein Messer, die Klinge blutig rot. Viel Blut überall, aber keine Worte, nur Blutflecke. – Unter dem Messer etwas Weißes. Ein Stück Papier. Nein, nicht weiß, eher beige, cremefarben, vornehm. Eine Geschäftskarte mit brauner Schrift:

SDI
8917 Wilshire Boulevard
Suite 1233
Beverly Hills

Und noch etwas, oben rechts, winzig, mit Kugelschreiber. Zwei Buchstaben: BL.

22

Ich rannte den Asphaltweg hinunter, warf mich hinters Steuer raste zum Hafen, zu einer Telefonzelle am Pier.

Ich versuchte es bei Ruth. Immer noch keine Antwort. Dann bei Milo. Ein anderer Beamter hob ab. »Tut mir leid, der ist nicht da.«

»Es ist ein Notfall.«

»Wirklich, ich weiß nicht, wo er ist.«

»Vielleicht ist er in seinem Wagen unterwegs. Können Sie vielleicht versuchen, ihn über Funk zu erreichen?«

Seine Stimme wurde härter. »Wer spricht denn da?«

»Chefinspektor Murchison«, sagte ich, ohne nachzudenken. Ich wunderte mich, wie leicht mir das Lügen fiel.

Am anderen Ende Schweigen, dann ein Geräusch, vielleicht ein Schlucken, dann: »Einen Augenblick, Sir.«

Nach dreißig Sekunden: »Sturgis.«

»Ich bin's, Milo –«

Kein Ton.

»Alex.«

»Du gibst dich als Murchison aus?«

»Katharina ist tot. Ich habe soeben die Leiche gefunden.«

Ich sprudelte heraus, die Einzelheiten, was ich gesehen hatte, und die Visitenkarte mit den beiden Buchstaben.

»SDI heißt die Firma?«

»Ja, direkt um die Ecke, in Beverly Hills! – Könntest du nachsehen, ob Ruth nichts passiert ist? Ich kann sie nicht erreichen. Wenn ich daran denke, daß sie allein ist da oben ...«

»Wahrscheinlich ist sie nur einkaufen gefahren, aber ich werde nachschauen.«

»Danke. Was soll ich jetzt machen? Ich habe noch nicht mal die Polizei hier angerufen.«

»Wo bist du?«

»In einer Telefonzelle, zwei Minuten von Katharinas Haus.«

»Gut. Fahr zurück, aber bleib von der Leiche weg. Ich rufe die Kollegen in Santa Barbara an und sage ihnen, daß du koscher bist, und dann komm ich selber. Es ist jetzt halb vier. Spätestens um sechs werde ich bei dir sein.«

Ich wartete in der Nähe der Klippe, so weit wie möglich von der Garage entfernt. Ich starrte aufs Meer und versuchte mir einen Reim zu machen auf alles, was passiert war.

Zunächst kamen zwei junge Männer in Uniform. Einer blieb bei der Leiche, der andere nahm ein erstes Protokoll auf von mir – Name, Beruf, was passiert war und so weiter. Er war höflich und schaffte es fast, sein Mißtrauen zu verbergen.

Zwanzig Minuten später trafen zwei Kriminalbeamte ein, eine Frau, Sarah Grayson – groß, schlank, sehr attraktiv –, und ein Hüne namens Steen mit einem buschigen, dunklen Schnurrbart und wenig Haar auf dem Kopf. Er ging sofort in die Garage und überließ mich seiner Kollegin.

Ich sprach alles, was ich wußte, auf ihr Tonband. Sie hörte zu, ohne mich zu unterbrechen. Als ich fertig war, fragte sie:

»Sie sind also hergekommen, um Dr. de Bosch vor diesem Verrückten und seinem Rachefeldzug zu warnen?«

»Ja. Außerdem hoffte ich, von ihr zu erfahren, wofür er sich rächen will.«

»Sie glauben, es hat etwas mit diesem Heim zu tun?«

»Was anderes kann ich mir nicht vorstellen. Sie hat es zusammen mit ihrem Vater betrieben, bis zum Schluß, bis einundachtzig.«

»Und Sie dachten, sie wüßte, was geschehen war, weil sie die Tochter des Eigentümers war?«

Ich nickte und schaute zum Haus. »Es könnte Aufzeichnungen geben da drinnen, Therapienotizen, etwas über einen Vorfall, der einen der Insassen so verletzt hat, daß jetzt noch, nach Jahren, die Sicherung bei ihm durchbrennt.«

»Was waren das für Kinder in dem Heim?«

»Verhaltensgestörte. Mr. Bancroft, der Schulmeister von gegenüber, beschreibt sie als asozial – Brandstifter, Schulschwänzer und ähnliche Nichtsnutze.«

Sie lächelte. »Ich kenne Mr. Bancroft. Wann war Ihrer Meinung nach dieser Vorfall?«

»Irgendwann vor neunundsiebzig.«

»Weil in dem Jahr dieses Symposium stattfand?«

»Richtig.«

Sie dachte nach. »Und wie lang hat das Heim existiert?«

»Neunzehnhundertzweiundsechzig bis -einundachtzig.«

»Gut, das können wir nachprüfen«, sagte sie mehr zu sich selbst als zu mir. »Wenn es einen solchen Vorfall gab, dann könnten wir einen Bericht darüber haben. Immer vorausgesetzt, es ist wirklich etwas Derartiges geschehen.«

»Wie meinen Sie das?«

»Sie haben doch eben gesagt, Sie glaubten, der Kerl sei wahnsinnig, Doktor.« Sie spielte an einem ihrer Ohrringe und schaute mir in die Augen. »Vielleicht ist es auch nur in seinem Kopf passiert.«

»Mag sein, aber wenn jemand ein Psychopath ist, dann heißt das nicht, daß er ausschließlich in einer Wahnwelt lebt. Bei den meisten erlebt man auch klare Perioden. Eine Psychose schließt nicht aus, daß er tatsächlich verletzt oder mißhandelt wurde. Abgesehen davon braucht es sich nicht einmal um eine Psychose zu handeln. Vielleicht ist er nur extrem verstört.«

Sie lächelte wieder. »Sie klingen wie ein Gutachter. Sehr differenziert.«

»Ich habe Erfahrung mit dem Gericht.«

»Ich weiß – Detective Sturgis hat mir davon erzählt. Ich habe auch mit Richter Huff über Sie gesprochen, nur um sicherzugehen.«

»Sie kennen Steve?«

»Sehr gut. Ich habe früher in der Jugendabteilung gearbeitet, in L. A., und hatte öfter mit ihm zu tun. Milo kenne ich auch. Nichts einzuwenden gegen Ihre Freunde, Doktor. – Das andere Opfer, Mary Parks: Sie meinen, die hat auch in dem Heim gearbeitet?«

»Ja, nur hieß sie damals noch Evans. Hauptberuflich war sie an einer Schule in Goleta tätig, da gibt es bestimmt noch Papiere drüber. Und das männliche Opfer, Rodney Shipler, war Hausmeister in einer Schule in L. A., das heißt, auch er könnte sich nebenher etwas bei de Bosch verdient haben.«

»Ja, Shipler ...« Ihr Blick fiel auf die Kaffeetasse auf dem Gartentisch. »Das scheint vom Frühstück zu stammen. Der Kaffeesatz ist noch nicht getrocknet.«

»Deswegen dachte ich auch, sie müsse zu Hause sein. Doch wenn sie hier draußen gefrühstückt und er sie dabei überrascht hat, warum war das Haus dann nicht offen? Sehen Sie nur, wie alles zugezogen und abgeschlossen ist. Und wieso hat sie niemand schreien gehört?«

Sie bat mich zu warten, schulterte ihre Handtasche und ging zur Garage. Nach ein paar Minuten kam sie wieder heraus, zusammen mit Steen, der ein Maßband und eine Kamera in der Hand hatte. Sie redete auf ihn ein, er hörte nickend zu.

Sie nahm etwas aus ihrer Tasche. Chirurgenhandschuhe. Sie schüttelte sie aus, zog sie über und faßte an die Klinke einer der Hintertüren. Die Tür ging auf. Sie steckte den Kopf kurz hinein und zog sie wieder zu.

Nach einer weiteren Besprechung mit Steen kam sie zu mir zurück.

»Wie sieht's da drinnen aus?« fragte ich.

»Vollkommenes Chaos.« Sie rümpfte die Nase.

»Noch eine Leiche?«

»Nicht, soweit ich sehen konnte. Schauen Sie, Doktor, es wird noch einige Zeit dauern, bis hier alles erledigt ist. Warum entspannen Sie sich nicht ein bißchen, bis Milo kommt? Auf die Stühle können Sie sich leider nicht setzen, aber wenn es Ihnen nichts ausmacht, setzen Sie sich doch da drüben ins Gras.«

Ich hatte mich in der Ecke des Gartens niedergelassen, als Milo endlich eintraf.

»Ruth war noch aus, als ich nachschaute«, sagte er. »Ihr Lieferwagen und ihre Handtasche waren weg, der Hund auch, und am Kühlschrank hing ein Zettel, eine Liste von Salatzutaten. Demnach ist sie einkaufen gefahren. Es ist wirklich alles in Ordnung, Alex, mach dir keine Sorgen.«

»Vielleicht sollte sie lieber bei dir wohnen.«

»Warum?«

»In meiner Nähe ist es nicht sicher.«

Er sah mich an. »Kein Problem, wenn es dich beruhigt. Und was dich selbst angeht, wir sorgen schon dafür, daß dir nichts passiert.«

Milo ging in die Garage und blieb dort für etwa zwanzig Minuten. Der Leichenbeschauer war inzwischen gekommen und wieder verschwunden, zusammen mit der Leiche. Die Leute von der Spurensicherung waren noch an der Arbeit, nahmen Fingerabdrücke, Staubproben und machten Gipsabgüsse. Ich schaute ihnen zu, bis Milo wiederkam.

»Laß uns gehen«, sagte er.

»Ich werde nicht mehr gebraucht?«

»Hast du Sarah alles erzählt, was du weißt?«

»Ja.«

»Dann laß uns gehen.«

Mein Seville war zwischen zwei Polizeiwagen eingeklemmt. Schaulustige drängelten sich vor dem Plastikband, mit dem der Tatort abgesperrt war. Das Fernsehen war auch schon zur Stelle.

»Verschwinden wir, bevor die Presse sich auf uns stürzt«, sagte Milo.

»Bist du zu kaputt oder angeekelt, um jetzt essen zu gehen?« fragte er, während ich die Straße hinunterfuhr.

»Ich habe seit dem Frühstück nichts mehr gehabt. Es sollte gehen; wenn nicht, schau ich dir einfach zu.«

»Das da hinten sieht in Ordnung aus. Fahr ran.« Er zeigte auf ein kleines Fischrestaurant neben einem der Strandhotels. Wir hielten und gingen hinein. Die Einrichtung war von Plastiktischdecken und Muschel-Aschenbechern geprägt, dazu Holzspäne auf dem Fußboden und Fischnetze an den Wänden. Als Tagesmenü gab es Seelachs mit Fritten. Wir setzten uns an einen Tisch am Fenster und bestellten.

Zwischen der Bar und dem Zigarettenautomaten gab es ein

Münztelefon. Ich versuchte noch einmal, Ruth zu erreichen, doch sie schien immer noch aus zu sein. Als ich zum Tisch zurückkam, war das Bier angekommen. Milo wischte sich den Schaum von der Oberlippe.

»Katharina war schwanger«, sagte er.

»Mein Gott. In welchem Monat?«

»Der Leichenbeschauer nimmt an, fünfter oder sechster Monat. Ein Junge.«

Ich versuchte, die Übelkeit zu unterdrücken. »Harrison hat mir erzählt, sie hätte nie geheiratet und allein gelebt.«

»Das kann durchaus stimmen. Weißt du, wofür SDI steht? – ›Samendepot Intelligenzia‹.«

»Eine Samenbank?«

»Eine ganz besondere: nur ausgesuchte Spender – Genies bevorzugt.«

»Designerbabys! Ja, das würde zu Katharina passen. Künstliche Befruchtung, totale Kontrolle über die Erziehung, keine emotionalen Komplikationen. Der Mörder hat seine Wut an ihrem Bauch ausgelassen, den Namen de Bosch ausgelöscht. – Daß er die Visitenkarte der Samenbank zusammen mit der Mordwaffe hinterlassen hat, paßt vollkommen ins Bild. Der Tatort als Bühnenbild, alles überlegt. Ein Ritual.«

Die Kellnerin brachte unser Essen.

»Sein Ziel ist, alles auszulöschen, was mit de Bosch in Verbindung steht«, fuhr ich fort. »Die Waffe hat er wieder am Tatort gefunden – dieselbe Taktik, das Opfer mit den eigenen Waffen zu schlagen, zu erniedrigen. Vergeltung für die Erniedrigung, die er selbst erlitten hat. – Sarah sagte, im Haus sei totales Chaos gewesen. Meinte sie damit, es war unordentlich, oder hat es jemand verwüstet?«

»Letzteres. Er hat sämtliche Möbel umgeworfen und die Polster aufgeschlitzt.«

»Er könnte nach alten Schulpapieren gesucht haben, nach belastendem Material.«

»Der Typ läuft seit Jahren herum und metzelt Leute nieder, und jetzt soll er plötzlich anfangen, sich darum Sorgen zu machen?«

»Vielleicht wird er nervös.«

»Nicht nach meiner Erfahrung. Normalerweise kommt ein Mörder immer mehr auf den Geschmack, hat immer mehr Spaß dabei und wird dadurch unvorsichtig.«

»Ich hoffe, du hast recht, und ihr findet etwas.«

»Es dauert bestimmt zwei Tage, das Haus zu durchforsten.«

»Von außen sah es vollkommen verlassen aus. Wenn ich das Frühstücksgeschirr nicht gesehen hätte, hätte ich angenommen, sie wäre verreist. Der Mörder muß die Vorhänge zugezogen haben, nachdem er sie umgebracht hat, um dann ungestört im Haus wüten zu können.«

»Wie du sagtest, es sieht nach einem Ritual aus: alles sorgfältig arrangiert.«

»Wir haben es bestimmt nicht mit einem Amok laufenden Schizophrenen zu tun. Dafür ist alles, was bisher passiert ist, viel zu gut geplant. Er reist zu Konferenzen, simuliert Unfälle, manipuliert an meinem Fisch herum und macht Tonbandaufnahmen von Hewitts Schreien. Er liegt auf der Lauer und wartet jahrelang auf den Moment seiner Rache, vollkommen berechnend. – Wir müssen an diesem Gritz dranbleiben, Milo. Wenn er mit Silk alias Merino identisch ist, dann wäre seine Maske – besoffener Streuner – einfach perfekt. Die Obdachlosen gehören heutzutage zur Landschaft. Sie sind überall. Für die meisten sehen sie alle gleich aus. Bancroft, zum Beispiel, konnte sich nur an Dreck und ungekämmte Haare erinnern, als ich ihn nach dem Mann fragte, der bei ihm eingedrungen ist.«

»Wann war das noch mal?«

»Vor ungefähr zehn Jahren. Der Mann war damals etwa zwanzig. Das würde auf Gritz passen. Bert Harrisons Merino würde auch in den Zeitrahmen passen. Merino und Bancrofts Vagabund waren beide sehr erregt. Merino sagte, die Konferenz hätte ihn an seine Probleme erinnert. Ein paar Jahre später taucht ein Penner auf und sucht seine alte Schule. Es könnte ein und dieselbe Person sein. Oder es wandern eine Reihe von ›Ehemaligen‹ herum und versuchen, ihr Leben in Ordnung zu bringen. Was immer die Wahrheit ist, Milo, irgend etwas muß dort passiert sein. Bancroft sagt, die Kinder wären Verbrecher und Brandstifter gewesen. Er behauptete, er hätte mit ihnen nie Probleme gehabt, mit denen er nicht fertig geworden wäre, aber das könnte auch gelogen sein.«

»Solche Dinge können wir natürlich nachprüfen. Sarah wird jedenfalls noch mal mit Bancroft reden und versuchen, mehr Einzelheiten aus ihm herauszuholen.«

Er trank von seinem Bier, doch das Essen rührte er nicht an. Ich schaute auf meinen Teller. Es hätte ebensogut gebratene Watte sein können.

»Mary Parks hat zwischen Ende der sechziger und Mitte der siebziger Jahre als Lehrerin hier gearbeitet. Damit haben wir den ungefähren Zeitrahmen. Lyle Gritz war damals etwa zehn oder elf Jahre alt. Harrison erinnert sich an Mary als eine sehr dogmatische junge Lehrerin. Vielleicht hat sie es übertrieben mit der Disziplin, in einer Weise, die ein Kind als ›böse Liebe‹ auffassen könnte. Irgendwie war sie verwickelt in die Geschehnisse. Auch die meisten der Konferenzredner haben einmal hier gearbeitet. Die exakten Daten habe ich zu Hause in meinem Notizbuch. Komm, wir fahren nach Los Angeles zurück und schauen nach.«

»Du fährst zurück. Ich bleibe ein oder zwei Tage hier und arbeite mit Sarah und Steen zusammen. Wenn etwas ist, kannst du in ihrem Büro Nachrichten hinterlassen.« Er gab mir Sarahs Visitenkarte.

»Der Mörder scheint in Eile zu geraten. Früher war immer ein Jahr Abstand zwischen den Opfern, und jetzt Stoumen und Katharina innerhalb weniger Monate.«

»Es sei denn, es hat noch mehr Morde gegeben, von denen wir nichts wissen.«

»Richtig. Harvey Rosenblatt ist immer noch verschollen, und

seine Frau beantwortet meinen Anruf nicht. Vielleicht ist er tot, und sie will nichts mehr davon hören. Aber ich werde es weiter versuchen. Wenn Rosenblatt noch lebt, muß ich ihn warnen. Harrison muß ich auch anrufen. Am besten sofort.«

Ich ging wieder zu dem Münztelefon und wählte Ojai. Keine Antwort, kein Anrufbeantworter. Ich hoffte, das war ein Zeichen, daß er vorsichtig war. Das rote Männchen wäre sonst ein leichtes Opfer.

Als ich zurückkam, hatte Milo sein Essen immer noch nicht angerührt.

»Er ist weg«, sagte ich, »vielleicht ist er schon untergetaucht. Er sagte, er hätte die Möglichkeit, sich zu verkriechen.«

»Ich werde einen Kollegen in Ojai bitten, bei ihm vorbeizuschauen. – Wie paßt nun eigentlich Rebecca Basille in die ganze Angelegenheit? Sind Hewitts Schreie und die Tonbandaufnahme die einzige Verbindung?«

»Hewitt könnte auch in de Boschs Heim gewesen sein. Oder der Mörder hatte großen Einfluß auf ihn und hatte ihm die Worte eingetrichtert. Nach Rebeccas Aufzeichnungen gab es eine enge Beziehung zwischen Hewitt und Gritz. Wenn Gritz unser Mann ist und meine Theorie stimmt, daß er kein Psychopath ist, dann wäre er in der Lage gewesen, bei Hewitt die richtigen Knöpfe zu drücken. Er hätte seine Paranoia aufpeitschen, ihn überreden, die Medikamente abzusetzen, und ihn gegen seine Therapeutin wenden können. Weil *er* Therapeuten haßte. Es gab auch noch einen anderen Grund, warum er Rebecca nicht leiden konnte: Hewitt hatte sich in sie verknallt.«

Milo stocherte mit der Gabel in seinem Fisch. Dann gab er es auf und rieb sich das Gesicht. »Diesen Gritz habe ich immer noch nicht gefunden. Ich kenne jetzt seine ganze Akte. Alles nur Kleinigkeiten.«

»Vielleicht hat Rebecca mit jemandem über Hewitt und Gritz geredet, mit einem Verwandten oder einem Freund. Hatte sie jemanden?«

»Du meinst, sie könnte die Regeln gebrochen haben?«

»Sie war eine Anfängerin. Wir wissen bereits, daß sie sehr unvorsichtig war.« Ich erzählte ihm von meinem Gespräch mit Jean Jeffers.

»Von einem Freund wüßte ich nichts. Aber warum sollte sie die Geschichte vor Jean Jeffers geheimhalten und statt dessen mit einem Laien darüber reden?«

»Hätte sie Jean erzählt, was sich zwischen ihr und Hewitt abspielte, dann wäre ihr der Fall sofort entzogen worden. Gegenüber einem Außenstehenden hätte sie die Namen und andere Einzelheiten ändern können, so daß sie nicht das Gefühl hatte, einen Vertrauensbruch zu begehen. Mit wem könnte sie geredet haben?«

»Die einzige Angehörige, die ich getroffen habe, war ihre Mutter. Sie hat die ganze Zeit nur geweint. Eine nette Frau ... Sie wohnt nicht weit vom Kunstmuseum. Ramona oder Rowena oder so ähnlich war der Vorname.«

»Ich werde sie demnächst mal interviewen. Deine Nachricht über das Tonband habe ich übrigens bekommen. Wann wird der Sheriff Zeit dafür haben?«

»In den nächsten zwei Tagen, falls nichts Dringendes dazwischenkommt. Ich weiß nicht, ob es etwas bringt, aber wenigstens können wir uns dann einbilden, eine wissenschaftliche Analyse in der Hand zu haben.«

»Wo du von Wissenschaft redest: Gibt es schon eine Schätzung, wann Katharina ermordet wurde?«

»Acht bis vierundzwanzig Stunden bevor du sie gefunden hast. Davon geht man im Moment aus.«

»Acht erscheint mir wahrscheinlicher. Der Kaffeesatz war noch feucht. Wäre ich etwas früher gekommen, dann hätte ich vielleicht ...«

»Dann wärst du vielleicht tot.« Milo lehnte sich vor. »Vergiß es, Alex, du hättest sie nicht retten können.«

Mein Kopf dröhnte. Ich rieb mir die Augen und trank einen Schluck Wasser.

Die Kellnerin näherte sich und schaute auf unsere vollen Teller.

»Schmeckt's Ihnen nicht?«

»Nein, nein«, sagte Milo, »daran liegt es nicht. Wir müssen nur gleich wieder weg.«

»Ich könnte es Ihnen einpacken.«

»Danke, aber das ist nicht nötig.«

»Probieren Sie wenigstens unsere Puddingtörtchen. Die gibt's heute gratis mit jedem Essen.«

Milo klopfte sich den Bauch. »Danke, vielleicht ein andermal.«

»Sind Sie sicher? Der Pudding ist echt gut«, beharrte sie.

»Okay, Sie haben mich überredet. Packen Sie zwei ein.«

»Sofort, Sir.«

Sie eilte zur Theke und kam Sekunden später mit einer Papiertüte zurück. Milo bezahlte. Als ich die Wagentür öffnete, bemerkte ich, daß er zurückgeblieben war. Ich sah ihn bei einem mageren, halbnackten Jungen von etwa achtzehn stehen. Der Junge saß auf dem Bürgersteig vor dem Hotel und hatte ein Pappschild vor dem Bauch: HUNGRIG, NEHME JEDE ARBEIT. Seine Haut war dunkelbraun, die Wangen eingesunken, und sein Haar sah aus wie ein öliger Hut.

Milo gab ihm die Tüte. Der Junge sagte etwas, und Milo schien wütend zu werden, doch dann griff er in seine Brieftasche und zog einen Dollarschein heraus.

Schließlich ließ er sich auf den Beifahrersitz fallen und knurrte: »Bring mich zur *Arbeit*, Alex.«

23

Der Anblick in der Garage ging mir nicht aus dem Kopf auf der Fahrt zurück nach Los Angeles. Ich dachte über Schmerz und Rache nach und über Ruth ganz allein oben am Cañon. Mr. Silk, wer immer er war, hatte bisher die Oberhand.

Es war kurz nach halb neun, als ich zum Cañon abbog. Vor mir, in einiger Entfernung, bemerkte ich zwei rote Punkte. Bremslichter. Ein Wagen hielt an, anscheinend direkt vor der schmalen Straße, die zu meiner vorübergehenden Bleibe führte. Ich fuhr schneller, doch bevor ich dort war, waren die Lichter verschwunden. Der Wagen entfernte sich schnell, unmöglich einzuholen.

Wahrscheinlich hatte es nichts zu bedeuten, doch ich bewegte mich auf dem schmalen Pfad zwischen Vorsicht und Paranoia. Mir klopfte das Herz. Ich wartete, doch es blieb ruhig. Ich fuhr an dem weißen Tor vor, steckte die Schlüsselkarte in den Schlitz und raste die Zypressenallee hinauf.

Im Haus brannte Licht, die Garagentore waren geschlossen. Ich ging zur Tür, schloß auf und ging hinein. Inzwischen war ich naßgeschwitzt.

Ruth lag auf dem Sofa und las in einem Designermagazin. Der Hund schlief mit dem Kopf auf ihrem Schoß.

»Die Schöne und das Ungeheuer ...« Es sollte leichtherzig klingen, doch ich brachte nur ein Krächzen heraus.

Sie schaute auf, lächelte und streckte mir die Arme entgegen.

»Warst du den ganzen Nachmittag einkaufen?« fragte ich, während ich meine Jacke ablegte. »Ich habe tausendmal versucht, dich zu erreichen.«

»Ich hatte so viel zu erledigen. Lauter Kleinigkeiten ... Was hast du denn, Alex?«

Ich erzählte ihr, was ich am Shoreline Drive erlebt hatte.

»Mein Gott! Stell dir vor, du wärst ein paar Stunden früher dagewesen ...«

Ich setzte mich zu ihr. Sie hielt meine Hand, und ich erzählte ihr alles, auch was ich von Harrison und Bancroft erfahren hatte.

»Ich weiß nicht, wie es weitergehen wird«, schloß ich, »aber eins ist klar: Wir müssen uns trennen. Zeitweilig.«

Sie setzte sich auf. »Was?«

»Nur für kurze Zeit. In meiner Nähe ist es nicht sicher.«

»Um das zu ändern, sind wir doch gerade hier eingezogen. Niemand weiß, daß wir hier sind.«

»Davon bin ich nicht mehr so überzeugt. Wir müssen vorsichtig sein, Ruth. Ich habe mit Milo gesprochen. Du könntest bei ihm wohnen.«

»Ist das wirklich nötig, Alex?«

Die Dogge war inzwischen aufgewacht. Ihr Blick wanderte zwischen Ruth und mir hin und her, und sie schien die Stirn zu runzeln, wie ein Kind, voller Sorge, wenn die Eltern sich streiten.

»Es ist nur vorübergehend«, sagte ich.

»Vorübergehend? Wenn der Mörder so ist, wie du sagst, dann kann es sich über Jahre hinziehen! Was meinst du also, wenn du sagst, ›vorübergehend‹? Fünf Jahre? Zehn?«

Ich konnte ihr keine Antwort geben.

»Nein, Alex, kommt nicht in Frage. Ich lasse dich nicht allein. Zum Teufel mit dem Kerl – das lassen wir nicht mit uns machen.«

»Ruth – sie war schwanger. Ich habe gesehen, wie er sie zugerichtet hat.«

»Nein!« Ihre Augen funkelten. »Ich will nichts davon hören!«

Der Hund sprang von der Couch, setzte sich auf den Teppich und starrte uns an.

»Hallo, Bully.« Ich streichelte ihn. »Hat er sich gut benommen?«

»Wunderbar.«

Er spürte die Zärtlichkeit in ihrer Stimme und spitzte die

Ohren. Dann trabte er zum Sofa und legte seine Schnauze auf ihr Knie. Sie streichelte ihm den Kopf, und er gab ihr einen langen, feuchten Hunde-Handkuß.

»Du könntest ihn mitnehmen«, sagte ich. »Seines männlichen Beschützerinstinkts könntest du absolut sicher sein.«

»Schlag es dir aus dem Kopf, Alex. Außerdem wird er bestimmt nicht mehr lange bei uns sein. Heute morgen bekam ich einen Anruf von einem Bulldoggen-Verein. Eine sehr nette Dame bedankte sich für deinen Brief und sagte, die kleinen Kerle würden kaum jemals mutwillig ausgesetzt und es wäre nur eine Frage der Zeit, bis der Besitzer sich melden würde und ihn wiederhaben wollte. Sie würde auf alle Fälle ihre Fühler ausstrecken.«

»Bis jetzt hat ihn noch niemand als vermißt gemeldet?«

»Nein, aber täusch dich nicht. Sie scheint ziemlich sicher zu sein, daß sie den Besitzer finden wird. Sie bot an, vorbeizukommen und ihn uns abzunehmen, aber ich sagte, wir würden uns solange um ihn kümmern.«

Der Hund schaute mich erwartungsvoll an. Ich legte ihm meine Hand auf den Kopf, und er ließ ein tiefes, wohliges Knurren vernehmen.

»Ich verstehe jetzt, wie Pflegeeltern sich fühlen müssen.« Sie zog sein weiches Kinn zu sich heran und küßte es. »Hast du schon gegessen?«

»Nein.«

»Ich kann dir etwas zurechtmachen, wenn du hungrig bist.«

»Nicht nötig. Ich mache mir ein Sandwich.«

»Nein, laß mich das tun, Alex. Ich muß irgend etwas machen. Danach können wir ins Bett gehen, Kreuzworträtsel lösen, fernsehen und wer weiß, was uns noch einfällt.«

»Wer weiß.« Ich drückte sie an mich.

Etwa um Mitternacht schalteten wir die Lichter aus. Ich schlief schnell ein, doch als ich am Morgen aufwachte, fühlte ich mich wie erschlagen.

Ich überging das Frühstück, fütterte den Hund und unterhielt mich mit Ruth, bis die beiden in der Garage verschwanden.

Sobald ich allein war, rief ich in New York an, bei Shirley Rosenblatt, und bekam wieder dieselbe aufs Band gesprochene Nachricht zu hören. Ich wiederholte meinen Spruch und fügte hinzu, es sei jetzt noch dringender, daß sie sich so bald wie möglich mit mir in Verbindung setzte. Ich duschte, rasierte mich und zog mich an, doch es kam kein Rückruf.

Als nächstes versuchte ich es bei Jean Jeffers. Sie war in irgendeiner Besprechung außerhalb der Klinik und hatte bei ihrer Sekretärin nichts hinterlassen, was Lyle Gritz betraf. Sie hatte versprochen, alles zu versuchen, etwas über ihn herauszufinden – offenbar erfolglos.

Die Auskunft hatte keinen Eintrag über eine Ramona oder Rowena Basille, doch es gab eine »Basille, R.« in der South Hauser Street.

Eine ältere Frau hob ab: »Ja?«

»Mrs. Basille?«

»Ja, Roberta Basille. Mit wem spreche ich, bitte?«

»Mein Name ist Alex Delaware. Ich bin Psychologe. Ich berate die Polizei ...«

»Ach ja?« Sie schien aufzuhorchen.

»Tut mir leid, wenn ich Sie störe ...«

»Was ist los? Was ist passiert?«

»Nichts, Mrs. Basille. Ich wollte Sie nur etwas fragen.«

»Über Rebecca?«

»Über jemand, den Rebecca gekannt haben könnte.«

»Wen?«

»Einen Freund von David Hewitt.«

Sie stöhnte, als sie den Namen hörte. »Was für ein Freund? Wer? Ich verstehe nicht.«

»Ein Mann namens Lyle Gritz.«

»Was ist mit ihm? Was ist passiert?«

»Haben Sie den Namen je gehört?«

»Nein. Was hat das alles mit Rebecca zu tun?«

»Eigentlich nichts, Mrs. Basille, aber Gritz könnte in andere Verbrechen verwickelt sein, mit denen wir beschäftigt sind. Er könnte auch die Namen Silk oder Merino benutzt haben.«

»Was für Verbrechen? Morde?«

»Ja.«

»Das verstehe ich nicht – wieso ruft dann ein Psychologe an? Das sind Sie doch, oder?«

»Ja, aber es ist im Moment noch keine offizielle Untersuchung.«

Stille am anderen Ende, dann: »Nun sag schon, Bürschchen, wer bist du? Bist du von einem dieser Gossenblätter? Das hab ich alles hinter mir. Ich sag dir, du kannst mich –«

»Ich bin kein Reporter. Ich arbeite für die Polizei. Wenn Sie das bestätigt haben wollen, dann rufen Sie Detective Milo Sturgis an bei der Kriminalpolizei in West-L. A. Von ihm hab ich Ihren Namen. Er hat nach dem Mord an Rebecca die Untersuchung geleitet.«

»Welcher war das noch – ach ja, der Dicke. Ja, er versuchte, nett zu mir zu sein. Aber wie kommt er dazu, Ihnen meinen Namen zu geben? Was machen Sie überhaupt? Irgendeine psychologische Studie? Mit mir als Versuchskarnickel?«

»Nein, nichts dergleichen.«

»Was dann?«

Ich hatte keine Wahl. »Es ist sehr viel persönlicher, Mrs. Basille. Ich könnte das nächste Opfer sein.«

»Opfer? Von wem? Von diesem Gritch?«

»Gritz. Lyle Edward Gritz. Oder Silk oder –«

»Nie gehört, keinen der Namen.«

»Wir vermuten, er hat es auf Psychotherapeuten abgesehen. Er könnte für mehrere Morde verantwortlich sein, die die letzten fünf Jahre geschehen sind.«

»Guter Gott.«

»Der letzte war gestern in Santa Barbara. Eine Frau Katharina de Bosch.«

»Gestern – o mein Gott.« Ihre Stimme änderte sich, wurde ruhiger, sanfter, doch immer noch voller Verwunderung. »Und Sie denken, jetzt ist er hinter Ihnen her?«

»Ja.«

»Warum?«

»Er scheint etwas gegen Therapeuten zu haben. Er hinterläßt jedesmal eine Nachricht bei seinen Opfern, die Worte ›böse Liebe‹.«

»Dasselbe, was dieser Drecksack geschrien hat!«

»Deshalb glauben wir, es könnte da eine Verbindung geben. Vorige Woche bekam ich ein Tonband, auf dem die Worte auch vorkommen – und Hewitts Geschrei. Kurz darauf erhielt ich einen seltsamen Anruf, und dann ist jemand in meinen Garten eingedrungen ...«

»Wollen Sie sagen, Rebecca war nicht die einzige, daß mehr dahintersteckt?«

»Ich weiß wirklich nicht, Mrs. Basille.«

»Aber das bedeutet es doch. Es war noch jemand anderes verwickelt in Rebeccas –«

Ich hörte einen Knall. Ein paar Sekunden später: »Der Hörer ist mir aus der Hand gefallen. Sind Sie noch dran?«

»Ja.«

»Also. Was sagen Sie? Dieser Gritz könnte für den Tod meiner Tochter mit verantwortlich sein?«

»Ich wollte, das wüßte ich. Gritz und Hewitt waren befreundet. Vielleicht stand Hewitt unter Gritz' Einfluß.«

»›Böse Liebe‹«, sagte sie, »niemand konnte mir je erklären, was das bedeutet.«

»Es ist ein psychologischer Ausdruck, den Katharina de Boschs Vater geprägt hat – Dr. Andres de Bosch. Er war Psychologe und hatte ein Erziehungsheim oben in Santa Barbara.«

Sie sagte nichts.

»Lyle Gritz könnte als Kind dortgewesen sein. Hewitt auch. Hat Rebecca je etwas in der Richtung erwähnt?«

»Nein ... guter Gott ... ich glaube, mir wird schlecht.«

»Es tut mir wirklich leid, Mrs. –«

»Wie war noch Ihr Name?«

»Alex Delaware.«

»Geben Sie mir Ihre Telefonnummer.«

Das tat ich.

»Gut«, sagte sie, »ich werde sofort diesen Sturgis anrufen und fragen, ob das stimmt, was Sie mir erzählen.«

»Er ist im Augenblick in Santa Barbara. Sie können ihn dort bei der Polizei erreichen.« Ich kramte Sarah Graysons Visitenkarte hervor und las ihr die Telefonnummer vor. Dann legte sie auf, ohne ein weiteres Wort.

Zehn Minuten später war sie wieder am Telefon.

»Er war nicht da, aber ich konnte mit einer Polizistin sprechen, die sagt, Sie sind echt. Was kann ich also für Sie tun? Wenn Sie wollen, können wir uns treffen. Ich will wissen, wie Sie aussehen. Ich hasse das Telefon.«

»Soll ich zu Ihnen nach Hause kommen?«

»Ja – ach nein, das geht nicht. Es ist furchtbar hier. Ich war nie eine Musterhausfrau, und jetzt mache ich überhaupt nichts mehr. Wie wär's im Hancock Park? Wissen Sie, wo der ist?«

»Hinter den Museen?«

»Genau. Es gibt dort einen schattigen Platz mit ein paar Bänken. Was haben Sie an?«

»Jeans und ein weißes Hemd.«

»Gut. Ich werde eine grüne Bluse tragen. Grün mit weißem Kragen. Also, halten Sie Ausschau nach einer häßlichen alten Frau in grüner Bluse.«

Sie saß im Schatten einer Baumgruppe, eine Frau von etwa fünfundsechzig, mit schwarz gefärbtem Haar und einem runzligen kleinen Gesicht, die arthritischen Hände im Schoß gefaltet.

Der Boden war mit trockenem Laub bedeckt. Es knisterte, als ich auf sie zuging. Sie schaute kaum auf, als ich vor ihr stehenblieb, sondern schlug nur mit der flachen Hand auf den Platz neben sich. Ich setzte mich.

Gitarrenmusik wehte in unsere Richtung, irgendein Folksong in einer fremden Sprache.

»Die Stepney Sisters«, sagte sie und zog eine Grimasse. »Die sind immer hier. Furchtbar. Haben Sie schon mal ein Foto von meiner Tochter gesehen?«

»Nur in der Zeitung.«

»Das war nicht sehr schmeichelhaft.« Sie öffnete ihre riesige Handtasche und suchte eine Weile, bis sie den mittelgroßen weißen Umschlag fand. Sie nahm drei Farbfotos heraus und gab sie mir.

Professionelle Fotos guter Qualität. Rebecca Basille auf einem weißen Schaukelstuhl in drei verschiedenen Posen vor einem Gebirgsbach-Hintergrund. Sie trug ein staubblaues Kleid und eine Perlenkette. Strahlendes Lächeln, wunderschöne Zähne. Sehr hübsch. Weicher, kurvenreicher Körper, sehr feminin.

»Sehr hübsch«, sagte ich.

»Sie war eine Schönheit, innen und außen.«

Ich gab ihr die Fotos zurück, und sie verstaute sie wieder in ihrer Handtasche.

»Ich wollte nur, daß Sie sehen, was für ein Mensch sie war, obwohl es sogar auf diesen Fotos nicht richtig sichtbar ist. Sie ließ sich nicht gern fotografieren. Als kleines Mädchen war sie recht pummelig, aber im Gesicht war sie immer schon eine Schönheit gewesen.«

Ich nickte.

»Wenn es in fünf Kilometer Umkreis ein verletztes Vögelchen gab, dann lief sie los und brachte es nach Hause. Sie wollte alles retten, sogar Insekten, Käfer, Motten und Schmetterlinge, egal, sie wollte alles retten. Als sie ganz klein war, hatte sie eine Phase, wo niemand den Rasen mähen durfte. Sie meinte, es täte dem Gras weh.« Sie versuchte zu lächeln, doch ihre Lippen begannen zu zittern, und sie bedeckte ihren Mund.

»Verstehen Sie, was ich meine?« fragte sie, nachdem sie sich wieder gefangen hatte.

»Ich glaube schon. Ich verstehe, warum es sie zur Sozialarbeit zog.«

»Es war mir immer klar, daß sie irgend etwas in der Richtung machen würde, Krankenschwester oder Sozialarbeiterin hab ich ihr geraten. Meine anderen Kinder sind da ganz anders. Mein Sohn hat eine orthopädische Praxis unten in Reno, und meine ältere Tochter ist bei einer Bank in St. Louis, als stellvertretende Direktorin.«

»Rebecca war die Jüngste?«

»Ja, neun Jahre nach Kathy, elf Jahre nach Carl. Ich war einundvierzig, als sie geboren wurde, mein Mann war fünf Jahre älter. Er verließ uns kurz nach ihrer Geburt, ließ mich sitzen mit drei Kindern. Wir hörten erst wieder von ihm, als er tot war. Rebecca war zwei. – Vielleicht war sie deshalb so verletzlich. Vielleicht hat ihr der Vater gefehlt – wie nennt ihr das noch – als Rollenmodell.«

»In welcher Weise war sie verletzlich?«

»Zu vertrauensselig.« Sie strich ihren Kragen glatt. »Sie hatte eine Schwäche für Verlierertypen. Sie glaubte jeden Quatsch, den sie ihr erzählten.«

»Verlierertypen, sagen Sie?«

»Ja, Kerle, die gerettet werden mußten. Wie die verletzten Vögelchen.«

Ihre Hände hatten zu zittern begonnen, und sie schob sie unter die Handtasche.

»Haben die Kerle sie schlecht behandelt?«

»Verlierer«, zürnte sie, als hätte sie mich nicht gehört. »Der große Dichter, der noch nie etwas geschrieben hatte und von der Wohlfahrt lebte. Reihenweise Typen, die sich Musiker nannten. Keine Männer, Burschen. Ich konnte reden und reden und sie beknien, sich vor diesen Nullen zu hüten. Aber was spielt das nun noch für eine Rolle ...« Sie wischte sich die Augen. »Warum erzähle ich Ihnen das überhaupt? Sie haben doch Ihre eigenen Probleme.«

»Ich bin da, um Ihnen zuzuhören. Zu meinem eigenen Nutzen.«

»Die Namen, die Sie genannt haben, kenne ich nicht. Sie hat nie jemanden erwähnt, keinen Gritz, keinen Silk und keinen Merino.«

»Hat sie je über Hewitt geredet?«

»Nein, nicht direkt. Eine oder zwei Wochen vor ihrem Tod erwähnte sie einen Verrückten, den sie in Behandlung hatte. Sie sagte, sie würde Fortschritte mit ihm machen. Sie sprach ganz respektvoll von ihm – einen armen, kranken Kerl nannte sie ihn, der schizophren sei und Stimmen höre. Niemand wäre bisher in der Lage gewesen, ihm zu helfen, aber sie dachte, sie könnte es. Er hätte Vertrauen zu ihr.«

»Erwähnte sie ihn mit Namen?«

»Nein, sie hat nie die Namen von Patienten genannt. Sie wollte die Regeln nicht verletzen, das war ihr wichtig.«

Ich dachte an Rebeccas lückenhafte Protokolle und ihr Versäumnis, Jean auf dem laufenden zu halten. »Sie hat sich immer an die Regeln gehalten?«

»Ja, das war ihre Art. Als sie in der Oberschule war, haben ihre Lehrer immer gesagt, sie wünschten, die ganze Klasse wäre wie sie. Sogar wenn sie mit ihren Verlierertypen zusammen war, ist sie nie vom geraden Weg abgewichen. Keine Drogen, nichts. Deshalb sind sie nie ...«

Sie stockte.

»Was sind sie nie?«

Sie zögerte immer noch. Nach einer Weile sagte sie: »Sie sind nie bei ihr geblieben. Es waren immer die Kerls, die Schluß gemacht haben. Können Sie sich das vorstellen? Wenn sie verheiratet waren, versprachen sie, sich scheiden zu lassen, doch dann gingen sie immer zu ihren Frauen zurück. Jedesmal. Sie war zehnmal soviel wert wie jeder von denen, aber immer waren sie es, die Schluß machten. Können Sie sich das vorstellen?«

»Es waren eben labile Typen.«

»Genau. Verlierer, Nullen. Sie hätte jemand Soliden gebraucht, aber für solche hatte sie nichts übrig. Immer nur die Kaputten.«

»Zu der Zeit, als sie starb, hatte sie da einen Freund?«

»Ich weiß nicht – wahrscheinlich. Das letztemal, als ich sie sah, fragte ich sie, was sie privat machte, doch sie wollte nicht darüber reden. Gewöhnlich hieß das, sie war mit jemandem zusammen, der mir nicht gefallen würde. Ich wurde böse, wir redeten nicht viel. Wie konnte ich wissen, daß es das letztemal war und daß ich jede Minute davon genießen sollte?«

Sie sank in sich zusammen und zitterte am ganzen Leib, doch als ich eine Hand auf ihre Schulter legte, zuckte sie auf und saß wieder kerzengerade.

»Genug von diesem Gejammer. Ich kann mich selbst nicht mehr ertragen, wenn ich so rede. Deshalb geh ich auch nicht zu der Hinterbliebenengruppe, die mir Ihr Freund Sturgis empfohlen hat. Zuviel Selbstmitleid.«

Mein Kopf schwirrte von Vermutungen und wilden Spekulationen. Daß Rebecca sich zu Verlierern hingezogen fühlte, bestärkte mein Urteil nach dem Lesen ihrer Notizen. Ich lächelte die alte Frau an und sagte: »Ich bin froh, daß Sie mit mir geredet haben.«

»Ich auch. Schicken Sie mir jetzt eine Rechnung?«

»Nein, die erste Stunde ist gratis.«

»Sieh mal an: attraktiv, ein dicker Wagen und auch noch Sinn für Humor. Ihnen geht's sicher gut – finanziell, meine ich?«

»Ich kann mich nicht beklagen.«

»Auch noch bescheiden. Ich wette, Sie haben einen Haufen Geld. Das hab ich mir immer für sie gewünscht: Sicherheit.

Wieso verschwendest du deine Zeit, die Drecksarbeit für den Staat zu erledigen, hab ich ihr gesagt. Mach dein Diplom, hol dir irgendeine Zulassung und mach eine Praxis in Beverly Hills auf, für die Freßsüchtigen oder für die Weiber, die sich zu Tode hungern. Mach Geld, Schatz, hab ich gesagt. Das ist doch kein Verbrechen, oder? Aber sie wollte nichts davon wissen. Sie wollte was *Wichtiges* machen, für Leute, die wirklich in Not sind.« Sie schüttelte den Kopf. »Käfer«, murmelte sie fast unhörbar, »sie dachte, sie hätte es mit einem Käfer zu tun, und in Wirklichkeit war es ein Skorpion.«

24

Die Darstellung ihrer Mutter – daß Rebecca sich stets an die Regeln gehalten hatte – paßte nicht zu dem, was Jean Jeffers gesagt hatte. Vielleicht hatte die Mutter es ein bißchen durch die rosarote Brille gesehen, doch andererseits hatte sie sich nicht gescheut, Rebecca wegen ihrer Schwäche für Verlierer zu kritisieren.

War es diese Schwäche, die ihr letztlich zum Verhängnis geworden war? Wie weit war es gekommen zwischen ihr und Hewitt? Und welche Dynamik bestand zwischen den beiden und Gritz?

Es fiel mir schwer, dem Opfer die Schuld zu geben, doch Rache schien die einzige Triebkraft des Mörders zu sein, nichts anderes. Rache für etwas, das Rebecca getan hatte. Die Frage tat sich auf, ob sie wirklich nur einem Amok laufenden Psychopathen zum Opfer gefallen war.

»Milo hat soeben angerufen, aus Santa Barbara«, rief Ruth mir entgegen, als ich nach Hause kam. »Seine Nummer liegt in der Küche.«

Ich ging hinein und fand den Zettel auf der Anrichte. Es war nicht Sarah Graysons Nummer. Ich wählte.

»Archiv«, meldete sich jemand.

»Dr. Delaware. Detective Sturgis wollte mich sprechen.«

»Eine Minute, bitte.«

Es wurden fünf.

»Sturgis.«

»Tag. Ich hatte Gelegenheit, mit Rebeccas Mutter zu reden. Rebecca habe nie Namen genannt, aber sie habe von einem armen, unglücklichen Psychopathen erzählt, der mit Hewitt identisch sein könnte.«

»Kein Wort von Gritz?«

»Nein, auch nicht von Silk oder Merino. Aber eins ist interessant: Sie sagte, Rebecca hätte schon immer eine Schwäche für Verlierer gehabt – Kerle, die sie in aussichtslose Affären verwickelten und sie dann fallenließen. Wenn man Hewitt zu dieser Klasse zählt, dann würde das unsere Theorie bestätigen, daß ihr Verhältnis zu Hewitt außer Kontrolle geraten ist. – Nur, bringt uns das weiter?«

»Na ja, wir sind auch nicht schlauer hier. In Katharinas Haus haben wir nichts gefunden, keine Akten. Das heißt, entweder hat sie nie welche verwahrt, oder der Mörder hat sie jetzt. Wir konnten bestätigen, daß Mary Parks mit Mary Evans identisch ist, aber bei Rodney Shipler sind wir keinen Schritt weiter. Nach seiner Steuerakte war er dreißig Jahre lang bei der zentralen Schulbehörde in Los Angeles beschäftigt, direkt im Anschluß an die Armeezeit. In Santa Barbara ist er anscheinend nie gewesen, jedenfalls nicht, daß es der Distriktverwaltung hier bekannt wäre. Keine Spur einer Verbindung zum De-Bosch-Institut.«

»Hm – vielleicht in den Sommerferien. Leute aus dem Schuldienst machen oft Nebenjobs, wenn ihre Schule zu ist.«

»Seine Jobs waren immer in L. A.«

»Wie lange war er in der Armee?«

»Fünfzehn Jahre, zuletzt als Stabsfeldwebel auf den Philippinen. Ehrenhafte Entlassung, makellose Akte.«

»Und trotzdem konnte jemand nicht anders, als ihn totzuschlagen.«

»Es sieht nicht so aus, als hätte es mit dem Heim zu tun. Anscheinend ist dort überhaupt nichts passiert. Kein Feuer, kein Verbrechen, nichts, wofür jemand an Rache denken könnte. Das einzige sind ein paar Beschwerden von Bancroft und ein Autounfall in der Zeit, als Mary Evans dort arbeitete, im Mai dreiundsiebzig, aber es war eindeutig ein Unfall. Einer der Heiminsassen, ein Junge, stieg in den Schul-Lieferwagen und fuhr damit los. Er kam bis zum Riviera-Distrikt, dann verlor er auf der Küstenstraße die Gewalt über die Karre. Er starb. Die Polizei recherchierte und fand, daß niemand zu beschuldigen war.«

»Wie alt war der Junge?«

»Fünfzehn.«

»Ein Autounfall auf einer Küstenstraße ... Grant Stoumen wurde überfahren, und Michael Lerner fiel von einer Klippe ...«

»Ist das nicht ein bißchen viel Phantasie, Alex?«

»Wieso? Wenn es dem Mörder darum geht, konsistent zu sein, Verbindungen herzustellen?«

Er wußte einen Moment nicht, was er sagen sollte. »Okay, Alex, über solche Dinge weißt du bestimmt mehr als ich, aber warum bist du so auf das Heim fixiert, wenn wir bei einem der Opfer nicht die geringste Verbindung dazu finden können? Keine Verbindung zu de Bosch, Punkt.«

»Shipler könnte mit dem Symposium zu tun gehabt haben.«

»Aber wie? Als Hobbypsychologe? Oder meinst du, er hat die Halle ausgekehrt nach dem Kongreß?«

»Vielleicht kommt da de Boschs Rassismus ins Spiel. Shipler war ein Schwarzer.«

»Meinst du, der Mörder schlägt einen Neger tot, weil er etwas gegen Rassismus hat?«

»Unsinn ... Aber ich bin sicher, das Ganze dreht sich um de

Bosch. Sein Heim, das Symposium ... Merino behauptete, es hätte etwas in ihm wachgerufen. Vielleicht war es die öffentliche Belobigung des Alten, wo er doch wußte, daß die Wahrheit ganz anders war.«

»Kann alles sein, aber das Heim ist nie unangenehm aufgefallen.«

»Bancroft denkt, es war eine Brutstätte des Verbrechens.«

»Bancroft ist nicht der allerbeste Zeuge. Sarah sagt, er hängt ziemlich an der Flasche, und von der Weltanschauung her steht er rechts vom Ku-Klux-Klan. Als de Bosch Anfang der sechziger Jahre auftauchte, versuchte er gemeinsam mit seinem Vater, die Nachbarschaft gegen ihn mobil zu machen. Sie malten den Teufel an die Wand – randalierende Halbstarke und so weiter –, aber niemand ging darauf ein, weil die Bancrofts sich vorher jahrelang mit allen angelegt hatten.«

»Die Nachbarn hatten also nichts gegen das Erziehungsheim?«

»Das würde ich nicht sagen, aber es gab nie ernste Probleme.«

»Bis auf einen Fünfzehnjährigen in einem gestohlenen Lieferwagen.«

»Eine Sache in zwanzig Jahren. Ich bitte dich, Alex, ist das nicht ein ausgesprochen gutes Resultat für ein Heim für verhaltensgestörte Kinder?«

»Bemerkenswert, würde ich sagen. Beispielhaft. Aber was denkst du, wie er das zustande gebracht hat? Disziplin, harte Disziplin.«

Milo seufzte. »Natürlich, vielleicht hast du recht, nur, wenn de Bosch eine Folterkammer betrieb, wo sind die Klagen?«

»Fünf Morde sind zu beklagen!«

»Okay, aber wenn du an Motive denkst, dann schau dir doch Bancroft an. Der lag über zwanzig Jahre lang mit de Bosch im Clinch. Deshalb läuft er nicht rum und ermordet jeden, der ihn an ihn erinnert.«

»Vielleicht solltet ihr ihn mal unter die Lupe nehmen.«

»Das machen wir schon«, sagte er gequält, »und was dich angeht, Alex, bitte sei vorsichtig. Halt dich bedeckt. Ich wünschte, es würde alles schön zusammenpassen, aber das Durcheinander wird immer größer.«

»Wie im richtigen Leben. – Irgend etwas Neues über Katharina?«

»Ihr Baby war einundzwanzig Wochen alt, gesund, weiß. Ich hab mich mit der Samenbank in Verbindung gesetzt, aber die sind nicht einmal bereit zu bestätigen, daß sie zu ihrer Kundschaft gehörte. Sarah und ich hoffen, wir können sie im Laufe der Zeit weichklopfen. – Was ist mit Ruth? Will sie bei mir einziehen? Rick sagt, er hat nichts dagegen. Das einzige Problem wäre der Hund. Er ist allergisch gegen Hunde, aber wenn es hart auf hart kommt, wäre er bereit, Tabletten zu schlucken.«

»Nicht nötig. Ruth besteht darauf, bei mir zu bleiben.«

»Glückwunsch. Wie machst du das nur? – Aber keine Sorge, ihr seid in Sicherheit.«

»Hoffentlich.« Ich erzählte ihm von den Bremslichtern, die mich am Abend zuvor in Schrecken versetzt hatten.

»Du hast nur die Lichter gesehen, sonst nichts?«

»Ja. Der Wagen fuhr dann weiter.«

»Wann war das?«

»Halb neun oder so.«

»Sonst kein Verkehr?«

»Doch, es war nicht das einzige Auto auf dem Weg.«

»Klingt harmlos. Wenn dir irgend etwas auffällt, ruf die Kollegen in Beverly Hills an. Die passen schon auf euch auf.«

»Das werde ich tun. Danke für alles ... Warte mal: Der Junge, der den Unfall hatte, hast du den Namen?«

Er lachte. »Das läßt dich nicht los, was? Sein Name war Delmar Parker. Er stammte aus New Orleans.«

»Warum war er in dem Heim?«

»Das weiß ich nicht. Es gibt keinen ausführlichen Bericht,

weil der Fall direkt zu den Akten gelegt wurde. Wir haben nur die Todesurkunde ... Mal sehen: Name, Alter, Todesursache: innere Verletzungen, Geburtsort ... Eltern oder Vormund – hier, die Mutter ... Marie A. Parker.«

»Hast du die Adresse?«

»Nein. Willst du etwa noch eine Leiche ausbuddeln?«

»Glaub mir, Milo, ich mache das nicht, weil es mir Spaß macht. Ich stochere im Dunkeln.«

»Okay, ich werd's für dich versuchen, aber versprechen kann ich nichts. Es ist lange her. Die Leute ziehen um. Manche sterben sogar.«

Ich versuchte so zu tun, als sei alles normal. Wir aßen am Pool zu Mittag, dann zog Ruth sich wieder in ihre Garage zurück und ich mich in mein Büro. Die Angst – und die Wut – saßen mir noch im Nacken, doch ich versuchte, an die Leute unter der Autobahn zu denken und wie gut wir es hatten.

Mein Telefondienst meldete sich: »Wir haben ein Ferngespräch für Sie. New York, ein Mr. Rosenblatt.«

»Mister oder Doktor?«

»Mister.«

»Gut, stellen Sie durch.«

Ein paar Sekunden später eine jugendliche Stimme: »Rosenblatt.«

»Dr. Delaware.«

Räuspern. »Dr. Delaware, mein Name ist Joshua Rosenblatt. Ich bin Anwalt hier in New York. Mein Anruf dient dem Zweck, Sie zu ersuchen, mit den Anrufen an meine Mutter aufzuhören.«

»Ich habe angerufen, weil ich mir um Ihren Vater –«

»Mein Vater ist tot.«

»Das tut mir leid.«

»Das glaube ich Ihnen, Dr. Delaware, aber –«

»Wann ist es passiert? Vor vier Jahren?«

Langes Schweigen, dann: »Darüber möchte ich eigentlich nicht reden, Doktor.«

»Wie starb er? Durch einen Unfall? Einen Sturz?«

»Hören Sie, Doktor«, begann er energisch, doch dann brach seine Stimme. »Wir haben genug durchgemacht«, krächzte er. »Ich sehe keinen Grund, das alles wieder aufzuwühlen.«

»Doch, denn wahrscheinlich ist derselbe Mörder hinter mir her, der Ihren Vater auf dem Gewissen hat.«

»Was?«

»Ich wollte Ihren Vater warnen. Es tut mir leid, daß es zu spät ist. Ich habe ihn nur einmal getroffen, aber ich mochte ihn gern.«

»Woher kannten Sie ihn?«

»Wir waren beide im Vorsitz bei einem Symposium, neunundsiebzig, hier in Los Angeles. Der Titel war ›Gute Liebe/Böse Liebe, Perspektiven und Strategien der Psychoanalyse in einer sich verändernden Welt‹, zu Ehren eines der Lehrer Ihres Vaters, Andres de Bosch.«

Keine Reaktion.

»Mr. Rosenblatt?«

»Nichts von dem ergibt irgendeinen Sinn für mich.«

»Er hatte Sie damals mitgenommen nach Los Angeles. Erinnern Sie sich nicht mehr?«

»Das war nichts Ungewöhnliches. Er nahm mich öfter mit.«

»Ich weiß, das hat er mir erzählt. Er sprach viel über Sie. Sie waren der Jüngste in der Familie, nicht wahr? Sie waren ein großer Videofan.«

Seine Stimme klang müde. »Na und? Worauf wollen Sie hinaus?«

»Ich glaube, sein Tod hat mit dieser Konferenz zu tun.«

»Ausgeschlossen – die war schon neunundsiebzig.«

»Trotzdem. Es handelt sich um einen langfristigen Rachefeldzug, in dessen Mittelpunkt dieser Andres de Bosch steht. Ihr Vater ist nicht das einzige Opfer. Es hat mindestens fünf weitere Morde gegeben, vielleicht mehr.«

Ich nannte ihm die Namen, Daten und Schauplätze.

»Ich kenne keine dieser Personen. Das ist doch verrückt. Wahnsinnig.«

»Ja, das ist es, aber es ist leider die Wahrheit. Ich bin vielleicht der nächste. Ich muß mit Ihrer Mutter reden. Der Mörder könnte sich als Patient bei Ihrem Vater eingeschlichen haben. Vielleicht hat sie noch seine alten Terminkalender –«

»Nein, sie hat gar nichts. Lassen Sie sie damit in Ruhe.«

»Aber mein Leben steht auf dem Spiel! Warum soll sie nicht mit mir reden? Warum ruft sie mich nicht selbst an?«

»Das kann sie nicht«, antwortete er wütend. »Sie kann mit niemandem reden. Sie hatte vor einem Monat einen Schlaganfall. Bis vor einer Woche konnte sie überhaupt nicht sprechen, und sie ist immer noch sehr schwach.«

»Das tut mir leid, aber –«

»Hören Sie zu, mir tut es auch leid. Es tut mir leid, daß Sie in Schwierigkeiten sind, aber ich fürchte, ich kann Ihnen nicht helfen.«

»Aber Ihre Mutter kann doch wieder sprechen?«

»Ja, aber sie ist sehr schwach, wirklich. Und wenn sie über meinen Vater reden soll ... Sie steckt mitten in der Rehabilitation und macht gerade die ersten Fortschritte. Ich kann unmöglich zulassen, daß sie jetzt einem Verhör unterzogen wird, das müssen Sie verstehen, Dr. Delaware.«

»Sie haben ihr nie gesagt, daß ich angerufen habe?«

»Ich bin jetzt für sie verantwortlich. Es ist meine Pflicht, solche Dinge für sie zu entscheiden.«

»Ich verstehe, aber an ein Verhör hat sowieso niemand gedacht. Ich will nur mit ihr reden, wenige Fragen nur; sie bestimmt das Tempo. Ich kann auch nach New York kommen. Wir könnten es in mehreren Sitzungen machen, ganz wie es am einfachsten ist für Ihre Mutter.«

»Das würden Sie tun? Nach New York fliegen?«

»Ich habe keine Wahl.«

Ich hörte ihn tief durchatmen. »Trotzdem«, sagte er, »mit ihr über Vater zu reden – nein, es ist zu riskant. Tut mir leid, aber es geht nicht.«

»Ich würde mit ihren Ärzten kooperieren, Mr. Rosenblatt. Ich würde keine Fragen stellen, die nicht von den Ärzten und von Ihnen zugelassen wären. Ich habe jahrelange Krankenhauserfahrung. Ich kenne die Regeln, die in einem solchen Fall einzuhalten sind.«

»Was bringt Sie zu der Ansicht, sie wüßte irgend etwas, das Ihnen weiterhelfen könnte?«

»Sie ist meine letzte Hoffnung, Mr. Rosenblatt. Der Wahnsinnige, der hinter mir her ist, scheint die Geduld zu verlieren. Gestern hat er in Santa Barbara zugeschlagen – de Boschs Tochter wurde ermordet. Sie war schwanger. Er hat sie aufgeschlitzt und den Fötus herausgerissen.«

»Mein Gott.«

»Er verfolgt mich. In New York würde ich mich, ehrlich gesagt, sicherer fühlen als hier. Vielleicht fliege ich so oder so.«

Wieder eine Denkpause. – »Ich bezweifle, ob sie Ihnen helfen kann, aber ich werde sie fragen.«

»Dafür wäre ich sehr dank –«

»Danken Sie mir lieber noch nicht«, fiel er mir ins Wort, »ich verspreche nichts. Und faxen Sie mir Ihre Referenzen durch. Ich muß Sie natürlich überprüfen.«

»Kein Problem. Und wenn Ihre Mutter nicht mit mir reden will, fragen Sie sie bitte, ob sie etwas über den Ausdruck ›böse Liebe‹ weiß. Und ob Ihr Vater von dieser Konferenz erzählt hat, irgend etwas Ungewöhnliches. Sie könnten auch ein paar Namen in den Raum werfen: Lyle Gritz, David Hewitt, Silk und Merino.«

»Wer sind diese Leute?«

»Hewitt ist erwiesenermaßen ein Mörder – er hat eine Therapeutin umgebracht, hier in Los Angeles, und ist von der Polizei erschossen worden. Gritz war ein Freund von ihm, vielleicht ein Komplize. Er könnte auch der Mann sein, der Ihren Vater auf dem Gewissen hat. Silk und Merino sind möglicherweise andere Namen, die er benutzt.«

»Mehrere Namen? Es wird immer verrückter.«

»Ich muß Ihnen noch etwas sagen: Ich werde Detective Milo Sturgis, der den Fall bearbeitet, darüber informieren, daß Ihr Vater ermordet wurde. Er wird sich mit der New Yorker Polizei in Verbindung setzen und die Akte anfordern.«

»Da werden Sie kein Glück haben«, sagte er, »glauben Sie mir.«

25

Warum war Joshua Rosenblatt so sicher, daß die New Yorker Polizei nicht weiterhelfen konnte? Den Vorschlag, daß ich nach New York kommen könnte, hatte ich ganz spontan gemacht – vielleicht ein Fluchtinstinkt. Andererseits versprach ich mir etwas von einem Gespräch mit Shirley Rosenblatt.

Ich würde mich so bald wie möglich auf die Reise machen, und Ruth müßte ausziehen, ob sie wollte oder nicht.

Ich beschloß, sofort nach Beverly Hills hineinzufahren und eine öffentliche Faxmaschine zu suchen, doch auf dem Weg zur Tür summte das Telefon.

»Ein Mr. Greer möchte Sie sprechen, Doktor.«

»Stellen Sie durch.«

»Doktor Delaware? Hier spricht Sherman Greer, Donald Wallace' Anwalt.«

»Guten Tag.«

»Haben Sie meinen Brief bekommen?«

»Ja, vielen Dank.«

»Sie haben ihn noch nicht beantwortet, Doktor.«

»Ich wußte nicht, daß es da etwas zu beantworten gibt.«

»Ich habe Grund anzunehmen, daß Sie den Aufenthaltsort der Kinder –«

»Nein, den kenne ich nicht.«

»Können Sie das beweisen?«

»Muß ich das etwa?«

Nach einer Pause: »Mein lieber Doktor, wir können die Sache wie zivilisierte Menschen angehen; wir können sie aber auch kompliziert machen.«

»Dann komplizieren Sie mal schön, Sherman.«

»Augenblick mal –«

Ich legte auf. Nach der kleinen Gemeinheit fühlte ich mich wohler und wollte gehen, doch bevor ich aufstehen konnte, war mein Telefondienst wieder dran, mit einem Gespräch aus New York.

»Dr. Delaware? Ich bin's noch mal, Joshua Rosenblatt. Meine Mutter wäre bereit, mit Ihnen zu reden, aber ich muß Sie warnen, Sie müssen sehr vorsichtig mit ihr sein. Die Gespräche dürfen nicht länger als jeweils ein paar Minuten dauern. Von den Einzelheiten habe ich ihr noch nichts erzählt. Sie weiß nur, daß Sie meinen Vater gekannt haben und daß Sie glauben, er sei ermordet worden. Es ist möglich, daß sie Ihnen nichts sagen kann und Sie Ihre Zeit verschwenden.«

»Das Risiko gehe ich ein. Wann kann ich kommen?«

»Heute ist Dienstag. Freitag ist schlecht, und an den Wochenenden braucht sie vollkommene Ruhe – Donnerstag, würde ich sagen.«

»Wie wär's mit morgen, wenn ich heute abend einen Flug bekomme?«

»Morgen ... das sollte auch gehen, aber erst am Nachmittag. Morgens hat sie Therapie, danach hält sie ihren Mittagsschlaf. Kommen Sie zuerst in mein Büro – Fifth Avenue, Hausnummer 500, Firma Schlechter, Mohl und Trimmer, dreiunddreißigster Stock. Haben Sie mir Ihre Referenzen schon gefaxt?«

»Das wollte ich gerade tun. Ich war auf dem Weg.«

»Gut, ohne das geht es nicht. Schicken Sie mir auch ein Foto von Ihnen. Wenn alles in Ordnung ist, sehen wir uns morgen, sagen wir, um halb drei.«

Auf dem Cañon Drive fand ich einen Kopier- und Faxladen und kabelte meine Dokumente nach New York. Als ich wieder zu Hause war, erzählte ich Ruth zunächst nichts von meinen Reiseplänen und rief eine Fluggesellschaft an. Ich buchte den Zehn-Uhr-Flug und fragte die Ticketverkäuferin, ob sie mir ein Hotel in New York empfehlen könnte.

»In der Stadtmitte? Sie könnten das Middleton versuchen. Da wohnen unsere Chefs immer, wenn sie nach New York müssen, aber es ist teuer. In New York ist natürlich alles teuer, es sei denn, Sie wären mit einer Absteige zufrieden.«

Ich bedankte mich und rief bei dem Hotel an. Ein sehr gelangweilt klingender Mann nahm meine Kreditkartennummer auf und gab mir, anscheinend widerwillig, ein Einzelzimmer für zweihundertzwanzig Dollar die Nacht.

Ich ging in die Garage und erzählte Ruth von Rosenblatt.

Sie schüttelte den Kopf und griff nach meiner Hand.

»Vor vier Jahren«, sagte ich, »damit wäre wieder eine Lücke gefüllt.«

»Wie ist es passiert?«

»Der Sohn nannte keine Einzelheiten, aber wenn der Mörder seinem Schema treu geblieben ist, dann muß es wie ein Autounfall oder wie ein Sturz ausgesehen haben.«

Dann eröffnete ich Ruth meinen Plan, an die Ostküste zu fliegen, und bot ihr an, sie könnte mitkommen.

»Was hätte das für einen Sinn?« fragte sie.

»Es wird leider kein Urlaub, fürchte ich. Ich muß wieder in anderer Leute Tragödien stochern. Allmählich komme ich mir vor wie ein Leichenfledderer.«

Sie schaute über die Schulter auf ihre Werkzeuge und halbfertigen Instrumente.

»Das einzige Mal, daß ich in New York war, war auf einem Familienausflug, inklusive Niagarafälle. Meine Eltern haben sich die ganze Zeit gestritten.«

»Ich bin seit der Uni nicht mehr dortgewesen.«

»Du mußt auf jeden Fall hin. Hier wird es immer schlimmer für dich. Wann fliegst du?«

»Heute abend, hatte ich gedacht.«

»Ich bringe dich zum Flughafen. Weißt du schon, wann du zurückkommen wirst? Ich kann dich dann abholen.«

»Das hängt davon ab, was sich ergibt – wahrscheinlich in ein oder zwei Tagen.«

»Wo kommst du unter?«

»Im Hotel. Das habe ich schon geregelt.«

»Du in einem Hotel, ganz allein.« Sie schüttelte den Kopf.

»Könntest du mir einen ganz großen Gefallen tun? Könntest du bei Milo und Rick schlafen, solange ich weg bin? Ich weiß, du hast viel Arbeit, aber ich hätte keine Ruhe, wenn du hier allein wärst.«

Sie streichelte mein Gesicht. »Ruhe. Davon hast du bestimmt nicht viel gehabt in letzter Zeit. – Sicher, warum nicht?«

Ich versuchte, Milo zu erreichen, ohne Erfolg. Ich mußte sicher sein, daß Ruths Unterkunft organisiert war, bevor ich abflog. Schließlich rief ich bei ihm zu Hause an und konnte mit Rick reden. Ich erwähnte Milos Angebot und sagte, wir würden vorbeikommen.

»Keine Sorge, wir werden uns um sie kümmern, Alex. Ich habe gehört, was du durchmachst. Ich bin sicher, der Dicke wird ihn zur Strecke bringen.«

»Das glaube ich auch. Ich hoffe, der Hund ist kein zu großes Problem.«

»Nein, überhaupt nicht. Milo sagt, er ist furchtbar süß.«

»Und deine Allergie?«

»Das ist halb so wild. Ich hatte noch nie einen Hund. Wenn

es zu schlimm wird, gehe ich in die Notaufnahme oder in eine Apotheke und hol mir eine Schachtel Seldan. – Da fällt mir ein, ich muß bald weg. Wann wolltet ihr denn kommen?«

»Heute abend. Weißt du, wann Milo nach Hause kommt?«

»Keine Ahnung. Warum machen wir es nicht so: Ich verstekke einen Schlüssel hinter dem Haus. Du kennst doch die beiden Sagopalmen an der Wand dort – ich lege den Schlüssel unter die kleinere, die rechte. Milo bringt mich sicher um, wenn er davon erfährt. – Wir haben übrigens wieder einen neuen Code für die Alarmanlage. Milo ändert den jetzt alle zwei Monate.«

Er rasselte fünf Zahlen herunter, ich schrieb sie mir auf und dankte ihm noch einmal.

»Es ist mir ein Vergnügen«, sagte er. »Es wird bestimmt lustig. Das erste Mal, daß wir ein Haustier haben.«

Um sieben verließen wir das Haus am Cañon, schlossen alles ab und machten uns auf den Weg nach West-Hollywood.

Wir fanden den Schlüssel im vereinbarten Versteck. Im Gästezimmer erwarteten Ruth ein frisch gemachtes antikes Eisenbett, eine weiße Rose auf dem Kissen und eine Tafel Schweizer Schokolade auf dem Nachttisch. In einer Ecke waren Zeitungen ausgebreitet, eine Schüssel Wasser darauf, ein Block Cheddarkäse, in Plastik verpackt, und ein Stück Hemdpappe mit der Aufschrift »Für Bully« in Ricks perfekter Chirurgenhandschrift.

Der Hund lief schnurstracks auf den Käse zu. Er schnupperte daran und hatte Schwierigkeiten zu verstehen, was es mit durchsichtigem Plastik auf sich hatte. Ich packte es für ihn aus und gab ihm den Käse bröckchenweise. Dann ließen wir ihn für eine Weile den Hof erkunden.

Um acht fuhr Ruth mich zum Flughafen. Der Hund durfte nicht mit in die Abflughalle, deshalb nahmen wir vor der Tür voneinander Abschied. Ich war den Tränen nahe und fühlte mich verloren.

Nach einer einsamen Nacht im Middleton rief ich am nächsten Tag als erstes Ruth an. In Los Angeles war es kurz nach neun Uhr morgens. Wir versicherten uns gegenseitig, daß es uns gutging, und schwatzten eine Weile, bevor sie an Milo weitergab.

»Guten Morgen, du Jetsetter«, sagte er. »Bist du auf Expedition oder auf der Flucht?«

»Von beidem etwas, würde ich sagen. Vielen Dank, daß ihr euch um die Frau mit dem Hund kümmert.«

»Ist uns ein Vergnügen. Ich habe doch etwas über Mr. Gritz herausbekommen. Ich konnte seine Spur bis in eine Kleinstadt in Georgia zurückverfolgen und habe soeben mit dem dortigen Polizeichef gesprochen. Sieht aus, als sei Lyle ein eigenartiges Kind gewesen. Er schwänzte die Schule und lernte nie vernünftig sprechen, geschweige denn lesen. Er hauste mit seiner Mutter in einem Wohnwagen am Stadtrand. Als Jugendlicher fing er mit Trinken an und kam prompt in Schwierigkeiten. Ladendiebstähle und Vandalismus. Ab und zu geriet er in Schlägereien und endete als Verlierer. Der Chef sagt, er hätte ihn des öfteren eingesperrt, aber es hätte ihm nichts ausgemacht. Das Gefängnis war für ihn nicht schlechter als zu Hause. Gewöhnlich hockte er in seiner Zelle, wippte auf seinem Stuhl und sprach mit sich selbst, als lebte er in seiner eigenen Welt.«

»Das klingt mehr nach frühen Anzeichen von Schizophrenie als nach einem blutrünstigen Psychopathen. Schizophrenie zeigt sich meistens erstmals im Alter zwischen fünfzehn und zwanzig. Es paßt nicht zu der kaltblütigen Planung, mit der wir es zu tun haben. Klingt deine Geschichte etwa nach einem Mann, der sich unbemerkt unter eine medizinische Konferenz mischen könnte? Oder nach verzögerter Rache und jahrelang vorausgeplanten Morden?«

»Nein. Der Polizeichef sagte, der Knabe wäre ein Idiot gewesen, doch ein Talent hätte er gehabt: Musik. Er hätte sich selbst Gitarre, Mandoline und Banjo beigebracht und eine Reihe anderer Instrumente.«

»Ein zweiter Elvis.«

»Exakt. Eine Zeitlang dachte man, er könnte es wirklich zu etwas bringen. Bis er eines Tages plötzlich die Stadt verließ und niemand mehr von ihm hörte.«

»Wie lang ist das her?«

»Das war neunzehnsiebzig. Er war also erst zwölf.«

»Weißt du, warum er damals wegging?«

»Er war wieder wegen Trunkenheit und Randalieren eingesperrt gewesen. Der Sheriff hielt ihm die übliche Predigt und gab ihm ein paar Dollar für einen Haarschnitt. Er hoffte, der Junge würde sich vielleicht besser benehmen, wenn er entsprechend aussähe. Lyle ging vom Polizeirevier direkt zum Bahnhof. Der Sheriff fand später heraus, daß er das ganze Geld in eine Fahrkarte nach Atlanta investiert hatte.«

»Mit zwölf«, sagte ich. »Vielleicht ist er weiter gekommen, bis Santa Barbara, und von de Bosch als Sozialfall aufgenommen worden. De Bosch legte immer Wert darauf, in der Öffentlichkeit als Wohltäter zu erscheinen.«

»Ich wünschte, ich könnte die Schulakten in die Finger bekommen. Die scheinen komplett verschwunden zu sein.«

»Hast du es schon bei den Bundesbehörden versucht? Vielleicht hat de Bosch Regierungsmittel beantragt, wegen der Sozialfälle, die er aufnahm.«

»Ich bin nicht sicher, wie lange diese Stellen die Akten aufbewahren, aber ich werde nachfragen. – Bis jetzt kriege ich diesen Gritz einfach nicht zu fassen. Das erstemal, daß er in Kalifornien polizeilich erfaßt wurde, war vor neun Jahren, das heißt, über zehn Jahre, nachdem er aus Georgia verschwunden war. Wenn er in anderen Nestern mit Bagatellsachen aufgefallen ist, dann muß das nicht unbedingt im großen Computer gelandet sein, aber irgend etwas würde ich trotzdem erwarten in der langen Zeit. Er ist mit Sicherheit ein faules Ei. Wo war er nur die ganze Zeit?«

»Hast du an psychiatrische Krankenhäuser gedacht? Zwölf

Jahre alt, ganz allein – es könnte ihm da draußen alles mögliche passiert sein. Er könnte zusammengebrochen und in eine Anstalt gesteckt worden sein. Oder wenn er zur gleichen Zeit bei de Bosch war wie der Junge, der sich totgefahren hat, Delmar Parker: Das könnte ihm psychisch den Rest gegeben haben.«

»Und jetzt gibt er de Bosch und dem Heim und allen, die damit zu tun hatten, die Schuld – aber für was? Natürlich, was du sagst, klingt plausibel. Ich wollte nur, wir kämen endlich über die Theorie hinaus. Ich wollte, wir könnten zeigen, daß Gritz in Santa Barbara war, und klären, was eigentlich in diesem Heim los war und was mit dem Parker-Jungen passiert ist.«

»Konntest du die Mutter ausfindig machen?«

»In New Orleans gibt es sie nicht. Andere Verwandte habe ich auch nicht gefunden. – Für wann hast du dich eigentlich mit Rosenblatts Sohn verabredet?«

»In zwei Stunden.«

»Viel Glück, und mach dir keine Sorgen, hier ist alles unter Kontrolle. Ruth macht sich gut in unserer Wohngemeinschaft. Sie gehört schon fast zur Familie. Vielleicht behalten wir sie.«

»Das glaube ich nicht.«

Er lachte. »Warum? Der Köter kann auch hierbleiben. Ich würde ihm einen Zwinger bauen, im Garten, und ...«

Ich legte auf.

Rosenblatts Büro befand sich in einem zweihundert Meter hohen Kalksteinturm. Ich ging durch die Eingangshalle, eine Orgie aus Marmor und Granit, und ließ mich von einem der Liftboys in den dreiunddreißigsten Stock bringen, zu Schlechter, Mohl und Trimmer.

Die Frau an der Rezeption schlug in einem dicken Terminbuch nach und sagte: »Mr. Rosenblatt wird Ihnen gleich zur Verfügung stehen.«

Ich wartete zwanzig Minuten, dann öffnete sich eine Tür,

hinter der die Privatbüros liegen mußten, und ein gutaussehender junger Mann kam auf mich zu.

»Dr. Delaware? Ich bin Joshua Rosenblatt.« Er lächelte nicht. Nur ein trockener, fester Händedruck.

Sein Büro war überraschend klein, doch eine der Wände bestand aus Glas und gewährte einen faszinierenden Blick auf die Stadt. Überall Dokumente, auch auf einem der beiden Besucherstühle vor seinem Schreibtisch. Ich setzte mich auf den anderen. Rosenblatt ließ sich irgendwo zwischen seinen Papieren nieder und musterte mich.

»Welche Art Recht praktizieren Sie?« begann ich die Unterhaltung.

»Ich bin Geschäftsanwalt.«

Er klimperte mit den Fingerspitzen auf der Schreibtischkante und fixierte mich weiter.

»Dasselbe Gesicht wie auf dem Foto«, sagte er. »Ich hätte jemand Älteren erwartet, eher in – Vaters Alter.«

»Ich bin Ihnen dankbar, daß Sie sich die Zeit für mich nehmen. Wenn ein naher Angehöriger ermordet wird«

»Es war kein Mord!« fuhr er mich an. »Jedenfalls nicht offiziell. Offiziell hat er Selbstmord begangen. Der Rabbi hat es nur als Unfall akzeptiert, damit er neben seinen Eltern beerdigt werden konnte.«

»Selbstmord?«

»Sie haben ihn doch getroffen ... Machte er auf Sie einen unglücklichen Eindruck?«

»Ganz im Gegenteil.«

»Ja, verdammt, im Gegenteil.« Er wurde rot vor Wut. »Er hat das Leben geliebt. Es hat ihm Spaß gemacht. Wir zogen ihn immer auf, daß er nie erwachsen werden wollte. Deshalb war er ein so guter Psychiater. Er war so ein glücklicher Kerl, daß seine Kollegen Witze über ihn machten: Harvey Rosenblatt, der einzige Psychiater in New York, der nicht selbst Therapie braucht.«

Er kam um den Schreibtisch herum.

»Depressionen kannte er gar nicht. Er war nie schlecht gelaunt. Er war ein großartiger Vater. Er spielte Fußball mit mir, obwohl er nie einen Ball traf. Was immer er gerade tat, er nahm sich stets die Zeit, alles fallenzulassen und uns zuzuhören. Wir wußten, was wir an ihm hatten, alle drei, wir waren dankbar für ihn, weil wir wußten, wie andere Väter waren. Wir haben nie geglaubt, daß er sich umgebracht hat, aber die Polizei wollte nichts davon hören. ›Die Beweise sind eindeutig‹, sagten sie immer wieder, als hätten sie den Spruch auswendig gelernt.«

Er fluchte und schlug auf den Schreibtisch. »Die Polizei hier ist nicht anders als die übrigen Bürokraten in dieser Stadt. Sie zogen ihre Routine durch und sagten: ›Okay, das war's, dann können wir ja Feierabend machen.‹ Wir heuerten einen Privatdetektiv an, jemanden, der schon mal für die Firma gearbeitet hatte, aber der folgte nur den Schritten der Polizei und speiste uns mit derselben Antwort ab. Sie sehen, ich sollte eigentlich froh sein, daß Sie hier sind und mir erzählen, daß ich nicht spinne.«

»Wie ist es passiert, nach Meinung der Polizei? Ein Autounfall, oder ist er irgendwo hinuntergefallen?«

Sein Kopf zuckte zurück, als hätte er eine Ohrfeige bekommen. Er starrte mich an und begann seinen Schlips zu lockern, nur um ihn dann noch fester zu ziehen. Dann griff er nach seinem Jackett und warf es sich über die Schulter.

»Kommen Sie. Ich muß hier raus.«

»Sind Sie in Form?« Er schaute mich an, von oben bis unten.

»Einigermaßen«, antwortete ich.

»Würde es Ihnen etwas ausmachen, zwanzig Blocks zu laufen?«

Ich schüttelte den Kopf, und wir gingen los.

Ich dachte, er würde in die fünfundsechzigste Straße einbiegen, wo Shirley Rosenblatt wohnte und auch ihre Praxis hatte, aber er ging weiter bis zur siebenundsechzigsten, dann zwei Blocks Richtung Osten und blieb vor einem acht Stockwerke hohen, schmucklosen Backsteinbau stehen. Im Erdgeschoß waren diverse Arztpraxen.

Er zeigte nach oben. »Da ist es passiert. Eine Wohnung im obersten Stockwerk. Die Polizei sagt, er sei gesprungen.«

»Wem hat die Wohnung gehört?«

Er schaute noch einige Sekunden nach oben, dann auf den Boden. Dann auf die Geranien vor dem Fenster eines Dermatologen, direkt vor uns. Sein Gesicht war starr vor Schmerz.

»Das muß Ihnen meine Mutter erzählen.«

26

Shirley Rosenblatt sah besser aus, als ich erwartet hatte. Sie saß aufrecht in einem Krankenhausbett, bis zur Hüfte unter einer weißen Überdecke. Ihr Haar war noch blond, künstlich aufgehellt, ihr zartes Gesicht immer noch hübsch.

Neben dem Bett stand ein Korbstuhl und eine Holzkommode mit etlichen Parfümflaschen darauf. Daneben ein Stapel Zeitschriften und ein Fingertrainer. Auf der anderen Seite, auf einem Teakholzgestell, stand ein Seewasseraquarium, lautlos belüftet, mit prächtigen Fischen, die durch ein künstliches Korallenriff glitten.

Joshua küßte seiner Mutter die Stirn. Sie lächelte ihn an und ergriff seine Hand, dann wandte sie sich zu mir mit ihren sanften blauen Augen.

»Das ist Dr. Delaware«, stellte Joshua mich vor.

»Alex«, sagte ich. »Ich freue mich, daß Sie bereit sind, mit mir zu reden, Dr. Rosenblatt.«

»Shirley.« Ihre Stimme war schwach. Das Sprechen bereitete ihr offenbar große Mühe, doch sie war klar zu verstehen. Ihre rechte Schulter hing etwas tiefer als die linke, ebenso das rechte Augenlid.

Sie küßte Joshuas Hand. Dann sagte sie langsam: »Du kannst jetzt gehen, mein Lieber.«

Er schaute mich an, dann wieder sie. »Bist du sicher, Mutter?«

Sie nickte.

»Gut, dann lasse ich euch jetzt für eine halbe Stunde allein. Aber ich bleibe in der Nähe.«

Sie ließ seine Hand los. Er beugte sich hinunter und umarmte sie.

»Bis später.«

»Bis später, mein Liebling.«

Ein letzter Blick zu mir, dann war er verschwunden.

Sie zeigte auf den Korbstuhl. Ich zog ihn heran und setzte mich.

»Sie sind auch Kinderpsychologe?«

Ich nickte.

»Ich glaube, ich erinnere mich an Ihren Namen – von Artikeln – über Angstzustände.«

»Das ist schon Jahre her.«

»Jetzt lerne ich Sie also kennen.« Ihre Stimme wurde leiser. Ich rückte näher ans Bett.

»Schlaganfall«, sagte sie und versuchte, mit den Schultern zu zucken.

»Joshua hat mir davon erzählt.«

Sie sah zunächst überrascht aus, dann belustigt. »Dann sind Sie einer der wenigen, die davon wissen. Er will mich ständig beschützen. Er ist so lieb. Alle meine Kinder sind so, aber Joshua ist der einzige, der noch zu Hause wohnt. Deshalb sehen wir ein bißchen mehr voneinander.«

»Wo sind die anderen?«

»Sarah lebt in Boston, als Dozentin für Kindermedizin an der Tufts-Universität. David ist Biologe im Krebsforschungszentrum in Washington.«

»Sie haben es also alle zu etwas gebracht.«

Sie lächelte und schaute zum Aquarium. »Ja, und das ist Harveys Verdienst. Sie haben ihn nur einmal getroffen?«

»Ja.« Ich erzählte ihr die Umstände.

»Glauben Sie mir: Harvey war der liebste Mann auf der Welt. – Erzählen Sie. Erzählen Sie von meinem Mann.«

Ich fing an, zu erklären, warum ich nicht glauben konnte, daß er sich umgebracht hatte. Ich berichtete von den anderen Morden, ohne in die gräßlichen Einzelheiten zu gehen. Als ich zu meiner Theorie über »böse Liebe« und Vergeltung kam, begannen ihre Augenlider zu zittern. Ich fürchtete, sie schon überfordert zu haben, und wartete, doch sie beruhigte mich: »Bitte, reden Sie weiter.« Als ich fortfuhr, schien sie an Spannkraft zu gewinnen; ihr Blick wurde schärfer, die Analytikerin in ihr schien gegen die Krankheit die Oberhand zu gewinnen.

Als ich fertig war, deutete sie auf die Kommode und sagte: »Die mittlere Schublade. Dort finden Sie einen Aktenordner.«

Die Akte lag zwischen Stapeln von Pullovern. Ich wollte sie ihr in die Hand geben, doch sie bat mich, sie aufzuschlagen. Das oberste auf einem dicken Stoß von Dokumenten war Harvey Rosenblatts Zulassung als Arzt.

»Blättern Sie weiter«, sagte sie.

Unter diversen Zertifikaten und Ausbildungsnachweisen stieß ich auf sein Testament, dann auf die Todesurkunde und die Beerdigungspapiere.

»Es müßte bald kommen«, hörte ich sie sagen.

Sie mußte den fotokopierten Polizeibericht meinen, den ich vor mir hatte. Der Autor war ein Kriminalbeamter namens Salvatore J. Giordano, Neunzehntes Revier, Manhattan. Nach seiner

»Meinung, gestützt auf den beiliegenden ärztlichen Bericht, Fall Nr. 1453331, verstarb das Opfer, Rosenblatt, H. M., männlich, weiß, Alter 59, infolge eines senkrechten Sturzes aus dem im Diagramm gekennzeichneten Fenster B, vom Schlafzimmer besagter Wohnung an der siebenundsechzigsten Straße, und Aufpralls auf den Gehweg vor besagter Adresse.

Der Sturz folgte aller Wahrscheinlichkeit nach einem willentlich durchgeführten Sprung, da weder erhöhter Blutalkohol noch Drogeneinfluß, noch gewaltsame äußere Einwirkung festzustellen waren. Es gibt keine Spuren eines Kampfes, weder in besagtem Zimmer noch am Fensterrahmen oder Fenstersims, und keinerlei Anzeichen für die Anwesenheit einer anderen Person als des Verstorbenen an besagter Adresse zur Zeit des Sturzes. Weitere Beweisstücke sind Trinkglas A und Geräte B (siehe Diagramm), in Einklang mit Ermittlungsbefunden im Zusammenhang mit dem sogenannten East-Side-Einbrecher.«

Darunter war ein Grundriß, in dem die Türen, Fenster und Möbel des Zimmers eingezeichnet waren, in dem Harvey Rosenblatt die letzten Augenblicke seines Lebens verbracht hatte: ein Bett, zwei Nachttische, zwei Kleiderschränke – einer davon als »niedrig«, der andere als »hoch« bezeichnet –, ein Fernseher, etwas, das als »antik« gekennzeichnet war, und ein Zeitschriftenständer. Auf einem der Nachttische waren ein Kreuz und die Erklärungen »Glas A« und »Geräte B (Dietriche, Feilen, Schlüssel)« zu sehen. Ein Pfeil zeigte auf das Schlafzimmerfenster.

Der folgende Absatz beschrieb die Wohnung: achtes Stockwerk, fünf Zimmer, Eigentumswohnung. Zur Zeit des Vorfalls waren die Eigentümer und alleinigen Bewohner, Mr. und Mrs. Malcolm J. Ruland, er Banker, sie Anwältin, auf einem dreiwöchigen Urlaub in Europa. Keiner von beiden hatte das verstorbene

»Opfer Rosenblatt je getroffen. Beide Zeugen geben übereinstimmend an, sie wüßten nicht, wie R. Zutritt zu besagter Wohnung erlangen konnte. Die aufgefundenen Werkzeuge deuten jedoch auf Einbruch hin. Die Aussage des Pförtners, Mr. William P. O'Donnell, daß er R. nicht durch den Eingangsflur hat kommen sehen, unterstützt weiter die Auffassung, daß R. sich unerlaubt Zutritt verschafft hat zu besagter Wohnung. Ferner enthielt Trinkglas A, das Mrs. M. Ruland inzwischen als ihr Eigentum identifiziert hat, eine dunkle Flüssigkeit, nachfolgend identifiziert als Diätcola, ein Lieblingsgetränk der Mrs. Ruland, was dem Erscheinungsbild dreier früherer Einbrüche im Umkreis von sechs Blocks um besagte Wohnung entspricht, die bisher dem sogenannten East-Side-Einbrecher zugeschrieben wurden und bei denen stets halb geleerte Limonadengläser am Tatort zurückgelassen wurden. Obwohl die Witwe des verstorbenen Opfers eine kriminelle Vergangenheit seitens des Opfers bestreitet und angibt, das Opfer sei Psychiater gewesen, deuten alle Indizien auf ein ›Doppelleben‹ seitens des Opfers hin und damit auf ein mögliches Motiv: Scham und Panik des Psychiaters und nach außen ›ehrbaren Bürgers‹ über seine geheime, schändliche Zweitexistenz.«

Danach kam ein halbseitiger Nachtrag, gezeichnet Detective Giordano, eine Woche später datiert als das Vorhergehende:

»Fall Nr. 1453331, Rosenblatt, H. – Zustimmung zur Durchsuchung der Wohnung des verstorbenen Opfers, erteilt von Witwe des Opfers. Durchsuchung abgehalten am 17.4.85, 15:23 bis 17:17, in Gegenwart von Det. B. Hildebrandt und Officer J. McGovern. Wohnung und Büroräume des Opfers durchsucht im Beisein der Witwe, Shirley Rosenblatt. Keine Beutestücke von früheren East-Side-Einbrüchen gefunden. Um Genehmigung zur Einsicht in psychiatrische Akten des

Opfers ersucht. Genehmigung verweigert durch S. Rosenblatt. Rücksprache mit Chief A. M. Talisani erforderlich.«

Die nachfolgende Seite stammte aus einer anderen Schreibmaschine und war von einem Detective Lewis J. Jackson unterzeichnet und vier Wochen später datiert.

»Besprechung über Det. Giordanos Fall, Nr. 1453331, H.M. Rosenblatt. Det. Giordano abwesend wegen Krankheit. Die Witwe des Opfers, Shirley Rosenblatt, und ihr Sohn, Joshua Rosenblatt, fordern Treffen und Wiederaufnahme des Falls. Erwarten Bericht über ›Fortschritte‹. Treffen durchgeführt. Unterrichtung besagter Angehöriger des Opfers über Schließung der Akte. Angehörige sehr aufgebracht, behaupten, sie seien getäuscht worden über den Zweck der Durchsuchung ihrer Wohnung. Sohn gibt an, er sei Anwalt und würde ›Leute kennen‹. Er und seine Mutter sind überzeugt, es handelt sich um Mord, nicht Selbstmord. Beteuern, das Opfer sei nie depressiv gewesen und nicht ›kriminell‹. Gaben ferner an, der Tod des Opfers sei ›irgendwie inszeniert‹ worden. Opfer hätte vor dessen Tod mit seiner Frau über einen ›beunruhigenden Fall gesprochen, der damit zu tun haben könnte, was meinem Vater zugestoßen ist‹, aber als ich nach Einzelheiten fragte, sagte er, er wußte nichts, weil das Opfer Psychiater war und nichts verriet, aus Gründen der ›Berufsethik‹. Als ich ihm sagte, nach der Beweislage sei nichts mehr zu machen, wurde der Sohn noch wütender und drohte, sich ›an höhere Stellen zu wenden, um uns zum Arbeiten zu bringen‹. – Gesprächsprotokoll an Chief A. M. Talisani.«

Die letzten beiden Seiten waren ein Brief auf schwerem weißen Papier, zwei Monate später datiert.

COMSAC ERMITTLUNGEN
513 Fifth Avenue, Suite 3463, New York, NY 10110

Dr. Shirley Rosenblatt
c/o Mr. J. Rosenblatt
Schlechter, Mohl & Trimmer
500 Fifth Avenue
Suite 3300
New York, NY 10110

30. Juni 1985

Sehr geehrte Frau Dr. Rosenblatt,
Ihrem Auftrag gemäß haben wir Daten und Materialien im Zusammenhang mit dem bedauernswerten Tod Ihres Gatten überprüft, einschließlich aller vorhandenen Polizeiberichte, Ergebnisse der Spurensicherung und Laborbefunde. Zudem haben wir Angehörige der Polizei befragt, die mit dem Fall befaßt waren. Inaugenscheinnahme der Wohnung, wo besagte bedauernswerte Umstände eintraten, war leider nicht möglich, da die Inhaber der betreffenden Wohnung, Mr. und Mrs. Malcolm J. Ruland, unseren Mitarbeitern Betreten und Inspektion der Räumlichkeiten untersagten. Wir sind jedoch überzeugt, daß die Datenlage genügt, um Ihren Fall abschließend zu beurteilen, und bedauern, Ihnen mitteilen zu müssen, daß wir keinen Grund sehen, den Befund der Polizei in dieser Sache in Zweifel zu ziehen. Mit Hinblick auf die besonderen Umstände des Falles raten wir Ihnen ferner, von weiteren Nachforschungen abzusehen.
Bitte zögern Sie nicht, an uns heranzutreten, falls Sie weitere Fragen haben.

Hochachtungsvoll
Robert D. Sugrue, Hauptermittler

KOSTENNOTE

22 (zweiundzwanzig) Stunden à $ 65:	$ 1430,-
abzgl. 10 % Kundenrabatt (S, M & T):	- $ 143,-
Rechnungssumme:	$ 1287,-
zahlbar sofort.	

Ich legte den Ordner auf meine Knie. Shirley Rosenblatts Augen hatten sich mit Tränen gefüllt.

»So hat man ihn ein zweitesmal umgebracht. Vier Jahre ist es jetzt her, aber es ist immer noch ... Deswegen ist Joshua so aufgebracht. Nichts ist aufgeklärt. Und dann kommen Sie ...«

»Ich will nicht ...«

»Nein.« Sie legte mühsam einen Finger auf ihre Lippen. »Es ist gut, daß Sie hier sind. Endlich kommt die Wahrheit ans Licht.« Sie lächelte gequält. »Harvey ein Einbrecher. Lächerlich. Glauben Sie, ich hätte es nicht gemerkt, wenn irgend etwas daran wahr wäre? Ich habe einunddreißig Jahre mit ihm zusammengelebt.« Sie klang überzeugt, doch ihr Blick verriet, wie sehr sie sich nach Bestätigung sehnte. »Wie kam er in diese Wohnung? Das ist die erste Frage, oder? Das haben sie mich immer wieder gefragt. Was sollte ich darauf sagen?«

»Jemand hat ihn dorthin gelockt«, sagte ich, »wahrscheinlich hat er sich als Patient ausgegeben. Jemand, dem Harvey helfen zu können glaubte.«

Sie seufzte. »Einer der Polizisten meinte, es sei doch bekannt, wie hoch die Selbstmordrate in unserem Beruf ist. Und dann sagte er, wir sollten froh sein, daß sie die Sache nicht weiterverfolgten. Und daß alles herauskommen würde, wenn sie das täten. Talisani drohte mir, Harveys Name würde durch den Schmutz gezogen, wenn wir keine Ruhe gäben. Er schien geradezu beleidigt zu sein, weil wir nicht wollten, daß er den Fall abschloß. Als wären wir Verbrecher. Alle gaben uns das Gefühl. Und jetzt kommen Sie und sagen, wir hätten die ganze

Zeit recht gehabt.« Sie preßte die Hände zusammen. »Ich bin Ihnen so dankbar.«

Sie fiel auf das Kissen zurück. Ihre Lippen waren trocken, und sie atmete schwer. Tränen flossen über ihre Wangen. Ich nahm ein Papiertuch und wischte sie ab. Die untere Hälfte ihres Körpers hatte sich die ganze Zeit nicht bewegt.

»Es macht mich so traurig«, flüsterte sie, »wenn ich daran denke, wenn ich mir wieder vorstelle, wie es passierte. Aber ich bin froh, daß Sie gekommen sind und uns ... unsere Würde wiedergeben. Sie glauben wirklich, es geht alles auf Andres zurück?«

»Ja, ich bin sicher.«

»Harvey hat nie etwas davon gesagt.«

»Was ist mit dem beunruhigenden Fall, von dem Joshua der Polizei erzählt hat?«

»Das war wenige Wochen, bevor ... Wir aßen zu Mittag, Harvey und ich. Wir aßen fast jeden Mittag zusammen. Er war unruhig, er schien sich große Sorgen zu machen, wo er sonst doch so ausgeglichen war. Er sagte, es wäre wegen eines Patienten, mit dem er kurz zuvor gesprochen hatte. Er sagte, es wäre sehr, sehr desillusionierend gewesen.«

Ich schaute sie fragend an.

»Er hat keinerlei Einzelheiten genannt. Wir sprachen nie über unsere Fälle. Wir machten uns das zur Regel, gleich als wir heirateten. Man gerät so leicht aufs Glatteis in der Hinsicht ... Zwei Therapeuten unter einem Dach. Man bildet sich ein, ein Gespräch unter Kollegen sei in Ordnung. Und dann sagt man mehr als nötig. Es fallen Namen, so fängt es an, und am Ende ertappt man sich dabei, auf Partys über Patienten zu schwatzen.« Sie schüttelte den Kopf. »Nein, es ist besser, sich von Anfang an strikt an die Regeln zu halten.«

»Aber irgend etwas muß Harvey doch gesagt haben, daß Sie dachten, es gäbe eine Verbindung zu seinem Tod.«

»Nein«, sagte sie traurig, »wir hatten eigentlich keinen Anhaltspunkt, wir klammerten uns einfach an alles, was irgendwie ungewöhnlich gewesen war, damit die Polizei endlich einsah, daß Harvey kein ... Das Ganze war so unfaßbar. Harvey in einer fremden Wohnung ...«

Die Erinnerung daran ließ sie vor Scham erröten.

»Die Leute, die dort wohnten, hat Harvey nicht gekannt?«

»Das waren kleinliche Leute. Ich rief die Frau an und bettelte, sie sollte doch den Privatdetektiv hereinlassen. Ich entschuldigte mich sogar, ich weiß nicht wofür. Sie sagte nur, ich sollte froh sein, wenn sie uns nicht verklagten, und legte auf.«

Sie schloß die Augen und rührte sich nicht mehr. Ich fragte mich, ob sie eingeschlafen war, doch dann sprach sie weiter.

»Harvey war so betroffen wegen dieses Patienten. Normalerweise nahmen ihn Fälle nie so mit. Aber was hat Andres damit zu tun? Wo ist der Sinn?«

»De Bosch war sein Lehrer gewesen, nicht wahr? Harvey könnte etwas Furchtbares über ihn erfahren haben, deshalb seine Reaktion.«

Sie nickte langsam, traurig.

»Wie nah standen sie einander?« fragte ich.

»Wie ein Professor und sein Student, nicht mehr. Harvey bewunderte Andres, obwohl der ein bißchen – autoritär war.«

»Auf welche Weise?«

»Dogmatisch – wenn er überzeugt war, im Recht zu sein. Harvey fand das seltsam, wo Andres doch gegen die Nazis gekämpft hatte und so leidenschaftlich für Demokratie eintrat. Doch sein persönlicher Stil war manchmal so ...«

»Diktatorisch?«

»Ja, doch Harvey bewunderte ihn dennoch. Weil er französische Kinder vor der Vichy-Regierung gerettet hatte und wegen seiner Arbeit im Erziehungswesen. Er war wirklich ein hervorragender Lehrer. Von Zeit zu Zeit besuchte ich seine Seminare. Andres hielt hof wie ein Grande. Er konnte stundenlang reden, ohne daß es langweilig wurde. Voller Witz, jede These knackig verpackt. Manchmal brachte er Kinder mit. Er hatte diese Gabe ... sie öffneten sich ihm vollkommen.«

»Und Katharina? Harvey sagte, sie hätte auch an den Seminaren teilgenommen.«

»Ja, das stimmt. Sie war selbst noch ein Kind, aber sie redete mit wie die anderen Studenten. Und jetzt ist sie ... und all die anderen Leute ...« Ihre Wangen zitterten.

»Haben Sie je Harveys Unterlagen durchgesehen und versucht herauszufinden, um welchen Patienten es sich gehandelt haben könnte?«

Ein langer Blick, dann ein schuldbewußtes Nicken.

»Er hat ein Tonbandarchiv geführt. Er schrieb nicht gern wegen seiner Arthritis, deshalb sprach er alles auf Band. Die Polizei habe ich nicht darangelassen, wegen der Patienten, aber später habe ich die Bänder abgehört, habe mir als Entschuldigung eingebildet, daß ich für die Patienten verantwortlich war, bis sie neue Therapeuten gefunden hatten. Ich mußte sie benachrichtigen, daß Harvey tot war, also mußte ich wissen, wer sie waren. Sitzungen von Monaten. Harveys Stimme ... manchmal hielt ich es nicht mehr aus. Doch ich fand nichts, nichts, was ihn ›desillusioniert‹ haben könnte. Seine Patienten waren wie alte Freunde für ihn. Er hatte jahrelang keine Neuen mehr aufgenommen.«

»Keinen einzigen?«

»Nein. Harvey war ein Analytiker alter Schule. Eine Couch, freie Assoziationen, langfristige, intensive Arbeit. Fünfzehn Patienten, drei- bis fünfmal die Woche.«

»Es könnte auch einer der alten Patienten gewesen sein, der ihn so beunruhigt hatte.«

»Nein, darauf gab es keinen Hinweis, in keiner der Sitzungen. Keiner seiner alten Patienten hätte ihm etwas zuleide getan. Sie liebten ihn.«

»Was haben Sie mit den Bändern gemacht?«

Sie antwortete nicht. Statt dessen redete sie weiter: »Er half diesen Leuten wirklich. Sie waren alle schockiert, als sie von seinem Tod erfuhren.«

»Haben Sie welche übernommen?«

»Nein. Ich war nicht in der Lage zu arbeiten, lange Zeit nicht. Selbst meine eigenen Patienten ...« Sie versuchte wieder, mit den Schultern zu zucken. »Für eine Zeit brach alles zusammen. So viele Menschen hatten darunter zu leiden. Deshalb habe ich es nicht weiterverfolgt, wegen meiner Kinder und seiner Patienten – seiner großen Familie. Und um meinetwillen. Ich wollte nicht, daß man uns durch den Schmutz zieht, verstehen Sie?«

»Natürlich.« Ich fragte sie noch einmal, was sie mit den Bändern gemacht hatte.

»Die habe ich zerstört«, sagte sie, als ob sie die Frage zum erstenmal gehört hätte. »Ich habe die Kassetten mit dem Hammer zertrümmert, jede einzelne, und dann habe ich alles in den Müll getan.«

»War Harvey in der Zeit vor seinem Tod auf irgendwelchen Konferenzen? Psychiatrischen Symposien oder Seminaren über Jugendfürsorge?«

»Nein. Warum?«

»Weil das vielleicht die Anlässe sind, die den Mörder in Aktion treten lassen. Zwei der anderen Opfer kamen auf Tagungen um, und das De-Bosch-Symposium könnte die ganze Mordwelle erst ausgelöst haben.«

»Nein«, sagte sie, »er war nirgendwo. Er hatte dem akademischen Zirkus abgeschworen, schon lange. Seine Stelle an der Universität gab er auf, um sich mehr um seine Patienten, seine Familie und seine eigene Gesundheit zu kümmern. Sein Vater war jung gestorben, wissen Sie – Herzanfall. Harvey war nun in dem Alter und sah sich mit seiner eigenen Sterblichkeit konfrontiert. Er begann, Sport zu treiben, das Fett auszutreiben aus seiner Ernährung und seinem Leben – so hat er sich ausgedrückt. Er sagte, er wollte noch lange, lange dasein für mich und die Kinder.«

Sie verzog das Gesicht, hob mühsam die Hand und ließ sie, weich und kalt, auf die meine fallen.

»Gibt es noch irgend etwas, das Sie mir erzählen können?« fragte ich.

Sie dachte lange nach. »Nein, tut mir leid. Ich wünschte, ich wüßte mehr.«

»Danke, daß Sie mich empfangen haben.« Ihre Hand blieb, wo sie war, sie schien eine Tonne zu wiegen.

»Bitte, lassen Sie mich wissen, was immer Sie herausfinden.«

»Das werde ich.«

»Wie lange bleiben Sie in New York?«

»Ich glaube, ich werde heute abend zurückfliegen.«

»Wenn Sie einen Schlafplatz brauchen, sind Sie herzlich willkommen. Vorausgesetzt, Sie sind mit einer Couch zufrieden.«

»Das ist sehr nett von Ihnen, aber ich muß zurück.«

Ich hörte eine Tür. Schritte.

Joshua trat ein, schaute auf unsere Hände und runzelte die Stirn.

»Alles in Ordnung, Mutter?«

»Ja, mein Liebling. Doktor Delaware war eine große Hilfe.«

»Eine Hilfe? Wie meinst du das?«

»Er weiß, daß wir im Recht sind ... wegen Vater.«

»Du hast dich genug angestrengt, Mutter. Bitte, du mußt dich jetzt ausruhen.«

»Es geht mir gut, Schatz, wirklich.«

Ich hob vorsichtig ihre Hand und legte sie auf die Bettdecke. Dann stand ich auf.

Joshua ging auf die andere Seite des Betts und strich die Decke glatt. »Du mußt dich jetzt wirklich ausruhen, Mutter. Der Doktor sagt, Ruhe ist jetzt das wichtigste.«

Er setzte sich neben das Bett. Ich schlich aus dem Zimmer und verließ die Wohnung.

27

Ich ließ einen Sitz auf dem nächsten Flug nach L. A. reservieren, stopfte meine Sachen in die Reisetasche und gab meine Ankunftszeit an Milos und Ricks Anrufbeantworter durch. Dann verließ ich das Middleton und winkte ein Taxi heran.

Am Schalter des Kennedy Airport erfuhr ich, daß mein Flug fünfunddreißig Minuten Verspätung hatte. An manchen der Sessel im Wartesaal gab es Münzfernseher. Die Leute glotzten in die Röhre, als sei sie der Quell der Wahrheit.

Ich fand einen freien Bildschirm und steckte etwas Kleingeld in den Schlitz. Es gab Nachrichten von einem Lokalsender.

Nachrichten aus Kalifornien. Die Leitung eines Gefängnisses in der Nähe von Los Angeles gab bekannt, daß am frühen Morgen zwei Insassen, beide vermutlich Angehörige einer weißen Rassistengruppe, erstochen worden waren. Die Täter kamen wahrscheinlich aus Kreisen einer mexikanischen Bande, der *Nuestra Raza.* Die Opfer, Russell Hauptmann und Donald Wallace, waren beide wegen Mordes verurteilt worden ...

Nuestra Raza. NR. Die Tätowierung auf Roddy Rodriguez' Händen.

Ich dachte an Rodriguez' Bauhof, ausgeräumt und verriegelt. Die Flucht mußte einige Zeit im voraus geplant gewesen sein.

Jetzt verstand ich auch Harry Kefflers unglückseligen Auftritt bei meinem Haus und Sherman Greers hartnäckige Fragen. Von Gerüchten im Gefängnis wußten die Iron Priests wahrscheinlich schon, was sich zusammenbraute. Wenn sie Rodriguez gefunden hätten, wären sie dem Anschlag vielleicht zuvorgekommen, oder sie hätten wenigstens Gelegenheit zu sofortiger Vergeltung gehabt.

Vergeltung.

Immer derselbe idiotische Teufelskreis. Gewalt gegen Gewalt.

Einbruchswerkzeuge und ein Stoß aus einem Fenster im achten Stock.

Eine Leiche in einer Garage. Ein kleiner Junge, der nie geboren wurde.

Zwei kleine Mädchen auf der Flucht.

Waren Sandra und Stefanie jetzt in irgendeinem mexikanischen Kaff an der Grenze? Oder hatte Evelyn sie an einen Ort gebracht, wo sie wie andere Kinder sein konnten? – Soviel Gewalterfahrung prägte. Jahre später würde es sie zu brutalen, gewalttätigen Männern ziehen, und sie wüßten nicht einmal, warum.

Es knackte im Hallenlautsprecher. Eine kaum verständliche Stimme sagte etwas von Einsteigen. Ich stand auf und stellte mich in die Schlange. Mein Kopf und meine Beine schmerzten. Ich dachte daran, ob Shirley Rosenblatt je wieder laufen lernen würde. Doch bald würde ich drei Zeitzonen entfernt sein von ihren Problemen und um einiges näher an meinen eigenen.

Wir landeten kurz vor Mitternacht. Die Ankunftshalle war verlassen. Ruth wartete draußen vor der automatischen Tür.

»Du siehst erschöpft aus«, sagte sie auf dem Weg zu ihrem Lieferwagen.

»Ich hab mich schon besser gefühlt.«

»Ich habe gute Nachrichten, vielleicht heitert es dich auf. Kurz bevor ich mich zum Flughafen aufmachte, rief Milo an. Es ging um das Tonband. Ich war schon fast aus der Tür, und er war auch in Eile, aber er sagte, er hätte etwas Wichtiges erfahren.«

»Der Sheriff, der das Tonband untersucht, hat also etwas gefunden. Wo ist Milo jetzt?«

»Unterwegs. Er sagte, er wäre da, wenn wir nach Hause kämen.«

»Nach Hause? Wo ist das?«

Die Frage warf sie aus dem Gleichgewicht. »Na, Milos Haus.

Er und Rick kümmern sich wirklich wunderbar um uns. Und zu Hause ist doch, wo das Herzelein wohnt oder?«

Ich schlief die ganze Fahrt über. Um zwanzig nach zwölf fuhren wir bei Milo vor. Er wartete im Wohnzimmer auf uns, eine Tasse Kaffee und ein tragbares Kassettengerät vor sich auf dem Tisch. Der Hund schnarchte zu seinen Füßen, doch als wir hereinkamen, wachte er auf, leckte uns beiläufig die Hände und ließ sich wieder auf dem Teppich nieder.

»Willkommen daheim, meine Lieben.«

Ich stellte meine Tasche ab. »Hast du von Wallace gehört?«

Milo nickte.

»Was denn?« fragte Ruth.

Ich erzählte ihr von den neuesten Morden.

»Nuestra Raza«, sagte Milo, »der Schwiegervater.«

»Das hab ich mir auch gedacht. Deswegen hat Evelyn wahrscheinlich den Termin mit mir platzenlassen. Rodriguez hatte ihr gesagt, daß sie am Mittwoch verschwinden müßten. Und deswegen ist wahrscheinlich auch Harry Keffler bei mir aufgekreuzt. – Was ist eigentlich aus ihm geworden?«

»Der sitzt noch. Ich grub eine Reihe von Bußgeldbescheiden aus, die er nicht bezahlt hatte, und konnte einen der Wärter überreden, seine Unterlagen zu verschlampen. Wir können ihn sicher nur noch ein paar Tage festhalten, aber das ist besser als nichts.«

»Nimmt die Sache denn gar kein Ende?« seufzte Ruth.

»Keine Sorge«, sagte ich, »die Iron Priests haben keinen Grund mehr, uns zu belästigen.«

»Genau«, stimmte Milo mir bei. »Mach dir über die keine Gedanken, Ruth. Die sind das geringste Problem.«

»Verglichen mit was?«

Er schaute auf den Kassettenrecorder.

Wir setzten uns. Milo drückte einen Knopf. Die Kinderstimme. Böse Liebe, böse Liebe, ich will deine böse Liebe nicht.

Ich schaute ihn an. Er hielt einen Finger hoch. Böse Liebe, böse Liebe, ich will deine böse Liebe nicht.

Dieselbe tonlose Stimme.

Doch diesmal war es eine Männerstimme. Eine gewöhnliche Männerstimme, mittlere Tonlage. Nichts Bemerkenswertes bezüglich Tonfall oder Akzent.

Elektronische Spielerei?

Die Stimme kam mir irgendwie bekannt vor, doch ich konnte sie nicht einordnen.

Es war still im Zimmer, bis auf das Atmen des Hundes.

Milo schaltete den Recorder ab und fragte: »Klingelt es irgendwo, Alex?«

»Irgendwie, ja, aber ich weiß nicht, was es ist.«

»Die Kinderstimme ist nicht echt. Was du gehört hast, könnte unser Mann sein. Du weißt wirklich nicht ...?«

»Laß mich noch mal hören.«

Diesmal lauschte ich mit geschlossenen Augen. Doch der Groschen fiel immer noch nicht.

»Nein«, sagte ich, »ich bin nicht einmal sicher, ob ich die Stimme überhaupt je gehört habe.«

Ruth legte mir die Hand auf die Schulter. Milos Gesicht war ausdruckslos, doch in seinen Augen las ich Enttäuschung. Er spulte zurück.

Beim nächstenmal klang die Stimme noch fremder, als ob mein Gedächtnis sie verbannen wollte.

»Verdammt!« fluchte ich. Der Hund öffnete die Augen, trottete zu mir und schnupperte an meiner Hand. Ich streichelte ihm den Kopf und sah Milo an.

»Ein letztes Mal noch.«

Rewind. Play. – Die Stimme, vollkommen fremd jetzt, als wollte sie mir einen Streich spielen.

Ich vergrub mein Gesicht in den Händen. Ruths Arme um meinen Hals waren kein Trost. Ich war zwar dankbar für ihr Mitgefühl, doch es half nichts.

»Was meintest du, als du sagtest, ›das könnte unser Mann sein‹?«

»Das ist die Meinung des Sheriffs. Er verlagerte die Kinderstimme auf eine willkürlich gewählte, tiefere Frequenz.«

»Woher will er denn wissen, daß die Stimme auf dem Band nicht echt ist?«

»Das sagen ihm seine Geräte. Er ist durch Zufall darauf gestoßen, als er mit den Schreien beschäftigt war – bei denen er übrigens zu neunundneunzig Prozent sicher ist, daß es Hewitt ist. Als er zu dem Kindersingsang kam, hatte er sofort das Gefühl, daß etwas nicht stimmte.«

»Das Roboterhafte.«

»Ja. An Gehirnwäsche oder anderen Psychokram dachte er gar nicht. Er ist Techniker, also analysierte er die Frequenzen und fand etwas Verdächtiges in den Einzelamplituden. In einer echten Stimme wechseln und wackeln die von Welle zu Welle, doch in dieser Aufnahme war alles gleichförmig. Daraus schloß er sofort, daß sie elektronisch manipuliert worden war, wahrscheinlich mit einem Frequenzschieber. Das ist ein Ding, das Töne abtastet und die Frequenzen versetzt. Je nach Einstellung klingt danach alles wie Speedy Gonzalez oder Lee Marvin.«

»Das heißt, unser Mann muß ein Experte sein.«

»Ganz und gar nicht. Die einfachen Ausführungen sind ganz billig und werden, zum Beispiel, von alleinstehenden Frauen benutzt, die am Telefon wie Arnold Schwarzenegger klingen wollen. Oder von Musikern, die sich so die zweite oder dritte Stimme fabrizieren, ohne den Chor bezahlen zu müssen.«

»Die Dinger findet man jetzt überall«, bestätigte Ruth. »Ich hab sie auch schon an Gitarrenverstärkern gesehen.«

»Lyle Gritz«, sagte ich, »der zweite Elvis. – Woher wußte der Sheriff, zu welcher Frequenz er hinuntergehen mußte?«

»Er nahm an, daß wir es mit einem männlichen Täter zu tun haben, der ein relativ billiges Gerät benutzt hat. Die besseren kann man nämlich schon so programmieren, daß sie natürlicher klingen, mit Wacklern und allem. Die billigen Kästen haben gewöhnlich nur zwei oder drei Einstellungen: Kinderstimme, Mann und manchmal eine Mittellage für Frauenstimmen. Der Sheriff hat die handelsübliche Frequenzverschiebung angesetzt und zurückgerechnet, wie das Original geklungen haben muß. Andererseits, wenn unser Mann eine bessere Ausrüstung benutzt hat, dann könnte, was du eben gehört hast, nichts mit seiner echten Stimme gemein haben.«

»Es muß nicht mal seine eigene Stimme gewesen sein, die er geändert hat.«

»Das kommt noch dazu. Aber wenigstens wissen wir jetzt, daß kein Kind darin verwickelt ist.«

»Gott sei Dank. Laß mir das Band da. Ich werde es morgen weiter versuchen. Vielleicht geht mir doch noch ein Licht auf. – Die Schreie. Was meint der Sheriff, wenn er von neunundneunzig Prozent Sicherheit redet?«

»Das heißt, er würde vor Gericht aussagen, daß es nach heutigem Stand der Technik wahrscheinlich so ist. Das Problem ist, uns fehlt noch der Angeklagte.«

»Es kann also auf keinen Fall ein Obdachloser sein. Er braucht zumindest einen Platz, wo er seine Ausrüstung unterbringen kann.«

Milo zuckte die Schultern. »Vielleicht hat er nur ein Schlupfloch irgendwo in einer Ruine, und dort versteckt er sich jetzt. Ich habe mit Kollegen in den entsprechenden Außenstellen gesprochen. Wenn er irgendwo da draußen ist, werden wir ihn schnappen.«

»Das ist er bestimmt. Er ist nämlich noch nicht fertig mit seiner Arbeit.«

Ich erzählte, was ich in New York erfahren hatte.

»Ein psychopathischer Einbrecher? Phantastisch«, war Milos Reaktion.

»Die New Yorker Polizei dachte anders darüber. Es paßte zu früheren Einbrüchen im selben Viertel: geknackte Schlösser, die

Wohnungsinhaber in Urlaub, ein halbleeres Glas Limonade auf dem Nachttisch. Limonade aus dem Kühlschrank des Opfers.«

»Stand etwas davon in der Zeitung?«

»Weiß ich nicht.«

»Wenn ja, dann hat er die Methode imitiert, wenn nicht, dann hat unser Mörder sich nebenher mit Einbruch beschäftigt. Könntest du nicht die alten Zeitungen herauskramen und nachsehen? Ich rufe in New York an und frage, ob um die Zeit von Rosenblatts Fenstersturz die Namen Gritz, Silk oder Merino dort aufgetaucht sind.«

»Gritz scheint bisher sehr bedacht darauf gewesen zu sein, nicht aufzufallen.«

»Ich denke auch nicht unbedingt an ein Verbrechen. So mancher Mörder ist schon aufgeflogen, weil er einen Strafzettel nicht bezahlt hat.«

»Okay. Ich gehe in die Bibliothek, sobald sie aufmachen.«

Er nahm seine Tasse vom Tisch und trank einen Schluck. »Was soll Rosenblatt denn für einen Grund gehabt haben, aus dem Fenster zu springen?«

»Schuldgefühle, Selbsterkenntnis, Scham über sein geheimes Verbrecherleben.«

»Was, er soll plötzlich den Moralischen gekriegt haben, mitten beim Einbruch? Das glaubt doch kein Mensch.«

»Seine Familie bestimmt nicht, aber die Polizei schien nichts dabei zu finden. Sie haben der Witwe gedroht, ihr guter Name würde in den Schmutz gezogen, wenn sie die Sache weiterverfolgen würden. Ein Privatschnüffler, den sie dann anheuerte, sagte dasselbe, nur etwas taktvoller.«

Ich gab ihm die Namen der Leute, die damals ermittelt hatten, und spekulierte weiter.

»Drei Todesstürze, angefangen mit Delmar Parkers Unfall auf der Küstenstraße. Wir müssen mehr darüber herausfinden.«

»Mit Delmars Mutter hatte ich immer noch kein Glück«, sagte

Milo. »Ich kann sie nicht auftreiben, und keines der Lokalblätter in Santa Barbara hat über den Unfall berichtet.«

»Wenn wir nur an einen der ehemaligen Schüler herankommen könnten.«

»Es sind immer noch keine Akten gefunden worden. Sarah hat die Fußböden in Katharinas Haus herausreißen lassen. Nichts zu finden.« Er schaute besorgt über den Rand seiner Kaffeetasse. »Was du von Rosenblatt erzählt hast, macht mir Sorgen. Ein erfahrener Psychiater, der sich mit jemandem in einer fremden Wohnung trifft.«

»Er war zwar erfahren, aber er hatte ein weiches Herz. Ich könnte mir vorstellen, daß ein Hilferuf ihn in die Falle gelockt haben könnte.«

»Das ist doch sicher nicht gängige Praxis. War er vielleicht ein ganz Progressiver, der seine Patienten an Ort und Stelle behandeln wollte?«

»Seine Frau sagt, er war sehr orthodox.«

»Wieso verläßt er dann seine Praxis? Orthodox heißt doch, daß er ohne seine Couch und sein Notizbuch nicht arbeiten konnte.«

»Richtig, aber seine Frau hat auch erzählt, er wäre kurz vor seinem Tod sehr bedrückt gewesen über einen seiner Fälle. Desillusioniert. Es würde mich nicht wundern, wenn es etwas mit de Bosch zu tun gehabt hätte. Etwas, das ihn so erschütterte, daß er sich von dem Mörder aus seinem Büro locken ließ. Er könnte gedacht haben, es sei die Wohnung des Patienten, und der könnte ihm einen glaubwürdigen Grund genannt haben, ihn zu Hause zu besuchen. Vielleicht hat er gesagt, er sei bettlägerig. Das Fenster, aus dem Rosenblatt fiel, war im Schlafzimmer.«

Milo nickte. »Rosenblatt geht ans Fenster, der Mörder springt aus dem Bett und stößt ihn hinaus. – Und die Witwe hat keine Ahnung, was ihn so aus dem Gleichgewicht gebracht haben könnte, daß er einem Hausbesuch zustimmte?«

»Sie versuchte, es herauszufinden. Sie brach ihre eigenen

Regeln und hörte seine Tonbandnotizen ab, doch sie fand nichts Außergewöhnliches.«

»Wem gehörte die Wohnung?«

»Einem Ehepaar Ruland. Sie sagten aus, sie hätten Harvey Rosenblatt nicht gekannt. Shirley erzählte, sie seien sehr unfreundlich gewesen. Sie verwehrten dem Privatdetektiv, den sie beauftragt hatte, den Zutritt zu der Wohnung und drohten, sie zu verklagen.«

»Nicht unverständlich. Stell dir vor, du kommst in deine Wohnung zurück und stellst fest, daß jemand eingebrochen ist und sie für seinen letzten Sprung benutzt hat. – War Rosenblatt der Typ, der auf eine Rührgeschichte hereinfällt?«

»Leider ja. Ich nehme an, er hat einen ähnlichen Anruf bekommen wie Bert Harrison und darauf reagiert, zu seinem Verhängnis.«

»Weshalb hat der Mörder dann die Verabredung mit Rosenblatt eingehalten, nicht aber die mit Harrison? Wieso hat er Harrison überhaupt so einfach davonkommen lassen? Harrison hat schließlich für de Bosch gearbeitet, und er hat auf der Konferenz geredet. Wieso sind alle, die damit zu tun hatten, tot oder zum Tod verurteilt, nur er nicht?«

»Das weiß ich auch nicht.«

»Findest du das nicht seltsam, Alex? Daß er so aus dem Rahmen fällt? Vielleicht sollte ich mich ein bißchen näher mit diesem Harrison befassen.«

»Vielleicht.« Mir wurde fast übel. »Stellt euch das vor: Ich sitze mit ihm am Tisch und will ihn warnen ... Er hatte Mike Lerner in Behandlung, und er wußte, wo Katharina wohnte ... unfaßbar. Er schien so ein netter Kerl zu sein.«

»Weißt du vielleicht, wo er jetzt ist?«

Ich schüttelte den Kopf. »Aber er ist nicht gerade unauffällig in seinen roten Klamotten.«

»Er trägt Rot?« fragte Ruth verwundert.

»Ja. Das ist die einzige Farbe, die er erkennen kann, sagt er.«

»Noch ein Verrückter«, war Milos Kommentar, »in was für einem Gewerbe bist du nur, Alex?«

»Das mußt du den Mörder fragen. Der scheint da seine feste Meinung zu haben.«

28

Wir schliefen die Nacht bei Milo. Am nächsten Morgen, nachdem er zur Arbeit gefahren war, hörte ich noch ein dutzendmal das Band ab.

Der Mann klang wie ein Buchhalter, der Zahlen herunterleiert. Ja, die Stimme kam mir bekannt vor, doch ich wußte nicht, woher, so sehr ich mir auch das Hirn zermarterte

Ich gönnte mir eine Pause und rief meinen Telefondienst an. Eine Nachricht von Jean Jeffers – keine Unterlagen über Mr. Gritz – und eine Bitte, Richter Huff anzurufen.

Er war in seinem Büro. »Hallo, Alex, ich nehme an, Sie haben von dem Gefängnisanschlag gehört.«

»Wissen Sie mehr, als was in den Nachrichten war?«

»Nur, daß man ziemlich genau weiß, wer es getan hat, und dabei ist, die Beweise zu sammeln. Zwei mexikanische Bandenmitglieder. Man nimmt an, es ging um Drogen.«

»Damit ist der Fall wohl erledigt, was mich angeht.«

»Sieht so aus. Haben Sie etwas von der Großmutter gehört?«

»Nein.«

»Ist vielleicht besser so – für die Kinder, meine ich. Weg von dem ganzen Schlamassel, meinen Sie nicht?«

»Das hängt davon ab, wo sie jetzt sind.«

»Natürlich. Wie dem auch sei, vielen Dank für Ihre Hilfe.«

Ich versuchte es noch etliche Male mit dem Tonband, bevor ich mich auf den Weg in die Bibliothek machte, wo ich den Rest des Vormittags damit verbrachte, vier und fünf Jahre alte

Ausgaben der New Yorker Tageszeitungen zu sichten. Ich las sehr langsam und gründlich, doch über einen »East-Side-Einbrecher« war nichts zu finden.

Das hieß jedoch nicht, daß Rosenblatts Mörder auch für die früheren Einbrüche verantwortlich war. Im Prinzip waren zunächst die Bewohner des Viertels selbst zu verdächtigen, weil sie am ehesten darüber Bescheid wußten, wer für wie lange in Urlaub ging. Andererseits konnte ich mir nicht vorstellen, daß ein Mitglied dieser vornehmen Gemeinde abends zu Ledertasche und Einbruchswerkzeugen griff und die Nachbarschaft ausraubte. Nein – wahrscheinlich war Mr. Silk aktiv gewesen, auf seine rituelle Art, immer bemüht, Objekte zu benutzen, die dem Opfer gehörten, das Opfer zu beherrschen und zu erniedrigen.

Böse Liebe. Mary Evans Parks. Rodney Shipler. Katharina de Bosch. Nur bei diesen Opfern waren die Worte aufgetaucht. Drei unverhüllte, blutige Morde. Kein Versuch, sie als irgend etwas anderes zu präsentieren.

Stoumen, Lerner und Rosenblatt waren dagegen vorgetäuschten Unfällen zum Opfer gefallen.

Zwei Klassen von Opfern – zwei Arten von Rache?

Die Laien massakriert, die Psychologen zu Tode gestürzt.

Aber hatte Katharina nicht auch zu den Profis gehört? – Nein, nicht zu der Zeit, als das passierte, was Mr. Silk zum Mord trieb, vor neunundsiebzig, wahrscheinlich eher um dreiundsiebzig, als Delmar Parker seinen Unfall hatte. Katharina war da erst Anfang Zwanzig und studierte noch.

Zwei klar getrennte Muster, vielleicht Teil einer komplexen Haß-Lust-Phantasie, die ein gesunder Geist niemals verstehen könnte.

Und wie paßte Rebecca Basille ins Bild?

Oder gab es zwei Mörder?

Die »Unfälle« waren stets Stürze.

Delmar Parker. Er mußte der Schlüssel sein.

Rache für ein mißhandeltes Kind?

Wenn de Bosch für Mißhandlungen verantwortlich gewesen war, dann mußte sich jemand daran erinnern. Warum hatte die ganzen Jahre niemand darüber geredet? – Die Frage war leicht zu beantworten: Wer hätte es geglaubt, ohne Beweise? Und warum alte Geschichten aufwärmen, wo der Alte längst unter der Erde liegt und wenn dadurch nur die Alpträume der Kindheit aufgewühlt werden? Wer wollte davon noch wissen?

Trotzdem: Irgend jemand mußte sich daran erinnern, was mit dem Jungen in dem gestohlenen Lieferwagen passiert war und warum es zum Anlaß einer Mordwelle wurde.

Ehemalige Schüler – wie kommt man an die heran? Und dann fiel mir jemand ein. Jemand, dem ich nie begegnet war, dessen Namen ich nicht einmal kannte.

Doch hatte mich dieses Problemkind damals dazu bewogen, für Katharina de Boschs Konferenz aufs Podium zu steigen.

Ich gab die Mikrofilmspulen zurück, ging zu einem der Münztelefone in der Eingangshalle und überlegte verzweifelt, wen ich anrufen könnte.

Western Pediatric ... Ende der siebziger Jahre.

Das Krankenhaus hatte in den letzten Jahren massive Veränderungen durchgemacht. Viele Leute waren verschwunden, doch einer war zurückgekehrt.

Robin Eagle war Oberarzt gewesen, als ich als Psychologe anfing. Er war ein begabter Lehrer, akzeptierte schließlich einen Ruf und wurde Professor für Gesundheitserziehung hier an der Medizinischen Fakultät. Der neue Vorstand hatte ihn erst kürzlich wieder angeworben und ihm die Abteilung für allgemeine Kindermedizin übertragen. Sein Foto war im Krankenhausblättchen gewesen.

Seine Sekretärin sagte, er sei irgendwo auf der Station. Ich bat sie, ihn suchen zu lassen. Wenige Augenblicke später rief er zurück.

»Robin, ich bin's, Alex Delaware.«

»Alex, was für eine Überraschung.«

»Wie geht es dir?«

»Nicht schlecht, und dir?«

»Man lebt. Hör zu, Robin, ich muß dich um einen Gefallen bitten. Ich versuche, eine von Henry Borks Töchtern ausfindig zu machen, und dachte, du könntest mir vielleicht helfen.«

»Welche? Henry und Mo hatten einen ganzen Stall – drei oder vier, glaube ich.«

»Die Jüngste. Sie hatte Schulprobleme und ist in ein Privatheim in Santa Barbara geschickt worden. Das war sechsundsiebzig oder siebenundsiebzig. Sie müßte jetzt achtundzwanzig oder neunundzwanzig sein.«

»Dann sprichst du wahrscheinlich von Meredith. An die erinnere ich mich genau, weil ich sie einmal auf einer Party bei Henry getroffen habe – sehr attraktiv, umwerfend. Ich hielt sie für älter und kam mit ihr ins Gespräch. Dann warnte mich jemand, und ich setzte mich ab. Gerade noch rechtzeitig.«

»Jemand warnte dich wegen ihres Alters?«

»Und wegen ihrer Probleme. Sie muß ein sehr schwieriges Kind gewesen sein. Ich weiß noch, man sprach davon, sie irgendwo einweisen zu lassen. Henry und Mo machten sich große Sorgen um sie. – Du weißt doch, daß er gestorben ist, nicht wahr?«

»Ja.«

»Warum mußt du sie unbedingt finden?«

»Das ist eine lange Geschichte. Es geht um das Institut, in das sie sie verfrachtet haben.«

»Was ist damit?«

»Es muß etwas passiert sein dort.«

»Etwas passiert? Du meinst, sie hätte noch mehr Probleme bekommen?« Er klang eher traurig als überrascht.

»Möglich.«

»Irgend etwas, das mich angehen könnte?«

»Nein, es sei denn, du hattest mit dem Heim zu tun – eine Art

Besserungsheim für schwierige Kinder, gegründet von einem Psychologen namens Andres de Bosch.«

»Nie gehört. Ich hoffe jedenfalls, du gehst der Sache auf den Grund. Und was Meredith betrifft, glaube ich, sie lebt noch in Los Angeles. Sie macht irgend etwas im Filmgeschäft.«

»Heißt sie noch Bork?«

»Das weiß ich nicht. Wenn du willst, rufe ich Mo an und frage sie. Sie ist immer noch sehr interessiert an unserem Krankenhaus. Ich könnte sagen, ich stelle eine Postliste zusammen, oder etwas in der Richtung.«

»Da wäre ich dir sehr dankbar.«

»Bleib dran. Laß mich sehen, ob ich sie erreichen kann.«

Ich wartete eine Viertelstunde mit dem Hörer am Ohr und tat beschäftigt, wenn jemand kam und das Telefon benutzen wollte. Endlich Robins Stimme: »Alex?«

»Ich bin noch da.«

»Ich hatte recht, Meredith ist noch in L. A. Sie hat eine eigene PR-Agentur. Ich weiß nicht, ob sie verheiratet ist, ihren Namen hat sie jedenfalls nicht geändert.«

Er gab mir ihre Adresse und Telefonnummer, und ich dankte ihm noch einmal.

»Gern geschehen, Alex. Wie bist du da eigentlich reingeraten? Durch einen Patienten?«

»Nein. Jemand hat mir eine Nachricht geschickt.«

Bork & Hoffman Public Relations, 8845 Wilshire Boulevard, Suite 304. Fünf Minuten Fahrt von der Bibliothek.

»Miss Bork spricht gerade auf einer anderen Leitung«, sagte mir die Sekretärin, als ich anrief.

»Ich warte.«

»Wie war noch der Name?«

»Dr. Alex Delaware. Ich habe mit ihrem Vater zusammengearbeitet, am Western Pediatric.«

»Einen Augenblick, bitte.«

Ein paar Minuten später sagte eine rauchige Stimme: »Meredith Bork.«

Ich stellte mich vor.

»Ich bin hauptsächlich in der Unterhaltung tätig, Film und Theater, aber manchmal kommen auch Ärzte zu uns, wenn sie ein Buch geschrieben haben. Haben Sie eins geschrieben?«

»Nein ...«

»Sie wollen also nur Ihre Praxis ein bißchen in Schwung bringen. Sehr gute Idee, aber leider machen wir das nicht. Ich geb Ihnen gern einen Namen, jemand, der sich mit Publicity für Ärzte abgibt, obwohl –«

»Danke, aber ich brauche keine Publicity. Miss Bork, es tut mir leid, Sie damit belästigen zu müssen, aber es geht mir um Informationen über Andres de Bosch und sein Institut in Santa Barbara.«

Schweigen.

»Miss Bork?«

»Ist das Ihr Ernst?«

»Es gibt Anhaltspunkte dafür, daß dort einiges schiefgelaufen ist, Vorgänge in den frühen siebziger Jahren. Ein Unfall, in den ein Junge namens Delmar Parker verwickelt war.«

Keine Antwort.

»Im Mai dreiundsiebzig. Ein Unfall auf einer Bergstraße. Der Junge starb. Haben Sie damals davon gehört? Oder von Fehlbehandlung? Mißhandlung?«

»Was, zum Teufel, geht Sie das an?«

»Ich berate die Polizei.«

»Die Polizei ermittelt gegen das Heim?«

»Es ist noch keine richtige Ermittlung. Wir tasten uns erst vor.«

Rauhes Lachen. »Sie wollen mich auf den Arm nehmen.«

»Nein.« Ich nannte ihr Milo als Referenz.

»Na und? Wie kommen Sie überhaupt auf die Idee, daß ich je in diesem Heim war?«

»Ich habe im Western Pediatric gearbeitet, als Ihr Vater dort Direktor war, und –«

»Dann hat es sich natürlich herumgesprochen, klar – das Besserungsheim.« Sie lachte bitter. »Endlich ...« Sie stockte. Dann: »Nach all den Jahren. Ich glaube, ich hör nicht recht ... Das Erziehungsheim, die letzte Hoffnung für schlimme Kinder, die gebessert werden müssen. Mein Gott, die haben mich gebessert, bis ich fast hopsging.«

»Sind Sie dort schlecht behandelt worden?«

»Schlecht behandelt?« Sie lachte so laut, daß ich den Hörer vom Ohr nahm. »Wie zartfühlend das klingt, Doktor. Sind Sie einer von diesen sensiblen Burschen, die sich richtig in einen hineinfühlen können?«

»Ich versuch's jedenfalls.«

»Wie schön für Sie. – Tut mir leid, die Sache ist sicher ernst, nicht wahr? Das war schon immer mein Problem, ich kann nichts ernst nehmen. Ich bin eben unreif. Reif sein ist langweilig, finden Sie nicht, Doktor? Deshalb arbeite ich auch in der Unterhaltungsindustrie. Da treffen Sie keine Erwachsenen. Und warum machen Sie, was Sie machen?«

»Ruhm und Reichtum«, antwortete ich.

Sie lachte noch lauter. »Psychologen, Psychiater, alles dasselbe Pack. Was meinen Sie, wie viele ich hinter mir habe? – Und woher soll ich wissen, daß Sie echt sind? Es ist doch kein blöder Scherz, oder? Steckt Ron vielleicht dahinter?«

»Wer ist Ron?«

»Auch ein sensibler Bursche.«

»Ich kenne keinen Ron. Aber ich gebe Ihnen gern meine Referenzen durch.«

»Na los, stopfen Sie sie ins Telefon.«

»Soll ich sie Ihnen faxen?«

»Ach was, was soll's? Was wollen Sie wirklich?«

»Ich möchte mit Ihnen über das Heim reden.«

»Das Heim, die Schule, die gute alte Zeit. Warten Sie ... von wo rufen Sie an?«

»Nicht weit von Ihrem Büro entfernt.«

»Etwa von der Telefonzelle gegenüber, wie im Film?«

»Ich kann in fünf Minuten bei Ihnen sein.«

»Wie praktisch. Nein, ich will meinen persönlichen Müll nicht hier im Büro ausbreiten. Treffen wir uns doch im Café Mocca, in einer Stunde. Wissen Sie, wo das ist?«

»Nein.«

»Wilshire, nicht weit von Crescent Heights. Eine schäbige kleine Einkaufsstraße. Der Kaffee ist Spitze, und die Kunden tun so, als seien sie Künstler. Ich sitze irgendwo hinten. Kommen Sie nicht zu spät. Ich warte nicht.«

Das Café, ein kleines Lokal mit blauen Vorhängen, war halb leer. Meredith Bork saß am hintersten Tisch, den Rücken zur Wand, eine Tasse in der linken Hand. Eine große, dunkelhaarige, schöne Frau. Vom Moment an, als ich durch die Tür kam, waren ihre Augen auf mich gerichtet, und ihr Blick wich nicht von mir, während ich auf sie zuging.

Ihr schimmerndes schwarzes Haar, gerade zurückgebürstet, fiel offen auf ihre Schultern. Ihr Teint war olivenfarben, wie Ruths, ihr Gesicht oval, mit breiten, vollen Lippen, einer geraden, schmalen Nase und einem perfekten Kinn. Auch die Wangenknochen unter den großen graublauen Augen waren perfekt. Silbrigblauer Nagellack passend zu der Seidenbluse, die obersten beiden Knöpfe offen, sommersprossige Brust. Kräftige, eckige Schultern und zahlreiche Reife um die schlanken Handgelenke. Viel Gold. Sie schimmerte sogar in diesem schummrigen Café.

»Großartig«, sagte sie, »Sie sehen süß aus, Sie dürfen sich setzen.«

Ich bestellte Kaffee. Als ihn die Kellnerin brachte, belehrte sie mich, er wäre heute aus Äthiopien. Ich kostete.

»Wie ist er?« fragte Meredith. »Wissen die hungernden Äthiopier, wie man Kaffee anbaut?«

»Sehr gut.«

»Da freu ich mich. Ich hab kolumbianischen. Den nehm ich immer, in der Hoffnung, daß sie beim Verpacken einen Fehler gemacht haben und ein bißchen von dem anderen Pulver dabei ist.«

Sie rieb sich die Nase und zwinkerte mir zu. Dann beugte sie sich vor und zeigte mir mehr von ihrer Brust und ihrem schwarzen Spitzen-BH, der ihren sommersprossigen Busen einrahmte. Sie benutzte ein Parfüm, wie ich es noch nie gerochen hatte, viel Gras, viel Blüten und etwas Schweiß.

Sie kicherte. »Lassen Sie sich nicht auf die Schippe nehmen, Mister – o je, Doktor, meine ich. Ich weiß doch, wie empfindlich ihr Halbgötter in Weiß da seid. Mein Vater explodierte immer, wenn ihn jemand ›Mister‹ nannte.«

»Alex genügt vollkommen«, sagte ich.

»Alex. Alexander der Große. Ist er wirklich groß? Will ficken?«

Bevor ich meinen Mund zuklappen konnte, sagte sie: »Also wirklich ...«

Das Lächeln war noch da, der Busen gefährlich nah, aber sie war leicht errötet, und die Muskeln unter den reizenden Wangenknochen zuckten ein wenig.

»Wie geschmacklos von mir und dumm dazu, nicht wahr? Im Zeitalter des Virus. Also, denken wir nicht mehr daran, meinen wundervollen Körper zu entblößen. Entblößen wir statt dessen meine Psyche, okay?«

»Meredith ...«

»Ja, das ist mein Name, und ich wäre Ihnen dankbar, wenn Sie ihn nicht so abnutzen würden!« Sie stieß an ihre Tasse, und ein paar Tropfen Kaffee spritzten auf die Tischdecke. »Ich kann Sie nicht leiden, wissen Sie das? Sie sind einfach zu nett. Also – das Besserungsheim. Meine schönsten Sommerferien ...«

»Sie waren nur einen Sommer dort?«

»Das hat vollkommen gereicht, glauben Sie mir.«

Zwischen den Salz- und Pfefferstreuern steckte eine Weinkarte. Sie zog sie heraus und las sie durch. Ihre Lippen bewegten sich, und über ihrem Mund bildeten sich winzige Schweißperlen. Falten der Anstrengung auf der gebräunten Stirn.

Sie legte die Karte hin und wischte sich den Schweiß von der Oberlippe.

»Sie haben mich erwischt: Ja, ich bin Legasthenikerin. Das heißt aber nicht, ich bin blöd. Es ist nur anstrengend. Man braucht gewisse Tricks, um die Bedeutung hinter den Wörtern zu erkennen.«

»Sind Sie deshalb in dieses Heim gegangen?«

»Ich bin nicht gegangen, Alex, ich bin geschickt worden. Und nein, das war nicht der offizielle Grund. Der war, daß ich *verhaltensgestört* war, einer der hübschen Ausdrücke, die ihr für ungezogene Mädchen habt. – Wollen Sie es genauer wissen?«

»Wenn Sie es mir erzählen wollen.«

»Natürlich will ich das, ich bin schließlich eine Exhibitionistin. Nein, streichen Sie das. Was geht es Sie überhaupt an?« Sie leckte sich die Lippen und lächelte. »Es reicht, wenn ich sage, daß ich über Schwänze früher Bescheid wußte als die meisten Mädchen. Lange bevor ich sie richtig schätzen lernte.« Sie hielt mir die Tasse hin, als sei sie ein Mikrofon. »Und wie kam das, Kandidat eins? Es geht um eine Waschmaschine und zwei Wochen Hawaii. Warum hat das süße junge Ding aus Sierra Madre sich beschmutzt?«

Ich sagte nichts.

»Schade, Nummer eins, die Zeit ist um. Die Antwort ist: fehlende Selbstachtung. Die Wurzel allen Übels, nicht wahr? Ich war vierzehn und konnte kaum lesen, deshalb lernte ich stattdessen, den Jungs einen zu blasen.«

Ich schaute in meine Kaffeetasse.

»Ach, sieh nur, das ist ihm wohl peinlich. Keine Sorge, es

hat mir nicht geschadet, ich bin stolz darauf. Man muß eben das Beste machen aus seinen Fähigkeiten.« Ihr Grinsen war breit, doch schwer zu ergründen. »Eines schicksalhaften Morgens entdeckte Mama seltsame Joghurtflecken auf meiner Schuluniform. Mama beriet sich mit meinem gelehrten Doktor-Vater, und dann kam das große Geschrei. Am ersten Ferientag wurde ich in die Wildnis verfrachtet, nach Santa Barbara. Dort gab es eine kleine braune Uniform und häßliche Schuhe. Zwischen Mädchen- und Jungenschlaftrakt lag ein struppiger Gemüsegarten. Dr. Bosch strich sich den Ziegenbart und sagte, es könnte der beste Sommer werden, den wir je gehabt hätten.«

Ihr Gesicht veränderte sich plötzlich, wurde schlaff und blaß. Sie stellte ihre Tasse auf den Tisch, schüttelte ihr Haar wie ein nasser Hund und rieb sich die Schläfen.

»Was hat er mit Ihnen gemacht?« fragte ich.

»Er hat mir das Herz aus dem Leib gerissen.« Es klang beiläufig, doch ihre Gestik – sie zog sich das Haar übers Gesicht und versteckte sich dahinter – verriet Schmerz.

»Scheiße«, sagte sie nach einer Weile, »es ist schwerer, als ich gedacht hatte. Sie wollen also wissen, wie er mich fertiggemacht hat? – Ohne Spuren. Nichts, wofür Sie ihn ins Gefängnis bringen könnten. Erzählen Sie Ihren Freunden von der Polizei, sie brauchen sich nicht anzustrengen; sie werden ihn niemals drankriegen. Außerdem müßte er jetzt steinalt sein. Wer würde den alten Sack noch vor Gericht schleppen?«

»Er ist tot.«

Sie ließ ihre Haare los. Ihr Blick war starr. »Ach ja? Ich hoffe, es war langsam und qualvoll. War es das?«

»Er hat sich umgebracht. Er war einige Zeit krank gewesen. Mehrere Schlaganfälle.«

»Wie hat er sich umgebracht?«

»Mit Pillen.«

»Wann?«

»Neunzehnhundertachtzig.«

Ihre Augen wurden zu schmalen Schlitzen. »Achtzig? Was soll dann der Quatsch von wegen Ermittlungen?« Ihr Arm schoß vor, sie umklammerte mein Handgelenk. Eine große, starke Frau. »Reden Sie schon! Wer sind Sie, und was wollen Sie?«

Ein paar Leute drehten sich um. Sie ließ meinen Arm los. Ich zeigte ihr meinen Ausweis und sagte: »Ich habe Ihnen die Wahrheit gesagt. Es geht um Rache.«

Ich erzählte ihr von den »Böse Liebe«-Morden und nannte die Namen der Opfer. Als ich fertig war, lächelte sie kalt und sagte: »Es tut mir leid um die Leute, aber ...«

»Aber was?«

»Böse Liebe – daß sein eigener Scheiß auf ihn zurückfällt. Das gefällt mir.«

»Sie meinen, böse Liebe war etwas, das er praktiziert hat?«

»Aber klar. Böse Liebe hieß, du warst ein wertloses Stück Dreck, das verdiente, mißhandelt zu werden. Böse Liebe für böse Kinder – psychologische Akupunktur, viele kleine Nadelstiche, keine Narben. Nein, wir wollen doch keine Narben hinterlassen auf den wunderbaren kleinen Kindern.«

»Was genau hat er gemacht?«

»Gute Liebe an einem Tag, böse Liebe am nächsten. Wenn alle zusammen waren – im Speisesaal oder bei der Schulversammlung –, war er der gute Onkel. Besonders, wenn Besucher da waren. Ein lustiger alter Kerl, immer Lachen und Witze, jede Menge Witze. Er wuschelte unser Haar und machte mit bei unseren Spielen. Er war ganz fit für sein Alter. Am liebsten spielte er Völkerball, und wenn jemand richtig fest getroffen wurde, dann machte er immer eine Riesenshow mit Herzen und Trösten. Ein richtig lieber Mann – lieber Doktor, meine ich. Er erzählte uns, wir seien die wunderbarsten Kinder der Welt und daß seine Schule die schönste der Welt war, mit den wunderbarsten Lehrern. Wir waren eine große, glückliche, internationale Familie ...« Sie stieß ein kurzes, böses Lachen aus. »Die große Familie ... Aber wenn du was falsch machtest, wenn du dich danebenbenahmst, dann gab es Einzelunterricht. Und plötzlich warst du nicht mehr schön und wunderbar, dann war die ganze Welt auf einmal furchtbar häßlich.«

Sie schniefte und nahm ihre Serviette, um sich die Nase zu putzen. Ich dachte an ihre Bemerkung über kolumbianischen Kaffee und fragte mich, ob sie sich vielleicht mit einer kleinen Prise gestärkt hatte vor unserem Treffen, doch sie unterbrach meine Gedanken: »Keine Sorge, es ist kein Schnee, nur ganz normale Gefühle. Gefühle, die ich gegenüber diesem Schwein habe, sogar wenn er tot ist. Ich hasse ihn. Ist das nicht erstaunlich, nach all den Jahren? Ich bin selbst überrascht, wie sehr ich ihn hasse. – Weil er mich dazu gebracht hat, mich selbst zu hassen. Dabei war meine Selbstachtung ohnehin so gut wie nicht vorhanden. Ich war schon fertig genug, weil ich mit dreizehn noch nicht lesen konnte. Alle gaben mir die Schuld, ich selbst eingeschlossen. Meine Schwestern waren Klassenbeste, und ich hatte lauter Fünfen. Ich war eine Frühgeburt. Schwierige Schwangerschaft. Muß mein Gehirn beeinflußt haben – daß ich nicht lesen konnte, und das andere ...« Sie grinste mich an. »Jetzt ist es also raus: *noch* ein Problem. Wagen Sie einen Tip? Na los!«

Ich schüttelte den Kopf.

»Sie wollen nicht? Was soll's auch, es ist nichts, wofür ich mich schämen müßte. Ich habe eine bipolare Verhaltensstörung. Stinknormal manisch-depressiv. Sag den Leuten, du bist high, dann kriegst du die Antwort: ›Ja, ich auch‹, und wenn du sagst: ›Nein, so mein ich das nicht‹, dann ...«

»Nehmen Sie Lithium?«

»Solange die Arbeit nicht zuviel wird, sonst macht es mich zu schlapp. Ich hab sogar einen Psychiater gefunden, der erkannt hat, was de Bosch mit mir gemacht hat. – Böse Liebe. De Bosch hat mich fast überzeugt, daß ich echt schlecht bin. In einem kleinen Zimmer, einer winzigen verriegelten Zelle. Nackte Glühbirne, manchmal nur eine Kerze. Und zwei Stühle, sonst nichts. Er und ich, seine Knie berühren mich fast, nichts dazwischen. Und dann starrt er dich an, eine Ewigkeit. Eine Ewigkeit. Und dann fängt er an zu sprechen, mit seiner tiefen, entspannten Stimme, als wollten wir uns nur ein bißchen unterhalten. Zuerst denkst du, na ja, kann ja nicht so schlimm werden, er klingt doch so nett.«

»Worüber sprach er?«

»Zuerst darüber, was Menschen sind. Daß jeder eine gute und eine schlechte Seite hat und daß der Unterschied zwischen Erfolg und Versagen ist, welche Seite man wählt. Und daß wir Kinder bei ihm wären, weil wir zu oft die schlechte und nicht die gute Seite gewählt hätten. Weil wir irgendwie beschädigt wären – beschädigt, das hat er immer gesagt –, weil wir mit Mutter oder Vater schlafen wollten. Freudianisches Gefasel. Und dann, wie gut sich alle anließen in dem Heim, außer mir. ›Alle haben sich in Kontrolle und lernen, die gute Seite zu wählen, außer dir, junge Dame‹, das hat er gesagt. Den anderen geht es gut, die verdienen die gute Liebe und ein glückliches Leben.«

Sie schloß die Augen und atmete tief durch.

»Und dann sitzt er nur da und starrt dich an. Läßt es wirken. Beugt sich näher. Sein Atem stank immer nach Kohl. Das Zimmer war so klein, daß der Gestank den Raum füllte. *Er* füllte den Raum. Er war nicht groß, aber die Zelle hat er ausgefüllt. Du hast dich gefühlt wie eine Ameise, die er im nächsten Moment tottrampeln würde. Du kriegst keine Luft, er nimmt alles weg. Wenn niemand dabei war, kam sein Haß zum Vorschein – sein Haß auf dich, weil du nur Abschaum warst. – *Du,* hat er immer gesagt, *du, du, du,* und dann fing er an: *Du* bist die einzige, die alles falsch macht. *Du* kannst dich nicht kontrollieren, *du* hast dich wie ein Tier benommen, wie ein niederes, dreckiges Tier – wie *Ungeziefer,* das war sein Lieblingswort. Und dann die anderen: Schwachkopf, Idiot, Irre, Abschaum – keine richtigen Schimpfwörter, immer nur eine Beleidigung nach der anderen, manchmal auf französisch. Er redete so leise, daß du ihn kaum verstehen konntest, aber du konntest nicht anders, du mußtest es hören, weil sonst kein Ton war in der Zelle. Nur die Kerze, er und du. Du konntest nicht anders.«

Sie lehnte sich zurück, so weit weg von mir, wie es ging, und sprach mit sanfter, tiefer, männlicher Stimme: »*Du bist wie Ungeziefer, und so wirst du auch enden.* – Und dann fing er an zu beschreiben, was für ein Leben das ist und wie er es mit der guten Liebe versucht hätte und ich sie nicht verdiente und daß es für mich nur noch böse Liebe geben würde, Schmutz und Erniedrigung.«

Sie griff zu ihrer Tasse. Sie brauchte beide Hände, um sie an die Lippen zu führen.

»Er verfiel in einen Singsang, wenn er so redete. Wie ein Prediger. Keine Chance, dazwischenzureden. Er gab dir das Gefühl, der einzige schlechte Mensch auf dieser schönen Welt zu sein – Dreck. Und du hast ihm geglaubt. Alle würden lernen, sich zu benehmen, nur du nicht, du bist das einzige Arschloch auf der ganzen weiten Welt.«

»Er wollte Sie von den anderen Kindern isolieren ...«

»Das hat er auch geschafft. Ich hab nie mit jemand geredet dort. Später – Jahre später – erkannte ich, wie dumm ich gewesen war. Unmöglich, ich konnte nicht die einzige gewesen sein. Ich habe andere Kinder gesehen, wie sie in das Zimmer gingen. Es ist alles so klar, im nachhinein, aber damals – das Ungeziefer war immer nur ich.«

»Ich nehme an, Sie waren von Anfang an isoliert. Die neue Umgebung, die Regeln ...«

»Ja!« Sie packte meinen Arm. »Ich hab mir in die Hose gemacht vor Angst! Meine Eltern haben mir nicht gesagt, wohin es ging, sie haben mich nur ins Auto gepackt, mit einem Koffer. Die ganze Fahrt haben sie kein Wort geredet. Als wir ankamen, ließen sie mich im Büro stehen und fuhren weg. Später fand ich heraus, daß das die Anweisungen waren, aber ich kann Ihnen sagen ...« Tränen stiegen ihr in die Augen. »Ich hatte gerade die siebte Klasse wiederholt. Mit Erfolg, dachte ich, und ich freute mich auf die Sommerferien, Schwimmen, wir hatten eine Hütte am Arrowheadsee, da sind wir immer hingefahren. Und dann stand ich in dem Büro, und sie fuhren weg. Ohne Erklärung. Ich dachte, ich wäre tot, in der Hölle. All diese braunen Uniformen. Niemand redete mit mir. Und dann kam *er.* Er grinste wie ein Clown, sagte, was für ein hübsches Mädchen ich wäre und er würde sich um mich kümmern. Ich dachte, Idiot, dem werd ich einen blasen. Das erstemal, als ich aus der Reihe fiel, ließ er mich in Ruhe, doch beim zweitenmal gab es Einzelunterricht. Böse Liebe. Ich war total benommen, als ich herauskam. Ausgelöscht, fertig – schwer zu erklären, aber es war wie Sterben. Wie ein schlechter Trip. – Die erste Woche konnte ich weder schlafen noch essen. Ich nahm zehn Pfund ab. Das schlimmste war, daß ich ihm glaubte. Er saß in deinem Schädel und kratzte an deinem Gehirn. Ich dachte wirklich, ich sei ein Haufen Dreck und gehörte in die Hölle.«

»Die Kinder haben nie miteinander gesprochen?«

»Manche vielleicht. Ich nicht. Vielleicht hätte ich es tun sollen, aber ich konnte nicht. Nach außen hin schwärmten alle, wie toll Dr. B. war. So ein toller Typ. Und dann sagst du auf einmal dasselbe, ohne nachzudenken, du singst einfach mit. Du dachtest, wenn du etwas gegen ihn sagst, fallen sie über dich her.«

»Gehörte körperliche Bestrafung auch zur bösen Liebe?«

»Ab und zu, ja, gewöhnlich ein Klaps oder Kneifen, nichts, was zu weh tat. Die Hauptsache war die Erniedrigung ... Aber wenn er jemandem weh tun wollte, dann wußte er wie. Er kannte die empfindlichen Stellen, und er hinterließ keine Narben. Niemand würde uns glauben, wenn wir uns beschwerten. Was waren wir schließlich? Schulschwänzer, Versager, Ausgestoßene. Denken Sie etwa, jetzt würde mir jemand glauben? Nach vier Abtreibungen und all dem Valium, Librium, Elavil und Lithium und den anderen Sachen, die ich gemacht habe? Würde sich nicht jeder Anwalt sofort darauf stürzen und *mir* den Prozeß machen? Ich wäre doch nur ein Stück Dreck für die Richter.«

»Wahrscheinlich.«

Sie verzog angewidert den Mund. »Ich finde es toll, daß er tot ist, und noch toller finde ich, daß er es selbst gemacht hat. Endlich war er mal an der Reihe.«

Sie schaute zur Decke.

»Woran denken Sie?« fragte ich.

»Meinen Sie, er hatte vielleicht Schuldgefühle und hat sich deshalb umgebracht?«

»Nach dem, was Sie mir erzählen, kann ich mir das kaum vorstellen.«

»Ich auch nicht. – Wissen Sie, daß ich froh war, wenn er mich schlug? Dann redete er wenigstens nicht. Seine Stimme war das schlimmste, seine Worte. Er redete sich in dich hinein und quetschte alles Leben aus dir heraus. Wissen Sie, daß er Zeitungskolumnen schrieb – über Kindererziehung? Die Leute schickten ihm Briefe mit Fragen, und er wußte immer einen Rat.«

Ich seufzte. »Und Sie haben nie mit jemandem darüber gesprochen?«

»Sie sind der erste. – Fühlen Sie sich nicht geschmeichelt? Ich habe Dutzende von Psychiatern verschlissen, aber Sie sind der erste, mit dem ich über de Bosch rede. Sie haben mich entjungfert, mein Schöner. Meine Seele blutet.«

»Interessant, wie Sie es ausdrücken.«

»Aber treffend, nicht wahr? Therapie ist wie Geschlechtsverkehr – du entblößt dich vor einem Fremden und hoffst das Beste.«

»Sie sagten, Sie hätten andere Kinder in dieses Zimmer gehen sehen. War es immer de Bosch, der sie bearbeitete, oder auch Angestellte?«

»Meistens er selbst, manchmal seine eklige Tochter. Um mich

hat er sich immer persönlich gekümmert, weil mein Vater ein so angesehener Mann war.«

»Wann genau waren Sie dort?«

»Sechsundsiebzig.«

»Da war Katharina erst dreiundzwanzig und hat noch studiert.«

»Na und? Sie ist von allen behandelt worden, als wäre sie ausgebildete Psychologin. Papa war der König und sie die Prinzessin. Wenn es wirklich Töchter gibt, die mit ihrem Vater pennen wollen, dann war sie so eine.«

»Hatten Sie jemals direkt mit ihr zu tun?«

»Nein, ich mußte nur ihre Arroganz ertragen.«

»Und die anderen Angestellten? Haben die auch manchmal Einzelsitzungen abgehalten?«

»Nein, ich glaube nicht. Es ist alles so verschwommen, mein ganzes Leben war bis vor wenigen Jahren ein einziger Nebel.«

»Soll ich die Namen mit Ihnen durchgehen?«

»Von mir aus.« Sie trank von ihrem Kaffee.

»Grant Stoumen.«

Sie schüttelte den Kopf.

»Michael Lerner.«

»Vielleicht, aber ich weiß nicht genau, tut mir leid.«

»Harvey Rosenblatt?«

»Null Erinnerung.«

»Wilbert Harrison, ein kleiner Mann, der immer in roten Klamotten herumläuft?«

»Nein.«

»Mary Evans.«

Blinzeln. Stirnrunzeln. Ich wiederholte den Namen.

»Hatten Sie nicht vorher eine andere Mary – irgendein Doppelname?«

»Evans Parks – Parks hat sie sich nach ihrer Heirat genannt.«

»Evans.« Ein bitteres Lächeln. »Mary Evans – Mary das Miststück. Eine kleine Blonde mit verkniffenem Arsch und verkniffenem Benehmen, nicht wahr? Sie hatte den Auftrag, Lehrerin zu spielen, wenn alle anderen sich die Zähne ausgebissen hatten. Zum Beispiel sollte sie mir das Lesen beibringen. Sie kannte nur Drill und Piesacken. Sie zwang mich zu idiotischen Übungen, die völlig zwecklos waren, weil ich einfach keinen Sinn in den Wörtern erkennen konnte. Sie benahm sich, als hätte sie einen Hund zu trainieren. Sie behauptete, ich wäre dumm, schwachsinnig und würde nicht aufpassen. Sie nahm meinen Kopf zwischen ihre Hände und zwang mich, ihr in die Augen zu schauen.«

Sie legte ihre Hände auf meine Wangen und preßte sie fest zusammen. Die Hände waren feucht, ihr Mund geöffnet. Sie zog mich zu sich, und ich dachte, sie wollte mich küssen. Statt dessen sagte sie mit schneidender Stimme: »Paß gefälligst auf! Hör zu, wenn ich rede, du kleiner Schwachkopf.«

Ich unterdrückte den Drang, mich loszureißen.

»Paß auf! Hör auf zu glotzen, du Schwachkopf! Das ist wichtig hier! Du *mußt* es lernen! Wenn du nicht aufpaßt, kannst du nichts lernen!«

Sie drückte noch fester, dann ließ sie mich los und lächelte wieder. »Ihr Atem roch nach Pfefferminz. Ist es nicht komisch, wie man sich an einen Geruch erinnert? Eins war sicher: Nach einer schwierigen Lektion mit dem Miststück kam bestimmt eine Privatsitzung mit de Bosch, mit allen Schikanen. Sie sagen, sie ist ermordet worden?«

»Auf sehr grausame Weise.«

»Zu traurig.«

»Und Rodney Shipler. Sagt der Name Ihnen etwas?«

»Nein.«

»Delmar Parker, der Junge, von dem ich Ihnen am Telefon erzählt habe?«

»Ja, der Unfall. Das war vor meiner Zeit.«

»Mai dreiundsiebzig. Aber Sie haben davon gehört?«

»De Bosch hat davon erzählt. Und wie.«

»Während dieser Sitzungen?«

Sie nickte. »Der Lohn der Sünde. Als ich wieder einmal ein schlimmes Verbrechen begangen hatte – man hatte mich mit einem Jungen erwischt –, hielt er mir die Predigt über diese Ratte von einem Jungen, der schließlich die Strafe bekommen hatte für seine Schlechtigkeit. ›Der Tod, junge Dame, der Tod.‹«

»Was war nach seinen Worten passiert?«

»Delmar hatte einen Wagen gestohlen, war von der Straße abgekommen und verunglückt. Ein eindeutiger Beweis, was mit Ungeziefer wie uns passierte. De Bosch redete gern davon. Er machte sich lustig über das Kind, lachte, als sei alles furchtbar spaßig. ›Verstehst du, du böses, dummes Mädchen? Ein Junge, der so dumm war, daß er ein Auto stahl, wo er nicht einmal fahren konnte. Hahaha. Ein Junge, der so dumm war, daß er seinen eigenen Tod inszenierte. Hahaha.‹«

»Das Wort hat er benutzt? ›Inszeniert‹?«

»Ja.« Sie wirkte verblüfft. »Ich glaube, er hat genau dieses Wort benutzt.«

»Was sagte er sonst noch über den Unfall?«

»Lauter ekelhafte Einzelheiten. Daß sie den Jungen erst nach Tagen fanden, wie ihm die Maden aus Augen und Ohren krochen – ›Von Maden gefressen, meine liebe Meredith, ein Festschmaus für die Maden. Von innen aufgefressen. Sein halbes Gesicht hatten sie schon gefressen, furchtbar, häßlich wie dein Charakter. Denk darüber nach, Meredith. Denk an diesen dummen Jungen und wie sich die Maden über ihn hermachten. Das passiert, wenn Ungeziefer wie du sich nicht bessern will.‹«

Sie lachte heiser und rieb sich die Nase.

»Das Zitat stimmt vielleicht nicht ganz, aber es war verdammt ähnlich. Außerdem nannte er den Jungen einen Nigger, einen Wilden, einen Urwaldbewohner. ›Warum willst du es den Wilden gleichtun, Meredith, wenn da draußen die Zivilisation auf dich wartet?‹ – Ein Rassist, das war er auch. Er brauchte es gar nicht auszusprechen, man sah es schon daran, wie er die Kinder ansah, die keine Weißen waren.«

»Gab es viele farbige Schüler?«

»Nein, nur eine Handvoll, fürs Image wahrscheinlich. Für die Öffentlichkeit war er nämlich der Musterliberale. Überall hingen Bilder von Martin Luther King, von Gandhi und den Kennedys. Wie gesagt – alles Schau.«

Sie legte die Hände flach auf den Tisch und schien im Begriff aufzustehen.

»Noch ein paar Namen«, bat ich sie. »Silk?«

Kopfschütteln.

»Merino.«

»Soll das ein Witz sein? Kennen Sie noch mehr Stoffarten?«

»Lyle Gritz?«

»Nein, tut mir leid. Wie viele haben denn bisher dran glauben müssen?«

»Viele. Ich stehe auch auf der Liste.«

Sie riß die Augen auf. »Sie? Warum?«

»Ich war im Vorsitz bei einem Symposium über de Boschs Lebenswerk, im Western Pediatric.«

»Warum?« fragte sie kalt. »Waren Sie ein Fan von ihm?«

»Nein. Eigentlich hat mich Ihr Vater dazu gezwungen.«

»Gezwungen? Warum denn das?«

»Er schuldete Katharina einen Gefallen.«

»Eine Konferenz, sagen Sie. Na, vielen Dank, Papa. Der Alte foltert mich, und zum Dank veranstaltet mein Vater eine Gedenkfeier für ihn. Wann war das?«

»Neunundsiebzig.«

Sie dachte nach. »Da war ich in Boston auf einer katholischen Mädchenschule, obwohl wir noch nicht einmal katholisch waren ... Ein Symposium!« Sie lachte.

»Sie haben Ihren Eltern nie erzählt, wie es Ihnen in dem Heim ergangen ist?«

»Nein. Es war zu traumatisch, außerdem hätten sie mir sowieso nicht zugehört. Nach dem Sommer redete ich mit überhaupt niemandem. Ich lief herum wie ein Roboter. Sie hatten de Bosch ein ungezogenes Mädchen übergeben und einen gehorsamen lebenden Leichnam zurückbekommen. In ihren Augen muß er ein Wunderheiler gewesen sein. Noch Jahre danach sagten sie zu mir, es sei eine der besten Entscheidungen gewesen, die sie je getroffen hätten. Ich hätte sie umbringen können, doch ich behielt meine Gefühle für mich.«

Sie hatte Tränen in den Augen.

»Wie lange waren Sie in dem Zustand?« fragte ich leise.

»Ich weiß nicht. Monate, Jahre, ich sagte doch, es ist alles ein einziger Nebel. Ich weiß nur, daß es sehr, sehr lange dauerte, bis ich mein wahres Ich wiederfand, bis ich lernte, zu tun, was ich wollte, ohne mich zu verraten, ohne mich mit Flecken auf dem Kleid erwischen zu lassen.«

Sie leckte sich die Lippen und lächelte. Eine Träne rollte über ihre Wange. Sie wischte sie wütend ab.

»Als ich achtzehn war, schickte ich meine Eltern zum Teufel und bin abgehauen – mit dem Klempner, der zu uns nach Hause gekommen war, um die Klos zu reparieren.«

»Anscheinend haben Sie sich seitdem ganz schön verbessert.«

»Wie nett, daß Sie das sagen ... Ja, es lief wie am Schnürchen. Das Geschäft, in dem ich jetzt bin, besteht hauptsächlich aus Angeberei, und darin bin ich perfekt. Ich organisiere Partys, schmeiße Kampagnen und füttere die Idiotenpresse mit Gerüchten. Die Show geht weiter. – *Ciao,* war mir ein Vergnügen, Alexander.«

Sie stand auf und verließ das Café. Sie rannte fast.

Ich legte Geld auf den Tisch und folgte ihr. Ich holte sie ein, als sie in einen roten, offenen Mustang stieg. Der Wagen sah neu aus, obwohl auf der Fahrerseite schon lauter Kratzer und Beulen waren.

»Nichts da, mein Freund, es reicht«, sagte sie und ließ den Motor an.

»Ich wollte mich nur bedanken.«

»Auch noch höflich. Ich kann Sie echt nicht ausstehen.«

29

»Böse Liebe«, sagte Ruth, »der Gipfel der Heuchelei.«

»Das Schwein erfindet einen Begriff für verfehlte Kindererziehung, und privat gibt er ihm eine ganz andere Bedeutung.«

»Kinderquälerei.« Sie feilte wütend an einem Stück Rosenholz herum, doch dann sah sie ein, daß sie zu aufgeregt war, und legte das Werkzeug weg.

»Wenn es typisch ist, was diese Frau durchgemacht hat, dann war alles vollkommen legal. Es gab keine sexuelle Belästigung, nichts, was – außer in Schweden vielleicht – unter Kindesmißhandlung fiele. In vielen Schulen gibt es heute noch die Prügelstrafe. Und gegen Gehirnwäsche und psychische Mißhandlung gibt es immer noch kein Gesetz. Wie sollte man das auch definieren? Im Grunde benahm sich de Bosch nur wie ein schlechter Vater, und das ist kein Verbrechen.«

Ruth schüttelte den Kopf. »Und keiner hat je den Mund aufgemacht.«

»Manche der Kinder haben das vielleicht getan, aber ich bezweifle, ob ihnen jemand geglaubt hat. Es waren alles Problemkinder. Sie waren nicht glaubwürdig, zumal die Eltern sowieso weder ein noch aus wußten mit ihnen. In vielen Fällen war de Bosch wahrscheinlich die letzte Hoffnung. Sogar wenn seine Praktiken ans Licht gekommen wären und einige Eltern ihre Kinder heraus geholt hätten, wären die Plätze wahrscheinlich innerhalb weniger Wochen wieder belegt gewesen. Die Opfer hatten keinerlei rechtliche Handhabe. Und eines von ihnen ist jetzt dabei, die Rechnung zu begleichen, auf seine Weise.«

»Immer dasselbe. Opfer werden zu Tätern.«

»Was mich beunruhigt, ist die Frage, warum der Mörder nie an de Bosch selbst Hand angelegt hat, immer nur an Angestellte und Schüler. Es sei denn, de Bosch starb, bevor der Mörder alt genug war – oder stark genug –, den Rachefeldzug zu beginnen.«

»Oder wahnsinnig genug.«

»Das auch. Wenn ich recht habe mit der Vermutung, daß der Mörder durch Delmar Parkers Unfall schwer traumatisiert wurde, dann muß er dreiundsiebzig dortgewesen sein. De Bosch starb sieben Jahre später; der Mörder könnte noch ein Kind gewesen sein, zu jung für so kaltblütig geplante Verbrechen. Wenn Kinder etwas anstellen, dann meistens impulsiv. Ein anderer Grund, weswegen er sich an de Bosch nicht rächen konnte, mag gewesen sein, daß er eingesperrt war im Gefängnis oder in einer psychiatrischen Klinik. Das würde mit dem Lebenslauf unseres Mr. Gritz zusammenpassen. Es würde die zehn Jahre erklären, während deren er von der Bildfläche verschwunden war, zwischen seinem Weggehen aus Georgia und seiner Verhaftung hier.«

»Zeit genug, um den Haß weiter aufzubauen.«

»Genau. Daß er unfähig war, de Bosch direkt zu bestrafen, könnte ihn noch verbitterter gemacht haben. Der erste Mord geschah vor fünf Jahren. Mary Parks. Das könnte das Jahr seiner Entlassung gewesen sein. Und Mary war das perfekte Opfer; sie war de Boschs Getreue und direkt beteiligt an den Quälereien.«

»Ist es überhaupt sicher, daß de Bosch Selbstmord begangen hat? Vielleicht war das auch inszeniert.«

»Das glaube ich nicht. Dafür starb er zu friedlich. Warum sollte der Mörder die Untergebenen grausam abschlachten und den Boß so leicht davonkommen lassen? Sein Ritual könnte beinhalten, daß er sich das Beste bis zum Schluß verwahrt. Er würde nicht mit de Bosch anfangen und dann die Hierarchie abwärts arbeiten.«

»Das Beste zum Schluß.« Ruths Stimme zitterte. »Und warum sollst du das sein?«

»Es kann nur mit diesem verdammten Symposium zusammenhängen.«

Ruth nahm einen Handfeger und begann, die Holzspäne zusammenzufegen. Ich übernahm das Kehrblech und fragte, ob es noch Anrufe gegeben hätte.

»Nein.« Sie zog das Garagentor zu, und wir gingen ins Haus. Es erschien mir fremder als je zuvor.

Im Schlafzimmer zog Ruth ihr Arbeitshemd aus, ich hakte ihren BH auf und umfaßte ihre warmen, schweren Brüste. Sie entwand sich mir und stellte sich vor mich, die Arme über der Brust gekreuzt.

»Laß uns hier verschwinden, Alex – raus aus der Stadt.«

»Einverstanden.« Ich schaute den Hund an. »Und was machen wir mit ihm?«

»Ich rede nicht von großen Ferien. Ich dachte, wir essen irgendwo, weit genug weg, daß wir auf andere Gedanken kommen. Um den Hund mach dir keine Sorgen. Wir füttern und tränken ihn, lassen die Klimaanlage laufen und geben ihm ein paar Gummiknochen.«

»Gut. Wo soll es hingehen?«

»Normalerweise hätte ich Santa Barbara gesagt.«

Ich zwang mir ein Lachen ab. »Wie wär's mit der entgegengesetzten Richtung, Laguna Beach?«

»Laguna, genau.« Sie zog meine Hände zu ihren Hüften. »Weißt du noch, das Lokal mit Blick auf den Ozean?«

»Na klar: Calamares, Poster mit weinenden Clowns an den Wänden. Ich bin gespannt, ob es das noch gibt.«

»Wenn nicht, dann finden wir etwas anderes. Hauptsache, wir kommen hier raus.«

Wir nahmen den Lieferwagen, weil der noch mehr Benzin im Tank hatte. Außerdem fuhr ich ihn gern. Man kam sich vor wie in einem Panzer. Man saß so schön hoch und spürte das Gewicht und die Kraft des Wagens.

Milo wußte noch nichts von Meredith. Noch eine Verrückte, würde er sagen, und dann würde er sich das Gesicht reiben.

Laguna war ruhiger, als ich es in Erinnerung hatte. Die Touristenfallen und Galerien waren fast alle geschlossen.

Das Fischlokal mit den Clowns an den Wänden gab es natürlich längst nicht mehr, aber wir fanden ein nettes Restaurant etwas weiter die Straße hoch, wo wir einen riesigen Salat, ganz ordentlichen Schwertfisch und ausgezeichneten chilenischen Barsch bekamen, dazu Wein und zum Schluß starken schwarzen Kaffee.

Der Verdauungsspaziergang führte uns weit genug von den Einkaufsstraßen weg, daß wir irgendwo stehenbleiben und in Ruhe auf den Ozean hinausschauen konnten. Tausende Meilen Wasser hinter einem weißen Sandband. Die Brandung war träge. Der Wind trug winzige Tröpfchen und gelegentlich Rauschen herüber, das wie ferner Applaus klang. Wir hielten uns so fest bei den Händen, daß mir die Finger weh taten. Dann drückten wir uns aneinander und küßten uns, bis wir keine Luft mehr bekamen. Ruth biß mir auf die Unterlippe, und ich wußte, es war zum Teil Leidenschaft, zum Teil Wut. Wir hielten uns lange umschlungen, bevor wir zum Wagen zurückgingen und Richtung Norden fuhren, weiter stadtauswärts.

»Fahr nicht auf die Autobahn«, sagte sie.

Ich fuhr eine Weile die Cañonstraße entlang, dann bog ich ab, in die Berge, auf eine Straße ohne Wegweiser.

Ruth lag an meiner Schulter, ihre Anspannung entlud sich in hemmungslosem Weinen.

Wir fuhren bis zum Ende der Straße. Zikaden und Dunkelheit, der Ozean nirgends zu sehen.

Ich legte den Rückwärtsgang ein, doch Ruth fiel mir in den Arm und stellte den Motor ab.

Wir schauten uns in die Augen, küßten uns, fummelten an unseren Kleidern. Wir saugten uns aneinander fest, liebten uns, kämpften ums Vergessen.

Die Rückfahrt war langsam und still. Ich schaffte es, die Wirklichkeit zu verdrängen, bis wir die Autobahn verließen. Ruth schlief, lächelnd in ihrem Sitz zusammengesunken.

Es war Viertel vor zwei morgens. Auf dem Sunset war kaum ein Auto zu sehen. Die Ampel an der Stelle, wo sich die Straße zu unserer vorübergehenden Bleibe im Cañon mit jener zu meinem Haus kreuzte, zeigte auf Grün, und ich wollte schon in Richtung Cañon weiterfahren, als ich Sirenen hörte. Sie schienen aus allen Richtungen zu kommen und wurden immer lauter. Ich hielt an.

Ruth schreckte hoch. Im selben Moment sah ich rote Blinklichter um die Ecke schießen. Der Sirenenlärm war inzwischen unerträglich. Ein roter Kranwagen kam auf uns zu gerast. Für einen Augenblick dachte ich, er wollte uns über den Haufen fahren, doch dann bog er scharf rechts ab; nach Norden, zu meinem Tal. Gleich dahinter noch ein großer Feuerwehrwagen, danach ein kleineres Fahrzeug. Eine rote Limousine bildete das Ende der Kolonne, und das Sirenengeheul verschwand in der Ferne.

Ruth umklammerte die Armlehne, die Augen weit aufgerissen.

Wir schauten uns an. Dann bog ich ab und folgte der lärmenden Karawane.

Bald konnte ich es riechen: wie ein angebrannter Kochtopf, aber auch einen leichten Benzingeruch.

Ich fuhr schneller und schloß so weit zu den Feuerwehrwagen auf, daß ich die Rücklichter sehen konnte. Ich hoffte, sie würden geradeaus fahren, aber sie bogen auf die Schotterstraße ab, die zu meinem einsamen Grundstück führte. Ich beschleunigte, doch bald mußte ich an den Rand fahren und anhalten, weil sie von Löschzügen blockiert war.

Wir sprangen aus dem Wagen und liefen die Straße hoch. Der Brandgeruch wurde stärker. Die schwarze Nacht verschlang die Rauchwolken, die sich ölig-grau in den Himmel schraubten. Ich spürte das Feuer, die Brandhitze, bevor ich es sehen konnte. Ich war schweißgebadet und fror doch bis ins Mark.

Was einmal das Tor zu meinem Teich gewesen war, war nur noch Holzkohle. Der Unterstellplatz für meinen Wagen war zusammengebrochen. Der ganze rechte Teil meines Hauses rauchte. Die Rückseite leuchtete orange. Flammen leckten am Himmel, Funken flogen, verglühten. Holz krachte und barst.

Einer der Feuerwehrmänner übergab seinen Schlauch einem Kollegen und winkte uns zurück.

Wir gingen auf ihn zu. »Das ist mein Haus«, erklärte ich.

Sein Blick war voller Mitgefühl. »Tut mir leid – wir geben uns alle Mühe. Wir sind, so schnell wir konnten, hergekommen. Die Verstärkung aus Beverly Hills ist eben eingetroffen.«

»Ist alles dahin?« fragte Ruth.

Er nahm seinen Helm ab, wischte sich die Stirn und seufzte. »Wir haben es unter Kontrolle. Nicht mehr lange, und die Rauchwolken sind weiß. Sie werden sehen.«

»Wie schlimm ist es?«

Er zögerte. »Wenn ich ehrlich sein soll, Madam, die Baustruktur hat ziemlich etwas abbekommen, jedenfalls auf der Rückseite. Bei dem wenigen Regen in letzter Zeit und all den Holzverschalungen ... Die Hälfte vom Dach ist weg. Es muß sehr trocken gewesen sein da oben. Waren das Keramikziegel?«

»Ja, irgendwelche Ziegel«, sagte ich, »die waren schon da, als ich das Haus gekauft habe.«

»Diese alten Dächer ... Seien Sie froh, daß es keine Holzschindeln waren, sonst wäre das Ganze jetzt nur noch Asche.«

Ruth begann zu weinen.

»Tut mir wirklich leid, Madam. Wenn Sie eine Decke brauchen, wir haben welche im Wagen.«

»Nein«, schluchzte sie. »Wie ist es passiert?«

»Das wissen wir noch nicht genau. Warum reden Sie nicht mal mit dem Captain? Da drüben. Captain Gillespie. Der wird Ihnen mehr sagen können.«

Er zeigte auf einen mittelgroßen Mann vor dem Haus und machte sich wieder ans Löschen. Der Captain stand mit dem Rücken zu uns. Ich tippte ihm auf die Schulter. Er drehte sich abrupt um und wollte schon losschreien, doch als er uns sah, wußte er sofort, wen er vor sich hatte.

»Sie sind die Besitzer?«

Wir nickten. Er fummelte an seinem Kinnband.

»Tut mir leid. – Sie waren aus heute abend?«

Nicken. Ich fühlte mich wie lebendig begraben. Jede Bewegung war eine Qual.

»Also, wir sind seit ungefähr einer halben Stunde hier. Ich glaube, es war kurz nach der Entzündung. Zum Glück fuhr jemand das Tal hoch und roch etwas. Wir bekamen einen Anruf. Die heißesten Stellen haben wir schon gelöscht. Bald kommt der weiße Dampf, Mr. –?«

»Alex Delaware. Und das hier ist Ruth Castagna.«

»Mein Name ist Ron Gillespie. Sind Sie Eigentümer oder Mieter?«

»Eigentümer.«

Noch ein mitleidsvoller Blick.

»Wir sollten mindestens die Hälfte retten können, aber das Löschwasser richtet natürlich auch seinen Schaden an. – Wollen Sie etwas zu trinken? Kommen Sie, gehen wir weg von der Hitze.«

Wir folgten ihm ein Stück die Straße hinunter. Er zog eine Feldflasche aus der Jackentasche und hielt sie uns hin. Ruth schüttelte den Kopf. »Nein, danke«, sagte ich.

Gillespie schraubte die Flasche auf und trank. Danach fragte er: »Wüßten Sie jemanden, der Ihnen so etwas antun würde?«

»Wieso?«

Er starrte mich an. »In den meisten Fällen ist die Antwort nein.«

»Es gibt tatsächlich jemanden. Es ist eine lange Geschichte ... Ich kann Ihnen einen Polizeibeamten nennen, mit dem Sie reden können.«

Er schrieb sich Milos Namen auf.

»Den ruf ich am besten sofort an«, sagte er. »Unser eigenes Ermittlungsteam wird sich auch damit beschäftigen. Es war Brandstiftung, ganz eindeutig. Drei klar getrennte Brandherde und ein Benzinkanister hinter dem Haus, um den Brand zu beschleunigen. Der Kerl hat sich nicht mal die Mühe gemacht, ihn zu verstecken.«

»Nein«, sagte ich, »das hätte ich auch nicht erwartet.«

Er starrte mich wieder an. »Ich rufe jetzt diesen Detective an.«

30

Milo blieb für ein paar Sekunden bei uns stehen und spendete wortlosen Trost, bevor er mit Gillespie redete.

Das Feuer erstarb schließlich unter weißen Rauchsäulen. Eine Weile später durfte ich mit Ruth die Ruine besichtigen; ein Feuerwehrmann mit Taschenlampe, der aufpaßte, daß uns nichts passierte, hielt diskret Abstand, während wir fluchend durch die Dunkelheit stolperten.

Der Garten und der hintere Teil des Hauses waren verloren, die Luft dort immer noch beißend und heiß. Die vorderen Räume waren triefend naß und voller Ruß, der schon zu schimmeln begann. Ich fuhr mit der Hand über verkohlte Möbel, durch heißen Staub, sah meine zerstörten Kunstwerke und all die Kleinigkeiten, die mein Eigentum dargestellt hatten, doch bald wurde es mir zuviel. Ich nahm die Gemälde und Drucke, die einigermaßen intakt aussahen, von den Wänden und stapelte sie säuberlich. Ein erbärmlich kleiner Stapel. Wir trugen das kleine Paket zum Wagen.

Gillespie verabschiedete sich von uns.

Milos Haar war zerzaust, seine Augen funkelten. Sein narbiges Gesicht sah in der Dunkelheit aus wie eine Mondlandschaft. Er rieb es immer wieder, geradezu zwanghaft.

»Es wird schon werden«, sagte Ruth.

»Nein, nein, du brauchst mich nicht zu trösten. Ihr seid schließlich die Opfer. Mein Job ist es, euch zu beschützen – einen tollen Schutz habe ich da geliefert. Ich weiß, es klingt unglaublich, aber wir werden ihn schnappen. Ihr werdet da rauskommen.«

Die Lampen der Feuerwehrmänner verloschen, eine nach der anderen. Die Löschzüge fuhren nach und nach weg.

Noch mehrere Stunden bis Sonnenaufgang.

»Wollt ihr mit zu mir kommen?« fragte Milo.

»Nein«, sagte ich, »wir kommen schon zurecht.«

Ruth stellte sich auf die Zehenspitzen und küßte ihn auf die Wange.

»Ich habe herausgefunden, was de Bosch verbrochen hat.« Ich erzählte ihm, was ich von Meredith gehört hatte.

»Wie du mir, so ich dir«, war Milos Kommentar. »Für mich ist das keine Entschuldigung. Erinnerst du dich an Bancrofts Bemerkung – daß die Heiminsassen lauter Brandstifter waren?«

»Hast du mir nicht gesagt, es hätte dort nie gebrannt?«

»Das hat es auch nicht; solange sie im Heim waren, haben die Kinder sich benommen. Die Probleme fingen erst an, als sie herauskamen.«

Ich fuhr, aber ich fühlte mich, als hinge ich an einem Abschleppseil. Neben mir weinte Ruth, unaufhörlich. Zum Schluß konnte sie nur noch krampfhaft schluchzen.

Ich zog sie zu mir. Sie lag schwer an meiner Schulter. Ich versuchte nicht daran zu denken, was ich alles verloren hatte und was ich noch zu verlieren hatte.

Zu Hause in unserer Flüchtlingsherberge würde der Hund herausgerannt kommen, um uns zu begrüßen. Ich fühlte mich nicht in der Lage, den Hundebesitzer zu spielen. Ich fühlte mich zu nichts in der Lage.

Ich fuhr vor das weiße Tor. Ich brauchte lange, bis ich die Schlüsselkarte fand, noch länger, um sie in den Schlitz zu stekken. Ich bewegte den Wagen die Auffahrt entlang und zählte die Zypressen, um meinen Verstand in Gang zu halten.

Ich parkte neben dem Seville, und wir stiegen aus.

Ich fummelte mit dem Haustürschloß herum, öffnete die Tür. Der Hund kam nicht herausgerannt, um uns zu begrüßen. Im Augenblick, da ich eintrat, fühlte ich etwas Kaltes, Hartes an meiner linken Schläfe. Gleichzeitig eine Hand auf der anderen Seite meines Kopfes. Wie ein Schraubstock.

»Hallo, Doktor«, sagte eine Stimme, die mir bekannt vorkam, »willkommen zur Privatsitzung.«

31

»Kein Wort und keine Bewegung«, sagte die Stimme.

Der Druck an meiner Schläfe war eisern. Ebenso die Finger, die sich in meine Wange bohrten.

»Gut«, sagte er, »sehr gehorsam. Du warst sicher ein guter Schüler.«

Sein Griff wurde noch fester.

»Warst du ein guter Schüler?«

»Es geht.«

»Wie bescheiden – du warst ein *sehr* guter Schüler. Deine Lehrerin, Mrs. Lyndon, sagt, du wärst einer der besten Schüler gewesen, die sie je gehabt hat. Erinnerst du dich an Mrs. Lyndon?«

Er bohrte seine Finger tiefer in mein Gesicht und schüttelte meinen Kopf.

»Ja, ich erinnere mich.«

»Sie erinnert sich auch ... So ein guter Junge ... Ich hoffe, das bist du immer noch. Hände an den Kopf.«

Meine Finger berührten mein Haar. Gleichzeitig ging das Licht an.

Eins der Sofas war verrückt worden, näher an den Kaffeetisch, auf dem Gläser und Teller standen. Ein Glas mit einer braunen Flüssigkeit. Daneben die Tüte Kartoffelchips, die Ruth vor zwei Tagen gekauft hatte, geöffnet, mit lauter Krümeln drum herum.

Er hatte es sich bequem gemacht. Er hatte gewußt, daß wir eine Weile wegbleiben und dann hierherkommen würden. Wo sollten wir sonst hin? Er hatte mich ausgeräuchert und inzwischen die Szene vorbereitet. Das Ritual.

Ich überlegte, wie ich ihn überrumpeln könnte. Ich fühlte den Druck an meiner Schläfe, sah jedoch nur einen dunklen Jakkenärmel.

Wo war Ruth?

»Vorwärts, marsch«, sagte er, obwohl er mich festhielt.

Ich hörte Schritte. Eine große Gestalt in einem sackigen schwarzen Pullover, einer Skimaske mit Augenlöchern über dem Kopf trat in mein Blickfeld. Glänzende Augen. Die Farbe konnte ich nicht erkennen aus der Entfernung. Sie stand hinter Ruth und zwang sie, an die Decke zu schauen. Ich sah die kleine Pistole an Ruths Kopf, eine kleine, verchromte Automatik.

Unwillkürlich machte ich eine Bewegung in ihre Richtung, doch die Hand hatte meinen Kopf fest im Griff.

Ich wußte, wo sie das gelernt hatten.

An der Hintertür hörte ich Klopfen und Kratzen. Sie hatten den Hund draußen vor der Terrassentür angebunden.

Die Stimme hinter mir lachte. »Ein echter Kampfhund ... Und ein tolles Sicherheitssystem habt ihr hier. Das Versorgungskabel für die Alarmanlage sieht ein Blinder. Ein Knipser mit der Zange, und nichts geht mehr. Über das Tor kann ein Zwerg hüpfen, und die Videoanlage war auch sehr nützlich. Ich konnte euch genau kommen sehen.«

Die große Gestalt hinter Ruth rührte sich nicht und sagte keinen Ton.

Zwei Arten von Mord. Zwei Mörder ...

»Los«, hörte ich hinter mir.

Der andere nahm seine Hand von Ruths Gesicht, drückte sie ihr ins Kreuz und schob sie den Korridor hinunter Richtung Schlafzimmer.

Seltsam: Er ging genau wie Ruth. Wiegende Hüften. Wie eine Frau.

Eine Frau? Eine großgewachsene Frau mit kräftigen Schultern ... Mit einer solchen Frau hatte ich am selben Nachmittag gesprochen. Eine Ehemalige, voller Haß.

Ich kann Sie echt nicht ausstehen.

Mein Anruf war aus heiterem Himmel gekommen, und trotzdem war sie bereit gewesen, mit mir zu reden ... Und sie hatte einen besonderen Grund, über das Symposium wütend zu sein.

Vielen Dank, Papa ... Ich hätte sie umbringen können ...

Und jetzt war Ruth allein mit ihr.

»Vorwärts, marsch, Idiot!« Die Pistole blieb an meiner Schläfe, als er seine Hand von meinem Gesicht nahm. Der Druck ließ nach, doch ich fühlte noch seine Finger an meiner Wange, wie Phantomschmerz.

Er drückte mir die Faust in die Nieren und schob mich zu einem der Sofas. Als ich mich setzte, entfernten sich meine

Hände vom Kopf. Er trat mir gegen das Schienbein. Brennender Schmerz bis in die Hüfte.

»Zurück, zurück!«

Ich gehorchte und erwartete, gefesselt zu werden, doch er ließ mich so sitzen, die Hände am Kopf, und setzte sich mir gegenüber, gerade außer Reichweite.

Jetzt sah ich seine Pistole, auch eine Automatik, größer als die, mit der Meredith Ruth in Schach hielt. Mattschwarzer Stahl mit dunklem Holzgriff, frisch geölt; ich konnte es riechen.

Auch er war groß, ein langer Oberkörper und lange Beine, die fest auf dem Marmorboden standen, die Schultern eher schmal, die Arme ein wenig kurz. Er trug ein dunkelblaues Sweatshirt mit einem Designerlogo, schwarze Jeans, schwarze Lederjacke und brandneue Basketballschuhe.

Seine Maske war auch am Mund ausgeschnitten. Ich sah sein Haifischlächeln.

Seine Stirn schien sich unter der Maske zu bewegen. Er schlug die Beine übereinander und hielt die große schwarze Pistole einen halben Meter vor meiner Brust. Sein Arm war ruhig, obwohl sein Atem recht schnell ging.

Mit der freien Hand griff er sich an den Kopf und begann, die Maske hochzurollen, und zwar so, daß er mich nie aus den Augen verlor und sein anderer Arm sich nicht bewegte, sehr geschickt und sehr langsam. Wie eine Schlange beim Häuten.

Langsam kam sein Gesicht zum Vorschein. Ein alltägliches Gesicht mit rosigen Wangen. Kupferrotes, schütteres Haar, plattgedrückt von der Wollmaske.

Andrew Coburg.

Er schüttelte die Maske aus und legte sie über die Schulter.

»Voilà.«

Ich war verwirrt. Coburg hatte mich auf Gritz gebracht. Er hatte mich in die Irre geführt, und er hatte sorgfältig recherchiert. Er hatte Mrs. Lyndon ausfindig gemacht.

»Die Bude hier gefällt mir, trotz der schwulen Kunst überall.

Viel besser als deine Yuppiehütte. Außerdem sind wir am Rand des Cañons – wenn das nicht perfekt ist. Und dann steht da noch der Lieferwagen von deiner kleinen Freundin – unfaßbar. Ich hätte es nicht besser einrichten können.« Er zwinkerte. »Man könnte fast an Gott glauben, nicht wahr? Schicksal, Karma, Bestimmung, kollektives Unterbewußtsein – such es dir aus ... Weißt du, wovon ich rede?«

»Delmar Parker.«

Der Name wischte das Lächeln von seinem Gesicht.

»Ich rede von Harmonie, Idiot – es muß alles stimmen.«

»Aber es hat doch mit Delmar zu tun, oder? Nicht nur mit böser Liebe.«

Die Pistole schwankte ein wenig. »Was weißt du von böser Liebe, du arroganter Yuppiewichser?«

Der Arm, mit dem er die Pistole hielt, zitterte ein wenig. Er schaute eine Sekunde lang auf seine Hand und lachte, als wollte er seine Schwäche überspielen.

Der Hund warf sich mit aller Kraft gegen die Tür.

Coburg grinste. »Ein richtiger Cerberus. Vielleicht nehme ich ihn mit nach Hause, wenn wir miteinander fertig sind.«

Er lächelte, aber er schwitzte auch. Sein Kopf wurde immer röter.

Ich lauschte, was im Schlafzimmer vor sich ging, doch es war nichts zu hören.

»Du meinst also, du kennst dich aus mit böser Liebe.«

»Meredith hat mir davon erzählt.«

Er runzelte die Stirn. Der Hund kratzte an der Tür, ich hörte seine Altmännergeräusche durch die Glasscheibe.

»Du weißt gar nichts«, sagte Coburg.

»Dann klären Sie mich doch auf.«

»Halt's Maul!« Der Pistolenarm schoß vor. »Du weißt nicht ein Zehntel davon, also halt's Maul, und tu nicht so, als würdest du es verstehen. Ich scheiße auf dein Verständnis.«

Der Hund ließ nicht nach.

»Vielleicht erschieß ich ihn einfach und zieh ihm das Fell ab.« Er lachte und wischte sich den Schweiß von der Nase. Ich konzentrierte mich auf die Pistole. Er hatte sie wieder fest im Griff. Sein Arm war so ruhig wie eine Stahllafette.

»Wissen Sie, was meine Sünde war? Das große Verbrechen, das mich in die Hölle gebracht hat?«

Die Hölle. So hatte auch Meredith das Heim genannt.

Ich schüttelte den Kopf. Meine Schultern schmerzten. Meine Fingerspitzen waren taub.

»Bettnässen«, sagte er, »ich habe ins Bett gemacht als Kind.« Er lachte. »Sie behandelten mich, als hätte ich es aus Spaß getan, meine Mutter und der böse Stiefvater. Als ob ich die feuchten Bettlaken und den Mülleimergeruch gemocht hätte. Sie waren überzeugt, ich machte es absichtlich. Also haben sie mich geschlagen. Also wurde ich immer nervöser und pißte noch mehr ins Bett. Und was machten sie dann?«

Er schaute mich an und wartete.

»Sie schlugen Sie weiter.«

»Volltreffer. Und meinen Pimmel wuschen sie mit Kernseife und anderen Hausmittelchen.«

Er lächelte immer noch, doch seine Wangen waren feuerrot. Die Haare klebten ihm an der Stirn.

»Also machte ich andere Sachen«, fuhr er fort, »wirklich ungezogene Sachen. Wer wollte mir einen Vorwurf machen, wo ich schon für etwas bestraft wurde, über das ich keine Kontrolle hatte?«

Ich schüttelte den Kopf. Für einen Augenblick dachte ich, mein Mitgefühl bedeutete ihm etwas, doch dann sah ich seinen nervösen Blick. Der schwarze Pistolenlauf näherte sich meinem Herz.

»Was ist denn im Moment die Theorie über Bettnässerei? Erzählt ihr Arschlöcher den Eltern immer noch, es wäre eine Geisteskrankheit?«

»Es ist vererbt«, sagte ich. »Es hat mit Schlafrhythmen zu tun. Gewöhnlich gibt es sich von selbst.«

»Es wird gar nicht mehr behandelt?«

»Manchmal macht man noch Verhaltenstherapie.«

»Behandelst du manchmal solche Kinder?«

»Wenn sie es wollen.«

»Na klar, du bist ein wahrer Humanist.« Das Grinsen verschwand abrupt. »Schlafrhythmen, sagst du? Als ich mit dem Gürtel verprügelt wurde, habt ihr noch anders geredet. Damals hattet ihr alle möglichen verkorksten Theorien. Einer deiner Quacksalber-Kollegen erzählte Mama und dem bösen Stiefvater, daß ich sexuell gestört wäre. Ein anderer sagte, ich sei tief depressiv und gehörte interniert. Und das größte Genie erzählte ihnen, ich machte es, weil ich über ihre Heirat wütend wäre. Das stimmte zwar, aber deswegen habe ich nicht ins Bett gepißt. Doch meine Alten haben das natürlich sofort gekauft. Und dann hat der liebe Mann meiner Mutter alles getan, um *seine* Wut loszuwerden. Der große Banker, piekfeine Kleider – er hatte eine ganze Sammlung von teuren Gürteln: Eidechse, Krokodil, Kalbsleder, alle mit schönen, spitzen Schnallen. Einmal sah ein Lehrer die Striemen auf meinen Armen und fing an, Fragen zu stellen, und am nächsten Tag saß ich mit meiner Mutter im Flugzeug: ab ins sonnige Kalifornien.«

Coburg ließ die freie Hand in den Schoß fallen. Seine Augen waren müde, seine Schultern gekrümmt.

Der Hund warf sich weiter gegen die Glasscheiben.

»Wie alt waren Sie, als man Sie in das Heim brachte?« fragte ich.

Die Pistole schoß wieder vor und drückte mich gegen die Rückenlehne. Sein Gesicht war ganz nah vor meinem. Sein Atem roch nach Lakritze. Er spuckte mich an.

»Soweit sind wir noch nicht. Warum hältst du nicht den Mund und läßt mich erzählen?«

Ich zwang mich, ihm in die Augen zu schauen. Ich spürte die Pistole in meinen Rippen und hörte meinen Puls in den Ohren. Seine Spucke rann mir das Gesicht hinunter bis an die Kinnspitze und tropfte auf mein Hemd. Es schien ihn anzuekeln. Er ohrfeigte mir den Rotz vom Gesicht und wischte sich am Sofakissen die Hand ab.

»Es ging nicht sofort in die Hölle. Zuerst steckten sie mich in einen anderen Kerker, direkt gegenüber. Kannst du dir das vorstellen? Zwei Rattenlöcher in derselben Straße? – Der Vorsteher da war zwar ein Trottel und Alkoholiker, aber es war trotzdem sündhaft teuer. Also dachte meine liebe Mama natürlich, es müßte gut sein. Die Frau war immer so auf Qualität bedacht.«

Ich lauschte Richtung Schlafzimmer: immer noch kein Laut.

»Ein Trottel«, erzählte Coburg weiter. »Eine Schachtel Streichhölzer und ein paar Blätter Schreibpapier genügten, und schon war ich wieder draußen.« Er grinste.

Brandstifter und Schulschwänzer... Bancroft hatte mir verschwiegen, daß das Feuer bei ihm gewesen war.

»Das warf die arme Mama vollkommen um. Wie kann eine so gebildete Frau einen so mißratenen Sohn haben? Sie setzte sich ins nächste Flugzeug, die Ärmste. Sie weinte, während wir auf das Taxi warteten, und ich dachte schon, ich hätte endlich gewonnen. Doch dann kam *er* über die Straße, dieser Ziegenkopf mit seinem schwarzen Anzug und den billigen Schuhen. Er nahm Mama bei der Hand, sagte, er hätte gehört, was passiert war, und ließ sie sich ausheulen über ihren schlimmen Sohn. Und dann erzählte er ihr, er würde mit solchen Fällen fertig. Garantiert. Die ganze Zeit wuschelte er dabei in meinen Haaren herum. Ich war zwölf, und er streichelte mir den Kopf! Seine Hände stanken nach Kohl und billigem Rum.«

Die Pistole zitterte ein bißchen ...

Der Hund lärmte weiter an der Terrassentür.

»Mama war überglücklich. Sie kannte ihn von seinen Zeitungsartikeln. Und dieser berühmte Mann fand sich bereit, ihren verwilderten Sohn zu zähmen. – Das Taxi fuhr ohne uns ab.«

Er zog die Pistole etwas zurück. Ich schaute in die schwarze Mündung.

»Zwei Kerker in derselben Straße. Mama unterschrieb einen Wisch und ließ mich bei Hitler. Er lächelte mich an und sagte: ›Andrew, mein kleiner Andrew. Wir haben denselben Namen, laß uns Freunde sein.‹ Ich antwortete ihm, er könne mich mal, doch er lächelte nur und tätschelte mir den Kopf. Dann führte er mich durch einen langen, dunklen Korridor, schob mich in eine Zelle und schloß hinter mir ab. – Ich weinte die ganze Nacht. Als sie mich zum Mittagessen rausließen, schlich ich mich in die Küche und suchte mir Streichhölzer.«

Er grinste mich an. »War ich gründlich heute abend? Ist noch was übrig von deiner Bude?«

Ich sagte nichts.

Er stieß mich mit dem Pistolenlauf an. »Nun sag schon.«

»Nicht viel.«

»Gut. Gründlichkeit ist so selten auf dieser schlampigen Welt. Du bist das beste Beispiel. Du hast dich fangen lassen wie ein Hase im Scheinwerfer. Genau wie die anderen. Wieso seid ihr Psychofritzen so ein passiver, hilfloser Haufen? Wieso seid ihr solche Waschlappen? Immer nur reden und reden und nichts tun.«

Ich antwortete nicht.

»So seid ihr doch, und du weißt es. – Wenn dieser verdammte Hund nicht bald Ruhe gibt, bring ich ihn um – oder, nein, du bringst ihn um. Und dann mußt du ihn essen. Du hast doch diesen schönen Gartengrill. Wie wär's mit einem leckeren Hot dog? – Das wäre Gerechtigkeit, was? Aug in Aug mit deiner eigenen Grausamkeit, das fördert dein Einfühlungsvermögen.«

»Warum lassen wir ihn nicht einfach frei? Er gehört gar nicht mir. Er ist mir zugelaufen.«

»Und jetzt kümmerst du dich um ihn? Wie großherzig.« Er stieß die Pistole gegen mein Brustbein.

»Und meine Freundin, warum lassen wir die nicht gehen?« schlug ich vor. »Sie hat eure Gesichter noch nicht gesehen.«

Er lehnte sich lächelnd zurück. »Schlampigkeit«, sagte er, »das ist das ganze Problem. Schlampige Forschung, falsche Annahmen, falsche Versprechungen. Ihr gebt vor, den Menschen zu helfen, und in Wirklichkeit macht ihr sie fertig.« Er beugte sich wieder vor. »Wie schaffst du es nur, in den Spiegel zu schauen, wo du weißt, was für ein Quacksalber du bist? – Antworte!«

»Ich helfe Menschen.«

»Wie denn? Mit Voodoo? Mit böser Liebe?«

Ich versuchte, nicht weinerlich zu klingen. »Ich hatte nie etwas zu tun mit de Bosch, außer bei diesem Symposium.«

»*Außer? Außer*, sagst du? Das Symposium war eine öffentliche Beweihräucherung, du Arschloch! Ihr habt euch hingestellt und ihn heiliggesprochen! Er hat Kinder gefoltert, und ihr sprecht ihn heilig!«

»Ich wußte nichts davon.«

Er spuckte mir wieder ins Gesicht. Ich schaute auf seine Pistolenhand. Die Knöchel traten weiß hervor. Am Haaransatz brach ihm der Schweiß aus.

»Und das soll eine Entschuldigung sein?« höhnte er. »Erbärmlich! Genau wie die anderen. Kein Format. Delmar hatte mehr Format in seinem kleinen Finger als ihr alle zusammen; dabei war er zurückgeblieben. Das hat sie aber nicht daran gehindert, ihn tagein, tagaus mit böser Liebe zu traktieren.«

Er schüttelte sich. Schweiß flog ihm aus den Haaren. Ich sah, wie sein Zeigefinger am Abzug hoch- und runterrutschte. Sein gequälter, hungriger Blick ließ meinen Magen sich zusammenkrampfen.

»Zurückgeblieben.« Das Wort schien ihm zu gefallen. »Er war vierzehn, aber er benahm sich wie ein Siebenjähriger. Ich war zwölf, aber am Ende war ich wie ein großer Bruder für ihn. Er war der einzige, der mit mir sprach. Ich war der gefährliche Pyromane. Hitler warnte alle davor, sich mit mir einzulassen.

Alle schnitten mich, bis auf Delmar. Er konnte nicht klar denken, aber er hatte ein Herz aus Gold. Hitler führte ihn in der Öffentlichkeit vor: Der große weiße Doktor hilft dem armen, zurückgebliebenen Negerjungen. Aber in Wirklichkeit war Delmar kein großer Erfolg. Er konnte die Hausordnung nicht behalten und lernte weder Lesen noch Schreiben. Also warf er ihn der Bestie vor.«

»Mary Evans?«

»Nein, du Idiot, die nicht. Die war das *Miststück.* Ich rede von der *Bestie* – der Tochter. Killer-Kate. Die Frau, die danach schrie, umgebracht zu werden. – Den Gefallen hab ich ihr getan.«

Er lachte schrill. Der Hund hatte wieder angefangen, an der Tür zu kratzen, doch Coburg merkte es nicht.

»Als die Bestie mit Delmar fertig war, winselte er nur noch, schiß sich in die Hose, hämmerte seinen Schädel gegen die Wand.«

»Was hat sie mit ihm gemacht?«

»Was sie gemacht hat? Sie hat sich auf seinen Kopf gestürzt und auf andere Körperteile.«

»Sie hat ihn mißbraucht?«

Er faßte sich ans Kinn und hob sarkastisch die Augenbrauen. »Er ist geschockt, der Ärmste! Ja, sie hat ihn mißbraucht. Er kam von Sitzungen mit ihr zurück und weinte und hielt sich die Eier! Und dann kroch er wimmernd ins Bett. Ich hatte das Zimmer neben ihm. Manchmal brachte ich ihm heimlich was zu trinken. Wenn ich ihn fragte, was los war, gab er mir keine Antwort. Wochenlang ging das so. Als er es mir schließlich erzählte, wußte ich noch nicht viel über Sex, schon gar nicht die häßlichen Sachen. Er zog seine Hose herunter und zeigte mir die Narben. Seine Unterhose war voller Blut. Das war meine Aufklärung. Ich sag dir, es hat mich verändert.«

Seine Lippen zitterten. Er schluckte mehrmals, doch die Pistole bewegte sich nicht.

In der Terrassentür wackelten die Scheiben.

»Er nahm also den Wagen, um von ihr wegzukommen?« fragte ich.

»Wir machten es zusammen. Ich konnte fahren, weil der böse Stiefvater eine Farm in Connecticut hatte, mit vielen Lieferwagen und Traktoren. Einer der Arbeiter dort brachte mir das Fahren bei. Es war nicht einfach, den Ausbruch zu planen, weil Delmar nichts behalten konnte. Es gab etliche Fehlstarts, doch am Ende schafften wir es, spätabends, als alle schliefen. Ich hatte keine Ahnung, in welche Richtung wir fahren sollten. Ich fuhr einfach los. Die Straße wurde immer kurviger. Delmar war außer sich vor Angst und schrie nach seiner Mama. Ich beruhigte ihn – aber dann kam plötzlich eine verdammte Baustelle. Keine Warnlichter, nichts. Wir kamen ins Schleudern und von der Straße ab. Ich schrie Delmar an, er sollte rausspringen, doch er hatte zuviel Angst. Ich versuchte, ihn hinauszustoßen, aber er war zu schwer. Dann sprang meine Tür auf. Ich wurde hinausgeschleudert, und Delmar ...«

Er leckte sich die Lippen und atmete tief durch. Sein Finger spielte mit dem Abzug.

»Tja, das Leben hängt an einem dünnen Faden, nicht wahr? Für den Rückweg brauchte ich zwei Stunden. Meine Klamotten waren zerrissen, und ich hatte mir den Knöchel verstaucht. Ein Wunder, daß ich noch lebte. Es mußte einen Sinn haben. Ich schleppte mich ins Bett. Meine Zähne klapperten so laut, daß ich sicher war, ich würde alle aufwecken, doch es dauerte eine Weile, bis der Aufruhr losging. Stimmen, Schritte, Lichter gingen an. Schließlich kam Hitler in mein Zimmer gestampft, zog mir die Bettdecke weg und starrte mich an. Ich schaute ihm gerade ins Gesicht. Dieses wahnsinnige Funkeln trat in seine Augen, und er hob seine Hände, als wollte er sich auf mich stürzen. Dann ging er hinaus. Ich blieb drei Tage in meinem Zimmer eingeschlossen. Am vierten kam Mama und holte mich ab.«

»Sie haben also gewonnen.«

»Sicher. Ich war ein Held. – Mein Sieg bedeutete noch mehr Kerker, noch mehr Sadisten, Pillen und Spritzen. So sind eure Krankenhäuser oder Gefängnisse oder *Heime*, wie ihr es nennt.«

»Sie sind doch damit fertig geworden«, sagte ich. »Sie sind Anwalt geworden und helfen jetzt anderen.«

»Komm mir nicht von oben herab, Scheißer. Du redest von meiner Ausbildung. Willst du wissen, wo ich Jura studiert hab? Im Staatsgefängnis. Ich habe Berufungsanträge geschrieben, für mich und die anderen armen Teufel. Dabei habe ich gelernt, daß die Gesetze von den Unterdrückern geschrieben wurden, zu ihren eigenen Gunsten. Aber es ist dasselbe wie mit Feuer: Du lernst, es zu benutzen, es für dich arbeiten zu lassen. Das war meine ganze Ausbildung: der Knast. Danach bin ich fünf Jahre gegen Yuppie-Arschlöcher angetreten. Die Pimpfe mit ihren Harvard- und Stanford-Diplomen bissen sich in den Arsch, und ich bekam Belobigungen für meine Arbeit.«

»Fünf Jahre, sofort nach Mary ...«

»Nein, davor«, grinste er. »Das Miststück habe ich mir zum Jubiläum geschenkt. Nach fünf Jahren habe ich mir das Miststück gegönnt und eine neue Gitarre – eine schwarze Les Paul Special. Du erinnerst dich an meine Gitarre, nicht wahr? Weißt du noch, wie du dich bei mir einschmeicheln wolltest, bei mir im Büro?«

Spielen Sie mehr akustisch oder elektrisch? – In letzter Zeit mehr elektrisch.

Spezialeffekte, Frequenzschieber ...

Er hob seine freie Hand und äffte: »Komm, Kumpel, gehen wir zusammen ins Studio und nehmen 'ne Platte auf.«

»Haben Sie das zu Gritz gesagt?«

Sein Grinsen gefror.

»Brauchten Sie ihn als Köder, um mich zu verwirren?«

Er stieß mir die Pistole gegen die Brust und schlug mir ins Gesicht. »Halt's Maul, und versuch nicht, die Kontrolle zu übernehmen, oder ich mach dich jetzt sofort fertig und laß deine kleine Freundin hinterher saubermachen. Laß deine verdammten Hände in der Luft – hoch damit!«

Ich fühlte, wie sein Speichel wieder auf meine Wange klatschte und mir über die Lippen lief. Im Schlafzimmer war alles ruhig. Der Lärm, den der Hund machte, war inzwischen gewohnter Hintergrund.

»Sag, daß es dir leid tut, daß du die Kontrolle zu übernehmen versucht hast.«

»Es tut mir leid.«

Er streckte den Arm aus und tätschelte fast zärtlich meine Wange.

»Das Miststück bekam ich auf dem Tablett serviert. Es war Karma. Ich wohnte in einer netten kleinen Junggesellenbude drüben in Van Nuys. Eines Sonntags, auf der Heimfahrt, sehe ich diese Schilder am Straßenrand: Haus zu verkaufen. Offen zur Besichtigung. Als Kind mochte ich anderer Leute Häuser – alles war besser als das, wo ich wohnen mußte. Das hier sah interessant aus, also hielt ich an, um nachzuschauen. Ich drückte die Klingel, und die Maklerin kam an die Tür und fing sofort an, das übliche Gelaber loszulassen. – Aber ich hörte kein einziges Wort von dem, was sie sagte. Ich sah sie nur an. Es war das Miststück. Sie schüttelte mir die Hand und faselte davon, wie toll man sich als Hausbesitzer fühlt. – Mir ging ein Licht auf: Das war kein Zufall hier, nein, das war Karma. Die ganzen Jahre hatte ich über Gerechtigkeit nachgedacht. All die Nächte hatte ich wachgelegen und überlegt, wie ich Hitler erwischen könnte, aber das Schwein ging mir ja durch die Lappen.«

Er zog eine Grimasse. »Als er tot war, dachte ich: Das war's dann, vergiß es. Und nun stand ich plötzlich dem Miststück gegenüber und erkannte: Nein, es ist noch lange nicht vorbei.

Sie machte es mir kinderleicht. Kein Mensch war in der Nähe. Ich schloß alle Türen ab, ohne daß sie es merkte. Sie war zu beschäftigt, ihren Sermon herunterzurasseln. Als wir in ein Badezimmer ohne Fenster kamen, schlug ich sie auf den Kopf.

Sie fiel zusammen, als wäre sie aus Staub. Zuerst war es ziemlich ekelhaft, aber dann wurde es immer leichter, wie ein gutes Gitarrensolo, wenn man erst in Fluß kommt.«

Er redete und redete, leierte Einzelheiten herunter, die ich nicht hören wollte, wie ein Chirurg, der einen Operationsbericht diktiert. Ich schaltete ab, hörte dem Bellen und Kratzen des Hundes zu und lauschte auf Geräusche aus dem Schlafzimmer, wo immer noch totale Stille herrschte.

Als er fertig war, seufzte er: »Da wußte ich, ich hatte meine Bestimmung gefunden.«

»Aber Rodney Shipler hat nie in dem Heim gearbeitet, oder? War er mit Delmar verwandt?«

»Er war sein Vater, aber nur auf dem Papier.«

»Was war dann sein Verbrechen?«

»Er war ein Komplize. Delmars Mutter war tot. Shipler war der einzige von Delmars Familie, den ich finden konnte. Delmar hatte mir erzählt, daß sein Vater Rodney hieß und in Schulen in L. A. arbeitete. Ich dachte, er sei Lehrer. Schließlich fand ich ihn. Ein Hausmeister, der Whiskey aus der Kaffeetasse trank. Ich erzählte ihm, ich sei Rechtsanwalt und wüßte, was wirklich mit seinem Sohn passiert war. Ich sagte, er könnte klagen. – Sogar nach der Party mit dem Miststück versuchte ich noch, nach den Regeln zu arbeiten. Er saß da und soff und hörte zu, und dann fragte er mich, ob auch garantiert ein Haufen Geld für ihn dabei herausspringen würde. Nein, sagte ich, um Geld ginge es nicht. Es ginge darum, de Bosch öffentlich bloßzustellen als das, was er wirklich gewesen war. Delmar würde zum Märtyrer werden.

Er goß sich noch eine Tasse Schnaps ein und sagte, das sei ihm alles scheißegal und Delmars Mutter wäre eine Hure gewesen, keinen Pfifferling wert. Delmar hätte von Anfang an Ärger gemacht. – Ich versuchte, ihn zu überzeugen, wie wichtig es war, de Bosch an den Pranger zu stellen, doch er sagte, ich sollte verschwinden, und wollte mich rausschmeißen.«

Coburgs Blick flatterte, doch die Pistole war immer noch ruhig, wie mit seiner Hand verschweißt.

»Noch so ein Nazi. Doch ich brachte ihm Gerechtigkeit bei. Danach wußte ich, daß direkte Bestrafung die einzige Chance war. Wenn ich mich an die Regeln hielt, würde ich nichts erreichen.«

»Eine Art Bestrafung für die Mitläufer, eine andere fürs Oberkommando«, schob ich ein.

»Genau. Immer fair.« Er lächelte. »Und dann kommt mir tatsächlich einer auf die Spur. Mrs. Lyndon hat recht, du bist ein schlauer Junge. Ich gab mich als Reporter aus. Ich sagte, ich würde an einem Artikel über dich arbeiten, deshalb war sie so gesprächig. – Ihr kleiner Klassenprimus.« Die Pistolenmündung kitzelte meine Rippen. »Du verdienst eine Belohnung dafür, daß du aufgepaßt hast – vielleicht schlag ich dich bewußtlos, bevor ich dich die Klippe hinunterstoße. Ist es nicht wunderbar: der Cañon direkt vor der Haustür? – Na, wie wäre das?«

Bevor ich antworten konnte, sagte er: »Ach was, ich mache nur Spaß. Ich werde natürlich deine Augenlider festkleben. Deine Augen sollen offen sein, damit du jede Sekunde mitbekommst, genau wie ich damals.«

Er lachte und erzählte in allen Einzelheiten, wie er Rodney Shipler totgeschlagen hatte.

Als er fertig war, fragte ich: »Katharina gehörte doch wohl zum Oberkommando. Warum haben Sie so lange mit ihr gewartet?«

Ich versuchte, Zeit zu gewinnen mit meinen Fragen; aber was würde es bringen? Wahrscheinlich nur eine Verlängerung der Qualen, die Ruth zu ertragen hatte. Warum war es so still dort hinten?

»Warum wohl, du Schlauberger? Du solltest eigentlich vor ihr dran sein, aber dann fingst du an herumzuschnüffeln, zusammen mit deinem schwulen Polizistenfreund, und ich mußte umdisponieren. Ich bin so sauer auf dich. Vielleicht lege ich erst deine Freundin auf den Grill und lasse dich zuschauen, mit hochgeklebten Augenlidern. Weißt du, wie die Bestie es aufnahm? Total passiv! Genau wie der Rest.« Er stubste mich wieder mit der Pistole an. »Wie kann man nur sein Leben damit verbringen, immer nur zuzuhören und nichts zu tun?«

Er lachte. »Sie war beim Frühstück. Ich marschierte einfach herein, hielt ihr die Pistole an den Kopf und sagte: ›Böse Liebe, Bestie‹, und schon brach sie zusammen. Nicht die Spur von einem Kampf. Langweilig. Ich mußte sie auf die Füße stellen und sie in den Arsch treten, damit sie sich bewegte, und selbst dann schaffte sie es nur bis in die Garage und fiel auf die Knie. Und dann ging die Bettelei los. Sie flennte, zeigte auf ihren Bauch und erzählte mir, sie wäre schwanger, ich sollte doch Mitleid haben mit dem Baby. – Als ob sie je Mitleid gehabt hätte. Sie zeigte mir die Karte von der Samenbank, um es zu beweisen. Eine Samenbank! Kein Wunder, wer hätte es schon mit ihr treiben wollen?« Er schüttelte den Kopf. »Unglaublich. Delmars Unterhose voller Blut, und sie spricht von Mitleid. – Sie wollte mir sogar erzählen, sie wäre auf meiner Seite, sie hätte geholfen, *ihn* umzubringen.«

»Sie hat ihren Vater getötet?«

»Sie behauptete, sie hätte ihm die Pillen verabreicht. Späte Einsicht oder so. Aber ich wußte genau, sie wollte ihm nur einen Gefallen tun. Sicherstellen, daß ich ihn nie erwischen würde. Das war ein Grund mehr, sie fertigzumachen, langsam und qualvoll. – Das Baby hab ich mir dann als erstes vorgenommen.«

Die Kraft des Hundes schien nachzulassen. Ich meinte, ihn wimmern zu hören.

»Du hast die Reihenfolge durcheinandergebracht«, sagte Coburg, »aber das geht in Ordnung. Ich bin flexibel. Du und deine kleine Freundin werden einen würdigen letzten Akt abgeben.«

»Und was ist mit den anderen?« Ich versuchte, meine Stimme unter Kontrolle zu halten und meine Wut zu zügeln. »Warum haben Sie gerade diese Reihenfolge gewählt?«

»Ich sag doch die ganze Zeit, ich habe überhaupt nichts gewählt. Ich hab nur mit euren Namen gelost.«

»Den Namen der Leute, die auf dem Symposium gesprochen haben?«

Er nickte. »All die aufrechten Nazis. Ich habe an euch gedacht, jahrelang, noch bevor mir das Miststück über den Weg lief.«

»Sie waren da und haben zugehört?«

»Ich saß in der letzten Reihe und habe mir alles angehört.«

»Sie waren doch noch ein halbes Kind. Wie kamen Sie dahin?«

»Das war wieder Karma. Ich war neunzehn. Ich pennte in einem Hospiz am Serrano.«

Nur ein paar Straßen vom Western Ped entfernt.

»Ich ging auf dem Sunset spazieren und sah das Poster am Krankenhaus: Psychiatrisches Symposium ...«

Er wurde immer aufgeregter und wedelte mit der Pistole. Für einen Moment sank sein Arm, doch sofort schnellte er wieder hoch. Die Mündung streifte mein Hemd.

»Und *seinen* Namen! Ich holte mir eine Broschüre vom Informationsschalter. Am nächsten Morgen wusch und rasierte ich mich, zog mein bestes Hemd an und ging einfach hinein. Ich sah euch, wie ihr einer nach dem anderen aufs Podium stiegt und ihn als Pionier feiertet. Als *Anwalt der Kinder* und begabten *Lehrer*. Die Bestie führte ihre Diasammlung vor, und alle lächelten und klatschten. Ich hätte fast geschrien, ich hätte aufstehen und euch sagen sollen, was ihr für Heuchler seid, aber ich war jung und traute mich nicht. Statt dessen tat ich mir an dem Abend selber was an. Das brachte mich in eine weitere Anstalt. Jede Menge Zeit, nachzudenken. Ich schnitt eure Fotos aus und klebte sie auf einen Bogen Papier, den ich dann in der Schachtel mit den anderen wichtigen Sachen verwahrte. Ich habe länger mit euch Arschlöchern gelebt, als die meisten Leute verheiratet sind.«

»Warum blieb Dr. Harrison verschont?«

Er schaute mich an, als hätte ich etwas Dummes gesagt. »Weil er zuhörte, Idiot! Direkt nach Hitlers Heiligsprechung rief ich ihn an und erzählte ihm, daß ich auf der Konferenz gewesen war. Und er hörte zu. Ich spürte, er nahm mich ernst. Wir machten einen Termin aus, und ich wollte hingehen, aber dann kam etwas dazwischen – ich wurde wieder eingesperrt.«

»Warum gaben Sie sich als Dr. Merino aus? Und warum meldeten Sie sich bei mir als Mr. Silk?«

Er runzelte die Stirn. »Du hast mit Harrison gesprochen? Vielleicht werde ich ihn doch noch besuchen.«

Mir lief es kalt den Rücken herunter. »Er weiß von nichts ...«

»Hör auf zu jammern, Idiot. Ich bin fair, das war ich immer. Ich habe euch allen dieselbe Chance gegeben wie Harrison, aber außer ihm haben alle versagt.«

»Mich haben Sie damals nicht angerufen.«

Er lächelte. »Nein? Auch nicht am dreizehnten November neunundsiebzig, um zwei Uhr nachmittags? Ich hab mir das notiert. Deine rotzige Sekretärin erzählte mir, du würdest nur Kinder behandeln, sie könnte mir keinen Termin geben.«

»Das durfte sie gar nicht – ich wußte nichts davon.«

»Soll das eine Entschuldigung sein? Wenn die Soldaten Mist bauen, ist immer noch der General verantwortlich. Womit willst du dir überhaupt die Chance verdient haben? – Delmar und ich und die anderen Kinder hatten keine Chance. Es ist vorbei, Bruder.«

»Aber Rosenblatt hat doch mit Ihnen gesprochen.«

»Der war der größte Heuchler von allen. Er tat so, als würde er mich verstehen – die sanfte Stimme, das gespielte Mitgefühl. Und dann zeigte er, was er wirklich war. Er fragte und fragte; er wollte in meinen Kopf gucken.« Coburg versuchte ihn nachzumachen: »›Ich höre großen Schmerz. Vielleicht sollten wir ausgiebiger darüber reden.‹« Die hellbraunen Augen waren voller Wut. »Das Schwein wollte mir eine Psychoanalyse verpassen, damit ich mit meinen Konflikten fertig würde! Er tat so, als hörte er mir zu, aber er glaubte kein Wort. Er wollte nur mit meinem Kopf herumspielen ... Er war der Schlimmste von allen.«

»Wie brachten Sie ihn dazu, Sie außerhalb seiner Praxis zu treffen?«

»Ich erzählte ihm, ich müßte im Bett bleiben – Folgeschäden von Hitlers Behandlung. Da war er plötzlich interessiert. Er kam am selben Abend, mit seinem freundlichen Blick, seinem Bart und seinem billigen Tweedanzug. Ich blieb die ganze Zeit im Bett. Beim zweitenmal auch. Ich brachte ihn dazu, mir etwas zu trinken ans Bett zu bringen. Ich ließ mich von ihm bedienen. Es war ein schwüler Tag, das Fenster stand weit offen. Auf der Fensterbank lag eine Packung Kleenex. – Karma. Ich täuschte einen Nieser vor und bat ihn, mir ein Tuch zu holen.« Er schob seine Hand vor. »Und dann: Guten Flug, alter Heuchler.«

Anderer Leute Häuser ... Der große Banker ... Eine Farm in Connecticut. Und ein Apartment in New York City? *Mama ... eine so gebildete Frau ...*

Sie Rechtsanwältin, er Banker.

»Die Wohnung gehörte Ihrer Mutter und Ihrem Stiefvater, nicht wahr?« sagte ich.

»Sieh mal, der schlaue kleine Alex. Mrs. Lyndon wäre stolz auf dich. Mama und der böse Mann waren in Europa, also beschloß ich, mich in meinem guten alten Zuhause einzunisten, das nur zwei Straßen von Rosenblatts Praxis entfernt war – Karma. Achter Stock, guten Flug.«

Mr. und Mrs. Malcolm J. Ruland. Kalte Menschen, hatte Shirley Rosenblatt gesagt. Nicht bereit, einen Privatdetektiv hereinzulassen. Vielleicht war es nicht nur ihre Privatsphäre, die sie schützen wollten. Vielleicht ahnten sie etwas.

»Sie haben damals Einbrecherwerkzeuge zurückgelassen«, sagte ich. »Brauchten Sie die, um in die Wohnung zu kommen, oder wollten Sie es nur wie einen der East-Side-Einbrüche aussehen lassen?«

Er versuchte, seine Überraschung mit einem lässigen Lächeln zu überspielen. »Meine Güte, was waren wir fleißig! – Nein, ich hatte einen Schlüssel. Für alle Fälle, wie das so ist.«

»Stoumen und Lerner«, bohrte ich weiter, »haben die sich mit Ihnen getroffen?«

»Nein«, sagte er, plötzlich wieder wütend. »Stoumens Entschuldigung war, daß er sich zur Ruhe gesetzt hatte. Wieder eine Sekretärin, die mich fragte, ob ich mit einem der anderen Ärzte reden wollte. Ihr Scheißer wißt wirklich nicht, wie man Angestellte vernünftig instruiert. – Lerner gab mir einen Termin, aber dann tauchte er nicht auf. Sehr unhöflich.«

Das war wohl die Unzuverlässigkeit, von der Harrison gesprochen hatte.

»Sie verfolgten sie zu Konferenzen. Wie kamen Sie an die Teilnehmerlisten?«

»Ich bin eben gründlich.«

»Hat Meredith Ihnen geholfen, an die Listen zu kommen? Machte sie etwa Öffentlichkeitsarbeit für die Konferenzen?«

Er stülpte die Lippen vor, runzelte die Stirn, wedelte mit der Pistole. »Meredith ... ach ja, die gute Meredith. Ja, sie war eine große Hilfe. Und jetzt hör auf mit den dummen Fragen. Auf die Knie. Die Hände schön hoch!«

Ich bewegte mich so langsam wie möglich. Ich kniete nieder, immer die Pistole im Auge.

Stille. Dann knallte es wieder an der Terrassentür.

»Den Hund mache ich zu Hackfleisch, das steht fest«, sagte Coburg.

Die Pistole berührte meine Schädeldecke. Er zerzauste mein Haar mit der Mündung. Ich wußte, woran er sich erinnerte.

Dann drückte er die Mündung fester gegen meinen Kopf, als wollte er meinen Schädel damit durchbohren. Ich konnte nur seine Schuhe und die Säume seiner Jeans sehen.

»Sag, daß es dir leid tut.«

»Es tut mir leid.«

»Lauter.«

»Es tut mir leid.«

»Persönlicher – ›Es tut mir leid, Andrew.‹«

»Es tut mir leid, Andrew.«

Er ließ es mich sechsmal wiederholen, dann seufzte er: »Besser wird es wohl nicht mehr. Steh auf – langsam. Ganz langsam. Die Hände immer schön hoch.«

Er trat einen Schritt zurück, die Pistole auf meinen Kopf gerichtet. Hinter mir war die Couch, ringsherum Sessel. Eingeschlossen in einer Polstergarnitur, kein Ausweg.

Der Hund warf sich härter gegen die Tür.

Ich stand aufrecht. Coburg trat näher, senkte die Pistole und drückte sie in meinen Bauchnabel. Dann gegen meine Kehle. Dann wieder runter.

Er spielte mit mir.

»Ich kann sie sehen«, sagte er, »in deinen Augen. Die Angst. Du weißt, wo du hingehst, nicht wahr?«

Ich sagte nichts.

»Nicht wahr?«

»Wo gehe ich hin?«

»Zur Hölle. Einfache Fahrt.«

Er stieß mir die Pistole in den Unterleib und lachte. Als er sie wieder hob, verlor ich die Beherrschung, schlug ihm mit der rechten Hand gegen den Arm und bohrte ihm die Finger meiner linken in die Augen.

Er verlor das Gleichgewicht, die Pistole ging los. Er fiel auf den Boden, auf die Seite, die Pistole noch in den Fingern. Mit der anderen Hand bedeckte er sein Gesicht.

Ich stampfte auf sein Handgelenk, immer wieder. Er brüllte vor Schmerz. Die Hand erschlaffte, doch er ließ die Pistole nicht los. Er versuchte, den Arm zu heben und zu feuern. Ich rammte mein Knie mit voller Kraft auf seinen Unterarm, bekam seine Hand zu greifen und entwand ihm die Automatik.

Jetzt war ich dran mit Zielen. Meine Hände waren taub. Ich hatte Schwierigkeiten, meine Finger um den Griff und den Abzug zu krümmen. Coburg rutschte auf dem Rücken über den Marmorboden, trat ziellos um sich und hielt sich sein linkes Auge. Blut rann über seine Hand. Er stieß an das Sofa, und während er um sich schlug, starrte er mich an, mit seinem einen Auge.

Nein, er schaute gar nicht mich an. Er schaute hinter mich.

»Schieß!« schrie er. Ich duckte mich, drehte mich Richtung Korridor und sah die verchromte Pistole vor mir. Eine Frauenhand. Rote Fingernägel. Coburg schrie: »Schieß! Schieß doch schon!« und begann sich aufzurappeln.

Ich ließ mich zu Boden fallen. Im selben Moment ging die kleine Pistole los.

Mehrere Schüsse, wie Popcorn im Vergleich zum Donner der schwarzen Pistole.

Coburg stürzte sich auf mich. Wir wälzten uns auf dem Marmor. Ich schlug ihm die Pistole gegen die Schläfe. Er fiel zurück, landete bewegungslos auf dem Rücken.

Ich hechtete hinter die Couch.

Pop! Das Polster zerbarst. Schaumstoffetzen flogen an meinem Gesicht vorbei. Ich preßte mich an den Boden.

Pop! Pop! Pop!

Hinter mir ein dumpfes Geräusch, dann splitterndes Glas. Ein keuchender dunkler Schatten fegte an mir vorbei auf Meredith zu.

Ich langte um die Couchecke und feuerte blind über Hundekopfhöhe. Der Rückstoß legte mich flach. Ich hörte ein Krachen. Dann Bellen, Knurren und Frauenschreie.

Ich wagte einen Blick um die Sofaecke und sah sie Richtung Haustür laufen.

Wo war der Hund?

Meredith war fast an der Tür. Der Riegel war vorgeschoben. Sie würde Zeit verlieren.

Ich stürzte zu ihr, schrie: »Halt!« und feuerte in die Wand.

Sie blieb stehen, die Pistole war noch in ihrer Hand.

»Fallen lassen!«

Die Pistole rutschte über den Boden.

»Es tut mir leid«, sagte sie, »ich wollte es nicht. Er hat mich gezwungen.«

»Umdrehen!« Ich riß ihr die Maske vom Gesicht.

Ihre Wangen zitterten. Sie warf ihr Haar zurück, wie ein junges Mädchen.

Blondes Haar.

»Er hat mich dazu gezwungen«, wiederholte Jean Jeffers und schaute zu Coburg hinüber, der immer noch regungslos dalag. Ihr Blick war leer. Sie versuchte, ein paar Tränen hervorzuquetschen. »Sie sind meine Rettung. Danke.«

»Was haben Sie mit Ruth gemacht?«

»Nichts. Wirklich nicht. Sehen Sie doch nach.«

»Gehen Sie voraus.«

»Ja, Alex, aber das ist verrückt. Er hat mich gezwungen. Er ist wahnsinnig. Wir sind auf derselben Seite, Alex.«

Ich hielt die schwarze Pistole weiter auf Jeffers gerichtet, während ich die silberne in meine Hosentasche steckte und einen der schweren Polstersessel über Coburgs Beine schob. Mehr konnte ich im Moment nicht tun, ihn am Bewegen zu hindern.

Die Schlafzimmertür war zu. Der Hund stand auf den Hinterbeinen und zerkratzte den Lack. Aus dem Zimmer kam ein Geruch, der mir bekannt vorkam: Aceton.

»Aufmachen«, sagte ich.

Ruth lag ausgespreizt auf dem Bett. Ihre Hände und Füße waren mit Angelleine an die Bettpfosten gefesselt. Ihr Mund war mit Isolierband überklebt, ihre Augen verbunden. Auf dem Nachttisch lagen die Spule mit der Angelschnur, eine Schere,

Nagellack und ein Karton Kleenex. Daneben Ruths Maniküretäschchen.

Aceton. Nagellackentferner. Jeffers hatte sich die Zeit damit vertrieben, ihre Fingernägel zu lackieren.

»Ich binde sie los, sofort.«

Ich nahm die Schere an mich und ließ Jeffers machen. Sie war ungeschickt. Der Hund saß vor ihr auf dem Bett und knurrte sie an. Er leckte Ruths Gesicht. Ich bemerkte kleine Blutstropfen und Glassplitter in seinem Fell.

Ruth setzte sich auf und rieb sich die Handgelenke. Sie schaute mich verwirrt an.

»Hat sie dir weh getan?« fragte ich.

»Natürlich nicht«, sagte Jeffers.

Ruth schüttelte den Kopf. Wir fesselten Jean aufs Bett und gingen ins Wohnzimmer zurück. Coburg bewegte sich ein wenig, war aber noch bewußtlos. An seinem Kopf prangte eine große lila Beule. Ruth fesselte auch ihn sorgfältig.

Der Hund stand neben mir und japste. Ich kniete mich hin und untersuchte ihn. Er leckte meine Hand und die Pistole.

Er hatte nur ein paar Kratzer, keine Anzeichen, daß er litt. Ruth pickte das Glas aus seinem Fell, hob ihn hoch, küßte und wiegte ihn wie ein Baby.

Ich ging zum Telefon.

32

Drei Tage später saß ich in einem Lokal gleich gegenüber vom Polizeipräsidium und wartete auf Milo. Vorne war es ein Café, hinten eine Cocktailbar, wo Polizeidetektive, Anwälte, Gerichtsvollzieher und Verbrecher zusammen tranken und ihren Lungenkrebs pflegten.

Ich setzte mich in eine Ecke hinten in der Bar, trank einen

Kaffee und versuchte, mich auf die Morgenzeitung zu konzentrieren. Nichts von den »Böse-Liebe«-Morden, bisher. Das war die Anordnung von oben: keine Publizität, bis alles aufgeklärt war. Coburg war im Krankenhaus, und Milo verbrachte die meiste Zeit mit Jean Jeffers im Gefängnis.

Als er fünfzehn Minuten später eintraf, war eine etwa dreißigjährige farbige Frau bei ihm.

Adeline Hurst, die Sozialarbeiterin, die ich mit Hewitts Messer an der Kehle auf dem Video gesehen hatte. Sie sah älter und massiger aus als damals. Sie trug eine große weiße Handtasche wie ein Feigenblatt vor sich.

Milo sagte etwas zu ihr. Sie schaute zu mir und antwortete. Nach einem weiteren Wortwechsel gaben sie sich die Hand, und sie ging.

Er kam zu mir herüber und ließ sich an meinem Tisch nieder. »Erinnerst du dich an sie? Sie redet jetzt mit mir.«

»Konnte sie dir was Interessantes erzählen?«

Er lächelte und zündete sich eine Zigarre an. »Aber ja.«

Bevor er weiterreden konnte, kam eine Kellnerin. Milo bestellte sich eine Diätcola.

Als die Kellnerin weg war, sagte er: »Es ist einiges passiert. Ich habe Berichte aus New York vorliegen, die besagen, daß Coburg in der Zeit der East-Side-Einbrüche in Manhattan war, und zwar bis zu dem Tag nach Rosenblatts Tod. Zwei Tage vor dem ersten Einbruch ist er wegen Ladendiebstahl festgenommen worden. Seine Verhandlung war am selben Tag, als er Rosenblatt aus dem Fenster schubste. Sein Anwalt konnte eine Vertagung rausschlagen. Als Adresse steht eine Absteige in der Nähe des Times Square in den Akten.

Die flotte Jean macht auch endlich das Maul auf. Ihr Anwalt konnte sie überzeugen, es sei besser für sie, Coburg auf den elektrischen Stuhl zu bringen; dann käme sie vielleicht mit Beihilfe weg. Und nun singt sie: Namen, Daten, Orte, alles, was man braucht.«

»Was ist ihre Verbindung zu de Bosch?«

»Gar keine, sagt sie. Sie gibt an, der Rachefeldzug sei allein Coburgs Sache gewesen; sie hätte nicht gewußt, worauf sie sich einließ. Sie sagt, sie hätte ihn auf einer Konferenz über Obdachlosenprobleme getroffen – sie wären ins Gespräch gekommen und hätten viele Gemeinsamkeiten gefunden.«

»Die Sozialarbeiterin und der Wohlfahrtsanwalt. Idealisten, wie sie im Buch stehen, nicht wahr?«

»Gott steh uns bei.« Milo lockerte seine Krawatte. »Coburg war wahrscheinlich auf etlichen Konferenzen. Auf die Weise machte er symbolisch seine Vergangenheit ungeschehen, und gleichzeitig konnte er nach Anhängern de Boschs Ausschau halten. Nach Jahren in Heimen und Kliniken konnte er endlich mit Therapeuten verkehren – als der große Sozialanwalt. Daß seine Zulassung gefälscht war, spielte keine Rolle. Er war wie ein Kind, er glaubte an Magie. Er dachte, er könnte seine Vergangenheit wegzaubern.

Wir sind noch dabei, seine Reisen nachzuvollziehen. Mindestens eine seiner Touren hat er mit Jeffers zusammen unternommen: Acapulco, wo Michael Lerner zu Tode kam. Jeffers gibt zu, das Wochenende mit ihm verbracht zu haben. Sie hat dort einen Vortrag gehalten. Von Lerner will sie nichts gewußt haben. Sie gibt aber zu, Coburg die Namen und Adressen von Therapeuten besorgt zu haben; sie dachte, er bräuchte sie für sein Anwaltsbüro.«

»Und wie erklärt sie, daß sie Ruth ans Bett fesselte? Und daß sie mich als Zielscheibe benutzte?«

Er grinste. »Rate mal.«

»Der Teufel hat sie dazu gezwungen.«

»Haargenau. Im Laufe ihrer Beziehung beherrschte Coburg sie immer mehr, sowohl psychisch als auch physisch. Sie hatte zwar den Verdacht, daß etwas mit ihm nicht stimmte, war aber nicht mehr in der Lage, sich von ihm abzusetzen.«

»Mit physisch meinst du sexuell?«

»Sie sagt, das sei ein Element gewesen, aber meistens benutzte er Psychoterror, Drohungen und Einschüchterung, um sie gefügig zu machen. – Die alte Geschichte: Arme, unschuldige Frau ist psychopathischem Guru hörig. Sie sagt, an dem Abend, als er ihr erzählte, er wollte dir an den Kragen, hätte sie sich geweigert mitzumachen, doch Coburg drohte, ihrem Mann zu verraten, daß sie seit fünf Jahren eine Affäre hatten. Und als das nicht wirkte, soll er gedroht haben, sie umzubringen.«

»Wie erklärt sie, daß sie so schwach und hilflos ist?«

»Sie sagt, sie sei als Kind mißbraucht worden. Deshalb hätte sie sich so hingezogen gefühlt zu Coburg – gemeinsame Erfahrungen. Zuerst war es nur platonisch. Sie trafen sich zum Mittagessen und redeten über die Arbeit. Coburg half einigen ihrer Patienten in Rechtsfragen, und sie verhalf Coburgs Klienten zu Fürsorgeunterstützung. Im Laufe der Zeit wurde es persönlicher, wenn auch nicht gleich sexuell. Eines Tages nahm Coburg sie in seine Wohnung mit, kochte für sie und erzählte ihr schließlich, was er als Kind alles durchgemacht hatte. Dann erzählte sie ihm ihre eigene Leidensgeschichte, und es gab eine große emotionale Szene, eine Katharsis, wie sie es nannte. Erst danach gingen sie zusammen ins Bett, und die Beziehung nahm eine andere Richtung.«

»Und gleichzeitig begannen die Morde«, bemerkte ich. »Wer soll sie denn mißbraucht haben?«

»Ihr Vater. Sie hat keine Hemmungen, in die Einzelheiten zu gehen, aber es ist unmöglich, die Geschichte nachzuprüfen. Beide Eltern und der einzige Verwandte, ein Bruder, sind gestorben.«

»Auf natürliche Weise?«

»Das überprüfen wir gerade.«

»Und Rebecca? Hat Jeffers etwas über eine Verbindung zwischen ihr und Coburg gesagt?«

»Nein, da stellt sie sich dumm.«

Milo lächelte. »Aber ich habe Informationen über *ihr* Verhältnis zu Rebecca. Und damit werde ich sie drankriegen. Da wird ihr auch nicht helfen, daß sie über die anderen Morde auspackt. Rebecca hatte nämlich eine Affäre mit Richard Jeffers. Sechs Monate lang.«

»Woher weißt du das?«

»Von Miss Hurst. Ich sagte doch, sie redet jetzt mit mir. Adeline hat Rebecca mit Richard gesehen, wie sie sich zusammen verdrückten, auf einer Weihnachtsfeier in der Klinik. Ich habe bei anderen Angestellten nachgefragt, und sie bestätigen es.«

»Das heißt, Jean muß davon gewußt haben.«

»Ihr Mann hatte es ihr gebeichtet. Ich hatte ein kleines Gespräch mit ihm, heute morgen. Er gab alles zu. Sechs Monate verbotene Früchte. Er sagt, er hätte vorgehabt, Jean zu verlassen, um mit Rebecca zusammenzuleben.«

»Und wie soll sie reagiert haben?«

»Ruhig. Sie unterhielten sich darüber; sie sagte, sie liebte ihn und wollte ihn nicht verlieren, er sollte noch einmal darüber nachdenken, sie könnten zur Eheberatung gehen und so weiter.«

»Und sind sie gegangen?«

»Nein. Einen Monat später war Rebecca tot. Und niemand sah eine Verbindung, weil der Mörder offensichtlich ein Irrer war. Ich glaube, die Sache liegt so: Jeffers und Coburg brauchten einen Verrückten, den sie manipulieren konnten, bis zum Mord, und dann fanden sie Hewitt. – Beide kannten ihn. Jeffers war seine Therapeutin, bevor sie ihn an Rebecca übergab – angeblich wegen Zeitmangel.«

»Mir hat sie erzählt, Rebecca wäre die einzige gewesen, die je Therapie mit ihm gemacht hätte.«

»Adeline sagt etwas anderes. Jeffers hatte ihn bestimmt in Behandlung. Myra Chin, die Sekretärin, bestätigt es. Zwei Sitzungen die Woche, manchmal mehr, für mindestens drei Monate. Es gibt natürlich keine Berichte mehr davon – die hat sie natürlich vernichtet –, aber das macht es nur noch schlimmer für sie.«

»Als ich mit ihr redete, betonte sie ausdrücklich, sie würde keine Therapie mehr machen. Sehr gerissen. – Warum ist nach Rebeccas Tod nie herausgekommen, daß Jeffers Hewitt in Behandlung hatte?«

Milo fuhr sich mit der Hand übers Gesicht. »Es hat eben niemand danach gefragt, und von sich aus hat keiner der Angestellten davon gesprochen. Warum sollten sie? Jeder hatte es gesehen: Es war ein Wahnsinniger, der sie aufgeschlitzt hatte, und der Wahnsinnige war tot. Niemand hatte den geringsten Verdacht, weder in der Klinik noch Richard Jeffers.«

»Jean schläft seit fünf Jahren mit Coburg, aber Rebecca bekommt für eine Affäre mit Richard gleich die Todesstrafe. – Wirklich psychotisch.«

»Könntest du mir erklären, wie man jemanden wie Hewitt zum Mord abrichtet?«

»Zunächst sucht man sich jemanden mit starken paranoiden Tendenzen, der gewalttätig wird, wenn seine Medikamente abgesetzt werden. Und dann tut man genau das – die Medikation unterbrechen, entweder indem man ihn ganz davon abbringt, die Pillen zu schlucken, oder sie durch Placebos ersetzt. Gleichzeitig übernimmt man möglichst vollkommene Kontrolle über seine Psyche, zum Beispiel mit Regressionstechniken – man führt ihn in seine Kindheit zurück –, oder mit Hypnose. Hauptsache, man konfrontiert ihn mit seiner Hilflosigkeit, der Hilflosigkeit eines Kindes. Er muß Schmerz und Wut empfinden.«

»Bis er schreit.«

Ich nickte. »So kamen wahrscheinlich die Aufnahmen zustande. Sie brachten ihn dazu, seinen Schmerz hinauszuschreien. Gleichzeitig erzählten sie ihm von böser Liebe und bösen Therapeuten. Sie trichterten ihm ein, er sei ein Opfer und Rebecca die böse Psychiaterin, die ihn mit böser Liebe quält. Sie verstärkten seine Paranoia, indem sie ihn dafür lobten und ihn überzeugten, er sei eine Art Soldat auf geheimer Mission: Rebecca ausschalten. – Dann übergaben sie ihn an das Mädchen, obwohl ich sicher bin, daß er gleichzeitig weitere Sitzungen mit Jean hatte und auch mit Coburg, der anderen Autorität in seinem Leben. Das gemeine ist, der Plan hätte sogar dann funktioniert, wenn Hewitt nicht an Ort und Stelle erschossen worden wäre. Wer hätte ihm schon geglaubt? Einem Wahnsinnigen?«

»So ähnlich hatte ich es mir auch zurechtgelegt«, sagte Milo, »aber es ist gut, es noch einmal von dir zu hören.«

»Es ist natürlich kein Beweis.«

»Das ist mir klar, aber der Fall nimmt Gestalt an, Stückchen für Stückchen. Der Staatsanwalt wird Coburgs Verteidiger informieren, daß Jeffers ihn belastet, und einen Handel anbieten: Lebenslänglich statt Todesstrafe, wenn er im Fall Rebecca Basille gegen Jeffers aussagt. Ich wette, Coburg geht darauf ein, und dann haben wir sie beide im Sack.«

»Mrs. Basille sagte, sie hätte den Eindruck gehabt, Rebecca hätte einen neuen Liebhaber. Rebecca wollte nicht darüber reden, deshalb dachte ihre Mutter, es sei jemand, mit dem sie nicht einverstanden wäre – ein Verlierer, wie sie es nannte. Rebecca verliebte sich immer in verheiratete Männer. Kerle, die ihr versprachen, sich scheiden zu lassen ... Richard war genau ihr Typ: verheiratet und behindert.«

»Was hat die Behinderung damit zu tun?«

»Sie hatte eine Schwäche für Männer mit Problemen. Vögelchen mit gebrochenen Flügeln. Jeffers hatte ein Bein verloren.«

»Er hat nur ein Bein? Deshalb das Hinken.«

Milo saß vor seiner Cola und grübelte. Ich dachte an Rebecca Basille, eingesperrt mit einem Wahnsinnigen.

»Auch Rebeccas Mord inszenierten Jeffers und Coburg als Ritual«, fuhr ich fort. »Die gefälschten Therapieberichte, die eine Affäre zwischen Rebecca und Hewitt suggerierten, führten uns nicht nur in die Irre bezüglich Gritz, sie stellten auch eine zusätzliche Erniedrigung für das Opfer dar.«

Milo drückte seine Zigarre aus. »Ich glaube, wir haben Gritz gefunden. Als mir klar war, daß Jeffers und Coburg ihn zur

Ablenkung benutzt hatten, dachte ich sofort, der Mann kann keine hohe Lebenserwartung mehr haben. Also fragte ich in diversen Leichenschauhäusern nach. In Long Beach liegt jemand, auf den die Beschreibung genau passen würde. Zahllose Messerstiche und ein Draht um den Hals – eine Gitarrensaite.«

»Der zweite Elvis. Ich würde mir Coburgs Gitarre anschauen.«

»Das ist schon passiert. Coburg hat eine ganze Reihe davon und jede Menge elektronischen Firlefanz, einschließlich Frequenzschiebern. In einem der Gitarrenkästen fanden wir eine brandneue Packung Saiten, komplett – bis auf das tiefe E. Außerdem fanden wir ein Hemd, zu klein für Coburg, total zerrissen und immer noch nach Schnaps stinkend. Und eine Insassenliste des Erziehungsheims, ohne die Seite für das Jahr dreiundsiebzig.«

»Gritz war ein kleiner Mann.«

Er nickte. »Und er war einer von Coburgs Klienten. Er hat ihn vor zwei Monaten in einem Diebstahlsfall verteidigt.«

»Gibt es Anzeichen, daß Gritz je mit Hewitt zu tun hatte?«

»Nein.«

»Der arme Kerl. Wahrscheinlich lockten sie ihn mit Versprechungen, ihn zum Star zu machen. Sie ließen ihn mit den Gitarren und der Elektronik herumspielen und nahmen ein Demoband auf. Daher sein Gerede, er würde bald reich sein. Und als er seinen Zweck erfüllt hatte, brachten sie ihn um. Das perfekte Opfer. Keine Familie. Wo hat man die Leiche gefunden?«

»In der Hafengegend, nackt, ohne Papiere. Er muß vier Tage bis eine Woche im Freien gelegen haben.«

»Genau in dem Zeitraum, als du Jean Jeffers anriefst und ein Treffen mit mir vorschlugst. Sie behauptete, sie kenne mich aus der Zeitung. In Wirklichkeit wußte sie, daß ich auf Coburgs Abschußliste stand. Sie müssen einen Schrecken bekommen haben, als wir die Verbindung zwischen dem Tonband und dem Mord an Rebecca herstellten. Jemand anderes hätte unter den

Umständen aufgegeben, aber Coburg war der Rachefeldzug einfach zu wichtig. Sie beschlossen weiterzumachen, mit Gritz als Ablenkung. Doch als ich Jeffers erzählte, ich würde nach Santa Barbara fahren, um mit Katharina zu reden, mußten sie ihre Pläne wieder ändern. Hast du übrigens eine Erklärung gefunden, warum Coburg sich Silk und Merino nannte?«

»Ich habe ihn gefragt, aber er antwortete nicht. Ich bekam nur sein gehässiges Grinsen zu sehen. Als ich hinausging, rief er mir nach: ›Warum schlägst du es nicht nach?‹ – Das machte ich dann: ›Coburg‹ ist ein altes englisches Wort für imitierte Seide oder Wolle. – Aber genug jetzt, ich kriege Kopfschmerzen. Wie geht es dir und Ruth eigentlich? Ist noch was übrig von deinem Haus?«

»Fast nur noch Asche.«

»Es tut mir wirklich leid, Alex.«

»Wir werden es überleben. Inzwischen hausen wir in Ruths Werkstatt. Die Enge tut uns sogar irgendwie gut.«

»Ich nehme an, die Versicherung stellt blöde Fragen.«

»Nicht anders zu erwarten. Was das Haus am Cañon angeht – dein Banker wird sicher entsetzt sein wegen den Einschußlöchern in den Wänden. Sag ihm, er soll mir die Rechnung schikken.«

»Mach dir darum keine Sorgen. Es ist sicher das Aufregendste, was ihm je passiert ist. – ›Schießerei in Beverly Hills.‹ Ich hätte euch nicht allein lassen dürfen.«

»Du konntest es nicht wissen.«

»Es ist mein Job, so was vorherzusehen.«

»Na komm, Milo. Du hast getan, was du konntest. Mach dir keine Vorwürfe.«

Er runzelte die Stirn und begann die Eiswürfel zu kauen. »Wie geht's Bully?«

»Er hat nur ein paar Kratzer abbekommen. Der Tierarzt sagt, Bulldoggen hätten eine hohe Schmerzschwelle. Deshalb werden sie so gern als Kampfhunde benutzt.«

»Mitten durch die Scheibe ...« Milo schüttelte den Kopf. »Er muß Anlauf genommen und sich wie eine Kanonenkugel dagegen geworfen haben. Das nenn ich Anhänglichkeit.«

33

Ich fuhr nach Venice zurück und fand die Werkstatt verlassen vor. Auf dem Tisch lag ein Zettel:

11:45. Ich muß zum Holzhändler. Bin um 2 zurück. Bitte ruf Mrs. Braithwait an. Sie sagt, sie sei Bullys Besitzerin.

Ich wählte die angegebene Nummer, bevor Enttäuschung sich breitmachte. Eine Frau, der Stimme nach mittleren Alters, antwortete: »Hallo?«

»Mrs. Braithwait? Alex Delaware. Sie wollten mich sprechen?«

»Oh, Doktor! Danke, daß Sie anrufen, und danke, daß Sie sich um unseren kleinen Barry gekümmert haben. Geht es ihm gut?«

»Ja. Ein großartiger Hund.«

»Das ist er. Wir haben uns solche Sorgen gemacht. Wir hatten schon fast die Hoffnung aufgegeben.«

»Nun haben Sie ihn ja gefunden.«

»Ja, ist das nicht wunderbar? Und es geht ihm wirklich gut?«

»Ja, wirklich. Ich nehme an, Sie möchten vorbeikommen und ihn abholen. Er sollte um zwei wieder hier sein.«

Sie zögerte. »Um zwei? Gut, ich komme.«

Ich beschäftigte mich so lange mit Telefonieren. Ich sprach anderthalb Stunden lang mit Shirley Rosenblatt. Dann rief ich Bert Harrison an, dann meine Versicherung, die sich in der Tat als Gaunerbande entpuppte.

Um Viertel vor zwei erschien Mrs. Braithwait. Eine kleine, magere Frau um die Sechzig, mit bläulicher Dauerwelle, sonnengebräunten Runzeln und lächelnden blauen Augen hinter einer Schmetterlingsbrille.

Sie schaute sich verblüfft in der Werkstatt um.

»Die Werkstatt gehört meiner Frau«, erklärte ich. »Wir sind beim Umziehen – beim Bauen, besser gesagt.«

»Na dann viel Glück. Ich habe das hinter mir.«

Ich schob einen Stuhl für sie an den Tisch, doch sie blieb stehen, öffnete ihre Handtasche und versuchte, mir einen Scheck in die Hand zu drücken. Zehn Dollar.

»Nein«, sagte ich, »kommt nicht in Frage.«

»Mein lieber Doktor, ich bestehe darauf!«

»Es ist wirklich nicht nötig.«

»Aber die Unkosten. Ich weiß, was Barry verdrückt.«

»Das hat er abgearbeitet«, lächelte ich. »Er ist ein netter Kerl.«

»Das ist er, nicht wahr?« Eigenartig, wie sie das sagte, so unbeteiligt. »Sind Sie sicher, daß Sie kein Geld nehmen wollen?«

»Ja. Warum spenden Sie es nicht für einen guten Zweck?«

Sie überlegte kurz. »Das ist eine gute Idee. Ich gebe den Scheck dem Verein für Familienplanung. Die brauchen immer Geld. – Wo haben Sie Barry eigentlich gefunden?«

»Er tauchte einfach vor meinem Haus auf.«

»Wie seltsam ... zum Glück gibt es noch gute Samariter. So verliert man nicht vollkommen den Glauben an die Menschheit.«

»Und wie haben Sie mich gefunden, Mrs. Braithwait?«

»Mrs. Josephs vom Hundeverein hat mich benachrichtigt. Wir waren ein paar Tage nicht zu Hause, deshalb habe ich erst heute davon erfahren.«

Die Tür ging auf, und Ruth kam herein. Sie trug eine Tasche und hatte Bully an der Leine.

»Barry«, rief Mrs. Braithwait. Sie stand auf. Der Hund trottete zu ihr und leckte ihr die Hand. »Barry, mein kleiner Barry! Du hast ein ganz schönes Abenteuer hinter dir, nicht wahr?«

Er leckte sie noch ein bißchen ab, dann drehte er sich um und schaute an mir hoch.

»Du siehst wunderbar aus, Barry«, sagte sie und dann zu uns: »Er sieht wirklich wunderbar aus. Tausend Dank.«

»Es war uns ein Vergnügen«, sagte Ruth, »er ist ein großartiger kleiner Kerl.«

»Ja, das ist er, nicht wahr, Barrylein? So ein süßer Kerl – trotz seines Schnarchens. Hat er geschnarcht?«

»Laut und deutlich«, antwortete Ruth. Sie lächelte, doch gleichzeitig hatte sie diesen tränenfeuchten Blick, den ich so gut an ihr kannte. Ich drückte ihre Hand, und wir packten zusammen die Tasche aus. Der Hund trottete zu uns und rieb seinen Kopf an Ruths Bein.

»Das hatte Mutter so gern, sein Schnarchen. Barry war eigentlich Mutters Hund. Sie hielt englische und französische Doggen, über fünfzig Jahre lang. Sie hat sie gezüchtet und für Hundeschauen trainiert.«

»Dann hat sie ihm bestimmt auch beigebracht, das Wasser zu meiden.«

»Ja, natürlich. Sie hatte Froschteiche und einen großen Swimmingpool, und die armen Dinger gehen unter wie Steine. Als sie älter wurde, machte ihr der Rücken zu schaffen. Die Englischen wurden ihr zu schwer, und sie hatte nur noch französische Doggen; und dann wurden ihr sogar die zuviel. Barry war der letzte, den sie hatte.«

Sie zog ein Leinentüchlein aus ihrer Handtasche, nahm die Brille ab und tupfte sich die Augen.

»Mutter starb vor drei Wochen. Barry war ihr treuer Kamerad während ihrer Krankheit – nicht wahr, mein Liebling?«

Sie streckte die Hand nach ihm aus. Er ließ von Ruth ab, blieb aber neben ihr stehen.

Mrs. Braithwait tupfte weitere Tränen ab. »Ich glaube, es ist nur ihm zu verdanken, daß sie uns so lange erhalten blieb, aber zuletzt – als wir schließlich den Krankenwagen rufen mußten – es war so furchtbar, so eine Aufregung – da muß Barry entwischt sein. Ich merkte es erst später ...«

»Wo wohnte Ihre Mutter?« fragte ich.

»Nicht weit von Comstock, südlich vom Sunset Boulevard.«

Drei Kilometer von meinem Haus entfernt.

»Er hat es geschafft, den Sunset zu überqueren, bei all dem Verkehr! – Der arme kleine Kerl. Wenn ihm etwas passiert wäre –«

»Aber er hat es ja geschafft«, sagte Ruth.

»Ja, und Sie haben ihm ein hübsches kleines Zuhause geboten, nicht wahr?«

»Wir haben's versucht.«

»Ja, das sehe ich, das sehe ich. – Möchten Sie ihn behalten?«

Ruth schaute mich mit offenem Mund an.

»Sie wollen ihn nicht haben?« fragte ich.

»Das ist es nicht, Doktor. Ich liebe Tiere. Mein Mann ist das Problem. Die Tiere mögen ihn nicht, wenn ich so sagen darf. Er leidet an allen möglichen Allergien, ganz schlimm. Hunde, Katzen, Pferde – alles, was Fell hat, läßt ihn aufquellen wie einen Ballon. Wenn ich heute nach Hause komme, muß ich als erstes in die Badewanne, sonst fällt Monty in Ohnmacht, sobald er mich riecht.«

Sie zog ein Stück Papier aus der Handtasche. Ein Stammbaum, mit Zertifikat vom Züchterverband, für einen gewissen »Van Der Leghys Lionel Barrymore On Stage«. Angesichts der Ahnentafel kam ich mir vor wie ein Findelkind.

»Nobel, nicht wahr?« sagte Mrs. Braithwait lächelnd.

»Ich bin beeindruckt.«

»Wir würden ihn wirklich gern behalten«, sagte Ruth.

»Gut. Ich dachte mir, das müssen nette Leute sein, die sich so gut um ihn gekümmert haben.«

Sie blickte sich noch einmal in der Werkstatt um. »Er mag Leber und Würstchen sehr gern. Und Käse.«

»Wir werden dafür sorgen, daß er seinen gewohnten Lebensstil beibehalten kann«, versicherte Ruth.

»Hmmm ...« Sie schaute die Sägen und Hämmer an und sagte: »Ich bin sicher, das *neue* Haus wird ihm gefallen.«

Ich hob Bully hoch und rieb ihm den Bauch. »Ganz bestimmt.«

34

Es kam in einem weißen Umschlag. Persönlich abgeliefert an der Seitentür der Werkstatt. Evelyn Rodriguez' jüngste Tochter, Bonnie, drückte ihn mir in die Hand, zwinkerte mir zu und rannte zur Straße zurück, wo ein dunkelblauer Caprice mit Chromfelgen und schwarzgetönten Scheiben auf sie wartete. Sie sprang hinein und knallte die Tür zu. Zusammen mit Bully, der mir gefolgt war, schaute ich dem davonbrausenden Wagen nach.

Kein Stempel auf dem Umschlag. Zu dünn, als daß etwas anderes als Papier drin sein konnte.

Ich öffnete ihn mit dem Fingernagel und fand eine Seite aus einem Schulheft, säuberlich in zwei Hälften gerissen. Auf der einen Hälfte las ich:

Lieber Doktor,
Mir geht es gut. Ich bin glücklich. Danke, daß Du uns helfen wolltest. Jesus liebt Dich.

Stefanie

Auf dem anderen Stück war eine Zeichnung: blauer Himmel, goldene Sonne, grünes Gras und rote Blumen. Ein kleines Mädchen saß in einem großen Planschbecken mit dicken blauen Wassertropfen rundherum. Das Gesicht war kreisrund und hatte einen lächelnden Mund. Rechts unter der Zeichnung die Unterschrift: Sandra W. Neben der Sonne, als Titel: SPASS IN DER SONNE.

Ich hielt Bully den Zettel vor die Nase und sagte: »Na, Hund, was hältst du davon?«

Band 12703

John Hole
Riskante Spiele

Das brisante Doppelleben einer mutigen Frau

Harriet führt mit ihrem Mann Peter und ihren beiden Söhnen ein glückliches Familienleben. Doch plötzlich ändert sich alles: Peter verliert seinen Redakteursposten, und die Familie steht vor dem Nichts. Da kommt Harriet eine verrückte Idee. Sie will als Callgirl und Begleitdame einen exklusiven Service anbieten, um die Familie über Wasser zu halten. Das Startkapital hierfür gewährt ihr Toby, der beste Freund ihres Mannes, allerdings unter der Bedingung, daß sie ihm mindestens ein Jahr lang zur Verfügung steht.
Harriet setzt ihr Vorhaben in die Tat um. Sie wird Natascha Ivanov und beginnt unter diesem Namen ein brisantes Doppelleben...